CONTACTOS RECORDADOS

Las Crónicas de Krinar: Volumen 3

ANNA ZAIRES

♠ Mozaika Publications ♠

PARTE UNO

El Krinar caminaba por las calles de Moscú, observando tranquilamente la aglomeración humana que pululaba a su alrededor. Veía al pasar el miedo y la curiosidad reflejados en sus rostros, sentía el odio que emanaba de algunos de los transeúntes.

Rusia era uno de los países que más se había resistido, y en el cual el coste del Gran Pánico en vidas había sido el más elevado. Con un gobierno mayoritariamente corrupto y una población que recelaba de cualquier autoridad, muchos rusos habían utilizado la invasión de los krinar como excusa para el pillaje y para acaparar todos los suministros que pudieron. Incluso ahora, más de cinco años después, algunos de los escaparates de Moscú continuaban todavía vacíos, y con sus ventanas cubiertas de cinta adhesiva daban testimonio de los tumultuosos meses que habían seguido a su llegada.

Afortunadamente, el aire era mejor ahora en la

ciudad, menos contaminado de lo que el krinar recordaba que había sido años atrás. Por aquel entonces, una nube de contaminación flotaba sobre la ciudad, irritándole hasta el infinito. No es que le pudiera perjudicar en modo alguno, pero aun así, el K prefería con mucho respirar aire sin excesivo contenido en partículas de hidrocarburos.

Al acercarse al Kremlin, el K se cubrió la cabeza con la capucha de su chaqueta e intentó parecer lo más humano posible, prestando especial atención a sus movimientos para hacerlos más lentos y menos elegantes. No se engañaba a sí mismo con respecto a que los satélites K no le estuvieran observando en ese mismo momento, pero nadie en los Centros tenía ningún motivo para sospechar de él. Durante los últimos años, se había esforzado por viajar tanto como le había sido posible, apareciendo con frecuencia en las principales ciudades humanas por una u otra razón. De este modo, si a alguien se le ocurría analizar su comportamiento, sus últimas expediciones no serían motivo de alarma.

No es que nadie fuera a molestarse en hacerle un perfil. En lo que a todos respectaba, los krinar que habían ayudado a la Resistencia, los llamados kets, estaban a buen recaudo, y el pobre Saur había cargado con la culpa de borrarles la memoria. No podría haber salido mejor ni si el mismo K lo hubiese planeado así.

No, no necesitaba ocultar su identidad de los ojos krinar en el cielo. Su objetivo era engañar a las cámaras humanas colocadas alrededor de las paredes del

Kremlin, solo por si acaso los líderes rusos se alarmaban antes de que él tuviera ocasión de visitar el resto de ciudades importantes.

Sonriendo, el K fingió no ser más que un turista humano, dándose tranquilamente una vuelta por la Plaza Roja, mientras las suelas de sus zapatos se desmenuzaban contra el pavimento, liberando diminutas cápsulas que contenían las semillas de una nueva era en la historia humana.

Cuando terminó, se dirigió hacia la nave que había dejado en uno de los callejones cercanos.

Mañana, volvería a ver a Mia.

Saret apenas podía esperar.

CAPÍTULO UNO

—Oh Dios mío, Korum, ¿cuándo has tenido tiempo para hacer esto?

Mia miraba a su alrededor en estado de shock. Todos los muebles que conocía habían desaparecido y la casa de Korum en Lenkarda, el lugar que había comenzado a considerar su hogar, ahora se parecía mucho más a una vivienda totalmente krinar, con sus planchas flotantes y espacios diáfanos. Lo único que seguía igual que antes eran las paredes y el techo transparentes, una característica krinar que Korum había permitido desde el principio.

Su amante sonrió, mostrando el bien conocido hoyuelo de su mejilla izquierda.

—Puede que me haya escapado una hora o así mientras dormías.

—¿Hiciste todo el camino desde Florida hasta aquí solo para cambiar el mobiliario?

Él se rio, meneando la cabeza.

—No, mi vida, ni siquiera yo soy tan entregado. Tenía que ocuparme de un par de asuntos de negocios y decidí darte una sorpresa.

—Bien, ha sido una sorpresa con cambio de colorido —dijo Mia, girando sobre sí misma para estudiar el nuevo panorama que la había recibido a su regreso a Lenkarda.

En lugar del sofá color marfil, ahora había una larga plancha blanca flotando a algo más de medio metro del suelo. Según Korum le había explicado, los krinar podían hacer que sus muebles flotaran utilizando una variación de la misma tecnología de campos de fuerza que protegía sus colonias. Mia sabía que, si se sentaba en la superficie plana, esta se adaptaría inmediatamente a su cuerpo, volviéndose lo más cómoda posible. Cerca de las paredes había unas cuantas planchas flotantes más, algunas de ellas ocupadas por alguna clase de plantas de interior con flores de color rosa brillante.

El suelo también estaba distinto, y no se parecía a nada que Mia hubiese visto en las otras casas krinar. Intentó visualizar en su mente cómo habían sido esos otros suelos, pero todo lo que pudo recordar era que eran duros y de color claro, como de piedra. No les había prestado demasiada atención por aquel entonces, porque los materiales de los suelos krinar no parecían demasiado distintos de lo que uno podía encontrarse en una casa humana. Sin embargo, lo que había ahora bajo sus pies tenía una textura muy inusual y una consistencia casi esponjosa. A Mia le hacía sentir como si estuviera caminando en el aire.

—¿Qué es eso? —le preguntó a Korum, señalando hacia la extraña sustancia de abajo.

—Quítate los zapatos y prueba —le sugirió él, librándose con dos patadas de sus propias sandalias. Es algo nuevo que ideó recientemente uno de mis empleados... es una adaptación de la tecnología de la cama inteligente.

Curiosa, Mia siguió su ejemplo, dejando que sus pies descalzos se hundieran en el cómodo suelo. El material pareció fluir alrededor de ellos, envolviéndolos, y entonces fue como si mil dedos diminutos estuvieran frotando suavemente los dedos de sus pies, sus talones y sus empeines, eliminando toda la tensión acumulada. Un masaje de pies... solo que mil veces mejor.

—Oh, vaya —suspiró Mia, y una enorme sonrisa felicidad apareció en su rostro—. ¡Korum, esto es increíble!

—Ajá. —Él estaba dando vueltas por allí, disfrutando al parecer de sus propias sensaciones—. Me imaginé que esto te resultaría atractivo.

Con los pies en el paraíso, Mia observó cómo él dibujaba un lento círculo alrededor de la habitación, con su cuerpo alto y musculoso moviéndose con la gracia felina típica de su especie. A veces, ella apenas podía creer que este hombre magnífico y complicado era suyo, que la amaba tanto como ella lo amaba a él.

Su felicidad era tan absoluta esos días que casi le daba miedo.

—¿Quieres ver el resto de la casa? —Se detuvo junto a ella y le dedicó una cálida sonrisa.

—¡Sí, por favor! —Mia sonrió, impaciente como un niño en una tienda de golosinas.

Tres días atrás, durante uno de sus paseos nocturnos por Florida, le había mencionado a Korum que sería agradable ver cómo había sido su casa antes de que la "humanizara" por ella. A pesar de lo considerado que en su momento había sido el gesto, Mia ya estaba ahora acostumbrada al estilo de vida krinar y no necesitaba un entorno conocido que la reconfortara. Por el contrario: quería ver cómo vivía su amante alienígena antes de que se conocieran. Él le había sonreído, le había prometido redecorar pronto la casa... y obviamente se había tomado esa promesa en serio.

—Vale —le dijo, bajando la vista hacia ella con una mirada ligeramente traviesa en su hermoso rostro—. Hay una habitación que no has visitado todavía, y que me he estado muriendo por mostrarte...

—¿Sí? —Mia levantó las cejas, con el corazón empezando a latirle más rápido y la parte inferior de su vientre tensándose expectante. Sus ojos tenían ahora un tono dorado, y ella adivinó que lo que fuera que quisiese mostrarle pronto la tendría gritando de éxtasis entre sus brazos. Si había algo con lo que siempre podía contar, era con su insaciable deseo por ella. Daba igual las veces que practicaran el sexo, él siempre parecía querer más... y ella también.

—Vamos —dijo él, cogiéndola de la mano y guiándola hacia la pared a su izquierda.

Cuando se acercaron, la pared no se disolvió como solía hacerlo. En vez de eso, Mia sintió como su cuerpo se hundía más en el material esponjoso bajo sus pies. Su pies fueron absorbidos primero, y luego sus tobillos y rodillas. Era igual que las arenas movedizas, excepto que estaba sucediendo dentro de la mismísima casa. Lanzó una mirada de sorpresa hacia Korum, y se agarró con fuerza de su mano.

—¿Qué...?

—No pasa nada. —Él le devolvió un apretón tranquilizador—. No te preocupes. —A él le estaba ocurriendo lo mismo: ella vio como el suelo se lo estaba prácticamente tragando.

—Eh, Korum, no estoy muy convencida de todo esto... —Mia estaba ya hundida hasta la cintura, y sentía decididamente algo extraño en la parte inferior de su cuerpo, como si no pesara nada.

—Solo unos segundos más —le prometió él, con una gran sonrisa.

—¿Unos segundos más? —El extraño material ya le llegaba a Mia hasta el pecho—. ¿Antes de qué?

—Antes de esto —dijo él, al tiempo que su descenso se aceleraba de repente y atravesaban el suelo por completo.

Mia dejó escapar un breve grito, y apretó con más fuerza la mano de Korum. Al principio había solamente oscuridad y la aterradora sensación de no tener nada debajo de los pies, y de repente se encontraron flotando en una habitación circular suavemente iluminada, con el techo y las paredes color melocotón.

Sí, literalmente flotando en el aire.

Mia ahogó una exclamación y miró a su amante, incapaz de creer lo que estaba pasando.

—Korum, ¿esto es...?

—¿Una cámara de gravedad cero? —Él sonreía como un niño a punto de presumir de un juguete nuevo—. Sí, en efecto.

—¿Tienes una cámara de gravedad cero en tu casa?

—Así es —admitió él, obviamente encantado con su reacción. Soltando la mano de Mia, dio una lenta voltereta en el aire—. Como puedes ver, es muy divertido.

Mia se echó a reír con incredulidad, y luego trató de seguir su ejemplo... pero no encontraba la manera de controlar sus movimientos. No tenía ni idea de cómo había logrado Korum dar una voltereta con tanta facilidad. Ella movía sus brazos y piernas, pero eso no parecía ayudarla demasiado. Era como si estuviera flotando en el agua, pero sin notar sensación de humedad.

No podía decir qué era arriba ni qué abajo; la cámara no tenía ventanas, y no había una distinción clara entre las paredes, el suelo y el techo. Era como si estuvieran en una burbuja gigante, lo que probablemente no se alejaba demasiado de la realidad. Mia no era ninguna experta en el tema, pero se imaginaba que no era fácil crear un ambiente de gravedad cero en la Tierra. Tenía que haber un montón de compleja tecnología rodeándoles ahora mismo y oponiéndose a la fuerza gravitacional del planeta.

—Guau —dijo ella con voz queda, flotando a la deriva en el aire—. Korum, esto es increíble... ¿También lo tienen otros krinar?

Él había conseguido alcanzar una de las paredes, y la usó para darse impulso, enviándose a sí mismo en su dirección.

—No —se estiró para cogerla por el brazo mientras flotaba a su lado—, no es algo que tengamos muchos de nosotros.

Mia sonrió cuando él se la acercó.

—¿Oh, sí? ¿Solo tú?

—Quizás —murmuró, envolviéndole la cintura con un brazo y sujetándola firmemente contra él. Sus ojos se iban haciendo más y más dorados en cuestión de segundos, y la dureza que presionaba contra el vientre de ella no dejaba duda de sus intenciones.

Mia abrió mucho los ojos.

—¿Aquí? —preguntó, con el pulso acelerándose por la excitación.

—Ajá.... —Él ya la estaba moviendo hacia arriba (¿o era hacia abajo?) para mordisquearle la zona sensible de detrás del lóbulo de la oreja.

Como siempre, su contacto hizo que su cuerpo entero vibrara expectante. Echó la cabeza hacia atrás y gimió suavemente, mientras un líquido calor corría por sus venas.

—Te quiero —le susurró él al oído, mientras bajaba acariciando su cuerpo con sus grandes manos, quitándole el vestido, que se quedó flotando, pero eso Mia apenas lo notó; no podía apartar la vista del hombre al que amaba más que a la vida misma.

Mia pensó que jamás se cansaría de escucharle decir esas palabras, observando como él se apartaba un segundo para quitarse su propia ropa. La camisa desapareció primero, luego sus shorts, y entonces se quedó completamente desnudo, mostrando un cuerpo impresionante en su perfección masculina. El hecho de que estuvieran flotando en el aire añadía un punto de surrealismo a toda la escena, haciendo que Mia sintiese que estaba teniendo un sueño erótico poco habitual.

Estiró los brazos y recorrió su pecho con las manos, admirando la suave textura de su piel y los músculos duros como rocas de debajo.

—Yo también te quiero —murmuró, y vio cómo se le encendían aún más los ojos por el deseo.

Le acercó y le dio la vuelta para que se quedaran flotando en perpendicular, con la parte inferior del cuerpo de ella a la altura de sus ojos. Antes de que ella pudiera decir nada, él ya estaba abriendo sus muslos, exponiendo sus delicados pliegues a su mirada hambrienta.

—Tan hermoso... —susurró—, tan cálido y húmedo... No puedo esperar a saborearte... —y a sus palabras siguió un lento lametazo en su zona más privada— a hacer que te corras...

Gimiendo, Mia cerró los ojos, y la tensión habitual

empezó a enroscarse profundamente en su vientre. Estar flotando en el aire parecía agudizarle todos los sentidos. Sin una superficie en la que tumbarse ni nada más que tocase su cuerpo, lo único que podía sentir, lo único en lo que podía concentrarse, era en el increíble placer que le daban su boca, lamiendo y mordisqueando alrededor de su clítoris, y sus fuertes manos acariciándole los muslos arriba y abajo.

Sin avisar, un poderoso orgasmo estalló por todo su cuerpo, naciendo de lo más profundo de ella y extendiéndose hacia afuera. Mia gritó y sus dedos se encorvaron por la intensidad de la tensión liberada, y luego él la giró hasta que se encontraron cara a cara. Antes de que sus palpitaciones hubieran podido detenerse siquiera, él ya tenía su gruesa polla junto a su vagina, y entró en ella con un fluido empentón.

Mia contuvo una exclamación, abrió los ojos y le agarró por los hombros, con el impacto de su posesión reverberando por todo su cuerpo. Él se detuvo un instante, y entonces empezó a moverse lentamente, dándole tiempo a ella para adaptarse a la plenitud de su interior. Con cada cuidadosa embestida, la punta de su polla presionaba el punto sensible de su interior, haciéndola jadear por la sensación.

Parecían estar siendo eternos esos empujones suaves y calculados, cada uno de ellos llevándola más cerca de llegar pero sin realmente hacerlo. Gimiendo de frustración, Mia le clavó las uñas en los hombros, queriendo que él se moviera más rápido.

—Por favor, Korum... —susurró, sabiendo que a

veces eso era lo que él deseaba, que le gustaba oírla suplicar por el placer final.

—Oh, lo haré —murmuró él, con los ojos casi de oro puro—. Definitivamente te haré un favor, mi cielo—. Y sosteniéndola firmemente con un brazo, le pasó el otro por detrás hasta llegar a la zona por donde estaban unidos, bañando un dedo en la humedad que allí había. Entonces, para sorpresa de ella, su dedo se aventuró más arriba, entre los suaves semicírculos de sus nalgas, y presionó suavemente contra la diminuta abertura trasera.

A Mia se le cortó el aliento, y levantó la vista hacia él con una mezcla de temor y excitación.

—Shhh, relájate... —la tranquilizó él, con voz aterciopelada. Y antes de que ella pudiera decir nada, él bajó la cabeza, comiéndole la boca con un beso profundo y seductor, al mismo tiempo que su dedo comenzaba a entrar en ella.

Al principio, parecía doler y quemar, y la extraña intromisión le hizo retorcerse contra él en un vano esfuerzo por aliviar su malestar. Con su polla enterrada hasta el fondo dentro de ella, la invasión adicional de su cuerpo era demasiado, todo un conjunto de sensaciones extrañas y desconcertantes. Una vez él se hubo detenido, sin embargo, con su dedo solo parcialmente dentro de ella, el ardor comenzó a desvanecerse, dejando a su paso una rara sensación de plenitud.

Korum levantó la cabeza y la miró fijamente a través de unos párpados entrecerrados.

—¿Todo bien? —le preguntó con dulzura, y Mia asintió vacilante, incapaz de decidir si le agradaba o no esa peculiar sensación.

—Bien —susurró él, y comenzó a mover sus caderas de nuevo, manteniendo su dedo inmóvil—. Simplemente relájate... Sí, buena chica...

Mia cerró los ojos y se concentró en no ponerse tensa, aunque le estaba resultando cada vez más difícil. El extraño malestar de alguna manera fue haciendo su aportación a la presión que se iba reuniendo dentro de ella, y cada empuje de su polla iba haciendo que el dedo también se moviera, aunque fuera levemente, abrumando a sus sentidos. Su ritmo fue aumentando poco a poco, sus caderas se movían más y más deprisa... y entonces de repente se encontró volando en mil pedazos, con el cuerpo entero convulsionando por un orgasmo tan intenso que la dejó débil y jadeante al terminar.

Korum gimió, martilleando contra ella mientras sus músculos internos apretaban rítmicamente su pene, desencadenando su propio clímax. Ella pudo sentir los chorros calientes de su semilla dentro de su vientre, escuchar su áspera respiración en sus oídos, a la vez que su brazo se apretaba alrededor de su cintura, sosteniéndola firmemente en su lugar.

Cuando todo hubo acabado, él retiró el dedo despacio y le dio un dulce y suave beso.

Y se quedaron juntos a la deriva unos minutos más, con los cuerpos resbaladizos por el sudor e íntimamente entrelazados.

AL DÍA SIGUIENTE, Mia despertó, se desperezó, y una enorme sonrisa apareció en su cara al recordar lo que había pasado el día anterior. Parecía que Korum solo acababa de empezar a introducirla en los variados placeres eróticos que le tenía preparados... y apenas podía esperar a experimentarlos todos. Estuviera bien o mal, ahora mismo era totalmente adicta a él, al placer que experimentaba entre sus brazos, y no podía imaginarse estar jamás con otro... y menos aún con un humano normal.

Tenía gracia: siempre había oído que las relaciones tendían a perder su intensidad inicial con el tiempo, pero parecía que su pasión solo se hacía más fuerte con cada día que pasaba. En parte, eso era por el hecho de que Korum era un amante extraordinario; a lo largo de sus dos mil años de vida había tenido mucho tiempo para aprenderse todas las zonas erógenas del cuerpo femenino. Pero también había algo más, algo indefinible, esa química única entre ellos que había resultado obvia desde el primer momento.

A veces a ella le asustaba hasta qué punto le necesitaba ahora. Su sed iba más allá de lo físico, aunque no podía imaginarse pasar un solo día sin el alucinante placer que experimentaba entre sus brazos. Era como si estuvieran sintonizados a nivel celular: dos mitades de un mismo todo.

Todavía sonriendo, Mia salió de la cama. Cogió su dispositivo de pulsera y lo miró para ver la hora. Para su sorpresa, ya eran las ocho de la mañana, lo que significaba que solo le quedaba una hora para desayunar y llegar al laboratorio. Aunque fuese sábado, era día laborable en Lenkarda, ya que los krinar no seguían el calendario humano en lo que a los fines de semana se refería. Su "semana" solo tenía cuatro días en vez de siete: tres días de trabajo, seguidos de uno de descanso. Mia todavía pensaba en el tiempo en términos del calendario humano; claro que eso era a lo que estaba acostumbrada.

Korum ya se había ido, así que Mia le pidió a la casa que le hiciera un batido y se fue corriendo a darse una ducha rápida. Hasta eso era diferente ahora, después de los trabajos de reforma de Korum. En lugar del combo ducha-jacuzzi al que ella se había acostumbrado, el baño ahora tenía un compartimento circular con la misma tecnología inteligente que el resto de la casa. El agua salía de todas partes y de ninguna, restregando y masajeando cada parte de su cuerpo, y ajustando la presión y la temperatura automáticamente a sus necesidades. Tampoco tuvo que hacer ningún esfuerzo para lavarse; en vez de eso, jabones suavemente perfumados, champús y algún tipo de raro aceite se le fueron aplicando mientras ella simplemente se quedaba quieta, dejando que la tecnología krinar hiciera todo el trabajo.

Cuando terminó de ducharse, Mia salió y unos chorros de aire caliente la secaron. También su pelo, que automáticamente quedó seco y peinado en rizos brillantes y suaves que podían haber sido el resultado de una sesión en una peluquería de lujo. Al mismo tiempo, su boca se llenó con el sabor de algo refrescantemente limpio, como si acabara de lavarse los dientes.

Para cuando terminó de ducharse y estuvo vestida, ya había un batido de fresa y almendras sobre la mesa de la cocina. Mia lo cogió sobre la marcha, salió de la casa y se dirigió a su trabajo.

AUNQUE SÓLO HABÍA ESTADO FUERA UNA SEMANA, Mia se dio cuenta de que había echado de menos el entorno del laboratorio. Le encantaba aprender, y el desafío de dominar una materia difícil nunca le había intimidado. Parte de su reticencia inicial en empezar algo con Korum se había debido a su miedo a perderse a sí misma, de convertirse en nada más que una esclava sexual con pretensiones. Pero en cambio, parecía haber descubierto un modo de convertirse en un individuo útil para la sociedad krinar, de aportar su pequeño granito de arena. Al encontrarle las prácticas, Korum había hecho algo más que simplemente mejorar su currículum; le había demostrado que la consideraba una persona inteligente y capaz, alguien a quien podía no solo desear, sino también respetar.

Cuando llegó al laboratorio, Mia se pasó la mayor parte de la jornada poniéndose al día sobre lo que se había perdido durante su semana en Florida. A pesar de sus charlas casi a diario con Adam, su compañero de proyecto, sentía que se había quedado atrás en algunos de los últimos avances. Tampoco tenía demasiado tiempo para coger el ritmo de nuevo porque Adam planeaba marcharse a visitar a su propia familia adoptiva humana esa misma tarde.

—¿Cómo es que Saret te ha dejado? —bromeó Mia—. ¿Marcharte toda una semana? Korum prácticamente tuvo que retorcerle el brazo para que me dejara irme el mismo tiempo, y tú eres mucho más útil...

Adam se encogió de hombros.

—No tuvo demasiada elección. Le dije que me iba, y eso fue todo.

Mia le sonrió, impresionada de nuevo por el joven krinar. A pesar de su educación humana, o tal vez a causa de ella, era capaz de plantarle cara a cualquiera de ellos.

Por fin, alrededor de las cuatro, Adam le dio un montón de lecturas y salió para empezar sus vacaciones, dejándola sola en el laboratorio. Los otros aprendices estaban trabajando en un proyecto conjunto con el laboratorio mental de Tailandia, y se habían ido allí unos días para concluir algún experimento.

Mia se pasó las siguientes dos horas leyendo y después fue a comprobar los datos que estaban siendo generados por la simulación virtual de un joven cerebro krinar. Parecía que el último método que ella y Adam habían ideado era de hecho un paso en la dirección correcta. La transferencia de conocimientos estaba teniendo lugar a un ritmo más rápido y con menos efectos secundarios desagradables. Con suerte, podrían mejorarlo todavía más para el final del verano.

—¿Cómo han ido tus vacaciones en Florida? —preguntó una voz conocida desde detrás de ella, y Mia dio un respingo, sobresaltada.

Mientras se volvía, respiró hondo para intentar reducir la velocidad de su pulso.

—Me has asustado —le dijo a Saret, sonriéndole—. No sabía que hubiera nadie más en el laboratorio.

Su jefe se pasó los dedos por sus oscuros cabellos.

—Solo estoy terminando unas cosas. —Parecía extraordinariamente tenso, y Mia pensó que tenía pinta de cansado, lo cual era raro en un krinar.

—¿Va todo bien? —preguntó vacilante, sin querer traspasar ningún límite. Aunque llevaba un par de semanas trabajando para Saret, sentía que no lo conocía aún. Él no pasaba demasiado tiempo en el laboratorio, ya que el proyecto en el que estaba trabajando, fuera el que fuese, le llevaba por todo el mundo. Cuando sí estaba, se quedaba por lo general en su oficina, aunque ella lo había sorprendido mirándola algunas veces, aparentemente vigilando al único ser humano que hubiera accedido jamás a su laboratorio.

—Por supuesto —dijo Saret, y su rostro se relajó esbozando una sonrisa —¿Por qué no iba a ir bien? Una de mis ayudantes favoritas ha vuelto.

Mia le devolvió la sonrisa, sintiéndose ligeramente incómoda.

—Gracias —dijo—. Es genial estar de vuelta. Acabo

de mirar los datos, y definitivamente se han hecho progresos...

—Eso es estupendo —la interrumpió Saret—. Estoy deseando recibir pronto tu informe.

—Por supuesto. Lo haré esta noche...

—No, no es necesario. Hoy puedes irte a casa temprano. Es el primer día que has vuelto, y sé que tu cheren no estará contento si te retengo hasta tarde.

Sorprendida, Mia asintió.

—Vale, si estás seguro... —Normalmente a Saret no le gustaba que sus aprendices no se quedaran el día entero. Incluso había discutido con Korum sobre eso al principio de las prácticas de Mia. Y ahora parecía que de verdad quería que ella se marchara... Sin embargo, no iba a ponerle ninguna pega; de todos modos, había planeado irse a casa en una hora.

—Estoy seguro. —Saret le sonrió. Hubo algo en esa sonrisa que la hizo sentir incómoda, pero no pudo decidir qué era.

—Estupendo entonces, gracias. Nos vemos mañana —dijo Mia, mientras pasaba por su lado. Y al hacerlo, podría haber jurado que él se acercó un poco, cogiendo aire... casi como si estuviera inhalando su aroma.

Mia se dijo a sí misma que sería cosa de su imaginación hiperactiva, salió del laboratorio y se subió a una pequeña nave que estaba aparcada junto al edificio. Korum la había hecho para ella con el propósito expreso de que viajara por Lenkarda. Igual que el dispositivo de pulsera que le había dado, estaba programada para responder a sus órdenes verbales.

Sintiéndose cansada después de un día de tanto trabajo, Mia se sentó en uno de los asientos inteligentes y ordenó a la nave que la llevara a casa.

~

SARET OBSERVÓ CÓMO MIA SE MARCHABA, con las manos casi temblorosas por el ansia de extender el brazo y tocarla.

Tenerla tan cerca después de su larga ausencia había sido una tortura. La tenue dulzura de su aroma impregnaba el laboratorio, y había sido incapaz de detenerse a sí mismo y no acercarse, no aspirarlo. Si ella no se hubiera marchado justo entonces, él habría hecho algo estúpido... como acercársela para probar un poquito su sabor. Y no habría sido capaz de probar solo un poquito.

Cuando intentaba analizar su propia mente, como cualquier experto de la mente debería de hacer, podía encontrar una docena de razones por las que se había obsesionado tanto con ella. La primera y más importante: que ella pertenecía a Korum. Hasta cuando eran niños, Saret siempre había deseado los juguetes de Korum. Su enemigo había sido ingenioso incluso en esa época, cambiando los diseños de los juegos populares y creando cosas que eran mejores que las de todos los demás. Saret había odiado a Korum por ello entonces, y le odiaba ahora. Por supuesto, nunca lo había demostrado. A los enemigos de Korum nunca les iba bien. Era mucho mejor ser su amigo... o al menos actuar como si uno lo fuera.

Y Mia era el juguete más insuperable. Tan pequeña, tan delicada, tan perfectamente humana. Por primera vez, Saret entendía por qué su especie tenía mascotas. Tener una criatura tan linda que sea tuya, acariciarla y tocarla a tu antojo... tenía algo increíblemente atrayente. Sobre todo, cuando esa criatura te quería, dependía de ti... Ella haría una muy buena mascota, pensó Saret irónico, con esa densa melena de pelo que parecía tan suave y agradable al tacto.

Estaba sorprendido de que Korum la dejara pasar tanto tiempo lejos de él. Saret lo había puesto a prueba al principio, insistiendo en que Mia trabajara a jornada completa, solo por ver si eso convencería a Korum de lo ridículo que era tener a un humano en un ambiente de trabajo krinar. Su némesis era la última persona de la que esperaría que tratara a una humana como a una igual. Sí, ella era inteligente, al menos para ser una humana, pero también era joven y maleable. No le costaría demasiado moldearla en lo que él quisiera que fuera. Lo que ella pensaba ahora que quería... nada de eso importaba de verdad. Si hubiera sido *su* charl, la habría convencido fácilmente de estar contenta con su papel, dentro de su vida, dentro de su cama. Había tantas diversiones para que una chica humana disfrutara: todo tipo de tratamientos de spa virtuales y reales, ropa bonita, grabaciones interesantes, libros divertidos... Y en vez de eso, Korum la tenía trabajando sin parar. No era de extrañar que ella todavía se opusiera a ser una charl. Su cheren simplemente no sabía cómo tratarla correctamente.

Suspirando, Saret volvió a entrar en su oficina. Todos los análisis de la mente del mundo no cambiarían el hecho de que él la deseaba. Y pronto podría tenerla. Solo necesitaba ser paciente un poco más.

Poniendo de nuevo su atención en su tarea, Saret hizo aparecer un mapa tridimensional de Shanghái.

China era la siguiente en su lista.

CAPÍTULO DOS

—No hay nada de qué preocuparse —dijo Korum con dulzura, poniendo un punto blanco en la mejilla de Mia—. Te van a adorar, igual que yo.

Mia retorció un mechón de pelo nerviosamente entre sus dedos y luego se lo puso detrás de la oreja.

—¿No les importará que sea humana?

—No —la tranquilizó él—. Ya lo saben todo de ti, y están muy contentos de que haya encontrado a alguien que me importe tanto.

Cuando llegó de trabajar, Korum la había sorprendido con la noticia de que quería que ella también conociera a *su* familia. Así que estaba a punto de llevarla a un entorno de realidad virtual donde iba a conocer a sus padres. Supuestamente, el entorno era muy realista, y ella podría interactuar con sus padres como si estuvieran viéndose en persona.

También estaba en Krina.

—¿Estás seguro de que no tengo que cambiarme? —Mia sabía que estaba remoloneando, pero se sentía ridículamente ansiosa—. ¿Y no le importará a tu madre que lleve el collar de vuestra familia?

—Estás preciosa, y el collar te queda perfecto —dijo él, rotundo. Mi madre estará encantada de verlo en tu cuello; me lo dio explícitamente para eso... para dárselo a la definitiva, la persona de la que me hubiera enamorado.

Mia respiró hondo, intentando que el corazón no se le desbocara.

—Vale, entonces estoy lista. —Por lo menos tan lista como podría estarlo jamás para conocer a los padres de su amante extraterrestre, que residían miles a de años luz de distancia.

Korum sonrió y el mundo se puso borroso durante un segundo.

Mia se sintió mareada, cerró los ojos y cuando los volvió a abrir estaba dentro de un edificio grande y espacioso que se parecía vagamente a la casa de Korum en Lenkarda. Era transparente y en el exterior se veían plantas exóticas. La mayor parte de las plantas eran de un verde normal, pero también proliferaban los tonos rojos, naranja y amarillos. Era asombrosamente hermoso. El interior del edificio tenía el mismo ambiente 'Zen' que la casa de Arman. Todo era de un bonito color blanco hueso y el sol, que entraba a raudales a través del techo transparente, se reflejaba brillantemente en un maravilloso arreglo floral que había en el centro de la habitación, y constituía el único toque de color que rompía el prístino ambiente. Las flores parecían crecer directamente de una abertura en el suelo. A lo largo de las paredes, había unas planchas flotantes de aspecto conocido que hacían las veces de mobiliario multifuncional.

—Es precioso —susurró Mia, mirando el cuarto a su alrededor—. ¿Es esta la casa de tus padres?

Korum asintió, sonriente. Parecía muy contento.

—Es el hogar de mi infancia —explicó, cogiéndole de la mano y dándole un suave apretón.

Como de costumbre, su contacto le hacía sentir calor por dentro, y ella se maravilló otra vez por lo auténtica que parecía esta realidad virtual. De alguna manera, esto era incluso más convincente que aquel club donde él la había llevado una vez para satisfacer sus fantasías. Todos sus sentidos estaban completamente activados, como si ella estuviera físicamente presente allí, en un planeta de una galaxia diferente.

Al inhalar profundamente, Mia se dio cuenta de que el aire era un poco más pobre en oxígeno de lo estaba acostumbrada, como si estuvieran a gran altitud. De hecho se sentía un poco mareada, y esperaba poder aclimatarse pronto. La temperatura era agradablemente cálida y parecía brotar una leve brisa de algún lugar, a pesar de que estaban dentro del edificio. Había también un aroma exótico pero atractivo en el aire. Posiblemente provenía de las flores, decidió Mia. El aroma era casi... frutal. Ella nunca había olido nada igual.

Mientras Mia estudiaba lo que les rodeaba, una de las paredes se disolvió y dejó paso a una mujer krinar. Era alta y delgada, con el cuerpo de piernas largas de una supermodelo y cabello oscuro y brillante. Sus ojos eran del mismo color ámbar cálido que los de Korum. Solo podía tratarse de la madre de Korum; el parecido era inconfundible.

Al verlos allí, su rostro se iluminó con una enorme sonrisa.

—Mi niño —dijo suavemente, con ojos que brillaban de amor al mirar a su hijo—, estoy tan contenta de verte. —Como pasaba con todas las K, era imposible determinar su edad; no parecía pasar ni un día de los veinticinco.

Korum soltó la mano de Mia, cruzó la habitación y le dio a su madre un dulce abrazo.

—Yo también, Riani, yo también...

Mia observó el reencuentro, sintiendo que se estaba entrometiendo en un momento familiar privado. No era capaz de llegar a imaginarse lo que podía ser para sus padres tener a su hijo viviendo tan lejos. Sí, podían verse de esta forma virtual, pero probablemente aún echaban de menos verlo en persona.

Korum se volvió hacia Mia, sonrió y dijo:

—Ven aquí, cariño. Permíteme que te presente a mi madre.

Los labios de Mia dibujaron una sonrisa recíproca, y ella se acercó, notando la manera en que los ojos de la K la examinaban de pies a cabeza. Empezaron a sudarle las palmas de las manos. ¿Qué estaba pensando esta hermosa mujer? ¿Se preguntaba cómo su hijo había terminado con una humana?

Mia se detuvo a medio metro y sonrió más aún.

—Hola —dijo, sin estar segura de si debía acercarse y acariciar con los nudillos la mejilla de la K. Ella había aprendido en las últimas semanas que ese era el saludo habitual entre las mujeres krinar.

La madre de Korum ignoró esas reservas. Levantó la mano, tocó suavemente la mejilla de Mia y le devolvió la sonrisa.

—Hola, querida mía. Estoy enormemente encantada de conocerte por fin.

—Riani, esta es Mia, mi charl —dijo Korum—. Mia, esta es Riani, mi madre.

—Es un gran placer conocerte, Riani. —Mia estaba empezando a sentirse más a gusto. A pesar de la despampanante belleza y el aspecto juvenil de la mujer, había algo en su comportamiento que era muy tranquilizador. Casi maternal, pensó Mia sonriendo interiormente.

—¿Dónde está Chiaren? —preguntó Korum, dirigiéndose a su madre.

—Oh, llegará enseguida —dijo ella, agitando la mano—. Le han entretenido en el trabajo. No te preocupes... él sabe que estáis aquí.

Chiaren tenía que ser el padre de Korum, decidió Mia. Era interesante que llamara a sus padres por su nombre, aunque también tenía sentido. Como los K eran tan longevos, las barreras entre las generaciones probablemente estuvieran mucho menos definidas que para los humanos. Aunque Korum le había mencionado una vez que sus padres eran mucho mayores que él, ella suponía que la diferencia entre tener dos mil años y varios milenios no era demasiado acusada.

Un suave zumbido interrumpió las reflexiones de Mia. Giró la cabeza hacia un lado y vio como la pared se volvía a abrir. Un guapo krinar de tez morena entró, vestido a la manera de los K. Cruzó rápidamente la habitación, levantó la mano y tocó con la palma el hombro de Korum, saludando a su hijo.

Korum le devolvió el gesto, pero parecía mucho más contenido de lo que había estado con su madre.

—Hola, Chiaren —dijo con voz serena—. Estoy contento de que hayas podido venir.

Algo en el tono de su voz sorprendió a Mia. ¿Había una cierta tensión entre padre e hijo?

Su padre inclinó la cabeza.

—Por supuesto. No me perdería tu visita. —Entonces, dirigiendo su atención hacia Mia, ladeó la cabeza y la estudió con una expresión inescrutable en la cara.

Mia tragó saliva, necesitando repentinamente humedecer su garganta seca. La postura de Chiaren, el rictus ligeramente burlón de sus labios... todo eso le resultaba muy familiar. Puede que Korum tuviera el aspecto de su madre, pero definitivamente también había heredado rasgos de personalidad de su padre. Ella encontró al K intimidante, con su mirada fría y oscura y esa carencia de ninguna emoción visible. Le recordaba a cómo era Korum cuando se conocieron.

—Chiaren, esta es Mia —dijo Korum, acercándose a ella y pasándole un brazo protector por los hombros—. Ella es mi charl. Mia, este es mi padre, Chiaren.

El K sonrió, pareciendo repentinamente mucho más cercano.

—Qué encanto —exclamó con suavidad—. Vaya chica humana tan bonita que tienes ahí. ¿Cuántos años tienes, Mia? Pareces más joven de lo que me imaginaba.

—Tengo veintiuno —dijo Mia, consciente de que probablemente aparentaba estar al final de la adolescencia. Era un problema común para los que tenían la constitución tan menuda como ella, un problema que ahora nunca desaparecería.

La sonrisa de Chiaren se hizo más amplia.

—Veintiuno...

Mia se sonrojó al darse cuenta de que él la consideraba poco más que una niña. Y en comparación con él, lo era. Aun así, ella hubiera preferido que su edad no le resultara tan divertida.

—Mia, querida, cuéntanos algo sobre ti —dijo Riani, con una cálida sonrisa de ánimo—. Korum mencionó que estás estudiando la mente. ¿Es eso cierto?

Mia asintió, volviendo su atención a la madre de Korum. Todavía no sabía cómo se sentía con respecto a su padre, pero definitivamente Riani le estaba empezando a gustar.

—Sí —confirmó—. Empecé a trabajar con Saret este

verano. Antes de eso, me especialicé en Psicología en una de nuestras universidades.

—¿Qué te están pareciendo hasta ahora? ¿Tus prácticas? —preguntó Chiaren—. Imagino que deben de ser bastante distintas de todo lo que hayas hecho antes. —Parecía auténticamente curioso.

—Sí, lo son —dijo Mia—. Estoy aprendiendo muchísimo. —Mucho más en su elemento, se lo contó todo sobre su trabajo en el laboratorio, y sus ojos se iluminaron mientras hablaba del proyecto de transferencia de conocimientos.

Después, Riani le preguntó por su familia, pareciendo particularmente interesada por el hecho de que Mia tuviese una hermana. El embarazo de Marisa pareció fascinarla, y escuchó con atención como Mia relataba las dificultades que su hermana había vivido antes de la llegada de Ellet. Después de eso, Chiaren quiso saber más sobre los padres de Mia y sus ocupaciones, y cómo se medían las contribuciones humanas a la sociedad, así que Mia habló un rato sobre el papel de los maestros y profesores en el sistema educativo americano.

Antes de que pasara mucho tiempo, se encontró enfrascada en una animada conversación con los padres de Korum. Se enteró de que habían estado juntos cerca de tres milenios, y que Riani era casi quinientos años mayor que su compañero. A diferencia de Korum, que había descubierto su pasión por el diseño tecnológico desde el principio, Riani y Chiaren eran "diletantes". La mayoría de los krinar lo eran en realidad. En lugar de especializarse en un tema específico, cambiaban con frecuencia de carreras y áreas de interés, sin alcanzar el nivel de "expertos" en ningún campo en particular. Como resultado, aunque su posición en la sociedad era absolutamente respetable, ninguno de los padres de Korum había estado mínimamente cerca de formar parte del Consejo.

—No estoy segura de cómo logramos engendrar un niño tan inteligente y ambicioso —le confió Riani, sonriente—. Ciertamente, no fue algo intencionado.

Al ver la expresión perpleja en la cara de Mia, Chiaren le explicó:

—Cuando una pareja decide tener un hijo, generalmente lo hace bajo condiciones muy controladas. Eligen la combinación óptima de características físicas y capacidades intelectuales, consultan a los mayores expertos médicos...

—¿La mayoría de los krinar son bebés de diseño? —Mia abrió mucho los ojos al caer en la cuenta: eso explicaba por qué todos los krinar que había conocido eran tan guapos. Ellos habían tomado el control de su propia evolución practicando una forma de selección genética para sus hijos. Tenía todo el sentido. Cualquier civilización lo bastante avanzada como para manipular su propio código genético, como habían hecho los krinar para deshacerse de su necesidad de sangre, podría especificar fácilmente qué genes querían en su descendencia. Mia estaba sorprendida de que no se le hubiera ocurrido antes.

Chiaren dudó.

—No estoy familiarizado con ese término...

—Sí, exactamente —Korum dijo, sonriendo a Mia—. Pocos padres están dispuestos a jugar a la ruleta genética, no cuando hay una manera mejor.

—Pero nosotros sí lo hicimos —dijo Riani, con aire avergonzado—. Me quedé embarazada por accidente... uno de los pocos accidentes de este tipo en los últimos diez mil años. Hablamos de tener un hijo, y ambos dejamos los anticonceptivos, planeando ir a un laboratorio como todas las otras parejas que conocíamos. Estadísticamente, las posibilidades de quedarse embarazada de forma natural en el primer año fértil son algo así como una entre un millón. Por supuesto, esto ocurrió durante mi periodo de estudios musicales, y yo estaba muy metida en la expresión vocal, hasta el punto que retrasamos la visita al laboratorio unos cuantos meses. Y para cuando el experto me vio, ya llevaba tres semanas embarazada de Korum.

—Soy un salto atrás en la evolución, ya ves —dijo Korum, riendo—. No tuvieron ningún control sobre los rasgos genéticos que yo heredaría de mis antepasados.

Mia le sonrió.

—Bueno, creo que es bastante obvio de dónde has sacado tu complexión en general en cuanto al color.

—Podía haber sido el hermano gemelo de Riani, en vez de su hijo.

—Es lo de la ambición lo que nos sorprende —dijo

Chiaren, lanzando a su hijo una mirada indescifrable—. Parece haber surgido de la nada...

Los ojos de Korum se entornaron un poco, y Mia percibió que este probablemente fuera el punto de discordia entre padre e hijo. Ella decidió preguntarle a Korum por ello después. Por ahora, tenía curiosidad sobre este nuevo cotilleo acerca de su amante del que acababa de enterarse.

—Entonces no eres un bebé de diseño, ¿eh? —Se burló, sonriéndole.

—Noo —sonrió Korum—. Soy todo lo natural que puedas desear.

—Bueno, has salido perfecto de cualquier modo —dijo Mia, estudiando sus hermosos rasgos masculinos. No podía imaginarse cómo podía llegar a ser más atractivo.

Para su sorpresa, Korum meneó la cabeza.

—No, en realidad, no. Tengo una pequeña deformidad.

—¿Qué? —Mia lo miraba en shock. ¿Este hombre con una belleza de infarto tenía una deformidad? ¿Dónde la había escondido todo este tiempo?

Él sonrió y señaló el hoyuelo en su mejilla izquierda.

—Sí, justo ahí. ¿La ves?

Mia le lanzó una mirada de incredulidad.

—¿Tu hoyuelo? ¿En serio?

Él asintió, con los ojos brillantes por la risa.

—Se considera una deformidad entre los de mi

especie. Pero he aprendido a vivir con ella. Al parecer, a algunas mujeres hasta les gusta.

¿Gustarles? A Mia le encantaba, y eso le dijo, haciendo que él y sus padres se echaran a reír.

—Probablemente deberíamos irnos marchando —dijo Korum después de un rato—. Es hora de cenar, y Mia necesita dormir un poco antes de levantarse temprano para ir a trabajar por la mañana.

—Por supuesto. —Riani le dirigió una cálida mirada de comprensión—. Sé que los humanos se cansan más fácilmente...

Mia abrió la boca para protestar, pero luego cambió de opinión. Era la verdad, incluso si ella no estaba particularmente cansada en este momento. En vez de eso, dijo:

—Ha sido estupendo conocerte, Riani... y a ti, Chiaren. Me lo he pasado muy bien hablando con vosotros dos.

—Igualmente, querida, igualmente. —Riani acarició de nuevo su mejilla con suavidad —. Esperamos verte pronto.

Mía sonrió y asintió:

—Por supuesto. Estoy deseándolo.

—Ha sido un placer conocerte, Mia —dijo el padre de Korum, sonriente. Entonces, volviéndose hacia Korum, añadió—: y ha estado bien verte, hijo mío.

Korum inclinó la cabeza.

—Hasta la próxima.

Y el mundo volvió a hacerse borroso a su alrededor, haciendo que Mia cerrase los ojos. Cuando volvió a abrirlos, estaban de vuelta en casa de Korum, en Lenkarda.

~

—ME GUSTAN TUS PADRES —le dijo Mia a Korum mientras cenaban—. Parecen muy majos.

—Oh, lo son —dijo Korum, mordiendo un pedazo de jícama con sabor a granada—. Riani es estupenda. Chiaren también, aunque no siempre estemos de acuerdo en ciertas cosas.

—¿Por qué no?

Él se encogió de hombros.

—No estoy seguro. Siempre ha sido así. En algunos aspectos, somos demasiado parecidos, pero en otros, somos totalmente diferentes. Nunca ha entendido por qué he dedicado todo mi tiempo a desarrollar mi empresa en vez de simplemente disfrutar de la vida y encontrar una compañera, como hizo él. Y todavía no me ha perdonado por marcharme de Krina y privar a Riani de su único hijo, a pesar de que yo los visite con frecuencia en el mundo virtual.

Mia sonrió, viendo cosas que le sonaban a su propia familia en esa dinámica... Ya había sido bastante complicado para sus padres que ella se fuera a la universidad a Nueva York; no podía ni imaginarse cómo habrían afrontado que se largara a otra galaxia. Realmente, no podía culpar al padre de Korum por estar molesto, especialmente si no comprendía ni apreciaba la ambición de su hijo.

Todavía pensando en la familia de Korum, Mia siguió comiendo lentamente su guiso, disfrutando de la apetitosa combinación de raíces y hortalizas de potente sabor de Krina. De repente, se le ocurrió algo inquietante, que le hizo soltar el cubierto y levantar la vista hacia a Korum.

—¿Tú querrías volver a vivir en Krina alguna vez? —preguntó, frunciendo un poco el ceño—. Debes de echar de menos a tus padres, y todo parecía tan bonito por allí...

Él titubeó un par de segundos.

—Quizás algún día —dijo por fin, devolviéndole una inescrutable mirada dorada—. Pero probablemente no en mucho tiempo.

Mia sintió una ligera opresión en el pecho.

—¿Y qué pasaría conmigo?

—Tú vendías conmigo, por supuesto —dijo con despreocupación, y bebió un sorbo de agua—. ¿Hay alguna otra opción?

Ella respiró profundamente, tratando de mantener la calma:

—¿A otro planeta? ¿Dejando todo y a todos atrás?

Él entornó ligeramente los ojos.

—No he dicho que fuéramos a irnos pronto, Mia. Quizá ni siquiera mientras tu familia siga viva. Pero algún día, sí, puede que necesite visitar Krina y querré que vengas conmigo.

Mia parpadeó y apartó la mirada, con el corazón encogido al serle recordada la diferencia que ahora existía entre ella y el resto de la humanidad. Gracias a los nanocitos que circulaban por su cuerpo, nunca envejecería ni moriría... pero también sobreviviría a sus seres queridos. El hecho de que los krinar tuvieran los medios para alargar la vida humana indefinidamente pero decidieran no usarlos le molestaba mucho, haciéndole sentirse culpable cada vez que pensaba en ese tema.

—Mia... —Korum se estiró por encima de la mesa para cogerle la mano—. Escúchame. Te conté que iba a hacerles una petición a los Ancianos en nombre de tu familia, y ya he empezado el proceso. Pero no puedo prometerte nada. Nunca he oído que se hiciera ninguna excepción por nadie que no fuese considerado charl.

—Pero, ¿por qué? —preguntó Mia con frustración—. ¿Por qué no compartir vuestro conocimiento, vuestra tecnología con nosotros? ¿Por qué este asunto les importa tanto a los Ancianos?

Korum suspiró, acariciándole la palma de la mano con el pulgar.

—Ninguno de nosotros lo sabe exactamente, pero tiene algo que ver con el hecho de que todavía sois muy imperfectos como especie, y los Ancianos quieren que tengáis más tiempo para evolucionar...

—¿Que somos imperfectos? —Mia se le quedó mirando, incrédula— ¿Qué se supone que quiere decir eso? ¿Qué, estás diciendo que somos defectuosos? ¿Como una pieza de coche que no funciona bien?

—No, no como una pieza de coche —le explicó él pacientemente, tensando los dedos cuando ella intentó liberar su mano—. Tu especie es muy joven, eso es todo. Tu sociedad y tu cultura están evolucionando a un ritmo rápido, y vuestra alta tasa de natalidad y corta esperanza de vida probablemente tengan algo que ver con eso. Si os diéramos nuestra tecnología ahora mismo, si cada humano pudiera vivir miles de años, vuestro planeta estaría rápidamente superpoblado... a menos que también hiciéramos algo con vuestra tasa de natalidad. Verás, Mia, es todo o nada: o lo controlamos todo u os dejamos básicamente en paz. No existe un buen término medio en esto, mi vida.

Mia notó como apretaba los dientes.

—Entonces, ¿por qué no darle esa opción a la gente? —preguntó, enfadada por todo el asunto—. ¿Por qué no dejarles elegir si quieren vivir durante mucho tiempo o si preferirían tener hijos? Estoy segura de que muchos optarían por lo primero antes que enfrentarse a la enfermedad y la muerte...

—No es tan sencillo, Mia —dijo Korum, mirándola a la cara—. Verás, la sobrepoblación no es la única preocupación de los Ancianos. Cada generación trae algo nuevo a vuestra sociedad, cambiándola para mejor. No hace ni doscientos años que a los humanos de tu país no les parecía nada del otro mundo el tener esclavos. Y ahora esa idea es abominable para ellos, porque han pasado varias generaciones y los valores han cambiado. ¿Crees que podríais haber erradicado la esclavitud si las mismas personas que una vez tuvieron esclavos estuvieran todavía vivas? El progreso de tu sociedad se ralentizaría tremendamente si extendiéramos uniformemente vuestra esperanza de vida... y eso no es algo que los Ancianos quieran en este momento.

—Así que *somos* solo un experimento —dijo Mia, incapaz de ocultar la amargura de su voz—. Únicamente queréis ver lo que pasa con nosotros, sin importar cuantos humanos sufran en el proceso...

—Los humanos no estarían aquí para sufrir si no fuera por los krinar, mi vida —la interrumpió él aparentemente un poco divertido por su arrebato—. Tú omites ese hecho cuando te conviene.

—Vale, nos habéis creado, y ahora podéis jugar a ser Dios—. Ella notó como el antiguo resentimiento resurgía, haciéndola arremeter contra lo injusto de todo el asunto. Por mucho que amara a Korum, a veces su arrogancia le daba ganas de gritar.

Él sonrió, sin inmutarse lo más mínimo por su furia. Aflojó los dedos que sujetaban su palma, y su contacto se tornó suave y cariñoso de nuevo.

—Se me ocurren otras cosas a las que preferiría jugar —murmuró, con los ojos empezando a llenarse con un calor dorado.

Mientras Mia lo miraba incrédula, envió la mesa flotante lejos, eliminando las barreras entre los dos. Todavía sosteniendo su mano, tiró hasta que a ella no le quedó más opción que sentarse a horcajadas en su regazo.

—¿Crees que el sexo lo arreglará todo? —preguntó ella, irritada por la inevitable respuesta de su propio cuerpo a su cercanía. Daba igual lo furiosa que estuviera, lo único que él tenía que hacer era mirarla de cierta manera y ella estaba totalmente perdida, se convertía en un lago de líquido deseo.

—Mmm... Mmm... —Ya lo tenía inclinado hacia adelante para besarle el cuello, con la boca húmeda y caliente sobre su piel desnuda —. El sexo siempre hace que todo mejore —susurró, mordisqueando la sensible intersección entre su cuello y su hombro.

Y durante las horas siguientes, Mia no encontró razón alguna para estar en desacuerdo con esa afirmación.

Después del ruido y las multitudes de Shanghái, el inhóspito paisaje de la tundra siberiana era casi relajante. De no haber sido por el frío, Saret probablemente hubiera disfrutado visitando esta remota región del norte de Rusia.

Pero hacía frío. La temperatura aquí, justo por encima del Círculo Polar Ártico, nunca era lo suficientemente cálida para un krinar, ni siquiera en el día más caluroso del verano. Hoy, no obstante, estaba por debajo de cero, y Saret se aseguró de que cada parte de su cuerpo estuviera cubierta por ropa térmica antes de salir de la nave.

El edificio grande y gris frente a él constituía uno de los ejemplos más feos de la arquitectura de la era soviética. El alambre de púas y las torres de vigilancia en cada esquina delataban exactamente lo que era: una prisión de máxima seguridad para los peores delincuentes violentos de toda Rusia. Pocas personas conocían la existencia de este lugar, razón por la cual Saret lo había elegido para su experimento.

Se acercó a la puerta abiertamente, sin preocuparse de ser visto por ninguna cámara ni satélite. Para esta excursión, llevaba puesto un disfraz, uno de los dos que había desarrollado a lo largo de los años. No solo cambiaba su aspecto, sino también la capa exterior de su ADN, haciendo casi imposible descubrir su verdadera identidad. Los humanos veían que era un krinar, por supuesto, pero eso era todo lo que sabían acerca de él.

Al acercarse, la puerta se abrió dejándole entrar. Saret caminó rápidamente hacia el edificio, donde fue recibido por el alcaide, un humano barrigudo de mediana edad que apestaba a alcohol y cigarrillos.

Sin decir palabra, el director lo llevó a su oficina y cerró la puerta.

—¿Y bien? —preguntó Saret en ruso en cuanto tuvieron privacidad—. ¿Tienes los datos que te pedí?

—Sí —dijo el funcionario de prisiones lentamente—. Los resultados son bastante... excepcionales.

—¿Excepcionales, cómo?

—Han pasado seis semanas desde su última visita —dijo el humano, jugueteando nerviosamente con un bolígrafo—. Durante el mes pasado, no hemos tenido ni un solo homicidio. En las últimas tres semanas, no ha habido peleas. Llevo a cargo de este sitio veinte años, y nunca había visto cosa igual.

Saret sonrió.

—No, estoy seguro de que no. ¿Cuál era antes la tasa de homicidios?

El hombre abrió una carpeta y sacó una hoja de papel, que entregó a Saret.

—Eche un vistazo. Generalmente tenemos dos o tres asesinatos al mes y más o menos una pelea diaria. No podemos entenderlo. Es como si todos hubieran sufrido un trasplante de personalidad.

La sonrisa de Saret se hizo más amplia. Si este humano supiera la verdad... Satisfecho, dobló la hoja de papel y se la guardó en el bolsillo de sus pantalones térmicos.

—Mañana recibirá el pago final —dijo al alcaide, antes de salir de la habitación.

No podía esperar a volver a su nave y alejarse del frío.

CAPÍTULO TRES

Los dos días posteriores fueron normales. Mia pasaba el tiempo trabajando en el laboratorio y disfrutaba de sus tardes con Korum, locamente feliz a pesar de sus discusiones ocasionales. Ella no tenía ninguna duda de que él la amaba, y eso marcaba toda la diferencia del mundo. Algún día, esperaba poder convencerlo de ver a los suyos con una perspectiva diferente, de aceptar el hecho de que los humanos eran algo más que un mero experimento de los Ancianos krinar. Por ahora, sin embargo, tenía que contentarse con la posibilidad de que hicieran una excepción con su familia, algo que sabía que Korum estaba luchando fieramente por conseguir.

En el laboratorio, los otros aprendices todavía estaban fuera, así que Mia se encontraba a menudo trabajando sola, rodeada por todos los equipos. Saret entraba y salía, y ella lo sorprendía de tanto en tanto observándola con una expresión enigmática en el rostro. Quitándole hierro y pensando en ello como en una extraña desconfianza hacia su aprendiza humana, ella terminó su informe y se lo mandó a Saret, esperando que él le diera pronto su valoración. Mientras esperaba, siguió jugueteando con la simulación, probando distintas variantes del proceso y registrando cuidadosamente los resultados.

El martes era un día festivo en Lenkarda, y también era el cumpleaños de María. La vivaz joven le había enviado un mensaje holográfico el fin de semana, invitándola formalmente a su fiesta en la playa a las dos de la tarde. Mia había aceptado encantada.

—¿Así que yo no puedo ir? —Korum estaba tirado en la cama, observando como ella se arreglaba para la fiesta. Sus ojos dorados brillaban de risa, y ella notó que le estaba tomando el pelo.

—Lo siento, amorcito —le dijo burlona, mientras giraba frente al espejo—. No están permitidos los cheren. Solo las charls.

Él sonrió.

—Vaya discriminación.

Ella llevaba el collar que él le había dado y un ligero vestido vaporoso con un bañador debajo, por si la fiesta implicaba nadar en el océano.

—Sí, bueno, ya sabes cómo es —le dijo, devolviéndole la sonrisa—. Somos demasiado molonas para vosotros, los K.

Le encantaba poder estar de guasa con él ahora. De algún modo, casi casi imperceptiblemente, su relación había adquirido un tinte de mayor igualdad. A él seguía gustándole tener el control, y todavía podía ser increíblemente dominante a veces, pero ella estaba empezando a sentir que podía plantarle cara. Saber que él la amaba, que sus pensamientos y opiniones tenían importancia para él, era muy liberador.

—Bueno —dijo ella, inclinándose para darle un casto beso en la mejilla—. Tengo que irme corriendo.

Sin embargo, antes de que pudiera apartarse, el brazo de él serpenteó cogiéndola por la cintura y ella se encontró tumbada boca arriba en la cama, inmovilizada por su gran cuerpo musculoso.

—¡Korum! —se retorció, intentando soltarse—. ¡Voy a llegar tarde! Tú mismo me dijiste que llegar tarde era un insulto...

—Un besito —la engatusaba él, sujetándola sin esfuerzo. Ella le notaba los signos de excitación bien conocidos en la cara y sentía como su polla se endurecía contra su pierna. Su propio cuerpo reaccionó de forma predecible, sus entrañas se tensaron expectantes y su aliento se aceleró.

Ella negó con la cabeza.

—No, no podemos.

—Solo un beso —prometió él, bajando la cabeza. Su boca estaba caliente y la besaba con maestría, acariciando el interior de sus labios con la lengua, y Mia pudo sentir como se derretía allí mismo, como una neblina placentera se apoderaba de su mente. Sin embargo, antes de que ella pudiera perderse del todo, él se detuvo, levantó la cabeza y se dio la vuelta rodando sobre la cama para alejarse de ella con cuidado.

—Vete —le dijo, con una sonrisa malévola en la cara—. No quiero que llegues tarde.

Frustrada, Mia se levantó y le tiró una almohada.

—Eres malo —le dijo. Ahora ella estaba extremadamente excitada, y no podría verle durante las próximas horas. Lo único que le hacía sentirse mejor era el hecho de que él iba a sufrir lo mismo.

—Solo quería que te dieras prisa en volver, eso es todo —él dijo, sonriente, y Mia le tiró otra almohada antes de coger el regalo de María y dirigirse hacia la puerta.

Consiguió no llegar tarde, aunque las otras doce charls ya estaban allí cuando llegó. El mensaje de invitación de María le había dicho que iban a ser trece chicas en total, incluyendo a la misma Mia.

Una mezcla musical poco conocida sonaba de fondo, viniendo de alguna parte. Las notas eran hermosas, y Mia reconoció la melodía que Korum ponía a veces en casa. Sin embargo, entremezclados con la popular canción krinar, podía distinguir los sonidos más habituales de la flauta y el violín.

Las chicas estaban sentadas en sillas flotantes dispuestas en círculo alrededor de una gran plancha flotante que al parecer servía de mesa de picnic. La mesa estaba abarrotada de montañas de fruta de aspecto delicioso de todas clases, y varios platos exóticos.

Al ver a Mia, María la saludó con la mano, entusiasmada.

—¡Hola, ven a sentarte con nosotras!

Mia se acercó, sonriéndole.

—¡Feliz cumpleaños! —le dijo, entregando a María una pequeña caja con un bonito envoltorio.

—¡Un regalo! ¡Oh, cariño, no tenías por qué hacerlo, de verdad! —pero la cara de María resplandecía de la emoción, y Mia sabía que había hecho lo correcto pidiéndole a Korum que la ayudara a encontrar un regalo.

Tan impaciente como un niño, María destrozó el envoltorio y abrió la caja, sacando un pequeño objeto ovalado.

—¡Oh Dios mío!, ¿es lo que creo que es?

—Lo ha hecho Korum —le explicó Mia, complacida por su reacción. María obviamente sabía lo suficiente acerca de la tecnología krinar para entender que acababa de recibir un fabricador, un dispositivo que le permitiría usar nanomáquinas para crear toda clase de objetos a partir de átomos individuales. Por supuesto, el ordenador que Korum había integrado en la palma de su propia mano le permitía hacer lo mismo sin ayuda de ningún aparato, y a una escala mayor y más compleja. Sin embargo, era uno de los pocos que podía crear una nave completa desde cero. La fabricación rápida era una tecnología relativamente nueva y todavía bastante cara, así que no todos los krinar podían permitirse ni siquiera un fabricador básico, como el que él había diseñado para María. Korum le había explicado que ese era un objeto muy codiciado.

—¡Oh Dios mío, un fabricador! ¡Muchísimas gracias! —María estaba casi fuera de sí de la emoción—. Esto es tan genial: ¡ahora podré hacerme toda la ropa que quiera!

—Y otras cosas también —dijo Mia, sonriendo. El pequeño fabricador no era lo bastante avanzado para crear tecnología compleja, pero podía conjurar todo tipo de objetos sencillos.

—Ropa —dijo María con determinación—. Principalmente quiero ropa.

Todo el mundo alrededor de la mesa se echó a reír por la expresión obstinada de su cara, y una chica pelirroja gritó:

—¡Y zapatos para mí!

—¡Oh, en qué estaría pensando! —exclamó María en medio de las risas—. Ni siquiera te he presentado a las demás aún. Gente: esta es Mia, nuestra más reciente adquisición. Como veis, es increíblemente alucinante. Mia, ya conoces a Delia. La dama encantadora a su derecha es Sandra, luego Jenny, Jeannete, Rosa, Yun, Lisa, Danielle, Ana, Moira y Cat.

—Hola —dijo Mia, sonriendo y saludándolas con la mano a todas. El aluvión de nombres era un poco abrumador; era imposible que los recordara todos al instante. Normalmente, cuando no conocía a la mayoría de la gente, era tímida en ocasiones sociales, pero hoy por algún motivo se sentía cómoda. Tal vez fuera porque ya tenía mucho en común con estas chicas. Muy poca gente fuera de este pequeño grupo podría empezar a comprender siquiera lo que suponía mantener una relación con alguien literalmente de otro planeta.

Mia se sentó en la silla flotante vacía, y miró a su alrededor con franca curiosidad. Como ella, todas esas chicas eran inmortales. ¿Quería eso decir que algunas eran mayores de lo que aparentaban? En su mayoría, parecían jóvenes y sorprendentemente bellas, y eran de diversas razas y nacionalidades. Sin embargo, un par eran simplemente bonitas, y Mia se preguntó de nuevo por qué los divinos krinar se sentían de entrada atraídos por los humanos. ¿Era porque podían beberse su sangre? Si beber sangre de alguien causaba tanto placer como que se bebieran la tuya, Mia podía comprender el atractivo.

Volviendo su atención hacia Delia, Mia le agradeció que le hubiera contado lo de la fiesta.

—Pues claro —dijo Delia—. Estoy contenta de que hayas podido venir. Oímos que no estabas en Lenkarda la semana pasada; si no, María te habría enviado antes la invitación formal.

—Sí, estaba en Florida, visitando a mi familia —explicó Mia, y vio como Delia enarcaba las cejas con gesto inquisitivo.

—¿Korum te ha permitido ir? —le preguntó, con una nota de incredulidad en su voz.

—Fuimos los dos juntos —dijo Mia, llevándose una fresa a la boca. Era dulce y jugosa: los krinar decididamente sabían cómo conseguir fruta de la mejor calidad.

—Oh —dijo Delia—, ya veo... —Parecía ligeramente confundida ante ese giro de los acontecimientos.

—¿Visitas alguna vez a tu familia? —inquirió Mia sin pensar—. ¿Todavía siguen en Grecia?

Delia sonrió, con aspecto de estar inexplicablemente divertida.

—No, ya no existen.

—Oh, cuánto lo siento... Mia se sintió fatal. No tenía ni idea de que la chica fuera huérfana.

—No pasa nada —dijo Delia tranquilamente—. Fallecieron hace mucho tiempo. Sólo conservo fragmentos de vagos recuerdos de ellos. Por aquel entonces no existían las fotografías.

Mia empezó a hacerse una idea de la situación.

—¿Qué significa "hace mucho tiempo"? —preguntó, incapaz de refrenar su curiosidad. ¿No existía la fotografía? ¿Cuántos años tenía la charl de Arus en realidad?

—Oh, ¿no conoces la historia de Delia? —dijo una charl de pelo castaño sentada a la derecha de Delia—. Delia, deberías contársela a Mia...

—No he tenido ocasión, Sandra —dijo Delia, dirigiéndose a la joven—. Solo he visto a Mia una vez antes de hoy.

—Esta Delia nuestra es un poquito mayor de lo que parece —dijo Sandra, con una sonrisa expectante—. Es que me encantan las reacciones de las nuevas al escuchar su auténtica edad...

Intrigada, Mia se quedó mirando a la griega.

—¿Cuál *es* tu verdadera edad, Delia?

—Por lo que yo sé, este año cumpliré dos mil trescientos doce años.

Mia se atragantó con un trocito de la fresa que se estaba comiendo. Tosiendo, consiguió aclararse la garganta lo suficiente para resoplar:

—¿Qué?

—Sí, sí, la has oído bien —dijo Sandra, riendo—. Delia es sólo un poco más joven que algunas de las pirámides...

Y mayor que Korum.

—¿Tú has sido una charl todo este tiempo? —preguntó Mia con incredulidad.

—Desde que cumplí los diecinueve —dijo Delia, mirándola con sus grandes ojos castaños—. Conocí a Arus en la costa del Mediterráneo, cerca de mi pueblo. Él era mucho más joven por aquel entonces, apenas doscientos años, pero para mí, él era el epítome de la sabiduría y el conocimiento. Yo creí que era un dios, sobre todo cuando me mostró algunas de sus tecnologías milagrosas. El día que me enseñó su nave estaba convencida que me había llevado al Monte Olimpo...

—¿Dónde habéis vivido todo este tiempo? ¿En Krina? —Mia estaba totalmente fascinada. Por alguna razón, había creído que las relaciones entre los krinar y los humanos eran algo bastante reciente. Aunque ahora que pensaba en ello, la existencia de la terminología charl/cheren en el idioma krinar implicaba que ese tipo de relaciones habían existido durante bastante tiempo.

—Sí —dijo Delia—. Arus me llevó a Krina cuando se fue de la Tierra. Hemos vivido allí hasta que los krinar vinieron aquí hace unos años.

Mia la miró, imaginando lo impactante y sobrecogedor que tenía que haber sido para alguien de la antigua Grecia acabar en otro planeta. Incluso para Mia, que sabía de sobras que los krinar no eran seres sobrenaturales, había muchas cosas de las que podían hacer que le parecían cosa de magia. ¿Cómo sería para alguien que jamás había usado un móvil o una tele, que no tenía ni idea de lo que eran un ordenador o un avión?

—¿Cómo pudiste lidiar con eso? —se preguntó Mia—. No puedo ni empezar a imaginarme lo que debió de haber sido para ti.

Delia se encogió de hombros con un grácil movimiento.

—Para ser honesta, no estoy segura. Ahora mismo apenas puedo recordar esos primeros días: todo es un gran borrón de imágenes e impresiones en mi mente. No llevé muy bien el viaje a Krina, eso lo recuerdo. Tu cheren, que ni siquiera había nacido por entonces, ha contribuido un montón en hacer que el viaje intergaláctico sea más seguro y cómodo. Pero por aquel entonces, era mucho más difícil. Estuve terriblemente enferma durante todo el viaje porque la nave no estaba optimizada para los humanos, y me costó unos días recuperarme cuando llegué a Krina, incluso con su medicina.

—¿Querías ir? —Mia no podía evitar sentir una pena intensa por una joven de diecinueve años que había sido arrancada de todo lo que conocía y llevada a un lugar extraño y desconocido.

Delia se encogió de hombros otra vez.

—Quería estar con Arus, pero no creo que me diera cuenta del todo de lo que eso implicaba. Obviamente, ahora no me arrepiento en absoluto.

—¿Hay alguna charl mayor que tú?

—Sí —dijo Delia—. Hay dos. Uno es el charl del experto en biología que desarrolló el proceso de ampliar la esperanza de vida humana. Él tiene casi cinco mil años. Y la otra tiene unos quinientos años más que yo. Es originaria de África.

—Espera, ¿has dicho "él"? —Era la primera vez que Mia oía hablar de un charl masculino.

—Sí —dijo Sandra, uniéndose a la conversación—. Yo también me sorprendí. Pero algunas mujeres —y hombres— krinar eligen a hombres humanos como charl. Es mucho más infrecuente, pero sucede. Sumuel, o el charl original, que es como se le conoce, está de hecho con una pareja estable.

Mia parpadeó.

—¿Como un trío?

—Más o menos —dijo Sandra con una sonrisa traviesa en la cara—. Es un arreglo poco común, pero para ellos funciona. La hija de la pareja considera a Sumuel su segundo padre.

—¿La hija de la pareja krinar?

—Sí, claro —dijo Delia—. Nosotras no podemos tener hijos con los krinar. No somos lo bastante compatibles genéticamente.

Aunque Mia sabía eso, escuchar a Delia decir esas palabras le produjo una extraña punzada en el estómago. En los últimos días, Mia había sido tan feliz que no había tenido ocasión de reflexionar sobre los aspectos negativos de estar para siempre con alguien que no era de su propia especie. Korum le había dicho desde el principio que no podía dejarla embarazada, y ella no había tenido motivos para cuestionarlo. Además, había tenido otras cosas en la cabeza. Sin embargo, ahora que Mia tenía claro que ella y Korum tenían un futuro, se daba cuenta de lo que ese futuro implicaba... o más bien, de lo que no: hijos.

Mia no sentía un urgente deseo de ser madre, al menos no por ahora. Tener un hijo era algo que siempre se había imaginado como parte de algún futuro agradable y difuso. Siempre había asumido que iba a terminar la universidad, ir a la escuela de posgrado, y en algún momento conocer a un buen hombre. Saldrían un par de años, se comprometerían, celebrarían una boda íntima con sus familias, y empezarían a pensar en los hijos después de llevar algún tiempo casados. Y en vez de eso, se había convertido en la charl de un extraterrestre a la semana de conocerlo, había obtenido la inmortalidad, y había perdido cualquier oportunidad de vivir una vida humana normal.

No es que eso le importara, por supuesto. Estar con

Korum, amándole, era mucho más de lo que jamás se habría podido esperar. Y si en algún lugar muy profundo de su interior, una pequeña parte de ella sentía el vacío de la pérdida de un hijo o hija inexistente... Bueno, sería capaz de vivir con eso. Tal vez, algún día, incluso podría convencer a Korum de que adoptaran.

Así que Mia hizo que su rostro mostrara una sonrisa, y volvió su atención hacia Delia, preguntándole sobre sus experiencias en Krina y sobre cómo era lo de vivir durante tanto tiempo.

Durante la siguiente hora, Mia hizo amistad con Delia y Sandra, escuchando sus historias y lo que era de verdad la vida de una charl. A diferencia de Delia, Sandra llevaba tan solo tres años en Lenkarda. Era de Italia, y había conocido a su cheren por accidente en la costa de Amalfi. En general, tanto Delia como Sandra parecían bastante felices con su vida, aunque a Mia le pareció percibir que Arus trataba a Delia como a su auténtica pareja, mientras que el cheren de Sandra la mimaba sin medida, pero no la tomaba demasiado en serio.

Cuando casi toda la comida hubo desaparecido de la mesa, María retó a las chicas a un juego de beber que se parecía al de "verdad o acción". Para la parte de "acción" tenían que beberse un chupito entero de tequila.

—No te preocupes —le susurró Sandra a Mia —no tendrás ocasión de emborracharte demasiado... ni siquiera aunque te bebas cinco chupitos por hora.

Ahora nuestros cuerpos metabolizan el alcohol muy rápido.

Mia sonrió, recordando la última vez que se había emborrachado. Habría estado bien tener todos esos nanocitos allá en aquel club; le habría ahorrado pasar bastante vergüenza.

Jugaron durante una hora y Mia se bebió al menos seis chupitos eligiendo la opción "acción" en vez de responder a algunas preguntas muy indiscretas sobre su vida sexual. En cambio, otras chicas no tenían tantos miramientos, y Mia se enteró de la preferencia de Moira por los pantalones de cuero negro, la pasión de Jenny por los masajes en los pies y el hecho de que Sandra había practicado una vez el sexo en un bote salvavidas.

Finalmente, la fiesta terminó. Ligeramente achispada, Mia se dirigió a casa, esperando con impaciencia ver a Korum y terminar lo que habían dejado empezado.

Saret recorría los barrios de la ciudad de México, observando desapasionadamente los despojos de la humanidad a su alrededor. Él ya había colocado en posición los dispositivos en el centro de la ciudad, por lo que esta excursión no servía a ningún propósito en particular, excepto satisfacer su curiosidad y reforzar en su mente lo acertado que era lo que estaba haciendo.

En la esquina, un par de matones estaban

amenazando con un cuchillo a una prostituta. Ella estaba sacando con reluctancia dinero de su sujetador y al mismo tiempo lanzándoles improperios en un español muy florido. Saret avanzó en su dirección, haciendo ruido a propósito, y los matones se dispersaron al verlo acercarse, dejando sola a la puta. Ella echó un vistazo a Saret y se escapó también, dándose cuenta al parecer de lo que era.

Saret sonrió para sí. *Cobardes de mierda.*

Era ya pasada la medianoche, y la zona estaba plagada de todo tipo de escoria. La violencia relacionada con las drogas no había mejorado mucho en México en los últimos años, y de hecho el gobierno había llegado a apelar a los krinar para que les ayudaran a ese aspecto. Después de algunos debates, el Consejo decidió no hacerlo, no queriendo involucrarse en los asuntos humanos. Saret había estado para sus adentros en desacuerdo con esa decisión, pero votó igual que Korum: en contra de tomar parte. No era buena idea oponerse abiertamente a su supuesto amigo. Además, no tenía sentido ayudar a los humanos a una escala tan limitada. Lo que estaba haciendo ahora Saret iba a ser mucho más efectivo.

Se dirigía hacia donde había aparcado la cápsula de transporte cuando una docena de pandilleros cometió el fatal error de cruzarse en su camino. Armados con ametralladoras y colocados con cocaína, aparentemente se sentían suficientemente invencibles como para atacar a un K: un error por el que pagaron enseguida.

Algunas de las primeras balas consiguieron darle a Saret, pero ninguna más lo hizo. Poseído por la rabia, apenas era consciente de sus actos, funcionaba solo por instinto... y su instinto era despedazar y destruir cualquier cosa que le amenazara. Para cuando Saret recobró el control de sí mismo, había miembros de los cuerpos desperdigados por todo el callejón y la calle entera apestaba a sangre y muerte.

Asqueado consigo mismo, y con los idiotas que le habían provocado, Saret regresó a la nave.

Estaba más convencido que nunca de que su plan estaba justificado.

CAPÍTULO CUATRO

Al día siguiente, Mia terminó de ejecutar la simulación por tercera vez y envió los resultados digitalizados a Saret, con la esperanza de que pudiera echarles pronto un vistazo. Sin sus valoraciones, ni la aportación de Adam, realmente no había nada más que ella pudiera hacer para avanzar en el proyecto en ese momento.

Solo eran las once de la mañana del miércoles, y ya había terminado todo lo que se había propuesto hacer en el laboratorio ese día. Claro que siempre podía leer algunos textos relacionados con la mente o ver algunas grabaciones, pero eso era algo que tendía a hacer en su tiempo libre, fuera del laboratorio. Las horas en el laboratorio eran para el trabajo de verdad, y Mia esperaba poder encontrar algo que la mantuviese ocupada hasta que recibiera las evaluaciones necesarias para su proyecto actual.

Como era habitual, Saret se había ido a algún sitio,

y los otros asistentes estaban en Tailandia otra vez. La habían dejado sola en el laboratorio, lo que Mia creía que era probablemente una muestra de confianza. Dudaba que Saret dejara a cualquiera estar cerca de todos esos complejos equipos.

Se levantó y se acercó al dispositivo de almacenaje de datos comunes, un aparato krinar que estaba a años luz de cualquier ordenador humano. Mia solo estaba empezando a conocer algunas de sus posibilidades, así que decidió usar esas horas muertas para para explorarlo y ponerse un poco más al día sobre los proyectos del resto de ayudantes. La unidad de datos respondía a órdenes de voz, lo que hacía que a Mia le resultara fácil de utilizar.

Las siguientes seis horas pasaron volando. Absorta en su tarea, Mia apenas notó cómo pasaba el tiempo mientras leía sobre las propiedades regenerativas del tejido cerebral krinar y las complejidades del desarrollo de la mente de los bebés. Hizo un pequeño descanso para almorzar, pidiéndole al edificio inteligente un sándwich, y luego continuó, fascinada por lo que estaba aprendiendo. El proyecto que hacía que los otros ayudantes estuvieran fuera del laboratorio parecía ser incluso más interesante que el de Mia y Adam. Mia se sintió algo celosa, y decidió preguntarle a Saret si podía participar de alguna manera.

Por fin, llegaron las cinco. Aunque Mia acostumbraba a quedarse hasta tarde en el trabajo, decidió hacer una excepción ese día, ya que no había mucho que hacer. Salió del laboratorio y se dirigió a su casa.

AL LLEGAR, no se sorprendió al ver que Korum todavía no estaba. Su horario era mucho más riguroso que el de ella, aunque le era más fácil seguirlo porque no necesitaba dormir más de un par de horas por noche. De hecho, adelantaba mucho trabajo por la noche o por la mañana temprano, cuando Mia estaba profundamente dormida.

Mia se puso cómoda en la plancha flotante alargada del salón y decidió utilizar ese tiempo para llamar a Jessie. No habían vuelto a hablar desde el viaje a Florida de Mia, y echaba mucho de menos escuchar la voz burbujeante de su amiga.

—Llama a Jessie —dijo Mia a su dispositivo de pulsera, y escuchó los sonidos normales de marcación mientras se conectaba la llamada.

—¿Mia? —la voz de Jessie sonaba cautelosa.

—Sí, la misma —dijo Mía, sonriendo. Sabía que la llamada aparecería en el teléfono de Jessie como procedente de un número desconocido. ¿Cómo va todo? ¡Hace más de una semana que no hablo contigo!

—Oh, estoy bien —dijo Jessie, con tono distraído—. ¿Qué tal está tu familia? ¿Ya han conocido a Korum?

—Desde luego que sí —dijo Mia—. Lo creas o no, le adoran. Pero eh, escucha, ¿estás ocupada ahora mismo? Puedo volver a llamar en algún otro rato...

—¿Qué? Oh, no, espera, deja que salga del cuarto...

—Hubo un breve silencio, y entonces—: Ok, ya estoy lista. Lo siento. Estaba pasando el rato con Edgar y Peter. ¿Te acuerdas de Peter?

—Claro —dijo Mia. Peter era el chico que había conocido en el club, ese al que Korum casi había estrangulado por bailar con ella. Mia todavía se estremecía cuando recordaba esa noche terrible, en la que pensó que Korum había descubierto su engaño y que iba a matarla. En retrospectiva, había sido una idiota; incluso por aquel entonces ella debería de haber sabido que él jamás le haría daño. Pero en ese momento, Korum todavía era un extraño para ella, un miembro de la misteriosa y peligrosa raza krinar que había invadido la Tierra cinco años atrás.

—Todavía pregunta por ti —dijo Jessie, con cierta melancolía según percibió Mia—. Edgar me cuenta que está muy preocupado...

—Eso es muy amable por su parte, pero de verdad, no hay motivos para preocuparse —la interrumpió Mia, incómoda con el rumbo que estaba tomando la conversación—. En serio, soy más feliz ahora de lo que lo he sido en mi vida...

Jessie se quedó callada un segundo, y entonces Mia la oyó suspirar.

—Así que ya está ¿eh? —dijo con voz queda—. ¿Estás enamorada del K?

—Lo estoy —dijo Mia, esbozando una gran sonrisa—. Y él también me ama. Oh, Jessie, no sabes lo feliz que me hace. Nunca habría podido imaginar algo así. Es como un sueño hecho realidad...

—Mia... —Escuchó como Jessie volvía a suspirar—. Me alegro mucho por ti, de verdad... Pero, dime, ¿crees que volverás a Nueva York?

Mia titubeó un instante.

—Creo que sí... —Ahora estaba mucho menos convencida que antes. Con cada día que pasaba, la universidad y todo lo que implicaba le parecía cada vez menos importante. ¿Para qué le servía un título de una universidad humana si iba a seguir viviendo y trabajando en Lenkarda? Aprendía más en un solo día en el laboratorio de lo que podría hacerlo en un mes en la Universidad de Nueva York. ¿Realmente tenía sentido pasarse otros nueve meses escribiendo ensayos y haciendo exámenes solo por poder decir que tenía su diploma? Y, más importante todavía: ¿le dejaría Saret volver al laboratorio tras tan larga ausencia? Dado el ritmo rápido de la investigación allí, volver después de nueve meses sería casi como comenzar de nuevo.

—No suenas convencida —dijo Jessie, con un atisbo de tristeza en la voz.

—Sí, supongo que no estoy segura —admitió Mia—. A Korum le parece bien, pero no sé si podré regresar a mis prácticas si me voy tanto tiempo...

—Entonces, ¿te gusta estar allí? En el Centro K, me refiero.

—Pues sí —dijo Mia—. Jessie, todo es estupendo aquí... No sé ni por dónde empezar a contarte lo alucinantes que son algunos de sus inventos. Korum tiene una cámara de gravedad cero en su casa. ¿Te lo imaginas? Y un suelo que te masajea los pies mientras caminas sobre él. —Sin mencionar el hecho de que Mia ahora era más o menos inmortal, pero eso era algo que no tenía permitido contar fuera de Lenkarda.

—¿En serio? ¿Un suelo que te masajea los pies? —ahora Jessie sonaba envidiosa.

—Sí, sí, y una cama que te hace lo mismo por todo tu cuerpo. Toda su tecnología es increíble, Jessie. Créeme cuando te digo esto: no es ningún sacrificio estar aquí en absoluto.

—Sí, eso parece —dijo Jessie, y Mia notó el tono de resignación de su voz—. Supongo que solo es que te echo de menos, eso es todo.

—Yo también te echo de menos —dijo Mia—. Quizás me pase por allí a hacerte una visita en un par de semanas. Déjame hablar con Korum de ello, y lo organizamos.

—¡Oh, eso sería tan genial! —Jessie sonaba ahora mucho más animada.

—Pues lo haremos —prometió Mia, sonriendo—. Te confirmaré cuando vamos a ir. Pero ya vale de todo eso... Háblame de lo tuyo con Edgar. ¿Cómo van las cosas en ese frente?

Y durante los siguientes diez minutos, Mia se enteró de todo lo que había que saber sobre el nuevo novio de Jessie, su último papel de actor, y el panda de peluche que había ganado para Jessie en un parque de atracciones. Parecía que la relación entre ambos se estaba haciendo más íntima, y Mia estaba encantada de que él hiciera a Jessie tan feliz. Si había alguien que se mereciera a un chico guapo y cariñoso, esa era su antigua compañera de piso.

Por fin, Jessie tuvo que irse a cenar, así que Mia se despidió y fue a cambiarse antes de que Korum llegara a casa. Había mencionado dar un paseo por la playa después de cenar, y Mia quería asegurarse de que tenía el bañador a mano.

—Entonces, ¿cuándo crees que el Consejo tomará finalmente una decisión sobre los kets? —preguntó Mia, dándole un mordisco a un pimiento relleno de arroz con setas—. ¿Todavía están investigando?

Korum asintió, recogiendo un trozo de champiñón con el utensilio con forma de pinza que los krinar usaban en lugar de tenedor.

—Loris está siendo difícil, como era de esperar. Tiene un par de consejeros de su lado, y sostiene que no hay manera de que Saur pudiera haber borrado las memorias de los kets. Supuestamente, alguien del laboratorio de Fiji le dijo que los ayudantes no tienen acceso a ese tipo de equipos.

—¿En serio? Entonces, ¿sigue afirmando que tú y Saret sois los responsables de esto?

—Creo que ha descartado la idea de incriminar a Saret —dijo Korum, mientras una sonrisa burlona aparecía en sus labios—. Ahora está buscando pruebas para ir a por mí.

Mia se lo quedó mirando, preocupada por ese giro.

El krinar vestido de negro que había visto en el juicio no parecía alguien a quien se pudiera tratar a la ligera, y odiaba profundamente a Korum.

—¿Crees que hay alguna posibilidad de que te cause problemas?

—No, no te preocupes, cielo mío —dijo Korum con tono tranquilizador, aunque sus ojos brillaban con algo que parecía expectación—. Solo está tratando de retrasar lo inevitable. Ha fracasado como Protector, y lo sabe. Una vez su hijo y los otros traidores reciban su sentencia, él perderá todo su estatus... al mismo tiempo que su puesto en el Consejo.

—Y eso a ti no te preocupa en absoluto, ¿verdad? —preguntó Mia, mirándole con una sonrisa irónica. Para bien o para mal, su amante tendía a ser bastante cruel con sus adversarios, un rasgo de personalidad que la hacía sentirse encantada de estar para él en el lado bueno.

Korum se encogió de hombros.

—Fue elección de Loris arriesgarlo todo por su hijo. Ahora él tendrá que pagar el precio. Y si a resultas de eso hay menos personas que se interpongan en mi camino, mejor todavía.

Mia asintió y se concentró en terminarse el resto de su plato de pimiento relleno. A pesar de todo, ella no podía evitar sentir un poquitín de compasión hacia el Protector. A fin de cuentas, el K solo estaba defendiendo a su hijo. Se imaginaba que ella haría lo mismo por un hijo... aunque no es que eso tuviera que preocuparle nunca más, se recordó a sí misma. Mia apartó de su mente ese desagradable pensamiento y en vez de eso miró a Korum, estudiándolo disimuladamente mientras terminaba de comer.

A veces todavía le costaba creer lo felices que eran juntos. Según la ley krinar, ella pertenecía a Korum... un hecho que todavía la hacía sentirse muy incómoda. Su posición legal en la sociedad K como charl era dudosa, cuando menos. Si ella no lo amara tanto, y si él no la tratara tan bien como lo hacía, su vida fácilmente podría haber sido desdichada.

Pero ella lo amaba. Y él la amaba a ella, con toda la intensidad de su naturaleza. Como resultado, parecía estar tratando de reprimir su innata soberbia, sabiendo que era importante para ella que la consideraran una igual. Todavía había un largo camino por recorrer, por supuesto: las diferencias de edad y de experiencia eran demasiado amplias como para ser zanjadas fácilmente, pero sin duda él estaba haciendo un esfuerzo en esa dirección.

Después de que ambos terminaran de comer, Korum se puso en pie y le tendió la mano.

—¿Lista para dar un paseo, mi vida? —le preguntó, con una cálida sonrisa.

Mia sonrió.

—Claro. —Ella adoraba esos paseos por la playa de después de cenar. Lo habían hecho casi todas las noches cuando estaban en Florida, y ella había aprendido mucho sobre Korum durante esos ratos de calma.

Se agarró de su mano y dejó que la condujera al exterior.

Caminaron un par de minutos en silencio, disfrutando de la suave brisa nocturna. El sol se estaba poniendo entre los árboles, y un resplandor anaranjado iluminaba el cielo, reflejándose en el agua que centelleaba en la distancia.

—¿Sabes? —dijo Mia, pensando en su primer encuentro en Nueva York—, todavía no sé tu nombre completo. Dijiste que no sería capaz de pronunciarlo si me lo decías, pero no he escuchado que nadie te llamara de ninguna manera que no sea Korum.

Él sonrió.

—Nuestros nombres completos por lo general solo se usan en nuestro nacimiento y nuestro fallecimiento. ¿Aún quieres oírlo?

—Por supuesto. —Ella se imaginaba algo totalmente impronunciable—. ¿Cuál es?

—Nathrandokorum.

—Oh, eso suena bastante bien —dijo Mia, sorprendida—. ¿Por qué no lo usáis más?

Él se encogió de hombros.

—No lo sé. Así ha sido la costumbre desde hace mucho tiempo. Los nombres completos han pasado a ser poco más que una mera formalidad. Dudo que nadie más aparte de mis padres sepa que me llamo Nathrandokorum.

Mia sonrió, meneando la cabeza. Algunos aspectos de la cultura de Krinar eran de hecho extraños.

Caminaron un poco más, y entonces Mia recordó su reciente conversación con su antigua compañera de piso.

—¿Crees que sería posible que visitáramos pronto Nueva York?—preguntó—. He estado hablando con Jessie, y estaría muy bien verla...

Korum sonrió, y bajó la vista para mirarla.

—Por supuesto. Si quieres, podemos ir la próxima vez que tengas un día libre. ¿O quieres estar allí más tiempo?

—No, un día sería perfecto. Supongo que a veces todavía me olvido de que podemos dejarnos caer por allí cuando queramos.

Su sonrisa se hizo más amplia.

—Claro que podemos, especialmente ahora que la mayor parte de la Resistencia ha sido capturada.

—¿Dónde está Leslie? —preguntó Mia, recordando a la chica que la había atacado en Florida—. ¿Está aquí, en Lenkarda?

Korum negó con la cabeza.

—No, está en nuestro Centro de Arizona.

—¿Está... bien? —Mia casi temía conocer la respuesta. La luchadora de la Resistencia se había aliado con Saur, el antiguo ayudante del laboratorio de Saret, para intentar acabar con Korum en Florida. Ahora estaba bajo custodia de los K, a punto de ser "rehabilitada". Por lo que Mia entendía sobre el proceso, el objetivo final era cambiar la parte de la personalidad de Leslie que la convertía en un peligro para la sociedad (o para los krinar, en todo caso). La rehabilitación, o la manipulación de la mente, era la rama más avanzada de la neurociencia krinar, y Mia acababa de empezar a aprender sobre ella el laboratorio.

—Supongo —dijo Korum, y su expresión se enfrió. Obviamente no había olvidado el hecho de que la joven había apuntado con un arma a Mia y que casi consigue que Saur la matase.

—¿Podrías averiguarlo por mí, por favor? —Por algún motivo, Mia se sentía responsable de lo que le ocurriera a Leslie, aunque la chica la había atacado a *ella*. Sin embargo, no podía evitar recordar el terror en el rostro de Leslie mientras los guardianes K se la llevaban. Por muy equivocadas que fueran sus intenciones, no se merecía ser maltratada, y Mia esperaba sinceramente que no le hicieran daño durante la rehabilitación.

Korum vaciló, y entonces asintió bruscamente.

—Está bien, lo haré. —Pero apretó la mandíbula, y Mia vio que estaba acordándose otra vez del incidente de la playa.

Para distraerlo, apretó su mano y le brindó una enorme sonrisa.

—Gracias —le dijo—. Te lo agradezco de veras.

—No hay por qué, cariño —dijo él, y su expresión se suavizó visiblemente—. Cualquier cosa que te haga feliz, ya lo sabes. —E inclinándose hacia ella, le acarició la boca con los labios con un beso fugaz.

—Por cierto, ¿qué son los guardianes, entonces? —preguntó Mia cuando reanudaron el paseo—. ¿Son como vuestra policía?

—Algo así —dijo Korum—. Son un cruce entre soldados, policías y una de vuestras agencias de inteligencia. Hacen cumplir nuestras leyes, atrapan a los criminales y lidian con cualquier tipo de amenaza por parte de los humanos. Nuestra sociedad está tan homogeneizada en este punto que ya no existe la guerra en Krina, no a la manera en que la hay aquí en la Tierra. Todavía existen algunas rivalidades regionales, por supuesto, y siempre hay chalados que están en desacuerdo con la manera en que el gobierno hace las cosas, pero no tenemos el tipo de conflicto que requiere un ejército regular.

—¿Entonces vosotros lograsteis invadir nuestro planeta sin ningún ejército?

Korum se echó a reír:

—Si quieres verlo así. La mayoría de los hombres krinar que vinieron a la Tierra habían recibido entrenamiento militar porque esperábamos encontrarnos con algo de resistencia. Pero no, no nos hizo falta un gran ejército para controlar la Tierra; lo único que necesitamos fue nuestra tecnología.

—Por supuesto. —Mia intentó que la amargura no se reflejara en su voz. Amar a Korum como lo amaba hacía que le fuera fácil olvidarse de que ella estaba haciendo el equivalente de acostarse con el enemigo, incluso si el enemigo en realidad no intentaba causarle daño a su planeta. Era solo durante ese tipo de conversaciones cuando Mia tenía desagradablemente presente el hecho de que los krinar se habían adueñado de su planeta por la fuerza... y que los planes del hombre que la amaba no incluían necesariamente lo mejor para la humanidad.

—Confía en mí, Mia, fue mejor así —dijo Korum, como si estuviera leyendo su mente—. Tu gobierno no tenía otra elección que aceptar lo inevitable, y eso ayudó a minimizar el derramamiento de sangre. Habría sido muchísimo peor si hubiera estallado una guerra total entre nuestros pueblos.

Mia apretó los labios, pero asintió, sabiendo que él tenía razón. No tenía sentido estar resentida por la superioridad tecnológica de los krinar; en cierta manera, eso hizo que su invasión fuese lo menos dolorosa posible. Otra cosa totalmente diferente era el hecho de que los invadieran, por supuesto... pero Mia ni tenía la energía para ello ni estaba inclinada a librar esa batalla en particular. Ya tuvo bastante con trabajar una vez para la Resistencia.

—¿Puedo preguntarte algo? —dijo Mia, retrotrayéndose a esos días de locura en los que estuvo espiando a Korum—. Hay una cosa que no entiendo sobre los planes de los kets. Aunque hubieran tenido éxito en conseguir que todos los krinar abandonaran la Tierra, ¿no habría vuelto tu gente con refuerzos? Sé que dijiste que iban a matarte a *ti*, pero ¿qué pasa con todos los demás? ¿Eres el único que dispone los medios para ir y venir entre la Tierra y Krina?

Korum le lanzó una mirada divertida.

—No, claro que no. Mi empresa posee los diseños de naves más avanzados, pero los krinar han estado yendo y viniendo a la Tierra desde mucho antes de que yo naciera. Creo que los kets esperaban controlar el campo protector.

—¿El campo protector?

Él asintió.

—Hasta hace una docena de años, viajar por el espacio estaba en gran medida sin regular. Cualquiera podía ir a cualquier parte, siempre que dispusieran de una nave que les llevara hasta allí. Ahora, sin embargo, hemos colocado un escudo para proteger a la Tierra de viajes no autorizados: el mismo tipo de escudo que recientemente pusimos alrededor de Krina.

—¿Hay un escudo alrededor de la Tierra? —Mia levantó la vista y lo miró sorprendida.

—De hecho es un escudo alrededor del sistema solar —le explicó Korum. No es como una barrera, es más bien un campo de interferencias. Cuando se activa, hace que los sistemas de velocidad superior a la de la luz de nuestras naves se estropeen.

—¿Por qué querríais algo que puede interferir con vuestras naves?

—Por temas de seguridad, queremos asegurarnos de que el Consejo está informado, y autoriza, cualquier viaje entre la Tierra y Krina. Además, si se diera el caso de que cualquier otra forma de vida inteligente diferente a la nuestra estuviera por ahí fuera, y usaran una tecnología comparable a la nuestra, los escudos nos ofrecerían algo de protección contra ellos.

Mia le dirigió una mirada mordaz.

—¿Para que no puedan hacernos lo mismo que vosotros?

—Exacto. —Él sonrió, con una expresión tan poco contrita que Mia no pudo evitar reírse.

—Vale —le dijo, volviendo a su pregunta original —entonces, ¿qué es lo que pensaban hacer los kets? ¿Usar el campo de protección para mantener fuera de aquí al resto de los krinar?

—Probablemente —dijo Korum, todavía sonriente—. Eso es lo que yo habría hecho en su lugar.

Caminaron unos minutos más antes de llegar al océano. Como de costumbre, esta sección de la playa estaba totalmente desierta. Con sólo cinco mil K en el asentamiento de Costa Rica, había un montón de espacio para todos y la mayoría de los krinar tendían a mantenerse fuera de los "territorios" de los demás, por informales que fueran estos en tiempos modernos. Ya que a Korum le gustaba pasear al anochecer por este tramo de la arena en particular, los demás K permanecían respetuosamente alejados de él.

—¿Quieres ir a nadar un rato? —le preguntó Mia; soltó su mano y se quitó los zapatos de dos patadas para probar la temperatura del agua con el dedo gordo. Era perfecta, justo lo bastante fría como para resultar refrescante.

En lugar de responder, Korum se quitó la camisa, mostrando un torso bronceado y musculoso.

—Por supuesto —dijo, con los ojos haciéndose más dorados por segundos.

Sonriendo, Mia dio unos pasos atrás y se quitó despacio el vestido, encantada de la forma en que su mirada se pegaba como una lapa a cada uno de sus movimientos. Podía ver la erección que iba creciendo en sus shorts, y notó como sus pezones se endurecían como respuesta de su cuerpo al deseo de él. El hecho de poder causarle este efecto simplemente quedándose en traje de baño era excitante... e increíblemente halagador.

—¿Me estás provocando? —preguntó él, con voz ronca y peligrosamente suave.

Con el corazón latiéndole con fuerza por la excitación, Mia asintió, mirando como él entornaba los ojos ante su respuesta.

—Ya veo —dijo, pensativo. Y antes de que ella fuese capaz de pestañear, ya lo tenía encima, levantándola con sus brazos y metiéndola dentro del agua.

Firmemente sostenida por su abrazo, Mia se echó a reír, disfrutando del frescor del agua, mientras se adentraban más y más en ella.

—¿Este va a ser mi castigo? —bromeó ella cuando él se detuvo, esperando a que pasara una gran ola antes de ir más lejos.

—Oh, ¿quieres ser castigada? —murmuró él, mirándola con un cálido resplandor en los ojos.

Sonriendo, Mia sacudió la cabeza:

—No...

—Creo que sí que quieres... —le dijo él suavemente, cambiándola de postura para poder sujetarla con una sola mano. Antes de que Mia pudiera decir nada, su otra mano se deslizó dentro de su traje de baño y presionó contra su sexo, encontrando infaliblemente su clítoris y pellizcándolo con los dedos.

Ella se retorció intentando apartarle, sobresaltada por la fuerte sensación, y él volvió a hacerlo, mirándola de cerca a la cara.

—¿Duele? —le preguntó, con una voz como de terciopelo en bruto—. ¿O está bien?

Mia jadeó cuando sus dedos le apretaron más fuerte.

—No lo sé...

—Oh, yo creo que sí —susurró él—. Sé que lo sabes muy bien... —Sus dedos se deslizaron dentro de ella, abriéndola.

—Korum, por favor... —Notó como curvaba uno de sus dedos dentro de ella, frotando su punto G.

—Estás mojada —murmuró él— tan lubricada que puedo notarlo incluso dentro del mar. Me entran ganas de follarte aquí y ahora.

—Pues hazlo —jadeó Mia, levantando la vista hacia él—. Fóllame. —Ella ya estaba al borde del orgasmo: todo lo que necesitaba era un pequeño empujoncito que la hiciera llegar hasta allí.

Sus ojos centellearon más.

—Oh, lo haré... —En segundos, ella se encontró totalmente desnuda, con los jirones de su bañador flotando a su alrededor. Lo mismo les pasó a sus shorts, y entonces él la puso de pie, deslizándola hacia abajo por su cuerpo. Mia le enlazó el cuello con los brazos y se apretó contra él. Notaba los senos y los pezones sensibles, y los frotó contra su pecho para aplacar el anhelo que sentía por dentro. Su erección le empujó contra el vientre, gruesa y caliente y ella notó palpitar su sexo por las ganas de tenerlo dentro.

Se acercó hacia él, lo besó en los labios y notó el sabor de las gotas de agua marina y la esencia única y deliciosa de Korum. Él gimió, besándola más profundo, y Mia chupó su lengua, acariciándola con la suya. Al mismo tiempo, metió la mano bajo el agua para envolver con los dedos su dura polla. Esta dio una sacudida cuando ella la tocó, y se hizo aún más grande. Y Korum tomó aire bruscamente, la levantó y le abrió del todo los muslos. Una ola les golpeó, rociando de gotitas la cara de Mia, y ella cerró los ojos, agarrándose a los hombros de Korum con las dos manos. Durante un breve instante la punta de su polla acarició la entrada a su vagina, y entonces él entró en ella con un poderoso empentón.

Mia jadeó al notar la invasión, y sus músculos internos se tensaron al sentirle tan dentro de ella. Rodeó su cintura con las piernas y lo sujetó allí, deleitándose con la increíble sensación.

—Joder —gruñó él —. Estás tan... jodidamente... buena... —Soltó cada palabra junto con un pequeño empujón poco profundo, golpeando con la pelvis contra su clítoris, y Mia gritó cuando un clímax repentino la atravesó, haciendo que su sexo tuviera espasmos alrededor de su erección. Él gimió otra vez y siguió moviéndose rítmicamente dentro de ella, moviéndola arriba y abajo sobre su polla con un ritmo implacable que volvió a hacer que se corriera otra vez, solo unos minutos después. Esta vez, él se unió a ella y ella sintió la calidez de su semen en lo más hondo de su vientre.

Y entonces simplemente se quedaron allí, flotando, dejando que las olas les acunaran.

CAPÍTULO CINCO

A la mañana siguiente, Mia volvía a estar sola en el laboratorio. Saret seguía de viaje y no había enviado sus revisiones, así que ella siguió poniéndose al día con los demás proyectos hasta que le rugió el estómago, recordándole que era hora de comer.

Se puso en pie, se estiró y pidió un popular guiso krinar para almorzar. El edificio inteligente del laboratorio se lo sirvió cinco minutos después y Mia se sentó a comer en una de las planchas flotantes que funcionaban como mesa.

Por alguna razón, sus pensamientos seguían volviendo a la conversación que había tenido con Korum el día anterior y a la combatiente de la Resistencia que había ayudado a capturar. Leslie tenía que someterse a la manipulación de su mente, y Mia no podía dejar de preguntarse cuánto iba a cambiar la chica en el proceso. No podía imaginarse que alguien jugara con *sus* pensamientos, emociones y recuerdos, y se sentía mal porque otra persona fuera a ser sujeta a algo tan invasivo. Seguro que tenía que haber otra manera mejor de disuadir a Leslie de su fútil lucha contra los krinar. Tal vez alguien pudiera hablar con ella, explicarle que los krinar no tenían ninguna intención siniestra contra la Tierra... Claro que era posible que el odio de la chica por los invasores fuera demasiado profundo para que pudiera pensar racionalmente.

Mia suspiró, terminó su comida y regresó a la unidad de almacenamiento de datos. Cuando estaba a punto de mirar el proyecto sobre el desarrollo de la mente de los bebés, se detuvo, recordando una nimiedad que Adam le había mencionado en algún punto. Saur, el K que había intentado matar a Korum, había sido tiempo atrás un ayudante en este mismo laboratorio, y era supuestamente muy bueno en la manipulación de la mente. Si algunos de sus antiguos proyectos seguían almacenados aquí, podrían ayudarle a alcanzar una mayor comprensión de lo que iban a hacerle a Leslie.

Repentinamente emocionada, Mia le ordenó a la unidad que localizara todos los datos añadidos por Saur. Había muchísimos, pero ella tenía bastante tiempo que matar.

Se puso cómoda y se sumergió en los entresijos de las mentes manipuladas.

Cinco horas después, volvió a levantarse, profundamente desconcertada. Apenas había empezado a rozar la superficie de todas las cosas en las que había trabajado Saur, pero ninguna de ellas estaba directamente relacionada con el borrado de memoria. Había muchas notas y grabaciones sobre condicionamiento del comportamiento e implantación de recuerdos... pero solo unas breves menciones acerca del borrado intencionado de memoria.

Si Mia lo había entendido correctamente, Saur ni siquiera había hecho simulaciones sobre eso, ni mucho menos experimentos prácticos con sujetos vivos.

Mia frunció el ceño y se quedó mirando la unidad de datos, extrañamente trastornada por lo que acababa de saber. Había algo que no le cuadraba. Si Saur no sabía borrar memorias ¿no tendría Saret que haberles dicho algo a los del Consejo? Su jefe siempre sabía quién estaba trabajando en qué proyecto; él era el que repartía las tareas de todos.

Tal vez estuviera equivocada. Quizás hubiera otro lugar de almacenamiento de datos que ella no conocía y en el que se guardaban otros proyectos. Era plausible: Mia todavía era nueva y estaba aprendiendo cómo iba todo por allí.

También era posible que Saur simplemente no se hubiera molestado en introducir algunos de sus proyectos en la base de datos común. Adam había mencionado una vez que el aprendiz que había muerto era un poco extraño, un solitario que no se relacionaba con nadie. Puede que hubiera tenido problemas para seguir los protocolos del laboratorio.

Aun así, Mia no pudo evitar sentir un malestar en el estómago, una sensación molesta de que algo no pintaba del todo bien. Necesitaba hablar con Korum, y pronto.

Se detuvo para enviar a Korum un breve mensaje holográfico, avisándolo de que estaría en casa en unos minutos y se dirigió hacia una de las paredes de salida.

Y justo cuando estaba a punto de llegar, se disolvió la que había frente a ella, y su jefe entró en el laboratorio.

—Ah, hola —dijo Saret, mirándola con una sonrisa—. ¿Todavía no te has ido a casa? Esperaba que aprovecharas la ocasión para tomártelo con calma, con eso de que todos estábamos fuera un par de días.

Mia le devolvió la sonrisa, tratando de ocultar su nerviosismo.

—No, estaba repasando algunos de los otros proyectos que tenemos —dijo, manteniéndose tan fiel a la verdad como le era posible—. Ese en el que trabaja Aners es muy interesante. ¿Sabes cuál te digo, el del desarrollo de la mente de los bebés?

—Por supuesto. —La sonrisa de Saret cambió hasta volverse casi indulgente, pensó Mia—. Ese es un gran proyecto en el que puedes participar. Podemos hablar de eso más adelante, cuando Adam y tú hayáis terminado con vuestra tarea actual.

—¡Genial! —Mia insufló la cantidad apropiada de entusiasmo en su voz e intentó ignorar la forma en que habían empezado a sudarle las manos—. Tengo muchas ganas de hacerlo. Gracias otra vez por darme esta oportunidad.

—No hay de qué.

Los ojos castaños de Saret refulgieron a la vez que se acercaba un par de pasos hacia ella. Cuando estaba a menos de medio metro, le dijo:

—Me alegro de que estés disfrutando de estar aquí.

Mia asintió, conservando aún una gran sonrisa en la cara. Tal vez estuviera siendo una idiota, pero las vibraciones que le llegaban de su jefe la hacían sentirse decididamente incómoda. Lo único que quería era marcharse a casa y hablar con Korum de lo que había descubierto. Era muy probable que hubiera una buena explicación para todo ello, pero en caso de que existiera la más remota posibilidad de que no, no quería permanecer en el laboratorio ni un instante más de lo necesario. Y esta era la segunda vez que Saret se había comportado de una manera casi... extraña.

—Vale, pues —dijo con tono alegre, levantando la vista hasta su cara de color bronce oscuro—. Por favor, échale un vistazo al informe cuando tengas ocasión, y yo ya me voy marchando. ¿O me necesitas?

Saret sonrió de nuevo.

—Yo siempre te necesito —dijo, y en su voz había un tono extrañamente dulce—. Pero tú debes descansar, lo entiendo... —Y el latido de Mia se aceleró al máximo cuando él se acercó aún más inclinándose hacia ella, sin despegar la vista de su hombro desnudo.

—Vale, entonces... —ella retrocedió— hasta pronto.

—Se volvió y dio un paso hacia la pared que conducía al exterior.

—¿Pasa algo, Mia? —De repente, Saret interpuso ante ella, cerrándole el paso—. Pareces preocupada.

A Mia se le habían puesto de punta todos los pelos del cuerpo.

—Lo siento —dijo con escasa sinceridad, esforzándose por soltar una fugaz carcajada que incluso a sus propios oídos les sonó a falsa—. Estaba pensando en ir a Nueva York para visitar a mi compañera de piso, eso es todo.

—Oh, ¿es eso cierto? —Saret ladeó la cabeza—. ¿Y cuándo planeas marcharte?

—Oh, no será por mucho tiempo —Mia se maldijo a sí misma por sacar esa tontería y alargar la conversación—. Iremos en uno de mis días libres...

—Entonces, ¿por qué estás tan nerviosa? —preguntó Saret, con una mirada extraña en sus ojos—. ¿Es porque has encontrado algo que no debías?

Mia tragó saliva, mientras un escalofrío serpenteaba por su espalda.

—No estoy segura de qué estás hablando...

Saret sonrió: la misma sonrisa afable que antes hacía que a Mia le cayera bien. En cambio, ahora le resultaba aterradora.

—¿Qué te ha hecho mirar los archivos de Saur hoy? —le preguntó él con tono despreocupado—. ¿No sabes que está en contra de los protocolos del laboratorio acceder a los proyectos de otros ayudantes?

Mia negó con la cabeza. De hecho, no lo sabía. Al

mirar a Saret, sintió como si fuera la primera vez que lo viera. Era amigo de Korum. ¿Por qué estaba haciendo esto? ¿Por qué había engañado a todos acerca de las habilidades de Saur? Y, lo que era más importante, ¿qué pretendía hacer para evitar que Mia se lo contara a todo el mundo?

Espoleando frenéticamente a su cerebro, se dio cuenta de que, llegados a ese punto, sería inútil negarlo. De algún modo Saret sabía lo que Mia había descubierto.

—¿Por qué… —le preguntó ella manteniendo la voz serena a pesar de que estaban empezando a temblarle las manos. —¿Por qué no le dijiste al Consejo que no era posible que Saur lo hiciera?

La sonrisa de Saret se hizo aún mayor.

—Porque era más práctico hacer que pensaran que fue él —explicó, con un atisbo de triunfo en su mirada—. No fue lo que tenía en mente al principio, pero aun así funcionó.

Sintiendo como su terror aumentaba por minutos, Mia dio un paso hacia atrás. Todos sus instintos le gritaban que saliera de allí *ahora*. Tal vez hubiera una buena explicación para los actos de Saret, pero no podía arriesgarse. Dejando de lado cualquier rastro de formalidad, Mia levantó con rapidez su brazalete hacia la cara:

—Llama a Kor…

Pero no tuvo ninguna opción de terminar la frase. De repente, él le agarró por la muñeca, sujetándola con la fuerza de unos grilletes de acero... Sus férreos dedos le arrancaron el dispositivo, destrozándolo al mismo tiempo.

—Oh, no —dijo Saret suavemente, arrastrándola hacia él hasta que la tuvo sujeta contra su cuerpo musculoso—. No podrás llamarlo nunca más, ¿entiendes?

Aterrorizada y estupefacta, Mia miraba fijamente al K que había sido su jefe y mentor durante el último mes. La tenía agarrada por la muñeca, y se la retorcía de tal manera que no podía moverse ni un milímetro. Para su espanto, Mia notó que él la tenía dura, y que su erección presionaba de forma amenazadora contra la parte blanda de su vientre.

—¿Qué estás haciendo? —susurró, mientras la bilis se acumulaba en la garganta—. Korum va a matarte por esto, lo sabes...

Los ojos de Saret lanzaron chispas.

—¿En serio, ahora? Está más que invitado a venir a buscarte aquí. El laboratorio está agradablemente preparado para su llegada.

—¿Qué? —No podía estar diciendo...

—Quiero decir que cuando tu cheren llegue, tengo una sorpresita preparada para él —dijo Saret, esbozando una ligera sonrisa—. Verás, Mia querida, ya es hora de que sepas la verdad sobre tu amante. Ven, entremos en mi oficina y hablemos.

Y sin darle elección, la arrastró hacia el fondo de la sala, rodeándole firmemente la muñeca con los dedos. Cuando se acercaron, una de las paredes se disolvió, abriendo una entrada hacia el espacio que Saret usaba para sus proyectos privados.

Sintiendo las rodillas débiles por el miedo, Mia trastabilló cuando él tiró de ella hacia adentro, y la puerta se cerró tras ella. Sin embargo, antes de que pudiera caer, Saret la cogió, levantándola en sus brazos.

—Ya está —dijo en tono tranquilizador, sentándose en una de las planchas flotantes mientras la sujetaba con fuerza en su regazo—. Te tengo... No hay necesidad de que te preocupes, no te va a pasar nada —añadió, al parecer notando los temblores que sacudían su cuerpo.

—Suéltame —susurró Mia, empujando contra su pecho con todas sus fuerzas. Notaba un duro bulto que se apretaba contra sus muslos, y el estómago se le revolvió por las náuseas. Su voz se tornó chillona, presa de la histeria—. ¡Suéltame ahora mismo!

Él no respondió, y sus ojos se oscurecieron mientras la miraba fijamente. Mia se dio cuenta con horror de que la expresión de su rostro era casi... de embeleso. Por algún motivo, la deseaba, y no había nada que ella pudiera hacer para detenerle si él decidía actuar en consecuencia.

—Has dicho que ibas a contarme algo sobre Korum —le dijo con desesperación y con una voz estridente a causa del pánico—. ¿Qué es eso que no sé de él?

Saret parpadeó, y su mirada perdió un poco de intensidad.

—Oh, sí —dijo, y en sus labios apareció una sonrisa autocrítica—. Íbamos a hablar, ¿verdad? Ven, será mejor que te sientes… Y levantándola de su regazo, la colocó a su lado, con una mano rodeando firmemente su brazo.

Mia intentó inmediatamente escurrirse algo más lejos, pero él la sujetó más fuerte, y le impidió moverse del sitio.

—Escúchame, Mia —dijo Saret, con un ligero ceño arrugándole la frente—, ya sé que no entiendes por qué estoy haciendo esto ahora mismo y que te parece una locura. Pero, créeme, es por tu propio bien… por el bien de toda la humanidad. Lo que tu cheren pretende hacerle a tu gente no es nada bonito, y es necesario detenerle. ¿Sabes qué es lo que está intentando que los Ancianos aprueben?

Mia negó con la cabeza, mientras se le formó un nudo en el estómago cuando él aflojó la mano que le sujetaba el brazo y empezó a acariciarle suavemente la piel con el pulgar.

—Quiere arrebataros vuestro planeta. ¿Te lo ha contado?

—No —atinó a decir Mia, con el corazón latiéndole tan fuerte que apenas podía pensar. Saret mentía, por supuesto. Tenía que hacerlo.

—Mi mal llamado amigo es un monstruo sediento de poder —dijo Saret, endureciendo su mirada—. No le bastaba con conseguir el estatus más alto en Krina. Oh, no, Mia querida, él tenía que extender su reino a otro planeta: a tu planeta. Si no hubiera sido por él, nunca habríamos venido a la Tierra. Él fue quien convenció a los Ancianos de que era necesario controlar vuestro planeta, preservarlo para las futuras generaciones de krinar. Y ahora planea quitároslo del todo. ¿Entiendes lo que te digo?

Mia asintió, intentando que siguiera hablando. Estaba dispuesta a escuchar sus mentiras todo lo que hiciera falta con tal de conseguir más tiempo. En unos minutos, Korum se daría cuenta de que ella no había vuelto a casa como le había dicho que haría. ¿Vendría a buscarla entonces? ¿Caería en la trampa que Saret parecía estar preparando? *Por favor no dejes que nada le suceda. Por favor no dejes que nada le suceda.*

—Verás, Mia —prosiguió Saret—, solo deseo lo mejor para tu pueblo. O lo que es lo mismo, lo mejor para el mayor número de seres inteligentes posible. Quiero devolverle la libertad a la Tierra, liberarla de la tiranía de Korum y del Consejo. Quiero que recuperéis vuestro planeta.

—¿Por qué? ¿Qué te importa a ti? —¿Era Saret uno de los kets? Y si era así, ¿cómo había conseguido evitar que le descubrieran durante tanto tiempo?

—¿Por qué? Porque siempre he querido hacer algo grande. —La voz de Saret se tiñó de entusiasmo apenas contenido—. Todas nuestras contribuciones a la sociedad, todo esto... —Agitó una mano señalando el laboratorio— palidece en comparación con lograr la liberación de miles de millones de seres inteligentes, con darles una vida mejor... una vida en paz, libres del terror. No quiero ser recordado como alguien que inventó otra manera más de mejorar la memoria, Mia. Quiero ser el que traiga la paz a la Tierra.

—¿La paz a la Tierra? —Eso le sonaba a locura—. Pero no estamos en guerra con los krinar...

—Oh no, deshacerse de los krinar es solo el principio —rio Saret —. Verás, Mia, también puedo darles a los tuyos una vida mejor. Puedo hacer que no tengáis que pasaros vuestras fugaces décadas de existencia temiendo la guerra, los tiroteos, los ataques terroristas... Puedo daros lo que los humanos han estado soñando desde los albores del tiempo: una vida sin miedo ni violencia. ¿Tú no querrías eso, Mia? ¿No querrías eso para tu especie?

—¿De qué estás hablando? —¿Había algo parecido a la enfermedad mental entre los K? ¿Estaba ella atrapada aquí con un loco?

—Sé que no lo entiendes ahora mismo, pero lo harás, te lo prometo. —La cara de Saret casi resplandecía de fervor—. Cuando vuestra tasa de asesinatos descienda a cero y la guerra sea cosa del pasado, vuestro mundo sabrá que ha llegado una nueva era en la historia de la humanidad... y me lo agradecerán a mí.

Mia lo miró fijamente, incapaz por un minuto de entender lo que él estaba diciendo. Entonces se le ocurrió una horrible e inverosímil idea.

—Saret —dijo lentamente, mirando al K afamado por ser uno de los mayores expertos en la mente—, ¿estás hablando de algún tipo de manipulación mental de los humanos?

Por favor, que se ría y me diga que no es verdad. Que no sea verdad, por favor.

Saret le dedicó una sonrisa complacida, y se puso a acariciarle el brazo, haciendo que le dieran escalofríos.

—Sí, Mia querida, eso es exactamente lo que estoy diciendo. Siempre supe que eras brillante para ser de tu especie. Verás, en los últimos años he desarrollado y perfeccionado una nueva técnica, una manera de controlar ciertos impulsos neuronales, que al mismo tiempo estimulara los centros del dolor y del placer en el cerebro...

Mia contuvo el aliento.

—Estás diciendo... —Su voz se quebró un instante, y tuvo que volver a empezar—. ¿Estás diciendo que has desarrollado algún tipo de control mental?

Entonces Saret se echó a reír, y sus ojos marrones se entornaron de risa.

—No, claro que no. Espero que hayas aprendido lo suficiente hasta ahora para saber que el auténtico control mental es imposible. No, mi técnica me permite gobernar ciertos comportamientos: condicionar el cerebro, si quieres llamarlo así. Cada vez que alguien tiene una idea violenta, por ejemplo, puedo hacerles sentir dolor. Cada vez que me obedezcan, placer. Imagínate: todo un planeta poblado de seres humanos pacíficos... ¿Tú no querrías eso, Mia?

Lo que Mia quería era vomitar.

—¿Pero cómo? ¿Cómo puedes hacer algo así a escala masiva?

Saret sonrió, evidentemente disfrutando de su reacción.

—Bueno —dijo—, aquí es donde entran Rafor y el

resto de los kets. Como probablemente ya sabías, Rafor no era tan bueno en diseño tecnológico como tu cheren ni de lejos, pero era lo bastante pasable como para ocupar una posición elevada en la empresa de su padre. Después de que Korum les hiciera cerrar el negocio, el pobre Rafor se quedó mano sobre mano. Verás, como perdió su estatus, nadie más quería contratarle como diseñador, y se vio obligado a hacer incursiones en gran cantidad de temas que no le interesaban ni de lejos del mismo modo en que lo hacía su elección original de carrera. Incluso vino a verme hace un par de años y me preguntó si podía hacer unas prácticas en el laboratorio. Yo le rechacé, por supuesto. No poseía ni la más mínima cualificación que le permitiera estar aquí. Tú tampoco, siendo humana y todo eso, pero al menos tú sentías pasión por estos temas. Él ni siquiera tenía eso. —Saret dejó escapar una risita—. Pero, en cualquier caso, sí le ofrecí la oportunidad de ayudarme en un proyecto privado, para diseñar los nanocitos que necesitaba para implementar el plan. Entendió inmediatamente lo que estaba tratando de hacer: eso estaba muy en sintonía con sus propias opiniones como simpatizante de los seres humanos, e hizo un excelente trabajo creando el diseño y el mecanismo de dispersión de los nanos.

Mia le escuchaba atentamente, apenas osando respirar. Lo que él le estaba diciendo ahora era tan increíble, y tan aterrador, que ella apenas era capaz de procesar lo que oía.

—Es evidente que Rafor fracasó estrepitosamente

en la primera parte del plan —continuó Saret—. Él iba a deshacerse de Korum y del resto con la ayuda de la Resistencia, pero en vez de eso, dejó que lo cogieran.

Mia tragó saliva para deshacerse de la sequedad de su garganta.

—Así que les borraste la memoria —dedujo, y Saret asintió, sonriente.

—Lo hice. No tuve elección. Era la única forma de protegerme a mí mismo y preservar el resto del plan. Además, eso les daba una oportunidad a los kets en el juicio.

—Así que el Protector tenía razón: fuiste tú todo el tiempo...

—Tenía razón en parte. —La sonrisa de Saret era radiante y feliz—. Él pensó que había borrado sus recuerdos para ayudar a Korum, pero nada más lejos de la verdad. Eso entorpeció bastante los planes de tu cheren: un encantador, aunque no plenamente intencionado, efecto secundario de todo el asunto.

—¿Por qué lo odias tanto? Él cree que tú eres su amigo...

El K de cabello oscuro se rio, echando la cabeza hacia atrás:

—Claro que sí: me he asegurado de eso. Solo un idiota querría a Korum como enemigo. Le he visto destruir a aquellos que se interponían en su camino, y jamás he cometido ese error.

—Lo estás cometiendo ahora mismo —señaló Mia con cautela, lanzando una mirada hacia los dedos que seguían sujetando su brazo. Si Korum estuviera aquí,

Saret ya estaría muerto. Si hay una cosa que había aprendido en las últimas semanas, era lo territoriales que tendían a ser los hombres krinar.

—Oh, ¿porque estoy tocando a su preciosa charl? —dijo Saret, con los ojos chispeando por una mezcla de excitación y de alguna otra emoción indescifrable—. No te preocupes, Mia querida, no seguirás siendo suya por mucho tiempo. Pronto te liberarás de él. En cuanto él llegue aquí...

A Mia se le heló la sangre.

—¿Estás...? —Tuvo que detenerse un instante porque no era capaz de que sus palabras atravesaran el nudo de su garganta—. ¿Estás planeando matarle? —consiguió decir al final.

—Es lo más probable. —Saret volvió a sonreírle: esa misma sonrisa amable que le daba a Mia ganas de gritar—. Sería lo más fácil. Por supuesto, siempre podría intentar capturarle y hacerle lo mismo que a Saur. Ese sería el premio gordo: tener al mismísimo Korum bajo mi control...

—¿Saur? ¿Te apoderaste de la mente de Saur? —Mia lo miró con horrorizada incredulidad. ¿Había hecho Saret de verdad que su antiguo aprendiz los atacara en Ormond Beach?

—No. —Saret pareció decepcionado por su falta de comprensión—. Nada de control mental. Ya te lo he dicho. Condicionamiento mental. Mi técnica trabaja muy sutilmente. No convierte a la gente en zombis sin cerebro o en lo que sea que te estés imaginando...

—¿Pero tú condicionaste la mente de Saur para que quisiera matar a Korum?

—Sí —admitió Saret, con una expresión de orgullo—. No fue fácil, créeme. Todos los krinar tienen sistemas inmunes con escudos que repelen a los nanocitos; es algo que fue inventado hace miles de años, después de que alguien intentara usar la nanotecnología médica como arma de guerra. Solo conseguí vencer las defensas de Saur después de docenas de inyecciones físicas... e incluso entonces, el condicionamiento mental funcionó tan solo porque Saur era más débil que la mayoría. Por eso quería que los krinar dejaran la Tierra: porque no puedo controlarles eficazmente. Con los humanos, es mucho más fácil. No tenéis ningún tipo de escudo; todo lo que tengo que hacer es soltar los nanocitos en el aire en las zonas más pobladas y ellos solos encontrarán sus objetivos.

A Mia le daba vueltas la cabeza.

—A ver si lo entiendo bien... ¿Intentas deshacerte de los de tu propia especie para poder ejercer control mental, o, más bien, condicionamiento mental... sobre todos los humanos de la Tierra?

—Cuando lo dices así, suena a locura, ¿verdad? —sonrió Saret con ironía—. Pero sí, eso es lo que intento hacer. Quiero llevar la paz a tu pueblo, Mia. ¿Es eso algo tan malo? Piénsalo un momento. ¿No querrías vivir en un mundo en el que pudieras andar por la calle de noche sin preocuparte por que te maten o te violen? ¿En el cual los asesinos en serie pertenezcan a las películas de terror, en vez de existir en la realidad? Sin ningún tiroteo más en las escuelas, sin terrorismo ni guerra... ¿No te suena eso a algo que tú desearías tener?

Mia lo miró fijamente. Por un instante, la visión que él describía parecía extrañamente atractiva.

—Claro que sí —dijo ella—. Pero estás hablando de una invasión de nuestras mentes. Quieres arrebatarnos nuestro libre albedrío...

—¿Libre albedrío? —Saret enarcó las cejas—. ¿Cómo defines el libre albedrío? Tu pueblo será libre de vivir como quieran, de estar con quien deseen, de hacer lo que les apetezca... Simplemente no podrán matar o hacer daño a los demás cuando sus impulsos les dominen.

—Y te adorarán a ti, ¿verdad? —dijo Mia, entornando los ojos—. Eso es en definitiva lo que tú quieres, ¿no es así? ¿Todo un planeta de marionetas que obedezcan cada una de tus órdenes?

Saret se rio, sacudiendo la cabeza.

—Dicho así, suena espantoso, ¿verdad? Pero no, Mia querida, no es como yo lo veo. Tu gente me adorará, es cierto... pero solo porque seré su salvador. Seré quien ponga fin a sus sufrimientos, libere su planeta y les traiga la paz.

—¿Y qué planeas hacer con el resto de los krinar de aquí? —preguntó Mia, a quien se le acababa de ocurrir ese pensamiento—. Korum frustró tu plan con la Resistencia y toda tu gente sigue aquí. ¿No crees que se darán cuenta si los humanos se vuelven súbitamente pacíficos? ¿Si la tasa de asesinatos desciende a cero de un día para otro?

—No sería de un día para otro —dijo Saret—. El condicionamiento mental completo lleva bastantes días, incluso semanas. Pero sí, se darían cuenta al final, por supuesto... que es el motivo por el cual tengo que deshacerme de todos los que hay en los Centros y asegurarme de que el escudo protector impide que nadie llegue aquí en un futuro próximo.

Mia respiró hondo, luchando contra sus ganas de vomitar. No era posible que se refiriera a...

—¿Deshacerte de todos ellos cómo?

Él suspiró.

—Matándolos, por supuesto.

La cara de Mia perdió todo el color.

—¿Matando a cincuenta mil krinar? —susurró, incapaz de asimilar la maldad que requería cometer asesinato a tal escala.

Saret se encogió de hombros.

—A la mayoría de ellos, sí. Puede que algunos sobrevivan, por supuesto, pero la mayoría perecerá.

—¿Perecerá, cómo? —Mia podía escuchar el tinte de histeria que había en su propia voz—. ¿Cómo es posible que mates a tantos?

—Utilizando la misma nanoarma que Rafor y la Resistencia planeaban emplear como amenaza —explicó Saret, mirándola con calma—. El diseño que Korum nos entregó a través de ti era defectuoso, por supuesto, pero tenía suficientes elementos correctos como para que yo haya podido contratar a alguien que lo perfeccionara. Ya casi está listo; mi diseñador está dándole los toques finales ahora mismo.

—Entonces, para entendernos —dijo Mia, mirando fijamente al psicópata sentado a su lado—, ¿tú quieres asesinar a cincuenta mil de los tuyos para conseguir traer paz a la Tierra? ¿Y no crees que haya nada malo en eso?

—Claro que sí. —Saret frunció el ceño—. ¿Crees que disfrutaré con esa parte del plan? Habría estado encantado de mandarles de vuelta a Krina o intentar controlarles si pudiera. Pero no puedo. Lo único que está en mi mano es intentar hacerles desaparecer de la manera menos dolorosa posible. Sé que eso no es exactamente coherente con mi discurso pacifista. Pero verás, Mia, el bien de la mayoría tiene mucho más peso que las necesidades de unos pocos. Nunca debimos haber venido a vuestro planeta; fue la ambición sin fin de tu cheren lo que nos trajo aquí para empezar. Ahora debemos expiar lo que hicimos; debemos pagar por nuestros pecados contra tu gente...

—¿Vas a matarme a mí también? —Mia sintió que su miedo se desvanecía, sustituido por una extraña insensibilidad. Lo que él pretendía hacer era tan horripilante que ella sencillamente no podía procesarlo del todo—. ¿O planeas convertirme en una marioneta? Esa es la razón de que me lo estés contando, ¿verdad? Porque no te preocupa que se lo diga a nadie.

Saret sonrió, soltando su brazo y cogiéndole la mano con su palma abierta, que la abarcaba por completo. Su contacto en la piel le resultó abrasador, y le hizo darse cuenta de lo heladas que se le habían quedado las manos.

—He de decir que la idea de verte como una marioneta es bastante atractiva —dijo él, mientras sus ojos volvían a oscurecerse—. Y quizás haga eso con el tiempo... Pero preferiría no manipular tu mente demasiado al principio. Me gustas bastante tal y como estás ahora.

—Entonces, ¿qué vas a hacer conmigo? —el tono de voz de Mia era casi de indiferencia—. Es decir, si no vas a matarme...

—No voy a matarte —la tranquilizó Saret—. Sencillamente me voy a asegurar de que no recuerdes esta conversación, ni ninguna otra cosa que haya ocurrido en los últimos meses. Será lo mejor, ya lo verás... Sé que te has enganchado a ese monstruo, y probablemente lo echarías de menos si desapareciese. Pero, de esta forma, quedarás libre de su influencia para siempre. Será como si nunca hubiese formado parte de tu vida.

Mia lo miraba mientras una ácida furia empezaba a arderle en el estómago.

—¿Vas a asesinar a Korum y borrarme la memoria para hacer que yo le olvide?

—No, Mia querida —dijo Saret, sonriente—. No sería tan cruel contigo. Primero te borraré la memoria. Así, no sentirás nada cuando él muera. No quiero hacerte pasar por ese tipo de trauma, ¿sabes? Los recuerdos dolorosos como esos son los más difíciles de erradicar, y lo último que me gustaría es causarte pesadillas que se quedaran merodeando por tu subconsciente...

—Estás loco —dijo Mia, más y más rabiosa con cada segundo que pasaba. Agradeció ese sentimiento porque la ayudó a disipar la niebla de terror que había en su mente—. ¿En serio crees que es un gesto considerado que invadas mi cerebro de esa forma? ¿Y qué te importa lo que me pase a mí, por cierto? Estás a punto de asesinar a cincuenta mil krinar sin pensártelo dos veces, y yo solo soy la charl de Korum...

—Sabes, yo me he hecho la misma pregunta. —Unas arrugas de introspección fruncieron la frente de Saret—. Tú eres tan solo una chica humana: una muy bonita, claro que sí, pero no tienes gran cosa de especial, para ser honesto. Al principio no entendí por qué Korum estaba tan obsesionado contigo. Pero entonces pasó algo gracioso, Mia... —Se inclinó, con los ojos brillando con una oscura luz—. Yo también empecé a desearte.

Se detuvo un segundo, y luego continuó, ignorando la expresión de asco y horror en la cara de ella.

—Créeme, ha sido un infierno verte constantemente y saber que no tenía ningún derecho a tocarte, que *él* es quien te lleva a la cama cada noche. Pero ahora las cosas serán distintas. Cuando despiertes, será como si él jamás hubiera existido... y tú serás mía, tal como debió haber sido desde el principio.

Asqueada hasta lo más hondo de su ser, Mia intentó soltar su mano, mientras unas náuseas calientes bullían ascendiendo por su garganta. Él la sujetó un segundo y luego la dejó ir, mirando con una sonrisa como ella daba un salto hacia atrás como una gata escaldada.

—Nunca —siseó ella, retrocediendo hacia la pared—. ¿Me has oído? No sé qué te estarás imaginando, pero nunca estaré contigo por voluntad propia. Puede que seas capaz de obligarme, pero eso es lo máximo que habrá jamás entre nosotros, con recuerdos o sin ellos...

—¿Por qué? —preguntó Saret, sonriendo todavía—. ¿Porque crees que estás enamorada de él? ¿Qué sabe una chica de veintiún años sobre el amor? Él te sedujo, Mia, eso es todo. Cuando esté fuera de tu vida, yo haré lo mismo... y tú me querrás tanto como creías que le amabas a él.

Mia se echó a reír, con una imprudencia fruto de su desesperación. La idea de olvidar a Korum y verse obligada a compartir el lecho con un potencial asesino en masa era tan repulsiva que pensó que antes preferiría morir. Quizá podía provocarle para que la matara.

—¿En serio? —dijo desdeñosamente—. No me atraes ni un ápice, Saret. Me pareces comida para perros. He deseado a Korum desde el principio... desde el primer instante en que lo vi. Pero a ti no. A ti, nunca. ¿Me entiendes?

Según iba hablando, podía notar como la sonrisa se desvanecía del rostro de Saret, y su expresión se endurecía.

—Eso ya lo veremos —dijo él, poniéndose en pie y moviéndose con pasos sinuosos hacia ella—. Una vez tus recuerdos hayan desaparecido, entonarás una melodía muy diferente, créeme.

—¡No! —gritó Mia cuando él la agarró. Curvó los dedos en forma de garras y le clavó las uñas, arrastrándolas por sus brazos mientras él la cogía—. ¡Aléjate de mí, jodido loco! ¡¡¡No!!!

Haciendo caso omiso de su resistencia y de sus gritos, Saret la levantó y se la llevó fuera de su oficina, rodeándole el cuerpo con brazos como barras de hierro. Se dirigió al fondo del laboratorio y la puso sobre una de las planchas flotantes al lado de la pared. La superficie inteligente inmediatamente rodeó sus brazos y piernas, manteniéndola completamente inmóvil mientras Saret metía la mano en la pared y sacaba un pequeño dispositivo de color blanco.

—¡No! —Mia intentó volverle la cara cuando él se le acercó de nuevo— ¡No! ¡No lo hagas!

Saret se detuvo un segundo, mirándola desde arriba:

—Lo siento, Mia —dijo con suavidad—. Desearía que no fuese necesario. Si te hubiese conocido yo primero... Pero no te dolerá, te lo prometo... —Y poniéndole el dispositivo contra la frente, le dedicó una amable sonrisa.

Esa sonrisa fue lo último que Mia vio antes de que su mundo se sumiera en la oscuridad.

PARTE DOS

CAPÍTULO SEIS

Korum miró la hora una vez más.

Mia ya tendría que estar en casa. Su mensaje le había llegado hacía veinte minutos, y él había acortado inmediatamente su sesión de pruebas con sus diseñadores, incapaz de resistir sus ganas de verla lo antes posible.

Mientras la esperaba, había preparado rápidamente la cena, haciendo su ensalada *shari* favorita y un plato de patatas y setas con una receta que le había dado la madre de Mia. Se la pidió a Ella Stalis antes de marcharse de Florida, con la intención de sorprender a Mia con ella algún día. Le encantaba ver como su carita se iluminaba de placer y alegría cada vez que él hacía cosas como esa. Su felicidad lo era todo para él en esos días.

¿Dónde estará?

Ligeramente molesto, Korum comprobó su ordenador interno para determinar su ubicación. El complejo dispositivo insertado en la palma de su mano estaba totalmente sincronizado con sus patrones neuronales; tanto, que utilizarlo era de algún modo el equivalente a pensar. No a todos los krinar les gustaba la idea de tener la tecnología tan incorporada a sus cuerpos, y en vez de eso muchos de ellos preferían atenerse a las órdenes de voz pasadas de moda y a los dispositivos no integrados. Korum pensaba que era una idiotez ser tan desconfiado, pero por otra parte, él mismo había diseñado ese ordenador y entendía sus límites y capacidades. Muchos de los de su especie no tenían ni idea sobre cómo funcionaban ni los más sencillos aparatos electrónicos humanos, ni tenían deseo alguno de aprender... algo que él no entendería jamás.

En cuanto envió mentalmente su consulta, su localización le llegó con claridad cristalina: el laboratorio. Ella seguía aún en el laboratorio. Los dispositivos de seguimiento que le había puesto en las manos tiempo atrás estaban demostrando ser muy útiles, incluso ahora que ella ya no estaba implicada con la Resistencia.

Sus labios esbozaron una sonrisa y Korum pensó en cómo reaccionaba ella cada vez que surgía el tema de que él la hubiera iluminado. Era como un gatito enfadado, toda pequeñas garras y pelaje erizado. Eso le hacía tener ganas de abrazarla y follarla al mismo tiempo... una confusa mezcla de emociones que ella siempre despertaba en él.

Suponía que tendría que sentirse mal por haberla

iluminado. Y a veces, casi era así. Ella estaba resentida por el hecho de que ahora él siempre sabría dónde estaría ella, sin comprender que eso le proporcionaba una enorme tranquilidad. Ella era tan frágil, tan humana... De haber sido por él, ella nunca se habría apartado de su lado, siempre la hubiera mantenido junto a él, donde pudiera protegerla.

Pero sabía que a ella no le gustaría eso. Para ella era importante tener su independencia, sobresalir en la carrera que había elegido y contribuir a la sociedad. Él lo entendía y lo respetaba, pero eso no hacía que a él le fuese más fácil. En la época en la que estaban en Nueva York, antes de que le implantara los nanocitos que la hacían menos vulnerable, había sido lo único que podía hacer para permitirle salir por su cuenta, especialmente en una ciudad humana donde algo tan estúpido como un accidente de tráfico podía acabar con su vida. Por eso siempre había tenido un guardián siguiéndola en todo momento, a no más de cien metros. Ella jamás lo había sospechado, por supuesto, ni Korum tenía intención de contárselo jamás. Pero había sido por su propia protección; incluso por aquel entonces, él no era capaz de soportar la idea de que algo pudiera sucederle.

Korum volvió a mirar la hora y vio que habían pasado veinticinco minutos. ¿Por qué estaría aún en el laboratorio? ¿Habría ocurrido algo que la hubiera retrasado? Si Saret estaba haciéndola trabajar hasta tarde de nuevo, tendría que hablar seriamente con él. Mia ya había demostrado ser bastante útil para entonces, y Korum estaba seguro de que su amigo no la echaría de sus prácticas aunque trabajara menos horas.

Korum envió otra consulta mental para comunicarse con el dispositivo que había fabricado para ella... lo que ella llamaba su brazalete-reloj de pulsera. Para su sorpresa y creciente malestar, no pudo conectar con él; era como si solo hubiera un vacío allí donde las señales digitales tendrían que haber estado.

Algo andaba mal.

Korum lo supo con repentina certeza. Levantó la mano y se miró la palma, siguiendo con la vista los diminutos pulsos de luz que jugueteaban bajo su piel. Para él esta era una forma de concentrarse, de utilizar unas conexiones neuronales específicas más complejas que las que requería para las tareas diarias más básicas.

Esta conexión en particular no era una que hubiese utilizado en las últimas semanas, no desde que la Resistencia fuese derrotada. Mia tampoco sabía nada de ella, y Korum no tenía intención de contárselo. No era necesario; había dejado de utilizarla para monitorizar sus actividades. La única razón por la cual seguía dentro de ella era que proceso de extraer el dispositivo era bastante complicado... y porque a él le gustaba la idea de que lo tuviera ahí para casos de emergencia.

Con los ojos pegados a su palma, Korum envió sus órdenes de vigilancia total, activando el diminuto aparato de grabación oculto bajo el lóbulo de la oreja izquierda de Mia. Le permitiría escuchar todo lo que pasara a su alrededor y, lo que era más importante, comprobar sus signos vitales.

En cuanto el dispositivo empezó a funcionar, parte de la tensión abandonó sus músculos. Ella estaba bien, su latido era fuerte y su respiración estable.

Y sin embargo... Korum frunció el ceño, escuchando con atención. Todo estaba en silencio... demasiado en silencio. Si ella todavía estaba trabajando, debería de haber estado moviéndose, hablando con quien fuera que la hubiese entretenido. En vez de eso, parecía como si estuviese dormida.

Dormida... o inconsciente.

En cuanto se le ocurrió la segunda posibilidad, supo que estaba en lo cierto. Pero ¿por qué iba a estar inconsciente? No tenía ningún sentido. ¿Y eso era...? Escuchó otra vez. ¿Eran eso que oía los movimientos de alguien a su alrededor?

Su malestar se metamorfoseó en una profunda preocupación.

Korum se puso en pie, se acercó rápidamente a la pared y salió de la casa. Deteniéndose unos segundos, envió una orden mental para crear una nave de transporte con la máxima celeridad posible. Mientras las nanomáquinas hacían su trabajo, rebuscó en lo más profundo de los archivos del dispositivo de grabación. Todas las grabadoras que él diseñaba funcionaban así; aunque no estuvieran activadas para transmitir a tiempo real, seguían recopilando datos y almacenándolos internamente.

En un segundo, accedió a los archivos, y se puso a

buscar entre ellos hasta encontrar el punto exacto. Empezó en el mismo momento en que Mia le envió su mensaje. En lugar de escuchar la grabación a velocidad normal, hizo a su ordenador crear una transcripción instantánea, que entonces leyó en unos segundos.

Y en cuanto Korum comprendió lo que estaba leyendo, cada célula de su cuerpo se inundó con una furia volcánica.

Ni siquiera era capaz de empezar a procesar la magnitud de la traición... ni lo tremendo del mal que estaba a punto de ser desatado por un hombre que él había considerado su amigo durante los últimos dos mil años. Y Mia... No, no podía pensar en eso. Por lo menos, ahora mismo no. Para que todos pudieran sobrevivir, necesitaba centrarse, controlar su rabia y su dolor.

Sirviéndose de cada uno de los átomos de voluntad que poseía, Korum echó mano de su lado más frío y racional y comenzó a analizar la mejor forma de manejar la situación.

Saret observó impaciente como Korum salía por fin de la casa y creaba la cápsula de transporte. Ahora su némesis vendría a buscar a Mia, sin sospechar gran cosa, o, tal como él esperaba, nada en absoluto.

Por supuesto, nunca era buena idea subestimarlo. El cabrón siempre se reservaba alguna sorpresa desagradable para aquellos que lo hacían. Pero Korum no tenía razón alguna para creer que ocurriera nada siniestro, y decididamente jamás se esperaría que Saret intentara matarle.

Era un hecho desafortunado que Mia se hubiera encontrado con esos archivos aquel día. Saret siempre había sabido que alguien podía husmear por ahí y averiguar que Saur no había sido tan experto en borrar memorias como se suponía. Saret debería de haber movido los archivos, pero todo el mundo en el laboratorio había aprendido a no acceder al trabajo de otras personas sin el permiso explícito de Saret.

Todo el mundo, excepto, al parecer, una chica humana.

Por otra parte, tal vez a algún nivel, Saret había deseado que ella lo averiguara. Había disfrutado explicándole su plan y viendo las emociones reflejadas en su expresiva carita. Ella no lo había entendido del todo, por supuesto, demasiado atrapada todavía en las redes de Korum para pensar con claridad.

Lo que ella le dijo de no estar atraída hacia él le había hecho enfadar. Ella le había mentido, por supuesto, intentando provocarle a hacer algo estúpido. Era un krinar en la flor de la vida. Sabía muy bien que las mujeres humanas lo deseaban. Y ella lo haría también: iba a asegurarse de que así fuera.

Iría poco a poco con ella al principio, no como había sido Korum cuando se conocieron. Saret había visto algunas de las grabaciones del comienzo de su relación durante el juicio, y le había enfurecido la forma en que su némesis se había comportado con ella por entonces. Saret iba a ser mejor cheren, de eso estaba seguro.

Y ahora, ¿dónde estaba Korum?

Saret frunció el ceño y volvió a mirar la imagen. Parecía que su enemigo no tenía prisa. En vez de salir volando hacia el laboratorio, Korum seguía allí al lado de la nave, charlando tranquilamente con una mujer krinar que Saret no había visto antes. Estaba casi... ¿flirteando con ella? *Maldito cabrón, ya estás engañando a Mia.*

Bueno, daba igual, Korum iba a llegar muy pronto. Y cuando lo hiciera, le esperaba una agradable sorpresita.

Sin que nadie lo supiera, Saret se había pasado los últimos años construyendo una fortaleza de alta tecnología dentro del laboratorio. Todos los edificios krinar eran resistentes, hechos para soportar cualquier cosa, desde una explosión nuclear hasta una erupción volcánica. Pero su laboratorio iba un paso más allá: las paredes se habían transformado en armas, diseñadas para matar a cualquiera que intentase entrar una vez Saret hubiera activado el protocolo de protección. También eran impenetrables para cualquier forma de nanotecnología porque Saret había instalado los mismos escudos que servían de defensa para los Centros.

No había sido algo fácil de hacer. Las armas no eran algo que estuviera al alcance de la población general, y menos aún si se trataba de nanoarmas especializadas como las que había dentro de sus paredes. Saret se había visto forzado a pedir un montón de favores y a gastarse una parte considerable de su fortuna familiar para que todo quedara exactamente como él lo quería. Le había costado todavía más mantenerlo en secreto.

Sin embargo, ahora todo eso habría valido la pena. En un par de días más, la nanoarma que había planeado utilizar contra los Centros estaría lista. Los dispositivos de dispersión que contenían los nanocitos ya habían sido colocados en todas las principales ciudades humanas.

Lo único que necesitaba ahora era tener paciencia.

DIEZ MINUTOS DESPUÉS, Saret estaba perdiendo la poca paciencia que le quedaba. ¿Qué diablos estaba reteniendo a Korum tanto tiempo? ¿Había subestimado Saret el vínculo de su enemigo con la chica? Parecía que el cabrón seguía todavía flirteando con aquella mujer. Ahí estaba, riendo y acariciándole el brazo. *¿Qué cojones?* ¿Qué había sido de su obsesión por Mia? ¿Había sido ella solo un juguete para él todo ese tiempo?

En cuanto le sobrevino ese pensamiento, Saret lo descartó. No, estaba pasando algo. De repente, estaba convencido de ello.

¿Estaba su enemigo tomándolo por tonto? ¿Le estaría engañando con una imagen falsa? No había forma de saberlo; las personas que Saret estaba mirando parecían completamente reales. Pero, como Saret bien sabía, las apariencias podían ser engañosas.

Tenía que asumir la posibilidad de que Korum hubiera descubierto que estaba pasando algo.

Saret se movió deprisa, se armó y activó un escudo protector que envolvía todo su cuerpo. Las paredes del laboratorio seguían siendo su mejor defensa, y él tenía toda la intención de enfrentarse a su némesis aquí, donde Saret tenía la ventaja de estar en su territorio. No sentía miedo, aunque su pulso se aceleró al máximo anticipándose a la inminente pelea.

Saret echó un vistazo a Mia, y se aseguró de que ella seguía inconsciente, tumbada y controlada sobre la camilla flotante. Podía despertarse en cualquier momento, y él esperaba que todo lo desagradable hubiera pasado antes de que eso ocurriera.

Haciendo caso omiso de la adrenalina que corría por sus venas, Saret se sentó junto a ella y le acarició el brazo, maravillándose por la tersura de su pálida piel. Estaba tan bonita, con esas oscuras pestañas extendidas como abanicos sobre sus mejillas y esa boca suave, ligeramente entreabierta. ¿Cómo era ese cuento infantil de los humanos? ¿La bella durmiente? En realidad, se parecía más a Blancanieves, decidió Saret, con su tez blanca como la leche y su cabello oscuro.

Se inclinó y la besó en los labios, rozándolos suavemente con la lengua. Como sospechaba, era deliciosa; solo esa minúscula muestra le había bastado para tener una erección. Si hubiera dispuesto de más tiempo, la habría poseído allí mismo, estuviera inconsciente o no.

Pero no tenía tiempo. Necesitaba permanecer

centrado. De una u otra manera, Korum estaría pronto allí.

Saret se levantó y se acercó otra vez hasta la imagen. Para entonces, estaba casi seguro de que era falsa.

¿Dónde estaba Korum?

Saret empezó a caminar en círculos, demasiado agitado para volver a sentarse.

Cuando todo empezó, dos minutos más tarde, ni siquiera fue consciente al principio.

Un grave zumbido fue el primer heraldo de que algo iba mal. El ruido pareció inundar el aire, aumentando gradualmente de volumen, hasta que se convirtió casi en un rugido para su sensible oído krinar.

Entonces las paredes comenzaron a derretirse. Saret nunca había visto nada igual: el material diseñado para resistir una bomba atómica pareció licuarse desde arriba hacia abajo, como si el edificio entero estuviese hecho de cera.

Ahora Saret pudo saborear su propio miedo. Ácido y penetrante, se acumuló en lo profundo de su estómago. No estaba previsto que algo así pasara. Se suponía que él estaba seguro aquí, en su fortaleza cuidadosamente construida... pero no era así. Saret no conocía ningún arma capaz de hacer eso, de poder atravesar los mismos escudos que protegían a las colonias... pero sus ojos no le engañaban. Las paredes estaban literalmente derritiéndose a su alrededor.

Sólo había una cosa que podía hacer: retirarse y

vivir para poder luchar otro día. Durante un segundo, Saret consideró llevarse a Mia con él, pero eso lo ralentizaría y él no podía correr ese riesgo. Tendría que volver más adelante a por ella.

Echando una última mirada a la muchacha inconsciente sobre la camilla flotante, Saret activó el conducto de salida de emergencia y desapareció a través del suelo del edificio.

CAPÍTULO SIETE

—Quiero que lo encuentren. Usando todos los medios necesarios. ¿Me entiendes? —Korum era consciente de que su voz sonaba brusca, pero no podía contener más la helada furia que corría por sus venas.

Alir, el líder de los guardianes, asintió:

—Te lo traeremos —prometió, con una mirada fría e inexpresiva en sus ojos negros.

—Bien —dijo Korum secamente.

Se dio la vuelta y se acercó hasta el fondo de la sala, donde Ellet estaba sentada al lado de Mia haciéndole pruebas médicas.

Cuando él se acercó, la krinar levantó la vista, con evidentes signos de tensión presentes en su hermoso rostro.

—No debería tardar mucho en recuperar la consciencia —dijo con voz queda—. Pero Korum, me temo que el daño ya está hecho.

—¿Qué estás diciendo? —Él no quería creérselo, no podía aceptar esa posibilidad.

—Me temo que el escáner muestra señales de trauma consistentes con una pérdida de memoria. Cuánto lo siento...

—No. Debes de estar equivocada. —Apretó los puños con tanta fuerza que sus uñas atravesaron su piel, haciendo que la sangre brotara—. Tiene que haber algo que podamos hacer...

—Lo investigaré —dijo Ellet, levantándose de su asiento—. Pero este tipo de borrado tiende a ser irreversible, me temo.

Korum dio un paso hacia adelante.

—No quiero que investigues esto, Ellet —dijo con tono neutro—. Quiero que abandones cualquier otra jodida cosa que estés haciendo y recuperes sus recuerdos.

Ellet frunció el ceño.

—Sabes que haré todo lo que pueda...

—Tendrás que hacerlo mejor que eso. —Korum sabía que no estaba siendo racional, pero no le importaba. Nunca antes se había sentido así... tan ferozmente homicida. Quería despedazar a Saret, arrancarle un miembro tras otro y escuchar como gritaba de agonía. Quería sacarle las tripas al hombre que una vez había considerado su amigo y bañarse en su sangre, como solían hacer sus antepasados con sus enemigos.

Bajo la turbulenta furia y amargura que Korum sentía

por esa traición, reinaba la culpabilidad, como un peso terrible sobre sus hombros. A Mia le habían hecho daño... un daño que era culpa suya. Porque había fracasado en protegerla del monstruo que había entre ellos. Porque había sido demasiado confiado. De no haber sido por él, ella nunca habría hecho esas prácticas, ni habría estado expuesta a las ansias enfermizas de Saret.

Si no la hubiese traído a Lenkarda, el peligro no se habría cruzado en su camino.

¿Cómo era posible que Korum no lo hubiera visto antes? ¿Cómo podía no haber detectado esa clase de odio? Su mayor enemigo había resultado ser uno de sus amigos más cercanos... y él no se había dado cuenta hasta que fue demasiado tarde.

Y ahora podía ver la compasión en el rostro de Ellet. Ella sabía lo que él sentía por Mia y probablemente podía adivinar su estado mental en ese momento.

—Lo haré, Korum —dijo intentando consolarle—. Te lo prometo, haré todo lo que esté en mi mano para ayudar.

Korum respiró hondo para tranquilizarse. No era culpa de Ellet que su amigo hubiera resultado ser el peor psicópata en la historia reciente de los krinar.

—Gracias —dijo despacio.

Ellet sonrió, con gesto de alivio.

—Puedes llevártela a casa ahora, si quieres. Se despertará por sí sola en unas cuantas horas e igualmente podría hacerlo en tu casa. Con cuantos menos de los nuestros tenga que tratar de entrada, mejor.

Korum asintió:

—Por supuesto.

Se inclinó sobre la camilla de Mia y la cogió con cuidado, acunándola suavemente contra su pecho. Era tan ligera, tan frágil entre sus brazos… Darse cuenta de que podía haber muerto aquel día era como veneno en sus venas que le abrasaba por dentro.

Saret pagaría por lo que le había hecho, por lo que planeaba hacerles a todos. Korum iba asegurarse de ello.

Mia dejó escapar un pequeño resoplido, arrugó la nariz y levantó una delgada mano para apartarse un rizo oscuro de la mejilla. Por ahora seguía teniendo los ojos cerrados, aunque era obvio que estaba empezando recuperar la consciencia.

Sentado al borde de la cama, Korum observó cómo se despertaba lentamente, incapaz de apartar sus ojos de ella. Lógicamente, sabía que no era la mujer más hermosa que jamás hubiese visto, pero no importaba. Para él, ella era perfecta. Le encantaba todo de ella: todas y cada una de las partes de su delicado cuerpecito le excitaban. Incluso ahora, mientras yacía allí con su vestido rosa pálido, tenía que luchar contra el impulso de tocarla, de acercársela más y meterse profundamente dentro de ella.

La inquietante mezcla de lujuria y ternura que ella hacía aflorar en él era algo distinto a cualquier otra cosa que hubiera sentido jamás. Como muchos krinar, Korum siempre había pensado en el sexo como en una divertida actividad recreativa. La mayoría de sus relaciones previas habían sido líos ocasionales, similares a la aventura que había tenido con Ellet unos años atrás. Le gustaban las mujeres y también disfrutaba de su compañía fuera del dormitorio, pero nunca había deseado estar con una de forma permanente, nunca había sentido el impulso de reclamarla como suya.

Hasta Mia.

Por alguna razón, esta chica humana apelaba a sus instintos más oscuros y primitivos. Lo que él sentía por ella iba más allá del deseo sexual, más allá del ansia por su carne joven. Lo que realmente quería era poseerla por completo, que ella fuera suya de todas las formas posibles.

No era un fenómeno desconocido entre los krinar. En la antigüedad, los varones krinar necesitaban cazar y proteger su territorio, y eran mucho más propensos a hacer un trabajo eficaz si estaban fuertemente unidos a sus compañeras. La fijación obsesiva de un hombre por una mujer específica había sido una mera adaptación evolutiva en aquellos tiempos. Más profunda que la lujuria, más fuerte que el amor, era una combinación poderosa de los dos que aseguraba que un hombre daría la vida para proteger a su mujer y a su descendencia.

Con los años, cuando la sociedad krinar se volvió más civilizada, ese tipo vínculo se hizo menos importante para la supervivencia de la especie, y la tendencia genética a ello se debilitó con el tiempo. Todavía ocurría, por supuesto, pero era algo bastante raro en la época actual... y esa fue la razón por la cual Korum no se había dado cuenta de lo que estaba pasando cuando conoció a Mia.

Al principio no entendió por qué se sentía de esa manera. Lo único que sabía era que la deseaba, y que tenía que tenerla. Ni siquiera la reticencia inicial de ella había conseguido disuadirle; en todo caso, sus recelos le habían resultado sugerentes, desencadenando los instintos que él normalmente lograba reprimir.

Él no había perseguido nunca a nadie de ese modo, nunca había sido tan poco considerado con los deseos de una mujer, pero con Mia había sido despiadado. Había ido tras ella con toda la intensidad de su naturaleza, desdeñando cualquier noción del bien y del mal. En menos de una semana, había obtenido lo que quería: a Mia en su cama, en su apartamento, para hacerla suya siempre que quisiera.

Le había costado muchísimo más ganarse su amor.

Hasta la fecha, no podía evitar la furia que retorcía su estómago cuando pesaba en su colaboración con la Resistencia. Racionalmente, sabía que no podía culparla por rebelarse, por no confiar en él desde el principio. Solo era una niña comparada con él; tendría que haber sido más consciente de sus temores, tendría que haberla seducido pacientemente en vez de forzarla a tener una relación. Tal vez entonces no se hubiera creído las mentiras de aquellos combatientes, no le habría traicionado de la manera en que lo hizo.

Pero él no había sido paciente. La intensidad de sus emociones le había pillado desprevenido, cegándole atodo lo que no fuera su deseo de poseerla. Lo que había empezado siendo una obsesión sexual se había convertido rápidamente en algo mucho más profundo, y Korum no había sabido cómo lidiar con ello. Había actuado en base a su dolor y su rabia, utilizándola contra la Resistencia como castigo por espiarle, cuando simplemente debería de habérselo explicado todo, haciéndole conocer sus intenciones.

El hecho de que ella lo amase ahora era un milagro... uno por el que daba gracias cada día. Y si ella no le recordaba al despertar, lo aprovecharía como una oportunidad de un nuevo comienzo, una forma de enmendar lo que había sucedido antes.

De una u otra manera, Mia iba volver a amarle.

La alternativa era impensable.

POR FIN, sus párpados se agitaron y se abrieron. Ella parpadeó, con expresión confusa, y luego le miró fijamente, con la boca abierta por la sorpresa.

Korum le acarició suavemente el brazo y sonrió con dulzura.

—Hola, cariño mío —dijo, insuflando a propósito una nota tranquilizadora en su voz. Lo que realmente deseaba era abrazarla, pero eso la asustaría si en efecto ella había perdido la memoria y él era ahora un extraño para ella.

Pero en la presente situación, pudo escuchar cómo a ella se le aceleraban los latidos del corazón y sentir la súbita tensión en sus músculos al darse cuenta de lo que era. Ella sacó su pequeña lengua rosa y se lamió el labio inferior con ese gesto inconscientemente provocativo que siempre le volvía loco. Pudo apreciar el miedo en sus ojos... y eso fue como un cuchillo que le atravesaba el corazón, con un dolor penetrante y agudo.

Ella apartó el brazo de golpe y se arrastró rápidamente de espaldas para alejarse hacia el otro lado de la cama.

—¿Qué estoy haciendo aquí? ¿Quién eres tú?...

Korum pudo notar el pánico en su voz, y se obligó a quedarse quieto, a no hacer ningún movimiento en su dirección.

—Soy Korum —dijo en cambio, buscando cualquier señal en su cara de que ella le reconocía. Pero no hubo ninguna. Dejando a un lado su decepción le preguntó—: ¿Qué es lo último que recuerdas, cielo?

Ella tragó visiblemente saliva, retrocediendo más aún.

—Estoy en clase —susurró—. Estoy haciendo un examen...

—¿Qué examen, cariño? ¿En qué clase estás? —*¿Pero cuánta memoria había borrado Saret?*

—Mi... mi clase de Psicología Infantil —respondió ella, con la voz ligeramente temblorosa.

Korum exhaló un suspiro de alivio.

—Así que es tu semestre de primavera. —Solo había perdido un par de meses, no años como él se había temido al principio.

Ella asintió, con pinta de estar aterrorizada todavía.

—¿Qué quieres de mí? ¿Por qué me has traído aquí? —Él pudo notar la creciente histeria en su voz.

Korum suspiró. Esto iba a ser difícil.

—Es complicado, Mia —le dijo con suavidad—. ¿Te gustaría que te lo explicara?

Ella asintió de nuevo, con los azules ojos asustados y abiertos como platos.

—Entonces ven aquí, y hablaremos —dijo él, observándola mientras ella se ponía más tensa—. Te lo prometo, no te haré daño en ningún sentido... Solo siéntate aquí, a mi lado. —Dio unas palmaditas sobre la cama, necesitando tenerla más cerca.

Ella vaciló, y él vio el torbellino de emociones que surcaba los finos rasgos de su rostro. Fue consciente del momento exacto en el que ella decidió que no tenía nada que perder atendiendo a su petición. Después de todo, él era un krinar, y por lo tanto igualmente peligroso de cerca o a tres metros de distancia.

Ella se acercó lentamente en dirección a él, con su delgado cuerpo temblando y mirándole recelosa. Cuando estuvo lo bastante cerca, Korum estiró el brazo para cogerle la mano, calentando su helada piel entre sus palmas.

Ella dio un respingo inicial y luego se quedó quieta, con la mirada fija en su rostro.

Korum sonrió, sintiendo como una parte de la tensión de su interior se aliviaba porque ella le permitía tocarla.

—Somos amantes, Mia —dijo suavemente mientras observaba su reacción—. Tú no te acuerdas porque has perdido parte de tu memoria. Estamos en junio, y nos encontramos en Lenkarda, nuestro Centro de Costa Rica.

CAPÍTULO OCHO

Mia miraba fijamente al espléndido varón krinar que le estaba acariciando suavemente la mano. Lo que él acababa de contarle era una pura locura. ¿Eran amantes? ¿Ella había perdido la memoria? De todos los escenarios demenciales que Mia se había planteado en su imaginación, este ni había estado en su lista de opciones.

¿Estaba jugando con ella? Si era así, ¿por qué y cuál era la auténtica historia? Mia intentó controlar su pánico lo suficiente como para pensar, pero era como si una parte de su cerebro estuviera inmersa en la niebla. Incluso los acontecimientos más recientes —las vacaciones de primavera, los exámenes—, parecían borrosos en su mente, como si hubieran ocurrido hacía mucho tiempo en vez de en las últimas dos semanas.

—No me crees, ¿verdad? —le preguntó el K, con sus ojos ambarinos observándola con inquietante calidez.

—No, claro que no. —Su voz era

sorprendentemente tranquila. En esas circunstancias, Mia sintió que estaba manejándolo todo razonablemente bien. No estaba llorando ni gritando, y en realidad estaba manteniendo una conversación con un alienígena que probablemente la habría secuestrado. Un alienígena que era posible que bebiera o no sangre humana, y que ahora le acariciaba la muñeca de una forma que hacía que su vientre se tensara con una extraña excitación.

¿Por qué no estaba más asustada de él? Todo lo que ella sabía de los de su especie sugería que tendría que estar temiendo por su vida.

Pero no lo hacía.

Estaba volviéndose loca porque no sabía dónde se encontraba ni como había llegado hasta allí... ni por qué estaba con un K que aseguraba ser su amante. Pero, en realidad, no tenía miedo. En todo caso, encontraba su presencia extrañamente reconfortante, y su contacto tranquilizador y electrizante a la vez. ¿Le habría hecho él algo para conseguir esa reacción?

—Claro que no —repitió él, brindándole una sonrisa comprensiva—. Cómo podrías creerte una locura semejante sin pruebas, ¿verdad?

Mia asintió, incapaz de apartar sus ojos de esa sonrisa. El hoyuelo de su mejilla izquierda le fascinaba; era tan juvenil, tan incongruente con el resto de su apariencia...

—Muy bien, cariño. —Su voz era desconcertantemente tierna—. Déjame mostrarte las pruebas.— Y todavía sosteniendo su mano, hizo un gesto hacia un lado, donde una imagen holográfica tridimensional apareció de repente flotando en el aire.

Mia contuvo una exclamación, sobresaltada, y vio que la imagen era de ella y del K que tenía a su lado. Parecían caminar por la playa, charlando y riendo. El K se inclinó y cogió a la chica de la imagen, levantándola con tan poco esfuerzo como si ella estuviera hecha de aire. Ella rio de nuevo, y luego le rodeó el cuello con los brazos y lo besó con tanta pasión que las mejillas de Mia se encendieron.

—¿Qué es eso? ¿De dónde has sacado este vídeo? —Mia se sintió rabiosamente ruborizada cuando el K correspondió al beso de la chica, sujetándola con un brazo y utilizando el otro para tocarla por debajo del vestido.

—Es sólo una grabación de uno de nuestros satélites —le explicó el K llamado Korum, mirándola con un extraño resplandor dorado en los ojos. Por alguna razón, Mia se sintió excitada por esa mirada, su corazón empezó a latirle más fuerte y sus pezones se endurecieron bajo la fina tela de su vestido. Deseó desesperadamente que el K no se diera cuenta; sería embarazoso, y potencialmente peligroso, que supiera lo mucho que le afectaba.

Y entonces se percató de lo que él acababa de decir.

—Espera, ¿vuestros satélites nos espían?

—Nuestros satélites siempre están registrándolo todo —explicó él, esbozando una sonrisa con esos labios sensuales—. Pero no te preocupes, mi vida, esto solo lo ven nuestros ordenadores a menos que alguien haga una solicitud específica, tal como he hecho yo.

El pulso de Mia se aceleró, esta vez fruto de la ansiedad.

—¿Me estás diciendo que nunca nos permitís ningún tipo de privacidad?

—Claro que no —dijo el K despreocupadamente—. Tampoco tenéis demasiada por parte de vuestro propio gobierno. Eso lo sabes, ¿verdad?

Mia parpadeó. Eso lo sabía. Los GPS y los teléfonos móviles hacían prácticamente imposible para nadie ocultarse, y sabía que varias agencias gubernamentales usaban todos los medios a su disposición para localizar terroristas y otros criminales. Como ciudadana respetuosa de la ley, nunca le había dado demasiada importancia al hecho de que todas sus actividades, desde navegar por internet hasta hacer una llamada telefónica, podían ser monitorizadas si fuera necesario. Simplemente lo había aceptado como un hecho del estilo de vida del siglo veintiuno. Pero, por alguna razón, la idea de que los satélites krinar vigilaran cada uno de sus movimientos era más que ligeramente perturbador.

Mia frunció el ceño y se dio cuenta de que estaba actuando como si la imagen que le había mostrado fuese real. No tenía absolutamente ninguna garantía de ello; por avanzados que fueran los krinar, seguro que sería un juego de niños para ellos sacarse de la manga cualquier vídeo que quisieran, tridimensional o no.

—¿Cómo sé yo que no has montado tú todo esto?

—dijo, haciendo un gesto hacia la imagen donde la pareja estaba ahora mismo dándose el lote a lo grande. Sonrojándose aún más, Mia apartó la vista otra vez.

—No puedes saberlo, por supuesto —dijo el krinar—. Podría falsificarlo si quisiera. Tengo centenares de otras grabaciones que podría mostrarte, y sería inteligente por tu parte no confiar en ninguna de ellas.

Mia rio con nerviosismo, sorprendida por su franqueza:

—Vale entonces, ¿cómo puedes probarme nada de todo esto? —No podía creerse que estuviera incluso contemplando la posibilidad de que todo fuera real. ¿Cómo podría cualquier persona racional creérselo? Seguro que recordaría haber practicado el sexo con un alienígena tan atractivo... o incluso solo haber practicado el sexo, en términos generales.

El K sonrió de nuevo.

—Hay unas cuantas maneras —dijo—. Empecemos por el hecho de que me estás entendiendo ahora mismo, aunque te esté hablando en krinar.

Mia se lo quedó mirando con la boca abierta por el shock. Definitivamente, había entendido lo que él estaba diciendo, aunque hubiera pronunciado la última frase en un idioma que estaba convencida de no haber escuchado antes.

—Espera, ¿qué? —sus palabras salieron de su boca en el mismo idioma—. ¿Me estás hablando en krinar?

—Sí, y tú me estás contestando en krinar también —dijo él, y su sonrisa se hizo más amplia—. Y ahora te estoy hablando en italiano. Todavía puedes entenderme, ¿verdad?

Mia asintió, con la cabeza dándole vueltas ante lo imposible de todo aquello.

—Eso es porque tienes un pequeño implante que funciona de traductor —le explicó el K, esta vez en inglés—. Te lo puse tan pronto como vinimos aquí, a Lenkarda. Te permite hablar y entender cualquier idioma, tanto humano como krinar.

—Pero... —Mia no sabía ni por dónde empezar—. ¿Cómo sé que no acabas de ponérmelo ahora mismo? Y espera, ¿te he oído decir antes que estamos en junio? Lo último que recuerdo es de marzo. ¿Cómo he perdido parte de mi memoria? Esto no tiene ningún sentido...

El K suspiró y levantó la mano para colocarle suavemente un rizo rebelde detrás de la oreja.

—Lo sé, Mia —le dijo despacito—. Sé que esto va a ser difícil de aceptar para ti. Déjame contarte una pequeña historia y después te demostraré que no estoy mintiendo. ¿Vale?

—Vale —accedió Mia, hipnotizada por la cálida expresión de su hermoso rostro. ¿Cómo era posible que alguien tan atractivo fuese su amante? Quizás todo esto no fuera nada más que un sueño atípicamente realista. ¿Podría ser que ahora mismo estuviera profundamente dormida, y que su subconsciente estuviera fabricando a esta impresionante criatura? Si de hecho él era su amante, ella era la chica más afortunada del mundo, aunque todavía no entendía como tal cosa podía ser posible.

—Bien —dijo él, con sus ojos dorados centelleando—. Entonces déjame contarte lo nuestro empezando desde el principio...

Y durante los siguientes veinte minutos, Mia escuchó en estado de shock mientras él le hablaba de su primer encuentro en abril y le pormenorizaba la tumultuosa aventura que vino después. Cuando empezó a explicarle su colaboración con la Resistencia, Mia sencillamente se quedó tan boquiabierta que la mandíbula casi le rozaba el suelo.

—¿Te estuve espiando? —¿de dónde narices había sacado ella el valor para hacer eso? Aunque él estaba siendo amable con ella en ese rato, Mia tenía la sensación de que este K en particular podía ser muy peligroso cuando le provocaban. En general, los de su especie no eran conocidos por su naturaleza indulgente, y su parte violenta había quedado demostrada durante las luchas del Gran Pánico.

—Lo hiciste —confirmó el K, apretando un poco la mandíbula—. Pero yo también obré mal, porque sabía que lo estabas haciendo y te proporcionaba información falsa.

Mia le lanzó una mirada de incredulidad.

—¿Estás diciendo que somos amantes? ¿Después de todo eso?

—Somos más que amantes, Mia. Tú eres mi charl.

—¿Charl?

Él asintió.

—Es el nombre que nosotros damos a lo que tú eres para mí. Lo que más se aproxima en lenguaje humanas sería la palabra pareja.

—¿Como una esposa? —Mia pudo notar como su tono de voz se elevaba incrédulo.

Él sonrió.

—No exactamente, pero podrías considerarlo algo así, sí.

Mia lo miró fijamente.

—Pero me has dicho que nos conocimos en abril y solo estamos en junio. ¿Cuándo hemos tenido ocasión de casarnos?

Él vaciló un instante.

—No funciona así, mi vida. No hay ninguna ceremonia formal en una relación entre charl y cheren.

—Entonces, *¿cómo* funciona? ¿En qué se diferencia de simplemente ser novios? —No es que pudiera imaginarse a esta hermosa criatura siendo su novio. ¿Pero un marido? Su mente estaba patidifusa ante esa idea.

—Es distinto, Mia, porque no podría darle a una mera novia lo que te he dado a ti —dijo con voz queda—. Porque al hacerte mi charl te he metido en nuestro mundo por completo, con todo lo que eso implica.

A Mia volvió a latirle más rápido el corazón.

—¿Y qué es lo que implica?

—Una esperanza de vida mucho mayor —dijo él suavemente—. Liberarte del envejecimiento y la enfermedad. La inmortalidad, como a ti te gusta llamarlo.

Korum pudo ver como sus ojos se hicieron más grandes mientras su rostro se debatía entre el escepticismo y el entusiasmo. El rizo que acababa de colocarle detrás de la oreja se soltó de nuevo, negándose a quedarse sujeto. Adoraba ese rizo rebelde; siempre atraía sus dedos hacia su pelo, haciendo que quisiera tocar esa melena suave y frondosa.

En general, estaba tanto sorprendido como encantado por su reacción hasta el momento. Ella era cautelosa por naturaleza, así que era de esperar un cierto recelo por su parte, pero estaba bastante menos asustada de lo que él habría supuesto. No se estaba encogiendo de miedo a su contacto, ni parecía objetar a su cercanía. De alguna forma, a pesar de carecer de recuerdos conscientes, todavía debía de reconocerlo a algún nivel, debía confiar en que él no iba a hacerle daño.

—¿Tenéis la capacidad de hacer inmortales a los humanos? —preguntó, y su lisa frente se arrugó con un ligero ceño.

Korum suspiró, no deseando volver a ir por ese camino.

—Sí —dijo pacientemente—. Pero no a todos los humanos: sólo a aquellos que se convierten en parte de nuestra sociedad. Aunque ahora mismo estoy intentando que me permitan hacer una excepción con tus padres y tu hermana...

—¿Los conoces? —le interrumpió ella—. ¿Has conocido a mi familia?

—Sí y sí —confirmó Korum, encantado de que ese fuera el caso. Hubiera sido mucho peor si ella hubiese perdido la memoria antes de su viaje a Florida—. Y esa será la manera de que tú sepas que te digo la verdad, mi vida. Vas a hablar con Marisa y con tus padres.

Mia pareció sorprenderse ante la idea, y luego su cara se iluminó. Para entonces Korum la conocía lo bastante bien como para entender que había conseguido disipar cualquier temor que ella albergara de ser separada de sus seres queridos.

El fuerte apego de Mia por su familia era una de sus mayores vulnerabilidades, y Korum no había dudado en aprovecharse de eso en el pasado, de usarlo para ligarla aún más fuertemente a él. Había sido asombrosamente fácil ganarse a sus padres y su hermana. Él había investigado con cuidado todo acerca de ellos antes de conocerles, y ellos habían reaccionado exactamente como él había esperado: su inicial desconfianza se fue desvaneciendo al comprobar que Mia era feliz y querida.

Y eso hizo que Mia fuese aún más feliz y estuviera más unida a *él*.

Para bien o para mal, Korum sabía que haría cualquier cosa para que continuara estándolo. Puede que ella no lo recordara ahora mismo, pero le había amado una vez... y volvería a hacerlo. Pero, por el momento, él necesitaba probarle que ni estaba loco ni le estaba jugando una mala pasada.

—Toma, utiliza esto —dijo, dándole un nuevo ordenador de pulsera que acababa de fabricar hacía un par de horas. Esta vez, le había añadido herramientas visuales para hacer que a ella le fuera más fácil mantenerse en contacto con su familia. Le llevó otro minuto más enseñarle a Mia a utilizar el dispositivo, y después ella se conectó a la cuenta de Skype de sus padres, y la voz e imagen de su madre aparecieron en la habitación.

Sonriendo, Korum atravesó la estancia y se sentó en la esquina, dándoles a las dos mujeres cierta privacidad. Sin embargo, podía seguir oyendo todo lo que hablaban, y escuchó con una gran curiosidad.

Como siempre, su pequeña charl estaba muy preocupada por no causarles a sus padres ningún desasosiego. En vez de confesar que había perdido la memoria, Mia mantuvo la conversación ligera y genérica, preguntando por la salud de sus padres y por cómo le iba a Marisa. Sonriente, Korum escuchó mientras Ella Stalis hablaba alegremente sobre los últimos progresos en el embarazo de Marisa (¡había ganado casi un kilo y medio!) y sobre cuánto habían disfrutado de tener a Mia y a Korum por allí.

Aunque el embarazo de su hermana tuvo que ser una sorpresa para Mia, ella emitió valientemente todos los "oh" y "ah" correspondientes en los momentos precisos, actuando como si todo fuese normal. Hasta consiguió reírse y prometer que irían pronto a hacerles otra visita, como si recordara perfectamente su último viaje. Korum no pudo evitar admirarla por ello: sabía lo nerviosa y desorientada que debía de estar sintiéndose en ese momento, y estaba más que impresionado por su compostura.

Por fin, Mia terminó su conversación y le miró.

—¿Quieres que te devuelva esto? —le pregunto vacilante, indicando el dispositivo de pulsera que él le había dado.

—No, eso es para que te lo quedes tú. —Korum se levantó y caminó hacia ella—. ¿Ha sido esto de ayuda? ¿Me crees ahora?

—No lo sé —susurró ella, y él vio el dolor y la confusión reflejados en su rostro—. Si todo esto es verdad, ¿entonces qué ha pasado? ¿Cómo he podido olvidar una parte tan importante de mi vida? ¿Me he dado un golpe en la cabeza o algo?

—O algo. —Korum intentó no enfurecerse al pensar en la traición de Saret. Lo último que quería era asustarla en aquel momento. En vez de eso, se rindió al deseo irrefrenable de levantar la mano para acariciarle la mejilla, gozando de la familiar sensación de su suave piel bajo los dedos.

Ella parpadeó, y sus tupidas pestañas se movieron arriba y abajo como oscuros abanicos. Para su inmensa satisfacción, ella no se alejó de golpe de su caricia. En todo caso, pareció acercarse hacia él, como si también ansiara la cercanía física.

Incapaz de resistirlo más, Korum inclinó la cabeza y la besó, sosteniendo suavemente su cara entre las manos. Solo un beso, se prometió a sí mismo, solo un besito...

Al principio, ella se quedó rígida, y cerró la boca resistiéndose a la intrusión de su lengua. Podía sentir como le latía el corazón frenéticamente, sentir su pánico momentáneo, y entonces sus labios se relajaron, se abrieron un poco. Ella levantó las manos, presionando ligeramente contra su pecho, como si no supiera si empujarle o acercárselo más.

Su respuesta, cuando llegó, fue más titubeante de lo normal, pero suficiente para volverlo loco. Su sabor, su olor, eran embriagadores, como si una droga corriera por sus venas. Sin darse cuenta, la besó más profundamente, y deslizó una mano por la espalda para atraerla hacia él aún más. Su polla estaba tan dura que sintió que estaba a punto de explotar.

Tan solo su queda protesta le hizo volver a sus cabales. Korum levantó la cabeza y miró a Mia, respirando con fuerza y aliento entrecortado.

Las mejillas de ella estaban sonrojadas, sus labios hinchados. Podía oler su deseo, sentir el calor que brotaba de su piel, y sabía que si le tocaba ahora mismo entre las piernas, la encontraría mojada y lubricada, con su cuerpo preparado para él. Pero Korum se dio cuenta que su mente era harina de otro costal, y que la expresión de sus ojos en ese momento era de miedo y confusión.

Korum luchó por controlar su propio cuerpo, que se sublevaba por su deseo no satisfecho, aun sabiendo que le hacía falta más que nunca.

—Lo siento —dijo, obligándose a dejarla ir—. No pensaba hacer esto tan pronto...

Ella dio un par de pasos atrás y se lo quedó mirando fijamente, con su pequeño pecho moviéndose arriba y abajo, atrayendo la atención de él hacia lo duros que estaban sus pezones por debajo del vestido. Korum tragó saliva, recordando su tonalidad rosa pálido, su sabor en su boca, cómo se ponían como rocas bajo su lengua.

Joder, ahora no vayas por ahí. Korum levantó la mirada hasta su cara y dijo:

—Sé que todavía no estas lista para esto, cariño. No voy a hacerte daño, lo prometo... —Y hablaba en serio. Antes se arrancaría un brazo que hacer nada que la traumatizara a ella estando tan vulnerable.

Ella se mordió el labio y luego asintió, cruzando los brazos sobre el pecho en un gesto defensivo que hizo que a Korum le atravesara una punzada de arrepentimiento. A veces odiaba esa lujuria devoradora que siempre experimentaba al lado de ella. Ella era tan pequeña, tan delicada, su cuerpo tan poco adecuado para las difíciles pruebas que a menudo él le hacía pasar. Daba igual lo cuidadoso que tratara de ser, sabía que no siempre era el amante más dulce, y su abrumadora necesidad de ella ponía constantemente a prueba su autocontrol.

—¿Entonces qué ha pasado? —preguntó ella otra vez, todavía mirándole con recelo—. ¿Por qué no te recuerdo a ti, ni que mi hermana se haya quedado embarazada ni nada de todo esto? ¿Cómo he perdido dos meses de mi vida?

Korum respiró hondo, intentando controlar la ira que todavía le hacía hervir la sangre al pensar en Saret.

—Alguien a quien yo conocía y en quien confiaba, un hombre que fingió ser mi amigo durante mucho tiempo, hizo esto —dijo con tono neutro—. Esta persona borró una parte de tu memoria para atacarme... y porque también te deseaba.

—¿En serio? —Sus ojos se agrandaron—. ¿Otro K?

—Sí, otro krinar —confirmó Korum antes de explicarle la historia entera, empezando por las prácticas de Mia y acabando por la traición de Saret. No queriendo abrumarla, restó importancia a las intenciones finales de Saret con respecto a su especie, y también a algunas de las complejidades políticas del Consejo. No hacía falta que se enterara de todo de golpe; en ese punto, podía ver que casi era ya demasiado para ella. Él quería rodearla con sus brazos y abrazarla, calmar su angustia, pero sabía que ella no lo agradecería ahora... no después del modo en que él casi la había asaltado antes.

Lo mejor que podía hacer en esos momentos era darle tiempo, decidió. Tiempo y espacio para pensar en todo lo que le había contado.

—Ahora tengo que irme —dijo Korum, y su corazón se encogió dolorosamente al notar la expresión de alivio en su cara—. Hay algunas cosas de las que tengo que encargarme. ¿Por qué no te relajas y te lo tomas con calma por ahora? Volveré en un par de horas y podemos almorzar. Si te entra hambre mientras tanto, solo tienes que decir en voz alta lo que quieres y te será proporcionado. ¿O tienes hambre ahora mismo?

Ella negó con la cabeza, y sus rizos oscuros danzaron sobre sus hombros.

—No, estoy bien, gracias.

—Estupendo. Si te apetece explorar la casa, adelante. Sé que todo te parecerá extraño ahora mismo, pero es todo bastante intuitivo, así que no debería estar tan mal. —Sonrió, recordando lo mucho que Mia había disfrutado de ese aspecto de la vida en Lenkarda—. El mobiliario es inteligente, o sea, no te asustes si se mueve para ajustarse a tu cuerpo. La casa también es inteligente, así que no dudes en pedirle comida o cualquier otra cosa que necesites.

—Vale —dijo ella, respondiéndole con una ligera sonrisa—. Gracias.

Korum se detuvo un momento más, deleitándose en esa sonrisa. Entonces salió, dejándola sola para que ella procesara todo lo que acababa de averiguar.

CAPÍTULO NUEVE

l salir de la casa, Korum creó rápidamente una cápsula de transporte y se dirigió hacia un pequeño edificio circular en el corazón del Centro: el lugar donde se congregaban para las reuniones rutinarias del Consejo.

Entró y saludó a los demás consejeros, dirigiendo una fría inclinación de cabeza hacia Loris y un par de sus otros adversarios. Si bien todos podían participar en la reunión de manera virtual, los que vivían en la Tierra habían elegido asistir ese día en persona, dado el importante tema que tenían entre manos.

Korum tomó asiento en una de las planchas flotantes y estudió cuidadosamente las caras de los consejeros, tratando de evaluar su estado de ánimo colectivo. Lo que le había hecho al edificio del laboratorio de Saret debía de haberles asustado, haciendo tambalear su fe en la invulnerabilidad de las defensas de los Centros. Algunos de los miembros del

Consejo no podían entender la necesidad del progreso tecnológico, y se aferraban a lo que les era conocido y familiar en lugar de avanzar con los tiempos.

—Bienvenido, Korum —dijo Arus, volviéndose hacia él—. Me alegra que hayas podido reunirte hoy con nosotros. ¿Está bien tu Mia?

—Lo está, gracias —dijo Korum, agradeciendo su preocupación. Si había alguien que entendiera sus sentimientos por Mia, probablemente ese era Arus, cuya devoción por su propia charl era vox populi. Aunque no siempre estuvieran de acuerdo en todo, Korum respetaba al embajador, que incluso le caía bien hasta cierto punto.

Arus respondió inclinando la cabeza:

—Estupendo. Me alegra oír eso. Delia se preocupó al enterarse de lo ocurrido.

—Por favor, dile a Delia que una visita suya sería más que bienvenida —dijo Korum con voz queda, consciente de que el Consejo entero estaba observando su conversación—. Estoy seguro de que a Mia le vendría bien una amiga ahora mismo.

Por el rabillo del ojo, Korum captó una sonrisa de superioridad en la cara de Loris. El que era enemigo desde hacía tanto tiempo estaba claramente disfrutando de la situación, tanto por el hecho de que Korum se hubiera enamorado de una chica humana, como por toda la debacle de Saret. Una furia tóxica serpenteó otra vez por las venas de Korum, pero él no dejó que su rostro lo reflejara en absoluto, manteniendo una expresión ligeramente burlona. Que Loris disfrutara de su actual malestar; el autodenominado Protector no iba a permanecer por mucho más tiempo en el Consejo, dada la culpabilidad ahora casi probada de su hijo.

—Perfecto entonces. Hoy tenemos mucho de lo que hablar. —El que hablaba era Voret, uno de los miembros más antiguos del Consejo—. Los guardianes nos han informado de que todos los dispositivos de dispersión de Saret han sido localizados y neutralizados, gracias a que Korum nos advirtió a tiempo sobre ellos. Al parecer, habían sido programados para saltar simultáneamente en aproximadamente treinta y dos horas contando desde ahora. También encontramos al diseñador que tenía la nano-arma. Estaba en Tailandia y ya ha sido detenido. El arma era totalmente funcional, y Alir piensa que Saret planeaba utilizarla poco después de conseguir desplegar con éxito los dispositivos de control de la mente entre la población humana. Arus, ¿has hablado con las Naciones Unidas?

—Sí. Resté importancia a la situación cuando se lo expliqué —respondió el embajador—. Ya estaban bastante abrumados ocupándose de los líderes militares que habían apoyado a la Resistencia, y no había necesidad de alarmarles en este punto. Solo tienen que estar sobre aviso de que Saret anda suelto, para que sus agencias de inteligencia puedan mantenerse alerta al respecto. No entré en ningún detalle aparte de informarles de que se trata de un individuo peligroso que necesita ser capturado de inmediato.

—Bien —dijo Voret—. Hiciste lo correcto. Ya no se fían de nosotros, y si supieran lo de los dispositivos de control mental, probablemente volverían a entrar en pánico.

—Y esta vez, por buenas razones —dijo Korum, pensando en el demencial plan de Saret—. Si consiguió que Saur me atacase a mí, imaginaos lo que podría haber hecho con las mentes humanas.

—Ciertamente —dijo Voret, y Korum vio cómo se preparaba para abordar la cuestión que probablemente fuera la de mayor interés para el consejo ese día—. Ahora, en cuanto a los demás acontecimientos que tuvieron lugar ayer...

—¿Sí? —le animó Korum cuando el otro Consejero dejó de hablar. Sabía exactamente a dónde quería ir a parar Voret, pero prefería escuchar antes lo que tenía que decir.

Voret le dirigió una mirada incómoda.

—Bueno, Korum, todos vimos las grabaciones de lo que pasó, y algunas de las cosas que vimos eran... por así decirlo, perturbadoras.

Korum sonrió, sin sorprenderse ni un ápice.

—¿Qué parte de todo eso te perturbó más, Voret? —preguntó—. ¿Fue el hecho de que Saret planeaba aniquilarnos a todos en su cruzada por joderles la mente a los humanos? ¿O que ninguno de nosotros tuviera ni idea?

Voret frunció el ceño.

—Sabes que me estoy refiriendo a la manera en que fuiste capaz de atravesar los escudos defensivos del laboratorio. Abordaremos la situación de Saret en más detalle una vez tengamos más información por parte de los guardianes, pero primero necesitamos saber si estamos seguros aquí, en nuestros propios Centros. ¿Has creado un arma capaz de atravesar nuestros campos de fuerza?

—Así es —dijo Korum, disfrutando de las expresiones de conmoción y miedo en los rostros de algunos consejeros—. Pero no os preocupéis, también he desarrollado mejores escudos. Ambos están aún en fase experimental, razón por la cual nadie había oído hablar de ellos antes.

—¿Y utilizaste esa arma ayer? —preguntó Arus, arqueando las cejas.

—Sí. No tuve elección cuando supe cómo Saret había blindado el laboratorio.

—¿Cómo supiste eso? —volvió a hablar Voret.

—Escaneando el edificio del laboratorio. Una vez fui consciente de lo que Saret pretendía, no me fue difícil imaginarme que contaría con un sistema defensivo bastante sólido. Y así era. Le distraje haciéndole llegar una imagen de mí de hace tres años y empleé ese tiempo para construir el arma, basándome en mis diseños experimentales.

El ceño de Voret se hizo más pronunciado.

—¿Y cuándo ibas a hablarnos de esos nuevos diseños tuyos?

—Cuando estuvieran listos para ser utilizados

—dijo Korum con calma. Voret y el resto se olvidaban a veces de que Korum no tenía obligación alguna de compartir nada con el Consejo. Si decidía hacerlo era por el bien de todos los krinar, pero no tenía ninguna intención de pedir el permiso y la aprobación del Consejo para cada proyecto.

—¿Podría alguien más conseguir acceso a esa arma? —preguntó Arus, centrándose en la parte más importante de la cuestión—. Korum, ¿estás seguro de que nadie más tiene esos diseños?

—Yo soy el único —dijo Korum, comprendiendo la preocupación del embajador—. Ninguno de mis diseñadores ha participado todavía en este proyecto, y nadie tiene acceso a mis archivos.

—¿Ni siquiera tu charl? —Ese era Loris, con un tono que prácticamente rezumaba sarcasmo—. ¿Estás seguro de que no puede robar los datos y llevárselos corriendo a sus amigos de la Resistencia?

Korum le lanzó una mirada sardónica.

—No, Loris. No puede. Además, ¿qué iba a hacer la Resistencia con esta información sin tu hijo? Ahora todos sabemos lo útil que les fue a ellos... y a Saret.

Loris se levantó lentamente, con su rostro oscureciéndose de rabia.

—¡Esas eran mentiras! Nadie las creería ni por un instante...

—Oh, ¿de verdad? —dijo Korum fríamente, mirando con desdén al krinar de negros cabellos—. Todos vimos la grabación... y escuchamos a Saret explicando el papel de Rafor en sus planes. Tu hijo es tan culpable como el mismo Saret, y será castigado en consecuencia.

Las manos de Loris se cerraron formando puños, y sus nudillos se pusieron blancos.

—Saret era *tu* amigo —siseó, al parecer incapaz de contenerse—. Por lo que sabemos, tú puedes ser quien esté detrás de todo esto, y tal vez ahora solo esperes el momento oportuno para usar tu nueva arma contra nosotros.

—¡Loris, ya basta! —la voz de Arus retumbó en el aire como un latigazo. Tras el silencio resultante, el embajador continuó con un tono más tranquilo—. Entendemos que necesites proteger a tu hijo, pero, por desgracia, las evidencias en su contra continúan amontonándose. Ante esta nueva información, necesitaremos celebrar otra sesión del juicio mañana. Puede que sea la última sesión...

Todo el cuerpo de Loris se estremecía ahora por la rabia.

—Jódete, Arus. Y que os jodan a todos. Rafor no es un traidor. Ese... —señaló hacia Korum— es el único traidor que hay aquí, ¡y todos estáis demasiado jodidamente ciegos para poder verlo!

—El único ciego que hay aquí eres tú, Loris —dijo Korum con tranquilidad, viendo como su enemigo se desmoronaba justo frente a sus ojos—. Y mañana, cuando el Consejo declare que los kets son culpables, el mundo entero conocerá tu fracaso.

Esa pareció ser la gota que colmaba el vaso. Con un rugido furioso, Loris se lanzó contra Korum, saltando a través de la habitación con toda la velocidad de los krinar.

Actuando por instinto, Korum giró el cuerpo, protegiendo reflexivamente su cabeza y su garganta. Cuando Loris se lanzó sobre él, recibió la peor parte del ataque en su hombro y se lo devolvió clavándole el codo en el costado mientras los dos caían al suelo y rodaban hacia el centro de la sala.

Al notar el duro suelo raspándole la piel, Korum sintió como su propia rabia se disparaba, y todas las células de su cuerpo se encendieron sedientas de sangre. Dobló los dedos formando unas garras y asestó un zarpazo al brazo de Loris, arrancando un pedazo de músculo y tendón. Al mismo tiempo, sujetó a Loris por el cuello utilizando una de las llaves de *defrebs* más complicadas, que dejaba su garganta a merced de los dientes de Korum.

—¡Basta ya! ¡Es suficiente! —Unas manos fuertes los estaban separando y llevándolos a rastras hasta extremos opuestos de la habitación. Todavía lo bastante sereno para captar lo que estaba ocurriendo, Korum no se resistió cuando Arus y otro krinar le sujetaron por los brazos, evitando que prosiguiera con la lucha. Loris, sin embargo, estaba totalmente fuera de sí, retorciéndose y gritando mientras otros dos Consejeros lo mantenían sujeto contra la pared. Por fin, pareció perder fuerza, y se quedó jadeando y mirando con odio a Korum. Su brazo era una ruina sangrienta que apenas empezaba a curar.

— Ya podéis soltarme —dijo Korum, y su

respiración se fue calmando lentamente mientras miraba a los dos hombres que aún le tenían agarrado con manos de acero.

—Lo siento, Korum —dijo Arus, esbozando una leve sonrisa al liberar el brazo de Korum y dar un paso atrás—. No podía dejar que le mataras aquí mismo.

Voret siguió el ejemplo de Arus, soltando el otro brazo de Korum.

—No pasa nada —dijo Korum, limpiándose la mano ensangrentada en la camisa—. Proseguiremos con esto en el Arena. De eso se trataba, ¿verdad, Loris? ¿Un Reto?

El Protector de negros cabellos lo miró fijamente, con el pecho agitándose por la furia.

—Sí —soltó a través de unos dientes fuertemente apretados—. Podrías considerarlo un Reto.

—Excelente —dijo Korum, lanzándole una enorme sonrisa depredadora—. Un Reto tendremos, entonces—. No había disfrutado de una buena pelea en el Arena desde hacía mucho tiempo, y pudo notar como le hervía la sangre por la expectación.

—Loris, esa no es buena idea —dijo Arus, dando unos pasos en dirección del krinar. A Korum no le sorprendió su preocupación; Loris y el embajador estaban normalmente en buenos términos, y con frecuencia se aliaban contra Korum y Saret. Korum imaginaba que debía de ser difícil para Arus ahora tomar partido por su antiguo oponente, enfrentándose a un hombre que él había considerado su aliado.

Loris se echó a reír con amargura:

—¿En serio, Arus? ¿No es buena idea?

Arus le lanzó una mirada inexpresiva.

—Él es un experto en *defrebs*. ¿Cuándo fue la última vez que tú luchaste?

El labio superior de Loris se arqueó dibujando una mueca burlona.

—Sí, que te den también a ti, Arus. ¿Crees que me he vuelto blando? He matado a más gente en el Arena que peleas ha luchado este hijo de puta.

—Entonces el Reto ha sido lanzado. —Se adelantó Voret, y su voz adquirió una cadencia formal—. Puesto que el juicio es mañana, el Reto del Arena tendrá lugar al día siguiente al mediodía.

Y con esas palabras terminó la reunión del Consejo.

MIA SE SENTÓ EN LA CAMA, mirando inexpresivamente hacia la verde selva del otro lado de la pared transparente. Ella era inmortal, y tenía un amante K... que era algo así como su marido, pero no del todo.

Era algo tan increíble que apenas podía llegar a comprenderlo, y su mente le daba vueltas en un millón de direcciones distintas.

Después de que el K se marchara, había llamado a Marisa y a Jessie, buscando confirmación adicional de las afirmaciones imposibles que él le estaba haciendo. Tanto su hermana como su amiga habían estado bastante contentas de saber de ella... y ambas habían mencionado a Korum en el transcurso de su conversación. Marisa había estado hablando y hablando sobre su embarazo y sobre lo muchísimo mejor que se encontraba gracias a que Korum había implicado a alguien llamado Ellet, y Jessie le había preguntado si Mia ya había decidido cuando Korum y ella iban a ir de visita.

Todavía en estado de shock, Mia había conseguido darle una vaga respuesta a Jessie, algo en la línea de tener que hablarlo aún con Korum, y había escuchado educada mientras su hermana parloteaba alegremente sobre los resultados de su última ecografía. Para su alivio, ninguna de las dos pareció sospechar que pasara nada malo, que la Mia con la que habían hablado distaba de ser la de siempre.

No sabía por qué dudaba tanto en contar la verdad acerca de su estado actual a nadie, pero así era. Ella no quería que su familia y amigos se preocuparan, sí, pero también estaba casi... avergonzada.

¿Cómo era posible que le ocurriese algo así? ¿Cómo podía ser que toda su familia conociera a su amante alienígena mientras que a ella le parecía un extraño? ¿Cómo podía haberse olvidado de *hacer el amor* con alguien tan extraordinario? Cuando él la besó, su cuerpo respondió de una manera que Mia no había experimentado antes, o al menos no recordaba haber experimentado antes. El grado en el cual había perdido el control entre sus brazos había sido casi aterrador. Si él hubiese seguido besándola en vez de detenerse cuando lo hizo, era fácil que se hubiera ido con él a la cama... ella, que no podía recordar haber llegado nunca con los tíos más allá de los besuqueos.

Lo extraño de su reacción ante las cosas seguía teniéndola descolocada. Él era un extraterrestre, alguien de una especie distinta, y sin embargo ella apenas se había alterado cuando él le contó que era su amante. Ahora incluso le creía, después de unas pocas conversaciones con su familia y con Jessie. En teoría, todavía podía estar mintiéndole; su familia podía haber sido amenazada o haber sufrido un lavado de cerebro para decirle lo que le decían. Mierda, podía incluso haberlos reemplazado por algún tipo de robots con su mismo aspecto y su misma voz. No es que Mia supiera de qué eran de verdad capaces los K.

Y sin embargo... ella le creía. Algo en su interior parecía reconocerle a algún nivel, aunque conscientemente no fuera capaz de recordarle. Se había alegrado de que la dejara a solas, dándole tiempo para digerirlo todo, pero ahora se encontró a si misma echándole de menos, anhelando el consuelo de su compañía. No tenía ningún sentido lógico, pero era verdad: ahora mismo le parecía necesitar más a un extraño que a la gente que había conocido su vida entera.

Todo lo que él le había contado hasta ahora formaba una enorme maraña confusa en su mente. La Resistencia, simpatizantes de los humanos entre los K, ella espiándole... todo eso se parecía más a una película que a algo que pudiera haber vivido de verdad. ¿Por qué habría cometido tales locuras? ¿Cómo era posible que hubiera deseado otra cosa que no fuera estar con este magnífico hombre, alienígena o no?

Dejando escapar un suspiro de frustración, Mia se miró las manos, intentando encontrar algún sentido a esa situación desquiciante. ¿Por qué habría ayudado ella a la Resistencia? Nunca había pensado que luchar contra los K sirviera de nada, no después de que tomaran en control de su planeta y dejaran a los humanos básicamente tranquilos.

Sin embargo, se suponía que ella había luchado contra los K... o al menos había tratado de ayudar a quienes lo hacían. Según Korum, sus esfuerzos no habían tenido mucho éxito.

Por otra parte, quizás estuviera equivocada al confiar ahora en él. Sí, había sido amable con ella hasta ese momento, y parecía caerle bien a su familia, pero no tenía ni idea de cómo era él en realidad. ¿Y si estaba confiando en alguien que no era digno de confianza? No es como si ella supiera qué es lo que los K pretendían de los seres humanos en última instancia. *Existían* aquellos rumores de que ellos bebían sangre. Por lo que sabía, Korum podía haber sido quien le había borrado la memoria, haciéndole olvidar algo terrible acerca de él.

Empezaba a dolerle la cabeza de tanto especular, así que Mia se levantó y empezó a pasearse por la habitación. Ese entorno era extraño y desconocido, pero no se sentía incómoda allí. Ya había explorado el resto de la casa, maravillándose ante los objetos inteligentes flotantes que hacían las veces de mesas, sillas y sofás. Decididamente, suponían una gran mejora sobre el mobiliario humano. También le gustaba la estética general de la casa, con las paredes y el techo transparentes y su sensación de limpieza, de aire Zen, en todo el espacio.

¿Podría un malvado villano vivir en un lugar tan hermoso y tranquilo?

En cuanto la idea se le pasó por la cabeza, Mia soltó una carcajada, incapaz de contenerse. Estaba siendo ridícula, y lo sabía. No había absolutamente ninguna razón para montarse ninguna loca conspiración en su mente. Hasta el momento, Korum había sido muy amable con ella.

De hecho, estaba deseando pasar más tiempo con él y volver a aprender todo lo que había olvidado.

Por fin, después de lo que le pareció una eternidad, Mia escucho algo que provenía de la sala de estar. Al salir del dormitorio, vio que el K, o Korum, como ella le llamaba ya interiormente, acababa de entrar por lo que parecía ser una abertura en una de las paredes. Mientras Mia miraba, la apertura se estrechó y se solidificó, dejando una pared transparente donde antes había una entrada.

Al verla, su rostro se iluminó con lo que le pareció alegría auténtica:

—Hola, mi vida. —Él le dirigió una amplia sonrisa que hizo aparecer el hoyuelo de su mejilla izquierda. Mia tuvo ganas de besar aquel hoyuelo. En general, deseaba besarle y lamerle por todo el cuerpo, solo para ver si su suave piel dorada era tan deliciosa como aparentaba.

Guau, estoy en celo. Sacudiendo mentalmente la cabeza por lo extraño que era todo eso, le correspondió con otra sonrisa.

—¡Hola!

—Disculpa que haya tardado tanto —dijo él, cruzando la habitación hacia la zona de la cocina—. La reunión del Consejo ha sido más intensa de lo que esperaba. Debes de estar muerta de hambre...

—Estoy bien... —Mia le siguió hasta la cocina—, pero decididamente sería capaz de comer. ¿Vas a pedir alguna cosa? —Sentía una desorbitada curiosidad sobre cómo comían los krinar. También resultaba alentador que él estuviera planeando comer, en lugar de hacer algo terrorífico, como beber sangre humana. Necesitaba seriamente preguntarle acerca de eso en algún momento; ojalá que todo el asunto no fuera más que un extraño rumor.

—Iba a cocinar —dijo él—, pero probablemente será más rápido pedir alguna cosa. Ven, siéntate un momento mientras la casa prepara nuestra comida.

Mia se encaramó con cautela en uno de los tablones flotantes, y se puso cómoda.

—¿Tú cocinas? —preguntó, estudiándolo con fascinación mientras él se sentaba frente a ella.

Él sonrió.

—Sí. Es uno de mis hobbies.

Ella le devolvió la sonrisa, tan intrigada como

aliviada. Sus sospechas anteriores ahora le parecían todavía más tontas. Hasta el momento, su amante K era lo más parecido que podía existir al hombre de sus sueños, y apenas podía esperar para saber más sobre él. Había tantas preguntas revoloteando por su mente que ni siquiera sabía por dónde empezar.

—¿Has podido hablar con el resto de tu familia? —preguntó él, observándola con una media sonrisa cómplice.

—He hablado con Marisa y con Jessie —admitió Mia.

—¿Y? ¿Me crees ahora?

Ella se encogió de hombros.

—Supongo que podías haber fingido esas interacciones de algún modo, pero no sé por qué ibas a llegar a esos extremos. La conclusión más lógica es que efectivamente me estás diciendo la verdad, aunque eso todavía me parezca una locura.

Él sonrió.

—Lo sé, mi vida. Créeme, soy consciente de ello.

—Entonces, ¿qué hacemos ahora? —preguntó ella, incapaz de apartar la mirada de esa sonrisa deslumbrante—. ¿Hacia dónde vamos a partir de ahora?

—Volvemos a conocernos otra vez —dijo él, y su rostro se puso más serio—. Y mientras tanto, seguiré investigando la manera de revertir potencialmente tu pérdida de memoria.

El corazón de Mia le dio un brinco en el pecho de la emoción.

—¿Existe alguna manera?

—No que yo sepa ahora mismo —admitió él—. Pero eso no significa que no exista... o que no la descubramos más adelante.

—Oh, ya veo. —Mia luchó por no mostrar su decepción—. En ese caso, ¿puedes por favor hablarme un poquito más sobre ti? Realmente me gustaría saber más...

—Claro, cariño mío, estaré encantado de hacerlo —dijo él suavemente.

Y a lo largo de su deliciosa comida, Mia lo descubrió todo acerca del papel de su amante en el Consejo krinar, de su pasión por el diseño tecnológico y del hecho de que era mucho mayor de lo que ella podría haberse imaginado. Mientras hablaban, Mia podría sentirse cayendo más y más profundamente bajo su hechizo, deseando ceder a la tentación de su sonrisa, su tacto y la calidez de sus ojos cuando la miraba. Era un hombre guapo y fascinante, y ella no podía evitar envidiar a aquella muchacha que ella había sido, aquella que lo había conocido desde el principio, aquella a la que él parecía amar.

Con o sin sus recuerdos, podía entender por qué se había enamorado de él... y podía visualizar fácilmente cómo iba a repetirse la historia.

CAPÍTULO DIEZ

Korum estuvo observando su animado rostro durante el almuerzo, y le encantaron las miradas tímidas pero llenas de admiración que ella le lanzaba mientras hablaban. La atracción entre ellos era tan fuerte como siempre, y él no tenía ninguna duda de que sería capaz de seducirla otra vez. Tal vez esa misma noche, aunque pudiera ser que ella no estuviera lista para eso.

Por una vez, Korum estaba decidido a no presionar a Mia para llevársela a la cama. Cuando se conocieron, la fuerza de su deseo por ella le había pillado desprevenido, haciéndole actuar de formas que normalmente le habrían parecido mal. No quería repetir los mismos errores, por mucho que su polla insistiera en que ella era *suya*, en que ella le pertenecía y que él tenía derecho a tomarla, a satisfacerla, siempre que lo deseara. Por su mente danzaban gráficas escenas sexuales mientras la observaba disfrutar de su comida, mostrándole su suave boquita mordisqueando su propia carne en vez de la fruta que se estaba comiendo.

No ayudaba mucho que estuviera todavía cargado de adrenalina después del ataque de Loris. Luchar disparaba a menudo su libido ya de por sí alta, y el aumento de la agresividad se traducía en una necesidad primitiva de follar. Siempre pasaba eso con los hombres krinar... y con los humanos, por lo que él sabía. La violencia y el sexo habían estado estrechamente vinculados desde el principio de los tiempos, ya que ambos apelaban al mismo impulso masculino de dominación y conquista.

Pero daba igual lo mucho que su cuerpo se lo estuviera pidiendo: Korum no quería presionarla. Ella parecía estar respondiendo muy bien a toda esa situación, mirándole con curiosidad y deseo en vez de con miedo. Si tan solo pudiera ser paciente, ella se entregaría voluntariamente a él, atraída por esa misma necesidad que hacía a su piel erizarse desde el interior.

Por eso, según avanzaba el almuerzo, Korum se mantuvo a raya, sin tocar a Mia siquiera, por si acaso todas sus buenas intenciones se esfumaban. Él le contó más cosas sobre los nanocitos de su cuerpo, y le mostró algunas de las posibilidades de la tecnología krinar, creando una copa de plata usando nanos y disolviéndola de igual manera. También le habló de sus prácticas y de cómo ella había empezado ya a contribuir a la sociedad krinar, disfrutando por el modo en que sus ojos se iluminaron llenándose de ilusión ante esa idea.

Hacia el final, cuando estaban terminando con el postre (una bandeja de mango fresco con salsa de pistacho), Korum notó que Mia parecía un poco nerviosa, como si algo le rondara la cabeza. Incapaz de resistirlo por más tiempo, estiró el brazo por encima de la mesa y le cogió la mano, masajeando suavemente su palma con el pulgar.

—¿Hay algo que quieras preguntarme, mi vida? —dijo él, sonriente, observando como un precioso rubor se extendía por sus mejillas.

—Eh, tal vez. —Su sonrojo se hizo más intenso—. Vale, probablemente vayas a reírte de mí, pero es que tengo que saberlo... —Ella tragó saliva—. ¿Hay algo de verdad en los rumores de que vosotros bebéis sangre?

Ante esa pregunta inocentemente provocativa de ella, Korum casi gimió, y su polla se endureció hasta el punto de dolerle. Por supuesto, ella no sabía que la sangre humana y el placer sexual eran entes indivisibles en la mente del krinar moderno, y que sacar un tema así era el equivalente de pedirle a un krinar que te echara un polvo. Hasta el sexo más espectacular palidecía en comparación con el éxtasis de la combinación de beber sangre y practicar sexo a la vez.

—Hay algo de verdad en eso —dijo Korum cuidadosamente, contento de que ella no pudiera ver su intensa erección—. Hace tiempo era necesario para nuestra supervivencia, pero ya no lo es—. E intentando reprimir su abrumador deseo de poseerla, le contó la complicada historia de la evolución krinar y del germen de la especie humana.

—¿Entonces ahora bebéis sangre por placer? —preguntó Mia, mirándole fijamente con una expresión a la vez alarmada e intrigada.

—Sí. —Korum esperaba que ella dejara el tema antes de que él perdiera del todo el control.

No lo hizo. En vez de eso, le miró con las mejillas encendidas y los ojos brillantes de curiosidad y de alguna otra cosa—. ¿Tú... —se detuvo para humedecerse los labios—, has bebido mi sangre alguna vez?

Korum creyó que iba literalmente a estallar. Algo de lo que sentía debía de haberse reflejado en su cara, porque ella tragó saliva nerviosamente y soltó su mano. *Chica lista.*

Hubo un minuto de incómodo silencio, y entonces ella le preguntó vacilante:

—¿Por qué hacen eso tus ojos? Volverse más dorados, quiero decir... ¿Es eso algo de los krinar?

Korum respiró hondo para tranquilizarse. Cuando estuvo razonablemente seguro de que no iba a abalanzarse sobre ella, respondió:

—No, es solo una rara peculiaridad genética. Es más común entre las personas de mi región de Krina. Mi madre también lo tiene, al igual que lo tenía mi abuelo.

—¿Tu abuelo?

Korum asintió:

—Le mataron en un combate cuando mi madre tenía más o menos mi edad.

—¿Y tu abuela y tus otros dos abuelos?

—Mi abuela por el lado de mi madre murió en un accidente fortuito cuando estaba explorando uno de los asteroides de un sistema solar vecino. Algunos incluso pensaron que se trató de un suicidio, puesto que mi abuelo había muerto solo unos años antes. En cuanto a los padres de mi padre, disolvieron su unión poco después del nacimiento de mi padre... una de las pocas parejas en hacerlo después de tener hijos. Al parecer mi abuela quería dejarlo pero mi abuelo no, y acabó embarcado en un Reto del Arena con el hombre a quien ella había hecho su amante. Mi abuelo no sobrevivió, y mi abuela se quitó la vida poco después, parece ser que demasiado consumida por la culpa para seguir viviendo. No es una historia feliz.

Los ojos de ella se llenaron de compasión:

—Oh, lo siento.

—No pasa nada, mi vida. Eso ocurrió antes incluso de que yo naciera. Es lamentable, pero la muerte es una tragedia que nos sobreviene a todos en uno u otro momento. Los humanos pueden vernos como inmortales porque no envejecemos, pero seguimos siendo seres vivos... y todavía podemos morir, sin importar lo avanzado de nuestra tecnología o lo rápido que nos curemos. Por eso los Ancianos son tan venerados en nuestra sociedad: porque es prácticamente imposible vivir tanto tiempo sin enfrentarse a ningún tipo de accidente mortal.

—Has mencionado antes a esos Ancianos. —Mia

estaba claramente fascinada—. ¿Quiénes son? ¿Gobiernan Krina?

—No. —Korum negó con la cabeza—. No gobiernan en el sentido de estar implicados en la política ni nada parecido. Para eso está el Consejo: para tratar de los temas del día a día. Los Ancianos proporcionan orientación y establecen una dirección para nuestra especie en conjunto.

—Oh, ya veo. —Ella se quedó pensativa un segundo—. Entonces, ¿Cuántos años tienen?

—Creo que el más joven tiene algo más de un millón de años terrestres —dijo Korum, sonriendo ante la expresión de asombro en su rostro—. Y el mayor de ellos tiene algo así como diez millones.

Ella lo miró fijamente.

—Guau...

—Guau, sí —convino Korum, disfrutando de su reacción.

CUANDO TERMINARON POR FIN DE COMER, dieron un largo paseo por la playa y hablaron un poco más. Korum la cogió de la mano mientras caminaban sin prisas por la arena, disfrutando de la sensación de sus deditos apretando confiadamente su palma.

Al principio le había preocupado que su pérdida de memoria les hiciera retroceder meses, que ella volviera a tenerle miedo. Pero en vez de eso, parecía como si parte de ella todavía le reconociera... incluso todavía lo amara. La forma tranquila en que había aceptado la situación era tanto sorprendente como alentadora, sobre todo porque no había ninguna garantía de que pudieran revertir jamás el daño que Saret había causado.

Después de la reunión del Consejo, Korum había visitado a Ellet, esperando que la experta en biología humana hubiera hecho algún progreso en hallar una solución. Aunque el cerebro humano no fuese su especialidad, Korum tenía la esperanza de que ella pudiera haberse enterado de alguna investigación que se estuviera haciendo en ese sentido. Para su inmensa decepción, Ellet no había encontrado nada, a pesar de contactar con docenas de científicos krinar en ambos planetas. También había hablado con todos los expertos de la mente de los otros Centros. Por lo que ella sabía, no había forma de revertir un borrado de memoria del tipo que había usado Saret.

—Entonces, ¿qué te hizo decidirte a venir a la Tierra? —preguntó Mia cuando se sentaron en un par de grandes rocas. Frente a ellos un pequeño estuario fluía hacia el océano, convirtiéndose en un obstáculo para ir más lejos pero creando un hermoso paisaje. Sé que me contaste cómo vosotros trajisteis la vida hasta aquí y básicamente creasteis a los humanos, pero ¿por qué venir y convivir con nosotros? Por lo que me has dicho, Krina parece un sitio muy agradable en el que vivir. ¿Por qué molestarse en marcharse?

—Nuestro sol es una estrella más antigua —explicó Korum, repitiendo lo que ya le había contado tiempo atrás—. Morirá en unos 100 millones años. En ese momento, necesitaremos otro sitio para vivir, y la Tierra nos atrae por motivos obvios.

Ella frunció el ceño, arrugando la frente de una manera que él encontró muy adorable.

—Pero falta tanto para eso... ¿Por qué venir ahora? ¿Por qué no esperar otros noventa millones de años o así?

Korum suspiró, recordando su última discusión sobre este tema:

—Porque tu especie se estaba volviendo muy destructiva para el medio ambiente, cielo. Queríamos asegurarnos de tener un planeta habitable para cuando nos hiciera falta. —Esa era la historia oficial, al menos. La explicación completa era más complicada y no era algo que estuviera preparado para compartir con Mia aún.

Ella frunció todavía más el ceño. Obviamente no le gustaba escuchar eso, pero claro, su charl tendía a ponerse a la defensiva cuando él criticaba a su especie. Realmente no podía culparla por ello; ella era tan leal a su pueblo como él al suyo.

—¿O sea, que cuando vuestra estrella comience a morir, todos los krinar os vendréis a la Tierra? —preguntó ella, entornando ligeramente los ojos.

—Es lo más probable —dijo Korum. Realmente esperaba que no fuera así, pero todavía no podía contárselo a ella.

—Entonces, ¿qué nos pasará a nosotros? A los humanos, quiero decir. ¿De verdad pretendéis vivir junto a nosotros? ¿No estaría el planeta demasiado masificado entonces?

Korum vaciló un instante. Ella le estaba haciendo las preguntas correctas, y él no quería mentirle, pero tampoco podía decirle la verdad todavía. Lo último que les faltaba sería que se esparcieran ciertos rumores que causaran que los humanos entraran otra vez en pánico.

—No necesariamente —dijo con tono de evasiva—. Además, no es algo de lo que debamos preocuparnos hasta dentro de muchísimo tiempo.

Ella lo miró, decidiendo obviamente cuánto podía confiar en él. Korum prácticamente podía ver los engranajes girando dentro de su cabeza. Le encantaban esas cosas de ella: su franca curiosidad sobre todas las cosas y la forma lógica en que su mente procesaba la información. Era joven e ingenua, pero también muy inteligente, y no tenía ninguna duda de que algún día dejaría su propia huella en la sociedad.

Por el momento, sin embargo, Korum necesitaba apartarla de esta línea de interrogatorio en particular. Sonriente, alargó la mano y le apartó el pelo de la cara.

—Bueno, ¿y qué opinas de Lenkarda hasta ahora? ¿Estás empezando a sentirte más cómoda, o lo encuentras todavía muy extraño?

Ella esbozó una sonrisita.

—No lo sé, de verdad. No es tan extraño como debería ser. No *recuerdo* nada de lo de aquí, pero es como si lo reconociera a cierto nivel. Y me pasa lo mismo contigo...

—¿Te resulto tan familiar como el mobiliario?

—bromeó Korum, viendo como su tímida sonrisa se ampliaba hasta convertirse en una sonrisa de oreja a oreja.

—Cómo eres... —rio con gesto contrito—. No entiendo cómo van estas cosas, pero no me resultas tan aterrador como deberías, ni de lejos. Ni tú, ni nada de todo esto, aunque no sé por qué.

Korum sintió como su pecho se henchía para dejar entrar en él algo que se asemejaba mucho a la felicidad.

—Eso está bien, mi vida —dijo, acariciando su suave mejilla—. No deberías tener miedo de mí. Yo jamás te haría daño. Tú lo eres todo para mí; tú eres todo mi universo. Antes moriría que hacerte daño. Créeme, no hay nada que temer...

Mientras hablaba, pudo ver desvanecerse su sonrisa y aparecer una expresión extrañamente vulnerable en su rostro.

—¿Tú me...? —tragó saliva, haciendo moverse su esbelta garganta—... ¿tú me quieres?

—Sí —contestó Korum sin vacilar—. Más que a nadie en mi vida.

—Pero ¿por qué? —Ella parecía genuinamente confusa—. Yo soy solo una humana normal, y tú eres... —Se detuvo, y sus mejillas volvieron a sonrojarse.

—¿Yo soy qué? —le animó a seguir Korum, con ganas de ver más de ese bonito rubor. No estaba seguro de por qué lo encontraba tan atractivo, pero nunca dejaba de excitarle. Aunque claro, ella lo excitaba simplemente por el hecho de respirar, así que no era tan sorprendente que él encontrara irresistibles sus mejillas sonrojadas.

El rostro de ella se coloreó aún más.

—Eres un K guapísimo que llevas por ahí desde los albores del tiempo —dijo ella con voz queda—. ¿Qué podrías tú ver en mí?

Korum sonrió, negando con la cabeza. Su pequeño tesoro nunca había sido consciente de su propio atractivo, nunca se había percatado de lo apetecible que era para los varones de ambas especies. Todo lo suyo, desde los grandes y suaves rizos de su cabeza hasta la cremosidad de su piel, parecían estar hechos para ser tocados por un hombre. Puede que no fuera una belleza clásica, pero de su propia y delicada manera era bastante llamativa, con esos enormes ojos azules y ese pelo oscuro.

En retrospectiva, Korum tendría que haber evitado que ella trabajara tan cerca de otro hombre sin pareja. Realmente no podía culpar a Saret por desearla, por anhelar algo con lo que él mismo estaba tan obsesionado. Tenía ganas de hacer pedazos a su ex amigo por lo que había hecho, pero comprendía, al menos en parte, por qué lo había hecho Saret. Si se hubieran invertido los papeles, y Mia hubiese sido la charl de otro, Korum no sabía lo lejos que habría podido llegar para tenerla para él, cuántos tabúes habría roto en su cruzada por poseerla.

Por supuesto, el atractivo físico de ella era ahora solo una parte de todo ello. Korum alargó el brazo y volvió a cogerle la mano.

—Veo en ti a la mujer a la que amo —dijo, sin intentar siquiera disfrazar la profundidad de sus sentimientos—. Veo a una chica hermosa e inteligente, que es dulce, y valiente, y defiende con coraje sus convicciones. Veo a alguien que haría cualquier cosa por aquellos a los que ama, que haría todo lo posible para proteger a sus seres queridos. Veo a alguien sin la cual no puedo vivir, a alguien que ilumina cada momento de mi existencia y me hace más feliz de lo que lo he sido en toda mi vida.

Mia cogió aire y sus ojos se llenaron de lágrimas.

—Oh, Korum... —Sus finos dedos temblaron dentro de su mano—. Korum, ni siquiera sé qué decir...

—No tienes que decirme nada —le interrumpió él, ignorando el dolor causado por su rechazo no intencionado—. Sé que todavía soy un extraño para ti. No espero que sientas lo mismo por mí que lo que sentías antes. Al menos, todavía no...

Ella asintió, y una lágrima solitaria resbaló por su rostro.

—Odio todo esto —confesó, y su voz se rompió por un instante—. Odio que haya desaparecido una parte tan grande de mi vida, que yo haya perdido los recuerdos de todo lo que nos ha traído hasta aquí. Te necesito, pero no te conozco, y eso me está volviendo loca. Yo te amaba también ¿verdad? A pesar de todo lo que ocurrió entre nosotros, seguíamos estando enamorados, ¿verdad?

—Sí —dijo Korum, apretando su mano—. Sí, estábamos muy enamorados, cariño mío. —E incapaz de resistirse más, le pasó con dulzura un brazo por los hombros, atrayéndola para sí. Ella enterró la cara en su hombro, y él pudo sentir la humedad de sus lágrimas derramándose en su piel desnuda. El dulce aroma de sus cabellos jugueteaba en sus fosas nasales, y su cercanía hizo que su polla volviera a ponerse dura.

No seas tan animal. Lo que ella necesita ahora es consuelo, se dijo Korum a sí mismo. Y haciendo caso omiso de la lujuria salvaje que inundaba su cuerpo, dejó a Mia llorar, sabiendo que necesitaba de ese alivio emocional.

Un minuto después, ella se apartó, mirándole a través de unas pestañas apelmazadas por las lágrimas.

—Lo siento —susurró ella—, no pretendía ponerme a llorar encima de ti...

Korum sonrió, limpiándole las mejillas húmedas con el dorso de la mano.

—Puedes llorar encima de mí siempre que quieras. —Sus lágrimas eran tan preciosas para él como sus sonrisas. Odiaba verla triste, pero le gustaba la sensación de su esbelto cuerpo entre sus brazos, y disfrutaba de ser él quien la consolara, quien ayudara a que su dolor desapareciera.

Incluso aunque, con bastante frecuencia, él hubiese sido la causa de ese dolor.

~

PASARON EL DÍA JUNTOS EN LA PLAYA, con Korum

explicándole pacientemente todo lo que Mia había sabido antes y ahora había olvidado sobre los krinar. Le habló sobre la adicción a la sangre y los xenos, la Celebración de los Cuarenta y Siete, y la importancia del "estatus" en la sociedad krinar. Ella escuchaba atentamente, haciéndole preguntas, y Korum las respondía gustoso, sabiendo lo mucho que ella necesitaba ponerse al día.

—Entonces, ¿existe para vosotros el concepto del dinero? ¿Cómo funciona vuestra economía? —Sus ojos brillaban por la curiosidad mientras continuaban con su charla durante la cena.

—Sí, definitivamente existe para nosotros el concepto del dinero. —Korum hizo una pausa para darle un bocado a sus fideos soba al cacahuete—. Trabajamos y nos pagan según las contribuciones que hacemos a la sociedad. Cuanto mayor sea la contribución, mayor será la paga, sin importar el campo. Sin embargo, la riqueza no es tan importante para nosotros como para los seres humanos. Nuestra economía no es puramente capitalista ni está dirigida por el gobierno; es una especie de mezcla de las dos cosas. En general, todos tienen satisfechas sus necesidades básicas. No existen cosas tales como la gente sin hogar ni el hambre en Krina. Hasta el más perezoso de los krinar vive bastante bien según los estándares humanos. Pero, para poder tener algo más que comida, vivienda y tus necesidades básicas cubiertas, has de hacer algo productivo con tu vida, tienes que contribuir a la sociedad de algún modo.

Ella parecía muy interesada, así que Korum prosiguió con su explicación.

—Pero las recompensas económicas son solo una razón por la cual la gente trabaja. La motivación principal es la necesidad de ser respetados, de ser reconocidos por nuestros logros. Pocos krinar desean ir por la vida sintiendo como los demás les miran por encima del hombro. Verás, para nosotros, tener un estatus social bajo es casi como ser un paria. Alguien que nunca haya hecho nada útil en su vida se encontrará al final siendo tratado con desprecio por los demás. Tener un estatus alto es mucho más importante que ser rico... aunque normalmente las dos cosas suelen ir de la mano.

—Así que ¿los krinar ricos tienen un estatus alto y viceversa? —preguntó Mia.

—No, no necesariamente. Uno puede ser rico por herencia o por su familia, pero eso no quiere decir que esa persona tenga un estatus alto. Rafor, el hijo de Loris, es un buen ejemplo de eso. Su padre le dio todas las riquezas que él podía necesitar, pero no podía comprarle un buen estatus. Eso solo puede ganarse, o perderse, por el esfuerzo de uno mismo.

Mia parecía perpleja.

—Espera, ¿cómo puedes perder estatus mediante tus propios esfuerzos?

—Hay varias maneras —dijo Korum—. Cometer un delito es una de las más obvias. También lo es hacer algo deshonroso, como engañar a tu pareja. Es posible también perder estatus por fracasar en algo importante. Por ejemplo, Loris asumió ese riesgo adoptando el papel de Protector para su hijo y los kets. Una vez les declaren culpables, su estatus será mucho menor y ya no será miembro del Consejo. Por eso me retó al Arena hoy... porque tiene muy poco que perder en este punto.

Los ojos de ella se abrieron mucho por la sorpresa:

—¿Qué quieres decir con lo de que te retó?

Korum vaciló. Quizás no debería habérselo mencionado a Mia todavía, pero ya era demasiado tarde.

—¿Te acuerdas de que hoy hace un rato te hablé sobre el Arena? —preguntó él.

—Dijiste que era una manera de resolver diferencias irreconciliables... —Un ligero ceño frunció su expresión.

—Sí —confirmó Korum—, así es. Y eso es lo que Loris y yo tenemos: una diferencia de opinión irreconciliable. Yo pienso que su hijo es un gusano traidor, y él no está de acuerdo.

—¿Por eso te desafió a una pelea? Pero pensé que dijiste que esas cosas eran peligrosas...

—Lo son. —Korum sonrió por la expectación con una familiar sensación de entusiasmo chisporroteando por sus venas. A veces necesitaba esto: el peligro, la adrenalina, el puro desafío físico de derrotar al adversario. Por mucho que disfrutara participando en las peleas deportivas de defrebs, siempre era consciente de que solo era un juego, que todos saldrían de allí con poco más que unos arañazos y moretones. No había ninguna garantía de ese tipo en el Arena, que es lo que lo hacía tan emocionante.

—¿Entonces podrían matarte? —Los ojos de Mia empezaban a brillar por las lágrimas, y Korum se dio cuenta de que ella encontraba la idea bastante más que perturbadora. Estaba claro que no tendría que haber sacado ese tema todavía.

—Existe una pequeña posibilidad —dijo él con cautela, no queriendo disgustarla más—. Aunque matar es técnicamente ilegal, generalmente se perdona si ocurre durante el fragor de la lucha de una pelea en el Arena. Pero tú no sufras, mi vida. Puedo cuidarme solo.

Ella no parecía convencida:

—Me has dicho que él te odia. —Le temblaba un poco la voz—. ¿No *intentará* matarte?

—Por supuesto que puede intentarlo —dijo Korum—, pero yo no voy a dejarle. No tienes nada de qué preocuparte...

—¿No es un buen luchador?

—Sí lo es —admitió Korum—. O al menos, solía serlo. No conozco su nivel de destreza actual.

—No lo hagas —dijo ella, estirándose para cogerle la mano—. Por favor, Korum, no pelees esta vez...

—Mia... —Él suspiró, cogiendo la mano entre las suyas—. Escúchame, cariño, una vez que se ha lanzado un Reto, no puede anularse. Yo no puedo retirarme del combate, ni tampoco puede Loris. Ambos estamos obligados, ¿entiendes eso?

—No —dijo ella con tozudez—, no lo entiendo. No quiero que arriesgues tu vida de esa manera...

—No es un riesgo tan grande como supones —dijo Korum—. Cuando él me atacó hoy, me costó diez segundos alcanzar su garganta. Si eso hubiera ocurrido en el Arena, le habrían declarado perdedor en ese instante. —Era igual de posible que Loris hubiera estado muerto, pero Korum no quería decirle eso a Mia. Las mujeres humanas y la violencia generalmente no combinaban bien... sobre todo cuando la mujer en cuestión era una joven que había vivido protegida toda su vida.

—Entonces, ¿cuándo se supone que será la pelea? —Ella todavía parecía disgustada.

Korum suspiró. De verdad que debería de haber mantenido esto en secreto.

—Pasado mañana —dijo—. Al mediodía.

ia estaba en la habitación circular que hacía las veces de cubículo de ducha, dejando que los chorros de agua golpetearan cada parte de su cuerpo. En circunstancias normales, le habría encantado la novedad de ducharse en una vivienda alienígena. Como todo lo demás en la casa, la ducha era inteligente, y se ajustaba automáticamente a sus necesidades. Lo único que Mia tenía que hacer era quedarse allí de pie y dejar que la increíble tecnología la lavara, exfoliara, acondicionara y masajeara. Era maravillosamente relajante, o lo habría podido ser, si tan solo hubiera podido apagar su cerebro y no pensar en lo que le había contado Korum en la cena.

Él le había restado importancia al peligro de la inminente pelea, pero Mia no podía sentir tanta despreocupación. Cuando él le había mencionado el reto de Loris, a ella se le había helado la sangre, y su mente se había inundado de terroríficas imágenes de cuerpos desmembrados. ¿Y si algo así llegara a pasarle a Korum? Él no era realmente inmortal; podían matarlo, como a su abuelo.

La idea de que Korum muriera era insoportable, inimaginable. No importaba que Mia solo le hubiera conocido, o recordado conocerle, durante un día.

Ese día había sido el mejor de toda la vida que recordaba.

Pasar tiempo con Korum había sido increíble. Nunca antes había sentido esa clase de conexión con nadie, ni se había sentido tan mágicamente viva en presencia de ningún otro hombre. Iba más allá del deseo sexual, más allá de la simple necesidad física. Era como si cada parte de ella deseara estar con él, empaparse de su esencia. Le deseaba con una desesperación sin sentido, con una pasión tan intensa que era casi aterradora.

En algún lugar del fondo de su mente, Mia sabía que estaba actuando de manera irracional, no siendo ella misma en absoluto. Una persona normal en este tipo de situación le pediría a Korum que la llevase a su casa, a Nueva York o a Florida, donde podría aceptar la pérdida de memoria y poco a poco volver a empezar con su vida normal, tal como era en esos días. No tendría que querer aferrarse a un extraterrestre, no debería estar tan tranquila viviendo en su casa, separada de todo y de todos a quienes sí podía recordar.

Y sin embargo no quería pedirle eso, no quería ni pensar en dejarle por un solo instante. Mia no tenía ninguna duda de que sus compañeros de clase de psicología habrían hecho su agosto analizando sus extrañas reacciones, desde lo fácilmente que había aceptado algo imposible de creer a su dependencia malsana de un hombre al que conocía desde hacía solo un breve período de tiempo. Pero le daba igual; lo único que sabía es que necesitaba a Korum... y que él parecía necesitarla a ella también.

¿Habría sabido Saret, su antiguo jefe, que la cosa sería así? ¿Se había dado cuenta de que borrar una parte de su memoria no destruiría lo que fuera que la mantenía unida a Korum? De alguna manera Mia lo dudaba. Si era cierto lo que Korum le había contado acerca de las intenciones de Saret, el experto de la mente habría estado desagradablemente sorprendido por la prevalencia de su vínculo con Korum y su falta de interés por él.

Después de ducharse, Mia salió del cubículo circular, dejando que el agua goteara en la extraña sustancia esponjosa del suelo que continuamente le masajeaba los pies. Korum le había explicado que lo único que necesitaba era quedarse allí de pie y dejar que la tecnología se ocupara de su aseo, así que Mia se estaba fiando de sus palabras.

Efectivamente, cálidos chorros de aire secaron rápidamente su cuerpo, mientras que un pequeño tornado pareció tragarse la zona de alrededor de su cabeza, soplando alrededor de cada mechón de su pelo y llenándole la boca con un sabor de algo refrescantemente limpio. Cuando todo terminó, Mia estaba seca de pies a cabeza, y sus rizos definidos y marcados a la perfección, como si acabara de salir de una peluquería de lujo. También notaba la boca como si acabara de cepillarse los dientes.

Qué bien.

Lo único que le quedaba por hacer era ponerse algo de ropa. Mia cogió un albornoz grueso y esponjoso que Korum previsoramente le había dado antes y se miró en una de las paredes de espejo, notando el brillo de sus ojos y el rubor que le coloreaba las mejillas. Su corazón latía fuerte por la expectación, y su estómago parecía estar albergando una colonia entera de mariposas.

Si existía incluso una mínima posibilidad de que ella perdiera a Korum dentro de dos días, entonces cada instante que pasaban juntos era precioso. Y por nerviosa que le pusiera esa idea, Mia quería conocer del todo a su amante... experimentar de nuevo eso que había olvidado.

Quería que Korum se acostara con ella.

Korum se sentó al borde de la cama, esperando a que Mia terminara de ducharse. Él ya se había duchado, usando la mano para mitigar un poco el deseo que le había mantenido empalmado a lo largo del día.

Pasar tanto tiempo con ella, tocarla, sentir su olor... casi le había vuelto loco. En circunstancias normales, hubieran mantenido relaciones sexuales un par de veces en la playa o cuando llegaron a casa antes de cenar. Pero en vez de eso había tenido que conformarse con unos cuantos roces y caricias que sólo habían aumentado su ansia, haciendo que le hormigueara la piel y que su polla se hinchara por las ganas. Si no se hubiera masturbado en la ducha, esa noche ella habría estado en serio peligro de que se le echara encima. Tal como estaban las cosas, Korum seguía sintiéndose bastante nervioso, y esperaba poder liberar algo de este exceso de energía asistiendo a una sesión de defrebs por la mañana temprano; o de madrugada, tal y como consideraban los humanos a las horas de las tres o las cuatro de la mañana.

Ya casi eran las once de la noche, que era la hora normal de acostarse de Mia. Korum no estaba ni un poquito cansado, pero quería arroparla y abrazarla hasta que ella se quedara dormida, aunque hacerlo le torturara a él aún más. Era importante hacer que ella empezara a acostumbrarse a él, que se sintiera cómoda cuando él la tocara... porque Korum no sabía cuánto más podría resistir sin poseerla.

Para distraerse, miró la palma de su mano y envió una consulta mental para comprobar el progreso en la búsqueda de Saret. Los guardianes habían encontrado señales de la presencia de Saret en Alemania, pero el rastro había vuelto a enfriarse. Como fuera que se estuviera moviendo por ahí, estaba consiguiendo hacerlo fuera de la vista de los satélites Krinar y otros dispositivos de espionaje... una hazaña que Korum admiraba aun sin quererlo, ya que pensar en Saret suelto le hacía verlo todo rojo.

—¿Qué estás haciendo? —La pregunta que Mia le hizo en voz baja le sacó de su ensimismamiento en la búsqueda.

Korum levantó la vista y sonrió al verla allí de pie, con los piececitos descalzos y el albornoz envolviendo del todo su esbelto cuerpo. Retorcía las manos en un gesto que traicionaba su nerviosismo.

—Sólo compruebo un par de cosas —respondió él—. ¿Qué tal tu ducha? ¿Te ha gustado?

Ella se mojó los labios, atrayendo su atención hacia su boca.

—Ha sido impresionante —dijo ella—. Como todo lo de aquí.

—Estupendo —dijo Korum, observándola con detenimiento. ¿Estaría asustada por estar cerca de una cama con él? Suavizando su tono, dijo—: ven, vamos a dormir, mi vida. Has tenido un día muy largo. Debes de estar muy cansada.

Ella asintió con aire indeciso y se acercó a él. Sus movimientos estaban impregnados de esa sensualidad involuntaria que era tan inherente a ella como esos hermosos rizos. Korum cambió de posición y levantó ligeramente la rodilla, intentando ocultar la erección que había creado una tienda en sus pantalones de nuevo.

Cuando ella estuvo a menos de medio metro, se detuvo, y él pudo escuchar sus rápidos latidos. Un aroma cálido y femenino alcanzó sus fosas nasales, enviando más sangre alborotada hacia su ingle.

Ella no estaba asustada, comprendió Korum. Estaba excitada.

APENAS OSANDO RESPIRAR, alargó el brazo y la cogió de la mano, acercándola hasta que estuvo sentada a su lado en la cama. Al hacerlo, pudo escuchar como a ella le aumentaba el ritmo cardíaco, y como la expresión de su rostro constituía una mezcla de aprensión y deseo.

—Mia —le preguntó dulcemente—, ¿estás segura?

Ella asintió y su suave boca se agitó temblorosa.

—Sí —susurró—. Estoy segura...

El cuerpo de él reaccionó a sus palabras con dolorosa intensidad, su polla se endureció aún más y sus pelotas se apretaron contra su cuerpo. Pero cuando se inclinó para besarla, sus labios solo mostraron suavidad, ternura... tal y como debía ser su primera vez.

Ella también había acudido a él la otra primera vez, pero lo había hecho como un desafío, como una manera de afirmar su independencia y de fastidiarle de alguna manera. En aquél momento, a él le había dado igual, encantado simplemente de tenerla allí, en su apartamento, en su cama. Y en su prisa por poseerla, le había hecho daño, atravesando su virginidad con tan poco cuidado como una bestia en celo.

Esta era su oportunidad para compensárselo. Ella volvía a ser virgen; mentalmente, no físicamente. Y Korum estaba empeñado en asegurarse de que esta noche no habría ningún dolor para ella, solamente placer.

La besó suavemente, al principio solo en los labios, acariciándole el pelo y la espalda para tranquilizarla. Ella sabía a fresco y a dulce, y su aroma le era conocido y seductor. Sus pequeñas manos se alzaron, se colocaron sobre su nuca y sus dedos se introdujeron entre sus cabellos, enviándole escalofríos de placer por la espalda. No queriendo hacer el beso más profundo, Korum movió los labios hasta su mejilla y la parte inferior de su mandíbula, lamiendo su sensible piel.

Ella gimió, echó la cabeza hacia atrás y dejó su pálida garganta más expuesta a su boca, y Korum la besó allí también, luchando contra el impulso de tomar su sangre al mismo tiempo. Lo haría, pero no hoy, no esta primera vez.

Con cuidado, para no sobresaltarla, tiró de su albornoz, abriéndolo mientras continuaba besándola, moviendo su boca hasta su clavícula y más abajo después.

Su cuerpo era hermoso, delgado y turgente en los sitios correctos, su piel suave y agradable al tacto. Korum pasó lentamente la mano por sus pechos y su plano vientre, maravillándose por lo delicado de su complexión. Casi podía abarcar su caja torácica entera con la palma de la mano, y su piel parecía extraordinariamente oscura contra la pálida perfección de ella.

Podía ver su pulso latiendo deprisa en un lado de su cuello, escuchar su respiración acelerada, y sabía que ella estaba tan ansiosa como excitada. Korum levantó la cabeza y la pilló mirándole fijamente, con la cara sonrojada y los labios ligeramente entreabiertos.

—Te quiero, Mia —murmuró, apartándole de la cara ese rizo rebelde suyo—. Lo sabes, ¿verdad?

Ella asintió con timidez, todavía contemplándole con sus enormes ojos azules. Esos ojos le hacían desear matar dragones por ella, despedazar a cualquiera que osara intentar lastimarla.

—No tengas miedo, cariño mío —dijo él, pasándole un brazo por debajo de las rodillas y otro por la espalda. La levantó y la colocó con cuidado en el centro de la cama—. Haré que sea estupendo para ti, te lo prometo... —Y retirándose un segundo, Korum se quitó la camisa y los shorts, dejando su erección al descubierto.

Antes de que ella tuviera ocasión de echarle nada más que una mirada aprensiva, Korum se le puso encima, jugueteando otra vez con la boca por su cuello y su hombro, hasta que ella dejó escapar un suave gemido. Entonces empezó a abrirse camino lentamente por su cuerpo hacia abajo, ignorando el insistente palpitar de su polla. Habría otras veces más adelante en las que se lo haría duro y rápido, pero esta no iba a ser una de ellas. Esta noche todo estaba centrado en ella.

Sosteniendo una de las esferas redondeadas de sus pechos, se deleitó en su firmeza, en la forma en que su pezón se endurecía contra su mano. No tenía los pechos grandes, pero sí con una forma perfecta, la más adecuada para su delgada complexión. Bajó la cabeza y probó su pezón, lamiéndolo con la lengua, y después dándole un firme chupetón.

Ella volvió a gemir, arqueándose contra él, y él le hizo lo mismo en el otro pecho, disfrutando del aspecto que adquirían sus pezones después: todos rosas y brillantes.

Su estómago vino detrás y él besó su piel suave, dando lametones en su ombligo y notando los músculos abdominales tensarse cuando su boca continuó moviéndose más abajo. Ella tenía las piernas cerradas, así que Korum las separó, ignorando la pausa repentina que escuchó en su aliento cuando él contempló sus húmedos pliegues y el oscuro triángulo de rizos de encima. Como el resto de Mia, su coñito era pequeño y delicado, más dulce que cualquier otra cosa que él hubiera probado jamás.

Korum inclinó la cabeza, inhaló su aroma embriagador y luego lamió el área alrededor de su clítoris con suavidad, provocándola, dejando que su excitación creciera poco a poco. Mientras continuaba, oía su jadeo cada vez que su lengua se acercaba a su punto más sensible, sentía como sus caderas se levantaban una y otra vez de la cama para acercarse a su boca. Sabía que ella estaba a punto de correrse, pero él no estaba dispuesto a dejárselo hacer. Al menos, todavía no.

Movió la mano y usó su índice para penetrarla lentamente, deslizándose por su lubricado canal, estirándola con cuidado, preparándola para él. Ella era tan pequeña por dentro que solo con el dedo podía notar como le apretaba, y Korum contuvo un gemido atormentado mientras su polla se retorcía sobre las sábanas con una dolorosa excitación.

Ella gritó cuando él deslizó el dedo más adentro, frotando ese punto que siempre la volvía loca, y entonces Korum notó sus convulsiones, al tiempo que el interior de su vagina palpitó alrededor de su dedo y ella se corrió.

Incapaz de resistirlo más, retrocedió deslizándose por su cuerpo, manteniéndole los muslos abiertos con la rodilla. Sosteniéndose sobre un codo, usó su otra mano para conducir su polla hacia la pequeña entrada, dejando que la punta se deslizara hacia dentro, y deteniéndose después para permitirle acostumbrarse a su tamaño.

Cuando él entró en ella, ella inhaló bruscamente y lo agarró por los hombros, mirándole a la cara. Con todo el cuerpo sufriendo por el rígido control que él ejercía sobre sí mismo, Korum empezó a entrar más adentro, manteniendo una penetración lenta y gradual para evitar hacerle daño. A medida que su polla iba más adentro, el sudor fue perlando todo su cuerpo, y su respiración se hizo más áspera, más errática. Ella estaba caliente, húmeda y tensa, y Korum pensó que iba a explotar literalmente en el sitio.

Utilizando toda su fuerza de voluntad, paró cuando estaba dentro del todo, permitiéndole acostumbrarse a la sensación de tenerlo allí, en lo más profundo de su cuerpo.

—¿Estás bien? —consiguió preguntarle con un susurro áspero, mirándola.

Ella se lamió los labios.

—Sí.

—Estupendo —respiró Korum. No estaba seguro de haber podido parar si ella hubiera dicho lo contrario. Estaba a unos segundos del orgasmo, sus pelotas apretándose con fuerza contra su cuerpo y su espina dorsal hormigueante con la habitual tensión previa al orgasmo.

Pero no quería correrse aún, no hasta que hubiera tenido ocasión de darle a ella placer una vez más. Korum metió la mano derecha entre sus cuerpos, encontró el lugar donde se unían y estimuló ligeramente su clítoris con los dedos. Al mismo tiempo empezó a moverse dentro de ella yendo un poco hacia atrás y luego volviendo a empujar hacia adelante.

Ella gimió otra vez, y sus dedos se agarraron con fuerza a sus hombros, clavándole unas uñas afiladas. Él pudo sentir el calor que despedía su cuerpo, escuchar su respiración cambiando, y entendió que ella casi había llegado. Dejando por fin de contenerse, empezó a moverse con ritmo creciente, sintiéndose volar más y más alto, cada músculo de su cuerpo temblando por la intensidad de las sensaciones. De repente, ella gritó, sus músculos internos estrujaron su polla y él estalló con un rugido, esparciendo su semilla en varios chorros poderosos.

Cuando todo terminó, Korum salió de Mia y se tumbó boca arriba, poniéndola encima de él, de tal forma que ella le cubría parcialmente el pecho. Los dos estaban respirando con dificultad, y sus cuerpos exangües y cubiertos de sudor.

Korum sabía que debía decir algo, pero no parecía ser capaz de ordenar sus pensamientos. Estaba el sexo... y luego estaba lo que él experimentaba con Mia. Jamás habría imaginado que podría desear tanto a una mujer, que pudiera obtener tanto placer del simple acto de follar.

No es que él no tuviera experiencia. En absoluto. Durante sus siglos de existencia, había participado en actos sexuales de todas las clases. No había ningún estigma asociado con el comportamiento promiscuo en la sociedad krinar, y a las personas sin pareja se les animaba a experimentar lo que les pidiera el corazón.

Sin embargo Korum no podía recordar haber sentido jamás ese tipo de satisfacción que sentía con Mia, que le calaba hasta los huesos. Siempre se había preguntado cómo podían los individuos emparejados, o los que tenían una charl, mantenerse fieles toda la vida. La idea de la falta de variedad le había parecido extraña y antinatural. Sin embargo, desde que conoció a Mia, no podía imaginarse querer estar con otra mujer. Ella era todo lo que él deseaba, a todas horas, cada vez.

Cuando su respiración se hubo calmado por fin, Korum miró la cabeza cubierta de rizos que se apoyaba en su pecho. Satisfecho, le acarició el pelo, sonriendo cuando escuchó un suave bostezo.

—¿Quieres darte una ducha rápida y luego dormir?

—le preguntó, todavía sonriendo cuando ella alzó la vista hacia él.

Ella le lanzó una mirada deliciosamente somnolienta, y volvió a bostezar.

—Claro, eso estaría genial...

Korum rio suavemente, la cogió entre sus brazos y se puso en pie, llevándola hacia la ducha. Todavía sosteniéndola, se metió dentro y mandó una rápida orden mental a los controles del agua. Dos minutos más tarde estaban ambos limpios y secos, y Korum la llevaba de vuelta a la cama, disfrutando de la manera confiada en que ella se mantenía aferrada a él todo el tiempo.

La volvió a poner sobre la cama, se acostó a su lado y la acercó hacia él, curvando su cuerpo alrededor de ella desde atrás. Totalmente relajado, cerró los ojos y dejó que su respiración regular le acunara hasta quedarse dormido también.

CAPÍTULO DOCE

A la mañana siguiente, Mia se fue despertando poco a poco, se estiró y sonrió al recordar la noche anterior. Toda la experiencia había sido increíble, algo que bien pudiera haber sido un sueño. ¿Era el sexo siempre así? ¿O solo lo era el sexo con Korum?

Después de esa primera vez, la había poseído en algún momento durante la noche, despertándola al deslizarse dentro de ella. Por algún motivo ella ya estaba mojada y había llegado al orgasmo en cuestión de minutos, algo que habría esperado que le resultara más difícil, a juzgar por lo satisfecha que se había quedado después de la vez anterior.

Pero aparentemente ella era tan insaciable como su amante alienígena.

Sonriente como el Gato de Cheshire, Mia se levantó, se puso un vestido veraniego color melocotón, y visitó el baño como cada mañana. Korum se había marchado ya, así que le pidió a la casa un apetitoso desayuno y luego se acurrucó en una de las planchas flotantes que hacían las veces de sofá.

—Algo para leer, por favor —solicitó, y se echó a reír cuando una tablet fina como una cuchilla de afeitar se acercó flotando hasta ella desde una de las paredes.

El día anterior, cuando Korum le habló de su papel en el laboratorio de la mente, le había mencionado que solía guardar documentos y grabaciones relacionadas con el trabajo en su tablet. Mia sentía una enorme curiosidad por ello, intentando imaginarse cómo había funcionado ella en un entorno de trabajo krinar, dada su poca familiaridad con su tecnología y su ciencia. Por lo que Korum le había explicado, le habían transmitido una gran parte de los conocimientos a través del mismo proceso que se usaba para enseñar a los niños krinar, y secretamente ella albergaba la esperanza de haber retenido algo de todo eso a pesar del borrado de memoria. Decididamente, se sentía mucho más cómoda en Lenkarda de lo que habría cabido esperar, y estaba bastante convencida de que sabía cosas acerca del cerebro que iban mucho más allá de lo que había aprendido en la universidad.

Mia abrió uno de los archivos con una orden verbal, se puso cómoda y empezó con el proceso de volver a aprender todo lo que había olvidado parcial o totalmente.

—EL CONSEJO HA TOMADO UNA DECISIÓN.

Las palabras de Arus resonaron por todo el edificio donde estaba teniendo lugar la parte pública del proceso. Casi todos los krinar de la Tierra, y muchos de los residentes en Krina, estaban presentes, virtualmente o en persona.

Korum se inclinó hacia adelante, esperando escuchar las palabras que sellarían el destino de los traidores. Frente a él, podía ver a Loris, que se erguía vestido todo de negro. Los puños del Protector estaban fuertemente apretados y sus nudillos casi blancos, mientras se preparaba para escuchar la sentencia de su hijo.

—Rafor, Kian, Leris, Poren, Saod, Kula y Reana —dijo Arus dijo con claridad—, el Consejo os encuentra culpables de conspirar con el movimiento humano de la Resistencia para atacar a los Centros y poner en peligro la vida de cincuenta mil de vuestros conciudadanos. También os encuentra culpables de incumplir el mandato de no interferencia compartiendo tecnología krinar con dicho movimiento de la Resistencia. Además, Rafor, el Consejo te declara culpable de complicidad con el plan del peligroso individuo conocido como Saret de cometer asesinato en masa y manipular ilegalmente las mentes humanas.

El Protector palideció visiblemente, y los kets tenían aspecto de haber recibido un puñetazo en el estómago. Un murmullo recorrió la multitud, y luego se detuvo cuando los espectadores se callaron para escuchar el resto.

—La sentencia por los delitos anteriormente citados es la rehabilitación total.

Korum se recostó, escuchando el alboroto del público. En ese momento sintió una punzada de compasión poco habitual en él por Loris, que acababa de perder a su único hijo. A pesar de las diferencias que hubieran tenido en el pasado, no era culpa de Loris que Rafor hubiera resultado ser un fracaso y un criminal. Korum no podía culpar a Loris por querer defender a su hijo, sin importar lo poco que el chico se lo mereciera.

Sin embargo, Korum no se arrepentía en absoluto del papel que él mismo había jugado en su condena. Rafor y sus amigos habían obtenido exactamente lo que se merecían: una eliminación casi completa de sus personalidades. Eran demasiado peligrosos para ser sometidos a rehabilitación parcial, y sus acciones demasiado atroces para ser perdonadas. Si había una cosa que Korum despreciara, era que alguien intentara hacer daño a su propia gente por avaricia y ansias de poder, tal como esos traidores habían hecho.

El breve destello de piedad que había sentido por Loris se desvaneció en cuanto el Protector se volvió y lanzó a Korum una mirada llena de odio. Por debajo de su piel bronceada, el rostro de Loris estaba lívido y le brillaban los ojos con algo parecido a la locura. Era la mirada de alguien que no tenía nada que perder, y Korum se dio cuenta de que su oponente haría cualquier cosa que estuviera en su mano para dejarlo hecho pedazos en el suelo al día siguiente. Por supuesto, Korum no tenía ninguna intención de dejar que eso ocurriera. No quería matar a Loris, pero haría lo que fuera necesario para defenderse.

Después de que el tumulto se acallara, se llevaron a los kets, y Korum se levantó y se dirigió hacia la salida. Lo único que deseaba ahora era a Mia, pero todavía no podía irse a casa.

Necesitaba contactar con los Ancianos otra vez para avanzar con el proyecto... y para preguntar por su petición con respecto a los padres de Mia.

—Tienes una visita, Mia.

Sorprendida por la voz femenina desconocida, Mia levantó de golpe la vista de su material de lectura. A través de la pared transparente, podía ver a una joven humana de pie allí afuera. Soltando un suspiro de alivio, Mia cayó en la cuenta de que la voz que acababa de escuchar tenía que ser la de la casa inteligente de Korum avisándola acerca de su visitante.

—Ah, sí —dijo Mia, como si hablara todo el tiempo con tecnologías extraterrestres—. ¿Puedes abrirle para que pase, por favor?

—Si, Mia. —Y la pared frente a la visita se disolvió, creando una entrada.

Mia se levantó de la plancha flotante y sonrió a la chica de cabellos oscuros que entró grácilmente a través de la abertura.

—Hola —dijo Mia, consciente de que

probablemente estaba saludando a alguien que conocía ya de antes.

—Hola, Mia —dijo la chica, con una sonrisa afable—. Sé que no me recuerdas, pero soy Delia. Nos hemos visto un par de veces. También soy una charl aquí en Lenkarda.

—Encantada de conocerte de nuevo, Delia. —Mia se alegró de que su invitada pareciera saber lo de su estado—. Pido disculpas de antemano por no poder reconocerte...

—No es culpa tuya —le interrumpió Delia, con unos grandes ojos castaños llenos de dulzura por su preocupación—. ¿Cómo puedes disculparte siquiera por algo así? He venido a ver si estabas bien después de lo ocurrido. Ha de ser tan devastador despertar y no saber dónde estás ni cómo llegaste allí...

Mia analizó a la joven y notó su belleza, tranquila pero luminosa, y la madurez que contradecía su aparente juventud.

—Gracias, Delia —dijo—. De hecho, estoy sorprendentemente bien. No sé por qué, pero parece que lo estoy llevando todo bastante bien.

—¿Y Korum?

Mia le lanzó una mirada inquisitiva:

—¿Qué pasa con Korum?

—¿Está él...? —Delia titubeó un poco—. ¿Está siendo amable contigo?

—Por supuesto. —Mia frunció el ceño—. ¿Por qué no habría de serlo? Él es mi... cheren, ¿correcto?

Delia le dirigió una radiante sonrisa.

—Por supuesto. Me encaminaba hacia las cascadas, donde nos conocimos la primera vez. ¿Te apetecería venirte conmigo? Es un lugar realmente hermoso. No sé si Korum te lo habrá enseñado todavía...

—No, no lo ha hecho —admitió Mia—. Y me encantaría ir contigo. Sentía curiosidad por esta chica, esta otra charl, y esperaba saber más acerca de Lenkarda y su vida de antes allí.

—Estupendo —dijo Delia, todavía sonriente—. Pues vámonos.

El paseo hasta las cascadas les llevó un poco más de veinte minutos. Mientras cruzaban la selva, Mia le preguntó a Delia por su historia, interesándose por cómo se había convertido en charl. Entonces escuchó asombrada y fascinada mientras la joven griega le contaba cómo había conocido a Arus en las costas del Mediterráneo casi veintitrés siglos atrás y cómo había sido su vida desde entonces.

—Cuando llegué a Krina por primera vez, los humanos recibían un trato muy distinto al de hoy —explicó Delia—. Hace dos mil años, muchos krinar creían que éramos poco mejores que los primates, con nuestra carencia de tecnología y nuestras costumbres sociales primitivas. Unos pocos, como Arus, reconocieron que no éramos tan diferentes a ellos, pero la mayoría rehusaron pensar en nosotros como en una especie de similar inteligencia. Esa actitud aún persiste hoy en cierta medida, aunque el rápido ritmo del progreso de aquí en los últimos dos siglos ha impresionado a muchos en Krina.

—¿Pensaban que éramos como los monos? —Mia frunció el ceño, sin gustarle eso en absoluto.

Delia asintió:

—Algo por el estilo. Realmente no puedo culparlos; después de todo, fueron ellos quienes nos crearon y nos convirtieron en lo que somos hoy.

—¿Cómo hicieron eso? —inquirió Mia, ya que se había preguntado acerca de ello durante cierto tiempo—. Quiero decir, un krinar casi puede pasar por un humano, y viceversa. Por fuera, es como si fueran solo una raza humana distinta, en vez de una especie diferente. Sé que guiaron nuestra evolución, pero sigue pareciendo una locura...

—De hecho, no es una locura tan grande —dijo Delia—. Estuvieron jugando con nuestros genes durante millones de años, eliminando aquellos rasgos que nos hubieran hecho parecer distintos a ellos. Permitieron ciertas variaciones sutiles, como el color de ojos, piel y cabellos, pero se aseguraron de que fuéramos muy similares a ellos en todo lo demás. Fue algo que querían los Ancianos, creo.

Mia apartó la mirada, dándole vueltas a eso mientras seguían caminando por la selva.

—Entonces, ¿qué crees que quieren de nosotros ahora? —preguntó cuándo hubieron llegado a su destino.

—¿Los krinar? —Delia se sentó en una zona de hierba cerca del agua y se volvió hacia Mia.

—Sus Ancianos —le aclaró Mia, sentándose a su lado.

—¿Quién sabe? —Delia se encogió de hombros—. Ni el Consejo conoce del todo las motivaciones de los Ancianos. Son algo así como dioses para ellos, aunque los krinar no tienen ninguna religión en el sentido tradicional.

—Ya veo. —Mia sopesó todo lo que había averiguado hasta entonces—. Entonces, ¿qué opinan los krinar de nosotros ahora? Korum me dijo que yo trabajaba en uno de sus laboratorios. Seguramente no me habrían dejado hacer eso si creyeran que yo era sólo un mono inusualmente inteligente. Sin mencionar que se casan con nosotras...

—¿Casarse con nosotras? —Delia pareció sorprenderse—. ¿Qué quieres decir?

—¿No es eso lo que significa ser una charl? ¿Igual que estar casada con uno de ellos, solo que sin la ceremonia oficial? —Esa fue la impresión que Mia había extraído de su conversación del día anterior con Korum.

Delia le lanzó una mirada pensativa con sus ojos castaños.

—Supongo que puedes pensar en ello de esa manera —dijo lentamente—. Especialmente si se aplica la definición de matrimonio tal como solía ser en el pasado.

—¿En el pasado?

—Sí —dijo Delia—. Antes de tu época. Cuando una esposa pertenecía legalmente a su marido.

—¿Qué quieres decir con lo de pertenecer?

—Según la ley krinar, una charl pertenece a su cheren, Mia. Realmente no tenemos derechos aquí. ¿No te lo ha contado Korum?

Mia negó con la cabeza, notando una desagradable opresión en el pecho.

—¿Estás diciéndome que somos sus... esclavas?

Delia sonrió.

—No. Los krinar no creen en la esclavitud, especialmente no como se practicaba en mi época. A la mayoría de las charl se les trata muy bien y son amadas por sus cheren. Ellos realmente las consideran sus compañeras humanas. Pero no es exactamente el tipo de relación de igualdad a la que una chica moderna como tú estaría acostumbrada.

Mia la miró fijamente.

—¿En qué sentido?

—Bueno, por ejemplo, un krinar no necesita tu consentimiento para hacerte su charl. Arus me lo pidió, pero muchos cheren no lo hacen.

—¿Me lo pidió Korum a *mí*? —Mia esperó la respuesta conteniendo el aliento.

—No lo sé —dijo Delia con pesar—. Nunca he estado al tanto de los detalles de vuestra relación. Sin embargo, por lo que sé sobre Korum y por el hecho de que tú antes colaborabas con la Resistencia, me imagino que él no sería tan considerado respecto tus sentimientos como debiera.

Mia frunció el ceño.

—¿Qué quieres decir, qué es lo que sabes sobre Korum?

Delia la miró, como si estuviera sopesando si seguir hablando:

—Tu cheren es un hombre muy poderoso y ambicioso —dijo por fin—. Muchos miembros del Consejo creen que los Ancianos le escuchan. También se le conoce por ser bastante autocrático y despiadado con sus oponentes. Por eso estuve preocupada por ti al principio... porque no pensaba que Korum iba a ser un cheren particularmente cariñoso. Pero creo que me equivoqué. Por lo que pude ver, parecías feliz con él. La última vez que nos vimos, en el cumpleaños de María, estabas prácticamente exultante. E incluso ahora, cuando la mayoría de las mujeres se estarían sintiendo perdidas e intimidadas, pareces estar llevándolo bien... y Korum tiene que ser el responsable de eso.

Mia estudió a la otra chica, preguntándose si había algo más que Delia no le estuviera contando.

—No te cae bien mi cheren, ¿verdad?

—No lo conozco a nivel personal —dijo Delia con cuidado—. Solo sé que Arus y él han chocado en el pasado sobre unos cuantos asuntos. Pero me alegro de que sea bueno contigo. La primera vez que te vi, parecías tan joven y vulnerable... que no pude evitar preocuparme por ti. Ahora veo que eres más fuerte de lo que pensé al principio. Incluso podrías ser una buena influencia para Korum. Arus cree que tu cheren realmente te ama, lo cual es algo que nosotros nunca nos hubiéramos esperado de él.

—Comprendo. —Mia respiró hondo y apartó la mirada, intentando procesar lo que acababa de averiguar. Tal vez su idea estúpida de que Korum fuera un villano no había sido tan descabellada como parecía. No por vez primera, deseó ser capaz de recordar el último par de meses, para comprender mejor esta complicada relación en la que estaba envuelta. ¿Qué era exactamente Korum para ella? ¿Qué implicaba ser su charl? ¿Y cuál era el auténtico Korum? ¿El amante tierno de la noche anterior, o el implacable consejero que Delia había descrito?

Tal vez fuera ambas cosas. Mia lo maduró durante un minuto. Sí, claramente podía ver como ese podría ser el caso. Después de todo, el mismo Korum le había contado cómo la había utilizado en el pasado para aplastar a la Resistencia. Pero ahora parecía amarla de verdad, y Mia no podía evitar la sensación de calidez que la inundaba al pensar eso.

Mia se volvió a mirar a la chica griega.

—Delia —dijo con voz queda, sacando un tema que le había estado preocupando desde el día anterior—, ¿sabes lo que ocurre en un combate del Arena?

—Sí. —Delia le lanzó una mirada comprensiva—. ¿Sabes lo del reto de Loris?

—Korum me habló ayer de ello —dijo Mia—. ¿Has visto tú alguna vez una de esas peleas? ¿Son habituales?

—No tanto como solían serlo tiempo atrás, pero todavía suceden con cierta regularidad. Generalmente hay un par de combates al año, a veces más.

—¿Y cómo son de peligrosas?

Delia vaciló un instante.

—Los Retos del Arena son la causa principal de fallecimiento para los krinar —dijo finalmente—. Seguida de la muerte accidental.

Mia sintió como si le hubieran dado una patada en el estómago.

—¿Siempre muere alguien durante la lucha?

—No, no siempre. A veces el ganador puede controlarse a sí mismo lo suficiente para detenerse a tiempo. Pero, en general, los hombres krinar no son los mejores refrenando sus instintos durante el fragor de la batalla. —La charl griega no parecía estar particularmente preocupada por ello.

Mia tragó saliva.

—Comprendo.

—Pero respondiendo a tu pregunta anterior, sí creo que las actitudes de los krinar con respecto a los humanos están cambiando —dijo Delia, regresando a su conversación anterior—. Hace dos mil años, la idea de que hubiera un humano trabajando en un laboratorio krinar habría sido algo impensable. Han avanzado mucho desde entonces, y cada día que pasa veo como las cosas van mejorando más y más. El hecho de que ellos estén viviendo aquí en la Tierra, entre nosotros, es algo que cambia las reglas del juego en muchos sentidos. Ahora ven que de verdad *somos* su especie hermana, que tenemos el potencial de conseguir lo mismo que ellos.

—¿Ya no creen que somos solo monos listos? —dijo Mia, solo medio en broma.

Delia sonrió.

—Algunos todavía lo creen, estoy segura. Pero ya no es la opinión general. Y cuantas más relaciones como la tuya y la mía existan, más aceptados serán los humanos en la sociedad krinar. —Hizo un segundo de pausa—. Así que ya ves, Mia, no tienes que estar luchando contra los krinar para ayudar a los tuyos. Sólo tienes que conseguir que uno de ellos se enamore de ti.

A CINCO MIL MILLAS DE DISTANCIA, Saret se puso en pie y sonrió a la chica humana enroscada en una pequeña bola desnuda en su cama. Era pequeña, no más de metro cincuenta de estatura, y su oscuro cabello castaño le caía en suaves ondas enmarcando su delgado rostro. Aparte de por sus ojos marrones, se parecía mucho a Mia. La había encontrado el día anterior en Paris.

Ella le miraba fijamente, y él podía percibir el miedo y el odio que irradiaba su carita. Había sido desafortunado que estuviera comprometida cuando la encontró, con la boda planeada para el mes siguiente. Ella había mostrado una comprensible resistencia a sus avances, y él no había tenido tiempo para seducirla adecuadamente.

Había estado mal forzarla, por supuesto. Saret lo sabía. Pero en este momento, eso daba igual. Todos pensaban ya que era un monstruo, y secuestrar a una humana era una fruslería dentro del esquema general de las cosas. Él la había mordido durante el sexo, así que sabía que ella también había sentido placer con él. No era Mia, pero aun así había disfrutado al follarla, imaginándose que el esbelto cuerpo entre sus brazos era el que él deseaba de verdad.

Saret sabía que no tenía ninguna esperanza de eludir mucho más a los guardianes; era solo cuestión de tiempo que le capturaran. Ahora que había tenido ocasión de pensar, se había dado cuenta de cómo Korum se había dado cuenta de lo que pasaba. Era todo muy sencillo, en verdad. Su enemigo debía de haber estado monitorizando a su charl incluso más concienzudamente de lo que le había admitido a Saret. En retrospectiva, Saret tendría que haber esperado algo así; era culpa suya haber subestimado la obsesión de Korum con Mia.

No, Saret sabía que no sería capaz de permanecer oculto mucho más tiempo. Había estado utilizando diversos disfraces, pero podía sentir a los guardianes acercándose cada vez más. Ayer, se había arriesgado y se había conectado a la red krinar. Había intentado ocultar su identidad, pero estaba seguro de que Korum encontraría al final su rastro en el ciberespacio. Aun así, Saret necesitaba enterarse de lo que estaba pasando en Lenkarda y si el Consejo se había enterado de su plan.

Lo que había averiguado le había hecho sentirse tanto enfadado como emocionado al mismo tiempo. Enfadado... porque sus dispositivos de nanodispersión cuidadosamente colocados habían sido ya descubiertos y neutralizados. Y emocionado... porque por fin sabía cómo librarse de Korum de una vez por todas.

El próximo combate de su enemigo sería el último para él.

Saret iba a asegurarse de ello.

CAPÍTULO TRECE

*L*o primero que Korum vio al llegar a casa fue a Mia, acurrucada en la plancha flotante alargada, enfrascada en lo que fuera que estuviera leyendo en su tablet.

Cuando entró, ella levantó la vista y sonrió, con la cara radiante de alegría.

—Hola —dijo ella—. ¿Qué tal el día?

Korum sintió una oleada de ternura, incluso aunque su cuerpo reaccionara prediciblemente a su cercanía.

—Hola, mi vida —dijo, acercándose a ella y agachándose para darle un breve beso. Había estado pensando en ella todo el día, reviviendo en su mente cada instante de la noche anterior. No podía esperar para volver a introducirla en los placeres de las relaciones sexuales, para degustar su delicioso cuerpo una y otra vez.

Una vez más, quería tomárselo con calma, pero en el preciso segundo en que sus labios se tocaron, ella levantó los brazos y se agarró a su cuello, y todas sus buenas intenciones se evaporaron al instante. La boca de ella era suave y dulce cuando él la besó más profundamente, y su aroma cálido y femenino. Podía oír cómo se le aceleraba la respiración, oler su deseo, sentir como su cuerpo se arqueaba hacia él... y la sangre casi le hierve en las venas.

Sin pensarlo de manera consciente, sus manos se movieron hacia su vestido y la frágil tela se desgarró bajo sus dedos, dejando la delicada carne de debajo a la vista. Ella contuvo una exclamación, y él sintió sus uñas clavándosele en la nuca mientras le chupaba el punto sensible cerca de su hombro. Se le disparó el pulso y gimió cuando su mano se dirigió hacia sus muslos, empujando entre ellos para llegar a su estrecha abertura.

Sus dedos la encontraron caliente y húmeda, y Korum usó los últimos vestigios de su autocontrol para llevarla al orgasmo presionando rítmicamente con el dedo contra su clítoris. En cuanto ella convulsionó con un suave grito, supo que no podía contenerse más. Se arrancó su propia ropa, la cogió por las piernas y la acercó hacia él hasta que solo tuvo apoyada la parte superior del cuerpo sobre la plancha flotante. Entonces entró en ella con una poderosa embestida.

Ella chilló, su cuerpo se tensó, y Korum gimió cuando sus músculos internos le estrujaron la polla, impidiéndole ir más adentro. Ella abrió los ojos de golpe, mirándolo fijamente, y Korum le sostuvo la mirada, sabiendo que ella podía leer el oscuro deseo escrito en su cara. Su polla palpitaba dentro de su ajustada vagina, y eso no le bastaba. El animal que había en él necesitaba poseerla a un nivel que superaba al meramente sexual, dejar huella en su mente tanto como en su cuerpo.

—Eres toda mía —le susurró con voz ronca, apenas consciente de lo que decía—. ¿Me entiendes?

Ella solo le devolvió la mirada, con la cara sonrojada y los labios entreabiertos, y Korum sintió como su temperatura se elevaba. Una ola de pura posesividad recorrió su cuerpo. Sus nalgas se tensaron al empujar más profundamente en su cuerpo, mientras le abría los muslos por completo para facilitarle la penetración. Ella jadeó, su cara se retorció con una mezcla de placer y dolor, y él escuchó cómo se le cortaba la respiración.

Se inclinó, le soltó las piernas y deslizó un brazo por su espalda acercándola más a él. Su otra mano encontró el camino hacia su pelo, sujetándole la cabeza parcialmente hacia atrás y dejando su esbelto cuello a la vista.

—Dímelo, Mia —le ordenó, impulsado por una primitiva necesidad de reclamarla para él—. Dime que me perteneces.

—Soy... —parecía tener problemas para decir esas palabras. Sus ojos azules estaban empañados por alguna emoción desconocida, y su impulso de dominarla se hizo más fuerte. Bajó la cabeza y tomó su boca con un beso salvaje, bajando la mano hacia sus pliegues y presionando fuerte con el pulgar contra su clítoris. Sus paredes internas se apretaron en torno a su polla como un puño, y ella gimió dentro de su boca.

—Eres mía —repitió, apartándose un segundo, y ella asintió, levantando la vista hacia él, con los labios turgentes y brillantes—. Dilo.

—Soy tuya. —Su susurro apenas fue audible, pero satisfizo sus ansias por el momento.

Se inclinó y volvió a besarla, más suavemente esta vez, mientras empezaba a moverse con un tempo suave y constante. Sus pelotas ascendieron contra su cuerpo cuando un placer absoluto y puro le recorrió las venas, todo por cortesía de la pequeña muchacha en sus brazos. Korum cerró los ojos y dejó que las sensaciones lo invadieran, deleitándose con el sabor de ella, con el tacto de su suave piel bajo los dedos... con el fuerte abrazo de su cuerpo en torno a su polla.

Y justo cuando el placer se volvía demasiado intenso, sintió cómo ella convulsionaba con una suave exclamación, lanzándole a él al infinito

UNAS HORAS DESPUÉS, Korum se despertó con la familiar sensación de Mia junto a su costado. Su respiración era tranquila y rítmica, y él notó que estaba profundamente dormida, agotada por sus exigencias sexuales. Se las había arreglado para abstenerse de beber su sangre esta vez, ya que lo había hecho hacía bastante poco, pero no había sido capaz de refrenarse de poseerla un par de veces más a lo largo de la noche.

A veces se preguntaba si esas ansias constantes de ella eran normales. Siempre había tenido un potente impulso sexual, pero nunca había sentido la necesidad imperiosa de acostarse con una mujer una y otra vez. Con Mia, sencillamente nunca tenía bastante, y no estaba seguro de que le gustara ser tan dependiente de una diminuta muchacha humana.

En general, su obsesión por ella le incomodaba a varios niveles. Por muy feliz que le hiciera, la profundidad de sus sentimientos hacia ella era inquietante. Si alguna vez la perdiera... Korum no podía soportar pensar siquiera en esa posibilidad, y la sola idea le causaba sufrimiento, como una opresión en el pecho.

Soltándola lentamente, Korum se levantó, intentando hacer el menor ruido posible para no despertarla. Ella necesitaba dormir bastante más que un krinar, y él siempre se aseguraba de que descansara lo suficiente. Incluso con los nanocitos que había en su cuerpo, le parecía que era todavía demasiado frágil y vulnerable para que él estuviera tranquilo. Si las cosas fueran como él quería, jamás iría sola a ninguna parte y permanecería siempre segura a su lado.

Pero Korum sabía que ella odiaría que le restringiera demasiado su independencia. Tal como estaban las cosas, le incomodaban las pocas medidas de seguridad que había puesto en práctica. Ella veía los dispositivos de rastreo como una forma de controlarla, una invasión de su privacidad, sin comprender lo importante que eran para él su seguridad y bienestar.

Ya eran las cinco de la mañana y el día empezaba bastante tarde para Korum. Normalmente, ya estaría trabajando para entonces, pero no se había dormido hasta hacía tres horas: se había quedado despierto hasta tarde para satisfacer su hambre de Mia. La necesitaba aún más de lo habitual, por su nerviosismo e inquietud ante la próxima pelea.

Él no tenía miedo. De hecho, la perspectiva del peligro le excitaba. Siempre había sido así; en su juventud, incluso había provocado un par de peleas solo para sentir ese subidón de adrenalina. Sin embargo, según fue haciéndose mayor, había aprendido a reprimir esa parte de su naturaleza, a usar los deportes como una vía de escape para su exceso de energía. Como resultado, no había estado metido en ningún combate real, exceptuando el ataque de Saur en Florida, durante más de ochenta años.

Pero sí, le preocupaba tener a Mia en el Arena. El lugar estaría abarrotado, pues casi cada krinar de la Tierra acudiría a ver el acontecimiento en persona. Los de Krina lo presenciarían de manera virtual. La idea de que ella se presentara en público después de todo lo que había ocurrido le hacía sentir ansiedad, a pesar de que sabía que el riesgo era mínimo en realidad. El combate iba a tener lugar en Lenkarda, mientras que Saret estaba allá afuera, en algún lugar del mundo humano.

Aun así, Korum la habría mantenido alejada de no ser por el hecho de que hacerlo habría sido el equivalente a insultarla en público. Las luchas del

Arena se consideraban una de las partes más importantes e interesantes de la vida krinar, y se esperaba que todo el mundo, incluidas las charls, estuviera allí. Excluir a Mia deliberadamente haría parecer que Korum la estuviera castigando por algo... lo cual no podría estar más lejos de la verdad.

Después de darle más vueltas, Korum decidió disponer a dos guardianes vigilando a Mia en todo momento. También arreglaría que se sentara al lado de Delia, por si su charl necesitara el apoyo de una amiga mayor y más experimentada. De esa forma, no tendría que preocuparse por ella durante la lucha, y así sería capaz de concentrarse por completo en su adversario. Hasta un breve instante de distracción podía ser mortal en el Arena.

Mientras tanto, tenía unas horas antes del evento. Lo mejor que podía hacer ahora era ponerse al día con sus diseñadores y asegurarse de que estaban trabajando en el prototipo de la tecnología de protección que había desarrollado recientemente. Voret y el resto del Consejo estaban comprensiblemente preocupados por el hecho de estar usando los escudos obsoletos, así que tenían que darle prioridad a ese proyecto.

Echando un último vistazo a su charl durmiente, Korum salió de la casa.

CAPÍTULO CATORCE

Mia esperaba a que Delia la recogiera, mientras su pie golpeaba nerviosamente contra el suelo. Estaba casi enferma de ansiedad ante la expectativa de la lucha, y se alegraba de que la otra charl fuera a estar con ella durante el evento.

Para distraerse, Mia respiró hondo y estudió el reluciente tejido de su vestido blanco. Korum lo había dejado preparado para ella esa mañana, y había supuesto que era lo que tenía que llevar para el combate. A diferencia de la ropa ligera y vaporosa habitual de los krinar, su traje de ese día estaba hecho de una tela tiesa y relativamente gruesa que se ajustaba mucho a su cuerpo. Tenía un brillo sutil, lo mismo que sus sandalias. Korum también le había dejado un precioso collar para ponerse en el cuello. De no haber sabido nada, habría creído que se estaba vistiendo para su propia boda.

No había visto a Korum esa mañana, aunque él la había llamado y le había prometido encontrarse con ella en el Arena antes de que la lucha empezara oficialmente. Cuando hablaron, ella notó un matiz apenas reprimido de emoción en su voz, y supo que estaba deseando que llegara ese bárbaro ritual.

Le parecía raro sentirse tan en sintonía con él después de apenas un par de días. Podía percibir su estado de ánimo, discernir sus emociones. Incluso podía predecir algunas de sus reacciones. Cuando llegó a casa la noche anterior, ella había sabido exactamente lo que iba a ocurrir cuando le pasó los brazos alrededor del cuello y transformó un beso inocente en algo más. Por mucho que disfrutara de su primera noche juntos, había sido obvio para ella que Korum se estaba conteniendo, que intentaba hacer concesiones por su "inexperiencia". Y, mientras ella había agradecido su contención, de algún modo, eso no le había bastado. Ayer por la noche, ella no quería dulzura y suavidad; ella había deseado que fuera salvaje y estuviera fuera de control, mostrando completamente su auténtica naturaleza.

Lo posesivo que era le daba miedo y la excitaba a partes iguales. Si ella no le deseara tanto, habría estado asustada por su pasión, por su insistencia en que ella le entregara cada parte de sí misma. Le hacía preguntarse lo que ocurriría si alguna vez intentaba dejarle. ¿La dejaría marchar o le impediría volver a su casa? ¿Podría detenerla? Si creía en lo que le decía Delia, los humanos tenían muy pocos derechos en los asentamientos krinar, una idea que perturbaba bastante a Mia.

Por supuesto, nada de eso importaba ahora mismo, a la luz de la inminente pelea. Mirando con impaciencia su dispositivo de pulsera, Mia vio que ya eran las doce menos veinte del mediodía. *¿Dónde se habría metido Delia?* La espera estaba haciendo aumentar la ansiedad de Mia.

Dos minutos más tarde, por fin vio como una pequeña cápsula de transporte aterrizaba fuera, junto a la casa. Delia salió de la nave y la saludó con la mano. Aliviada, Mia sonrió, feliz al ver a la otra chica. La charl de Arus llevaba un vestido que era similar al de Mia, y estaba impresionante, con su pelo sedoso adornado con algunas joyas de aspecto peculiar.

Mia salió de la casa rápidamente y se dirigió hacia la joven griega.

—Gracias por pasar a buscarme —dijo en cuanto estuvo más cerca.

—Pues claro —dijo Delia—. Lo habría hecho igual aunque Korum no me lo hubiera pedido. Debes de estar tan asustada ahora mismo...

—Estoy más que asustada —admitió Mia—. Cada vez que pienso en ello siento que podría vomitar.

Delia sonrió.

—Ya lo veo. Ven, entra, y vayamos para allá.

—¿Ha peleado Arus alguna vez en uno de estos combates? —preguntó Mia, siguiéndola dentro de la nave y sentándose en una de las sillas flotantes del interior.

—Unas cuantas —respondió Delia, con una mirada de comprensión—. Y en cada una de ellas creí que iba a darme un ataque al corazón. Créeme, sé exactamente por lo que estás pasando.

—Probablemente sería peor para ti —dijo Mia—. Al menos yo solo conozco a Korum desde hace un par de días. —Aunque bien podrían haber sido un par de años, dado el terror casi paralizante que sentía ante la idea de perderle.

Mia respiró hondo, e intentó tranquilizarse mirando lo que le rodeaba. Después de todo, nunca había estado en una nave alienígena antes, o al menos, no recordaba la experiencia. Para su sorpresa, vio que la cápsula se parecía muchísimo por dentro a la casa de Korum, en los colores claros, las paredes transparentes y los asientos flotantes. No había ninguna "tecnología" evidente, como la que ella acostumbraba a ver en el mundo humano. Sin embargo, todo parecía funcionar con facilidad, casi como por arte de magia.

Cuando la nave despegó, Mia pudo ver la selva verde a través del suelo transparente. En la distancia, las azules aguas del Océano Pacífico resplandecían bajo el sol brillante. Era un hermoso día, y en otras circunstancias, Mia habría disfrutado tremendamente del viaje. Tal como estaban las cosas, no podía dejar de pensar en lo que iba a pasar.

Se le ocurrió otra pregunta, y levantó la vista, encontrándose con los ojos de Delia.

—¿Cuánto tienden a durar estas peleas? —preguntó

Mia, evocando en su imaginación una terrible y sangrienta ordalía que durara todo el día.

—Desde unos minutos a un par de horas, cualquier cosa —dijo la joven griega—. En realidad eso depende de lo igualados que estén los luchadores. También hay una breve ceremonia antes y una más larga al final, durante la cual el ganador lo celebra.

—¿Lo celebra cómo?

Delia sonrió, con un brillo travieso en sus ojos castaños.

—Bueno, un hombre sin pareja a menudo elige a una o más hembras sin pareja y lo hace con ellas en una *shatela*, una estructura como una tienda de campaña en medio del Arena. Los hombres con pareja normalmente se lo montan con su compañera.

¿Sexo en público? ¿Hablaba en serio Delia? Mia pudo notar como el color le invadía el violentamente el rostro.

—¿Y los que tienen charl?

Delia se echó a reír:

—Depende. Arus es muy considerado cuando se trata de mis susceptibilidades humanas, y normalmente solo me besa en el Arena y espera hasta que llegamos a casa para celebrarlo adecuadamente. Hay otros que en esta situación tratan a su charl exactamente igual que a las mujeres krinar.

—O sea, ¿me estás diciendo que si Korum gana, podría querer acostarse conmigo delante de todo el mundo?

—Quizás —dijo Delia, sonriente—. Pero en

realidad, nadie os vería, porque estaríais dentro de la shatela. Solo podrían oíros.

—Oh, genial. Eso lo cambia todo... —murmuró Mia. Se acordaba de lo que Korum le había contado sobre la Celebración de los Cuarenta y Siete, y cómo ella se había alegrado de que no esperasen que ella, por ser humana, participara en el espectáculo de exhibicionismo. Pero ahora parecía que no había forma de librarse de ello, a menos que Korum "respetara sus susceptibilidades humanas". Otra cosa más por la que preocuparse durante la pelea.

Antes de que ella tuviera ocasión de pensar más en eso, la cápsula aterrizó sin hacer ningún ruido en una zona arbolada.

—Ya estamos aquí —dijo Delia, poniéndose en pie.

Mia se levantó también y la siguió fuera de la nave. Parecían encontrarse en medio de la selva.

—¿Dónde es aquí?

Delia se volvió hacia ella y Mia se sorprendió al ver el brillo de excitación en sus ojos.

—El Arena —dijo y señaló hacia una colina cubierta de árboles frente a ellas.

Mia enarcó las cejas pero no dijo nada mientras se aproximaban a la loma. Podía oír un sordo rugido en la distancia, como el de una inmensa catarata de algún tipo. ¿Estaba el Arena cerca de un río? Se concentró en seguir caminando con cuidado y evitar pisar insectos o cualquier otra cosa que pudiera arrastrarse por una jungla costarricense. Sus sandalias de fina suela no eran exactamente apropiadas para el senderismo, y esperaba que nada la picara o la mordiera antes de llegar al combate. Si recordaba correctamente, las tarántulas eran uno de los peligros de esta parte del mundo, aunque se suponía que ella era inmune ahora a ese tipo de riesgos, por los nanocitos que circulaban por su cuerpo y reparaban rápidamente cualquier daño celular.

Cuando hubieron ascendido un poco más por la colina, Mia se dio cuenta de que el sonido que escuchaba era el sordo zumbido de una multitud. En algún punto cercano, miles de K se habían reunido para ver el combate. Aparentemente ansiosa por unirse a ellos, Delia subió corriendo el resto de la colina, moviéndose casi con la gracia de un krinar.

—Aquí es —dijo ella, volviéndose hacia Mia y señalando con el dedo delante de ellas.

Con el corazón palpitante y las palmas de las manos sudorosas, Mia se apresuró a alcanzar a la otra charl. Cuando llegó a la cima de la colina, se detuvo en seco.

El verde valle de abajo era un espectáculo diferente a cualquier otro que hubiera visto en su vida. Miles, no, decenas de miles de krinar se reunían allí abajo. Altos y de piel dorada, los alienígenas vestían ropa cegadoramente blanca que centelleaba a la luz del sol. Aunque la mayoría se reunía en la parte más baja, muchos de ellos ocupaban asientos flotantes que estaban organizados en círculos en torno a un gran claro. Era como un campo de fútbol redondo, solo que con los espectadores flotando en el aire en vez de sentados en las gradas, o como una versión de alta tecnología de un anfiteatro romano. Mia pensó que esa última era probablemente la comparación más adecuada, dado lo que estaba a punto de tener lugar.

—¡Mia! ¡Estás aquí!

Mia se volvió hacia la derecha y vio a Korum acercándose a ellas. A diferencia de los demás, él llevaba su ropa habitual: una camisa clara y un par de shorts. Se acercó más, la atrajo para sí para darle un rápido abrazo y la besó en la frente.

—¿Cómo estás, cariño? —le preguntó, mirándola con una cálida sonrisa.

Mia pudo sentir cómo le latía más fuerte el corazón ante su cercanía.

—Estoy bien. ¿Estás listo para la lucha?

—Por supuesto. —Le acarició la mejilla con los dedos, y luego se volvió hacia Delia—. Gracias por traer a Mia hasta aquí —le dijo, con una sonrisa. Su brazo izquierdo seguía rodeando a Mia, manteniéndola apretada fuertemente contra el costado.

—Ha sido un placer —dijo Delia, con una regia inclinación de cabeza—. Os dejaré que os pongáis al día. Mia, cuando estés lista, ven a reunirte conmigo, por favor. Nos sentamos allá. —Señaló hacia una fila de asientos flotantes que estaban más cerca del claro.

—La llevaré allí en un minuto —prometió Korum, ligeramente divertido por los modales imperiosos de la otra chica.

En cuanto Delia desapareció en la multitud, inclinó la cabeza y levantó a Mia para darle un beso más profundo, sosteniéndole la cabeza en una de sus grandes manos y sujetando con la otra la parte inferior de su cuerpo apretada contra el suyo. Ella notó la dureza de su erección empujando contra su vientre, la fuerza de sus brazos rodeándola y su cuerpo se inundó de calor, hasta llegar a la zona sensible de entre sus piernas. Sus labios y su lengua le acariciaban la boca, dándole placer, consumiéndola, hasta que ella se olvidó por completo de las multitudes de su alrededor, atrapada en una niebla sensual.

Cuando él le dejó coger aire por fin, ella estaba aferrándose desesperadamente contra él, sin importarle que estuvieran en un sitio público.

—Joder —maldijo él con un ronco susurro, levantando la cara y mirándola con ojos brillantes como el oro—, no puedo esperar a que termine la pelea. A veces me vuelves loco, ¿lo sabes?

Mia se pasó la lengua por los labios, notando su sabor. Estaba tan excitada que apenas podía contenerse, y sus caderas se movían involuntariamente, intentando restregarse contra él. Sin embargo algo la llamaba insistentemente desde lo más profundo de su mente, atravesando la niebla de deseo que le nublaba el cerebro.

Le empujó el pecho, intentando poner algo de distancia entre ellos que le permitiera pensar.

—Delia ha dicho... —Mia vaciló, sin saber bien como ponerlo—. Delia ha dicho que el vencedor lo celebra, eh...

—¿Follando? —preguntó Korum, con los ojos

todavía imbuidos por un resplandor dorado—. ¿Eso es lo que te ha contado?

Mia asintió, con las mejillas ardiendo.

Korum dio un pequeño paso atrás, pero manteniéndola cerca todavía.

—Es verdad —dijo con voz grave y profunda—. Si gano, se espera que lo celebre de ese modo. ¿Sería eso un problema?

Mia levantó los ojos para mirarle.

—¿Quieres decir... Que querrías hacerlo en público?

—No es exactamente en público, mi vida —dijo, y sus labios se curvaron en una media sonrisa—. Estaríamos en una shatela, una estructura diseñada específicamente para ese fin. Pero sí, me encantaría hacértelo después del combate. Tu dulce cuerpo sería mi recompensa.

KORUM PUDO VER COMO SE LE DILATABAN LAS PUPILAS, haciendo que sus ojos azules parecieran más oscuros. Su respiración era irregular, y sus mejillas estaban teñidas de un lindo color rosado. Estaba excitada, casi tanto como él lo estaba ahora mismo. Si ya hubiera pasado la pelea, estaba seguro de que ella no protestaría si se la llevaba a una shatela, le arrancaba ese vestido ajustado y le clavaba la polla entre los muslos. Le agradaba la idea de hacerla suya delante de todo el mundo; eso apelaba a algo primitivo en lo más hondo de sí mismo.

—Korum, yo...

—Shhh —le dijo, poniéndole un dedo contra los labios en un gesto que había visto hacer a los humanos—. Ahora no te preocupes por eso. No te obligaré a hacer nada que no quieras hacer.

Y Korum lo decía en serio. No se había propuesto probar nada cuando besó a Mia, pero su reacción demostró claramente lo susceptible que era a él. A pesar de su pérdida de memoria, se sentía tan fuertemente atraída por él como antes, una epifanía que lo llenaba de una satisfacción profundamente masculina. Jamás la forzaría, pero también era probable que no tuviera que hacerlo. Sospechaba que su pequeña charl era más intrépida de lo que ella misma creía ser.

Todavía le miraba recelosa, así que él se inclinó para besar de nuevo su deliciosa boca. Solo un breve beso esta vez, no más que un roce mutuo de sus labios. Su cuerpo le pedía a gritos que hiciera más, que la poseyera, pero no había tiempo. Tenía que ir a prepararse para la lucha.

Pero incluso un pequeño beso fue suficiente para distraerla ahora mismo. Sus ojos parecían sumisos de nuevo, nublados por el deseo. Korum tuvo que obligarse a apartar la mirada para recuperar el control.

—Ven —dijo con voz ronca—, vamos a llevarte a tu asiento. Ahora tengo que irme, pero quiero asegurarme de que estás instalada con Delia antes de marcharme.

—Por supuesto. —Ella parecía ansiosa de nuevo, y su cara perdió parte del color—. ¿Empezará justo al mediodía?

—Sí —dijo Korum, cogiéndola de la mano y empezando a guiarla a través de la multitud—. Tendemos a ser puntuales, así que tenemos exactamente diez minutos antes de que comience la ceremonia.

Caminaron hacia la primera fila, donde Delia y Arus estaban ya en sus sitios. Solo quedaba un asiento flotante vacío al lado de Delia, y Korum condujo a Mia hasta allí. Al irse aproximando, la gente se apartaba, dejándolos pasar. Sus conocidos le saludaban educadamente con la cabeza al pasar, mientras que otros se quedaban mirándoles a él y a su charl con franca curiosidad. Eso a Korum no le molestaba lo más mínimo. Como miembro del Consejo con una cierta reputación, estaba acostumbrado a este tipo de atención. Mia era también un personaje de interés, dados los rumores de su implicación con la Resistencia. Los krinar no consideraban de mala educación quedarse mirando fijamente; por el contrario, mirar a alguien directamente a los ojos era una señal de respeto.

—Oh, bien —dijo Delia cuando llegaron a su asiento—. Estaba preocupada de que no pudieras llegar antes de que empezara la lucha.

—Tranquila, aquí estamos —dijo Mia, ruborizándose un poco. Korum contuvo una sonrisa, sabiendo que a ella le daba vergüenza su sesión pública de magreo. Su amorcito era todavía tan inocente que él disfrutaba de su timidez casi tanto como de librarla de ella.

Arus lanzó una mirada juiciosa a Korum.

—Vamos a cuidar muy bien de Mia, lo prometo. No necesitas preocuparte por ella ahora mismo.

—Gracias —dijo Korum, encantado de que el otro consejero comprendiera su preocupación implícita. Aun sabiendo que era seguro hacerlo, seguía incomodándole dejar a Mia sola en público. Lo que había ocurrido con Saret había dejado una huella indeleble en su mente, y sabía que tendría que trabajar duro para superar su miedo a perderla.

A su alrededor, los otros krinar se estaban colocando en sus asientos flotantes, abandonando los pasillos y vaciando el campo del Arena. Quedaban menos de cinco minutos antes del inicio de la ceremonia, y Korum aún tenía que prepararse, física y mentalmente, para lo que estaba por venir.

—Tengo que irme —dijo a regañadientes, observando cómo sus palabras hacían que los ojos de Mia se llenasen de lágrimas.

—Ten cuidado —susurró ella, levantando la vista hacia él—. Por favor, Korum, ten cuidado. —Y rodeándole la cintura le dio un fuerte abrazo, que duró varios largos segundos.

Emocionado, Korum le devolvió el abrazo y después se liberó suavemente de él.

—Te quiero —dijo, con una última sonrisa en su dirección.

—Y yo también te quiero —susurró Mia mientras él empezaba a alejarse.

Korum se detuvo en seco, apenas osando creer lo

que escuchaban sus oídos. Volvió la cabeza y vio que sus ojos brillaban por las lágrimas contenidas. Quería cogerla, preguntarle si lo decía en serio, pero no había tiempo. En lugar de eso, le lanzó la sonrisa más grande que fue capaz de conjurar y siguió andando hacia una pequeña estructura en el lado más alejado del Arena.

La ceremonia estaba a punto de empezar.

MIA SE SENTÓ EN SU ASIENTO FLOTANTE, sintiéndose como si le estuviesen estrujando el corazón en un torno. A pesar de los actos tranquilizadores de Korum, sabía que había una posibilidad muy real de que le estuviera viendo por última vez.

La idea era tan angustiosa que durante un momento Mia fue incapaz de respirar.

—¿Mia? Escúchame, Mia. No va a pasarle nada, ¿vale? —Era Delia con voz serena y tranquilizadora.

Mia parpadeó, centrándose con esfuerzo en la otra charl.

—Lo sé —dijo con una confianza que no sentía—. Por supuesto, lo sé. —El krinar que estaba con Delia también le brindó una sonrisa tranquilizadora.

—Ella tiene razón, Mia —dijo con una voz tranquila y profunda—. Tu cheren es muy bueno en esto. Todavía no ha perdido ningún combate. Soy Arus, por cierto. No nos conocíamos en persona.

—Oh, hola —dijo Mia, ofreciéndole

automáticamente una mano para que se la estrechara—. Encantada de conocerte.

La sonrisa de Arus se volvió más amplia.

—No me está permitido estrecharte la mano, me temo —dijo con amabilidad—. No me gustaría acabar en ese campo siendo el siguiente que se enfrente a Korum.

—Oh, claro. —Mia apartó la mano, ligeramente avergonzada—. Lo siento, lo olvidé. Korum me habló un poco de vuestras costumbres ayer.

—No tienes nada de qué disculparte —dijo Delia—. Estoy muy impresionada por lo rápido que estás volviendo a aprendértelo todo. Me costó mucho tiempo encontrarme tan cómoda como pareces estar tú ahora mismo.

—Sí, no sé por qué será —admitió Mia—. Quizás recuerde algunas cosas a nivel subconsciente.

—También pareces tener ya sentimientos fuertes hacia Korum —observó Arus, mirando a Mia con gesto inquisitivo—. Más de lo que cabría esperar dadas las circunstancias. Me pregunto por qué. Yo no soy un experto de la mente, pero todo esto me parece bastante raro.

—¿En serio? —Mia frunció el ceño, perpleja—. Creía que tal vez un procedimiento de borrado de memoria no se deshacía completamente de los recuerdos...

—Se supone que sí —dijo Arus—. Si es un borrado memoria estándar, entonces deberías estar como estabas hace unos meses: con nulo conocimiento de nuestro mundo o de Korum. El hecho de que estés aclimatándote tan rápidamente es... interesante, cuando menos.

Mia lo miró, preguntándose qué querría decir todo eso. Desde que se despertó en Lenkarda, sus sentimientos y reacciones habían sido extraños. ¿Era posible que Saret la hubiera cagado y no hubiera borrado del todo sus recuerdos después de todo?

Un sonido fuerte como el de un campanario sobresaltó a Mia y la sacó de sus especulaciones.

La ceremonia previa al combate estaba empezando.

Un krinar alto con una extraña vestimenta azul salió de una de las pequeñas construcciones a ambos lados del Arena y caminó hacia el centro del campo.

—Ese es Voret —susurró Delia, inclinándose un segundo hacia Mia—. Es uno de los más antiguos miembros del Consejo.

Mia asintió, con los ojos pegados a lo que ocurría abajo.

—Residentes de la Tierra y todos los que nos estáis viendo desde Krina ahora mismo —dijo Voret, con una voz resonante que se expandió por el anfiteatro entero—: bienvenidos al antiguo rito del Reto del Arena. Como todos sabéis, el combate de hoy tendrá lugar entre dos de nuestros estimados miembros del Consejo: Loris y Korum. La razón de este Reto, como de todos los demás, es un desacuerdo que sólo puede ser solucionado por la sangre.

Voret levantó el brazo y la luz azul pareció fluir de sus dedos, convirtiéndose en una imagen tridimensional gigante flotando en el aire. Mostraba un bosque extraño con plantas verdes, amarillas, rojas y naranjas.

—Durante generaciones, nos hemos reunido en el Arena para ser testigos de la resolución de tales desavenencias. Todo comenzó después de la Gran Guerra, cuando casi nos hicimos pedazos los unos a los otros tras la desaparición de los *lonar*, nuestra vital fuente de sangre. La violencia era una forma de vida entonces, y todavía lo sería hoy si no fuera por el Reto del Arena.

La imagen flotante comenzó a cambiar, como si una cámara fuera haciendo zoom en una porción particular del bosque alienígena. Mia miró fascinada mientras la imagen mostraba a un hombre krinar, vestido con algunos jirones de color marrón, saltando a través de los árboles a una velocidad que pondría celoso al mismísimo Tarzán. Por debajo de él, pequeñas criaturas humanoides, con el cuerpo desnudo y cubierto de pelo rubio claro, se estaban escabullendo en el suelo. Mia cayó en que esos tenían que ser los lonar, viendo la mirada depredadora en el rostro del krinar mientras los acechaba desde arriba. No era tan atractivo como los K modernos; sus rasgos eran más toscos, menos simétricos, aunque sí mantenía el tono de piel dorado y el cabello oscuro típicos de los K.

—Hemos evolucionado como cazadores. Depredadores. —La voz de Voret retumbaba por todo el Arena—. Necesitamos la violencia. La anhelamos. Para que la sociedad pueda funcionar pacíficamente, necesitamos una vía de escape, una forma de resolver las diferencias que de otra manera nos conducirían al conflicto y a la guerra. El Arena es esa vía de escape.

El krinar de la imagen saltó de lo alto de los árboles hasta el suelo frente a los desventurados lonar. Ellos gritaron de miedo, con unos sonidos extrañamente parecidos a los de los monos, y se dieron la vuelta para correr, pero era demasiado tarde. Uno de ellos, una hembra, ya estaba atrapada por los brazos de acero del K, que le cortó el cuello con sus afilados dientes. Sangre roja y brillante resbaló por su cuello y su pecho, contrastando en su color con el pelaje de color claro del primate.

—La extinción de los lonar casi nos destruyó. El hecho de que hayamos sobrevivido es un testimonio de los esfuerzos heroicos de aquellos científicos que encontraron un sustituto de la sangre en medio de la guerra y el caos.

La imagen cambió, y dejó de mostrar el bosque o al krinar alimentándose de la indefensa hembra. En vez de eso, aparecieron tres K de rasgos marcados, con caras más similares a las del antiguo cazador que a las de los magníficos krinar que rodeaban a Mia.

—En el Arena, honramos a aquellos que se presentan ante nosotros, y a todos esos que vendrán después. Con este rito de violencia, honramos la paz y las leyes que lo hacen posible.

Ahora la imagen flotante mostraba el mismo bosque

colorido de antes, solo que esta vez estaba poblado por las estructuras pálidas y alargadas que servían como modernas viviendas a los krinar. Había una pareja paseando por el bosque, un hombre y una mujer krinar, con la ropa de colores claros que Mia ya se estaba acostumbrando a ver. Parecían bellos y felices, caminando juntos, cogidos de la mano. La imagen persistió unos segundos y luego se desvaneció, dejando solo a Voret de pie en medio del Arena.

Se quedó callado durante un segundo, y después su voz volvió a retumbar:

—Ha llegado el momento de que los luchadores se reúnan conmigo. Loris y Korum, por favor, entrad en el Arena.

Mia contuvo el aliento mientras los dos K emergían, Korum desde una estructura a la derecha de Mia y Loris desde una estructura a la izquierda. En lugar de la vestimenta krinar habitual, o de las ropas blancas de gala de los espectadores, los dos llevaban un par de pantalones del color de la sangre fresca que les llegaban hasta las pantorrillas. Tenían los pies descalzos y el pecho desnudo, excepto por las espirales de pintura roja que decoraban sus brazos y torsos.

Mia tragó saliva para humedecerse la seca garganta, y miró a su amante, fascinada. Estaba espectacular... y parecía totalmente salvaje. Sentada en primera fila, pudo distinguir el color dorado de sus ojos, claro y llamativo contra el tono broncíneo de su piel. Su desnudez parcial sólo acentuaba lo poderoso de su cuerpo; sus músculos se flexionaban y ondulaban mientras caminaba, su postura era elegante y amenazadora a la vez.

El otro krinar era cuatro o cinco centímetros más alto, con una complexión ligeramente más corpulenta. La expresión de sus rasgos de halcón era sombría y llena de odio.

Los dos luchadores se acercaron a la figura vestida de azul en medio del Arena, deteniéndose respetuosamente a medio metro de distancia. Voret se volvió hacia Loris y le dijo:

—Loris, has decidido retar hoy a Korum. ¿Es eso cierto?

—Sí —dijo el krinar, con los ojos centelleando por la misma oscura expectación que Mia podía ver en el rostro de Korum.

Voret asintió, aparentemente satisfecho. Volviéndose hacia Korum, preguntó:

—¿Aceptas el reto de Loris?

—Lo acepto —contestó Korum.

—Entonces que empiece el combate.

CAPÍTULO QUINCE

Korum miró cómo Voret levantaba los brazos, la señal para empezar. Al mismo tiempo, la superficie flotante bajo los pies de Voret se activó, elevando al consejero en el aire por encima del Arena. Era la única manera en que el Mediador, el rol que Voret ocupaba hoy, podía mantenerse a salvo durante el combate.

Sin apartar los ojos de su oponente, Korum empezó a moverse lentamente en círculos alrededor de Loris, buscando la ocasión más propicia para atacar. Podía sentir como le latía más fuerte el corazón, haciendo circular la sangre más rápido por sus venas. Su mente estaba lúcida y despejada, centrada en su enemigo por completo. Para él siempre era así en el Arena; la adrenalina aumentaba la concentración de Korum y mejoraba sus reflejos. En algún lugar de su mente, era consciente de que Mia le estaría observando en ese mismo momento. Podía sentir su mirada en la piel, y eso le daba más subidón incluso que la mismísima lucha que se avecinaba.

Loris respondió describiendo un lento círculo a su vez, con unos ojos oscuros, llameantes por el odio. Korum le lanzó una sonrisa burlona, intentando enfurecerlo aún más. Era uno de los principios más básicos del defrebs: el luchador que mantuviera fría la cabeza ganaba. Cuando Loris le atacó en la sala de reuniones del consejo, había sido casi cosa de risa para Korum reducirlo, en parte porque el Protector había estado completamente fuera de control.

Una sonrisa: algo tan simple, y aun así eficaz. La mandíbula de Loris se tensó, y apareció un tic en el músculo de al lado de su oreja. Y entonces atacó, golpeando con su brazo derecho a modo de látigo, con los dedos curvados para convertirlo en un arma mortal.

Korum evitó el ataque de Loris con facilidad, girando el torso en el último momento. Al mismo tiempo, su pie lanzó una patada contra la rodilla de Loris, con tanta fuerza que Korum pudo escuchar el ruido de la articulación al partirse en dos.

Loris gritó de dolor y se tambaleó hacia atrás, y Korum se le echó encima de un salto, utilizando ese impulso para tirar al suelo al Protector. El combate cuerpo a cuerpo siempre era peligroso, pero ahora lo era menos que nunca, estando su oponente parcialmente incapacitado, aunque fuese de forma temporal. Korum golpeó la cara de Loris con el puño, una y otra vez, con movimientos veloces como el rayo.

Al mismo tiempo, su rodilla se clavó contra el costado de Loris, magullando sus órganos internos.

No iba a ser una pelea larga.

De hecho, someter al Protector le estaba resultando tan fácil que Korum debería de ser capaz de evitar matarlo al final.

~

DOS FILAS POR DETRÁS DE MIA, Saret esperaba el momento perfecto para atacar, centrando toda su atención en los luchadores. Era arriesgado estar tan cerca del escenario, pero eso maximizaba sus probabilidades de éxito, y le ponía a una distancia adecuada para poder coger a Mia si se le presentaba la ocasión.

Claro que cuando había escogido ese lugar, no era consciente de lo fuertemente custodiada que iba a estar la charl de Korum. No solo estaba sentada junto a Arus, sino que también había al menos dos guardianes vigilándola. Saret los había identificado antes. Intentaban confundirse con la multitud, pero sus miradas atentas traicionaban sus verdaderas intenciones: estaban allí para proteger a Mia.

Saret se preguntaba si Korum sospechaba algo, o si simplemente estaba siendo paranoico acerca de la seguridad de su charl. En cualquier caso, Mia parecía ser inalcanzable para Saret por ahora; al menos, mientras Korum siguiese vivo. Una vez su enemigo se encontrara fuera de su camino, en cambio, sería otra cuestión. A menos que algún otro krinar influyente reclamara a Mia como charl, se la llevarían a Krina, donde Saret podría conseguirla bajo su otra identidad.

El interés de Saret por las identidades múltiples había surgido siglos atrás, mucho antes de que empezara a desarrollar sus planes para los humanos. Le habían puesto a cargo de rehabilitar a un criminal que era un maestro del disfraz, y fingía ser tres personas a la vez, con diferente aspecto físico, documentación legal y vidas normales. Saret se había quedado tan fascinado que había pasado innumerables horas aprendiéndolo todo sobre las habilidades de ese sujeto. El criminal había estado más que contento de contarle todo lo que sabía a cambio de recibir una versión de rehabilitación más suave que aquella a la había sido sentenciado.

La segunda identidad de Saret había comenzado como una broma, como una forma de ver si podía salirse con la suya haciendo algo así en su sociedad tecnológicamente avanzada. Y, para su sorpresa, había descubierto que sí podía; solo le hicieron falta tener las herramientas adecuadas, conocimientos sobre varias bases de datos gubernamentales, y un par de siglos para crear una nueva personalidad convincente.

Saret, el experto de la mente, ahora era considerado un criminal. En cambio, Juron era un ciudadano de Krina respetuoso de la ley que en esos momentos estaba llevando a cabo una exploración espacial individual en el sistema solar krinar. Juron iba a ser quien reclamara a Mia como charl.

Todo lo que Saret tenía que hacer era matar a Korum ahora mismo, y al menos una parte de sus planes tendría éxito. Después podría intentar volver a traer la paz a la Tierra.

Su disfraz actual era otra identidad más que había empezado a desarrollar en este planeta. No era tan perfecta como la de Juron, pero sí lo bastante como para que pudiera pasar todos los controles de seguridad y entrar en Lenkarda para ver el combate. Ahora mismo, nadie sospechaba que el hombre sentado tan cerca del escenario era el krinar más buscado del universo.

Saret le echó otro vistazo a Mia y luego apartó la mirada. No sería buena idea quedarse mirándola abiertamente, aunque muchos otros estuvieran haciendo justamente eso. Ella era ajena a todo, y su atención solamente estaba centrada en la lucha. Saret maldijo entre dientes. Parecía como si le hubiera salido el tiro por la culata con su pequeño experimento, y ella estuviera volviendo a engancharse otra vez a ese cabrón.

Eso era lo realmente lamentable. Ahora ella se sentiría mucho peor que un poco triste cuando él muriera.

Saret levantó lentamente la mano, apuntó al escenario y esperó el momento perfecto. Cuando Korum saltó sobre Loris, Saret supo que ese momento había llegado.

Respiró hondo y activó el arma.

Korum levantó el puño para dar otro golpe, y en ese instante su brazo se congeló.

Una oleada de dolor que le partía de la nuca le recorrió todo el cuerpo, de arriba a abajo. Notaba sus brazos y piernas irremediablemente pesados, y sus músculos temblorosos por el esfuerzo de sostenerle.

Un arma paralizante básica. Korum lo supo con repentina certeza. Los escáneres de los guardianes estaban diseñados para detectar cualquier cosa peligrosa, pero este tipo de paralizador usaba una tecnología más antigua, más sencilla, una que era mucho más difícil de detectar desde cierta distancia.

Agarrándose el cuello por acto reflejo, Korum sintió cómo se deslizaba, cayéndose del cuerpo de Loris. Su espalda tocó el suelo, dejándole allí tirado e indefenso, incapaz de moverse durante unos preciosos segundos. A los espectadores iba a parecerles como si Loris le hubiera asestado un golpe de algún tipo, que no habían visto; el arma paralizante no sería en lo primero que alguien pensara.

A pesar del peligro, o tal vez a causa de él, la mente de Korum operaba con claridad cristalina, analizando la situación en un instante. Solo había una persona con la motivación necesaria para arriesgarse a hacer algo así.

Saret. Estaba aquí, en el combate.

El disparo había dado en la parte de atrás del cuello de Korum. Conocía la sensación de un paralizador básico, había experimentado antes ese dolor. Al igual que una pistola humana, era un arma con la que había que apuntar desde una ubicación específica.

Una ubicación podía triangularse.

Ignorando el dolor y la debilidad que atormentaban su cuerpo, Korum envió una consulta mental a su computadora interna... y entonces lo supo.

Su enemigo estaba solo a unos pasos de Mia.

El miedo, agudo y desgarrador, serpenteó por las venas de Korum, seguido de una furia tan intensa que sacudió todo su cuerpo.

Ahora mismo él no podía salvarse, pero antes se iría al infierno que no proteger a Mia esta vez.

Korum cerró los ojos y se concentró en conectarse con la red privada de comunicaciones de los guardianes.

Mia sofocó un grito cuando vio a Korum dar una brusca sacudida y luego resbalar del cuerpo de Loris. Hasta ese momento, había parecido invencible, dominando del todo la situación. Ella hasta había comenzado a relajarse, con una parte de su miedo menguando al ver la exhibición de habilidades que su amante, aparentemente sin esfuerzo, desplegaba en el Arena.

Hasta que, en un instante, todo cambió.

¿Qué ha pasado? Ella vio que Korum se agarraba la

nuca como si algo le hubiera picado allí. Parecía aturdido, debilitado por algo.

¿Qué coño ha pasado?

Vio como Loris se ponía en pie. Ya se movía mejor, su cuerpo krinar se estaba recuperando de las lesiones que Korum le había causado.

Y Korum seguía allí tirado, como si no fuese capaz de moverse. Hasta sus ojos estaban cerrados, impidiéndole ver a su adversario.

—¡No! —Mia escuchó cómo el eco su propio grito atravesaba el Arena. Delia la agarró por el brazo, impidiéndole saltar de su asiento, cuando Loris atacó el cuerpo yaciente de Korum.

Podía ver la alegría reflejada en el rostro del otro K mientras golpeaba una y otra vez, podía oler el aroma metálico de la sangre que tornaba sus pintados cuerpos de un color rojo aún más brillante.

Era la sangre de Korum.

—¡No! —Otro grito agonizante le desgarró la garganta. Ahora se escuchaba el sonido repugnante de un puño al golpear contra con la carne, una y otra vez—. ¡No, detente! —Mia se desasió de la sujeción de Delia y se puso en pie de un salto.

—¡Mia, no! No puedes interferir... —La joven griega intentó cogerla de nuevo, pero Mia se la quitó de encima como si fuese una mosca, desesperada por llegar al círculo central.

Logró dar dos pasos antes de que un brazo de acero le rodeara la cintura, apretándola contra el duro cuerpo de un hombre. Mia arañó el brazo que la aprisionaba, ignorando cualquier otra cosa que no fuese la carnicería que estaba ocurriendo ante sus ojos.

—¡Detened el combate! ¡Es una trampa! ¿No lo veis? ¡No puede pelear! ¡Es una trampa! —El brazo solo la retuvo con más fuerza—. ¡Suéltame! ¡Joder, suéltame!

Mia era vagamente consciente de estar gritando como una posesa, soltando todo lo que se le pasaba por la cabeza, pero le daba igual. Arus la estaba sujetando, y ella se defendía con furia, intentando retorcerse para liberarse. Era imposible ganar contra un krinar, pero eso le daba igual.

Mia estaba más allá de cualquier pensamiento racional.

Korum podía sentir los golpes del puño de Loris, y la manera en que su cuerpo temblaba de sufrimiento cuando los dedos como garras del Protector le arrancaban pedazos de carne.

Envalentonado por la aparente debilidad de Korum, su enemigo se estaba tomando su tiempo para torturarlo antes de infligir el golpe mortal. El dolor era impresionante, le producía nauseas, pero Korum se opuso a la oscuridad que amenazaba con arrastrarlo a la inconsciencia, sabiendo que entonces todo estaría perdido. Era vagamente consciente de que tenía el bazo y los riñones dañados, que sus costillas estaban aplastadas y que tenía la clavícula izquierda rota, pero eso no importaba, porque podía notar cómo comenzaban a desaparecer los efectos del disparo paralizante.

De fondo, escuchaba gritar y llorar a Mia, y el dolor que había en su voz le rompía el corazón. Con cada segundo que pasaba, la debilitante laxitud que le había dejado tan indefenso se estaba disipando, y su cuerpo empezaba a funcionar con algo parecido a la normalidad.

Necesitaba sobrevivir un poco más. Solo un poquito, y tal vez tuviera una oportunidad, en lugar de quedarse allí tirado como un trozo de carne.

Por ahora, sin embargo, todavía estaba demasiado débil. Contraatacar en ese momento sería letal. Loris estaba jugando con él, montando un espectáculo, tratando de recuperar su posición a través de esta demostración de su destreza en la lucha, pero ante cualquier signo de resistencia renovada de Korum, iría directo a por su garganta.

Así que Korum dejó que le llovieran los golpes, sin gemir siquiera cuando Loris le pateó una y otra vez. Ignoró el dolor de los huesos al romperse y los tendones al desgarrarse, concentrado solo en mantenerse consciente.

Y cuando Loris por fin se dirigió hacia su garganta, Korum reunió toda la fuerza que le quedaba en su cuerpo herido y desgarrado... y desató toda su ira.

Su brazo izquierdo, el único miembro que seguía estando funcional en parte, se enroscó alrededor de la garganta de Loris con un apretón mortal, acercándole al Protector. Y antes de que su adversario pudiera reaccionar, los dientes de Korum se hundieron profundamente en su carne, mordiendo su columna vertebral y seccionando su conexión con el cerebro.

La sangre salpicó en todas direcciones: en los ojos de Korum, su pelo, su cara... Estaba cubierto de sangre, y su olor y sabor le encendían, aumentando la negra furia que le corría por las venas. Ya no pensaba ni razonaba; era la encarnación de la sed de sangre, deseando más y más. Hundió los dientes en la garganta de Loris de nuevo, desgarrándola una y otra vez, destrozándola, hasta que de ella no quedó nada.

CAPÍTULO DIECISÉIS

Saret presenció estupefacto y lleno de furiosa incredulidad cómo la cabeza cercenada de Loris rodaba por el campo. Los ojos oscuros del consejero estaban abiertos sin ver nada, su boca flácida y cubierta de sangre.

A su alrededor, la multitud se estaba volviendo loca. La gente en los asientos, en los pasillos, estaba gritando y dando golpes con los pies contra el suelo. Coreaban el nombre de Korum una y otra vez, haciendo que a Saret se le revolviera el estómago.

Tenía que largarse de allí. Ahora, antes de que fuera demasiado tarde. Podía analizar su fracaso después; lo único que le importaba en ese momento era escapar.

Se puso en pie y se reunió con los espectadores que gritaban en el pasillo. Por el rabillo del ojo, pudo ver cómo Mia se debatía contra Arus, intentando llegar hasta su amante. Saret deseaba desesperadamente poder agarrarla y llevársela consigo, pero estaba demasiado bien protegida aquí. Tendría que volver a por ella después.

Saret se abrió paso entre la multitud y consiguió encaminarse hacia la salida, haciendo todo lo que podía para no atraer la atención hacia él. Casi había llegado cuando sintió como si de repente alguien hubiera golpeado todo su cuerpo.

Atontado e indefenso, se desplomó en el suelo, apenas consciente de los guardianes que lo rodeaban.

Korum no sabía cuánto tiempo había permanecido en ese estado de furia ciega. Podrían haber sido minutos u horas. Para cuando hubo recuperado el sentido común, la cabeza de Loris estaba a varios metros de su cuerpo, con los ojos vacuos, y el cuello con aspecto de haber sido devorado por un animal salvaje.

Muerto. Su oponente estaba muerto.

El cuerpo del propio Korum agonizaba, y podía sentir como la oscuridad intentaba reclamarlo de nuevo. Solo saber que todavía había algo que tenía que hacer le alejaba del dulce olvido.

Su mayor enemigo no era el que yacía en el campo; era quien se escondía entre los espectadores... y Mia seguía estando en peligro.

Gimiendo de dolor, Korum consiguió levantarse sobre sus rodillas y sus manos, con los músculos temblando por el esfuerzo. Era vagamente consciente de que la multitud le estaba vitoreando, de que Voret lo proclamaba formalmente el ganador.

Nada de eso le importaba ahora mismo. Lo único que le importaba era Mia, llegar hasta ella antes de que lo hiciera Saret. El cuerpo de Korum se estaba curando, pero no lo bastante rápido, y maldijo para sí cuando su fémur destrozado se negó a sostener su peso, y su pierna se dobló debajo de él al intentar ponerse en pie.

—Lo tenemos. Todo está bien; ella se encuentra a salvo. —Unas manos fuertes le agarraron de repente, ayudándole a ponerse en pie. Era Alir, el jefe de los guardianes.

A Korum le daba vueltas la cabeza, y su estómago se rebelaba con las náuseas de su cuerpo herido protestando por encontrarse en posición vertical.

—¿Dónde está? —consiguió decir, con voz ronca y quebrada.

—Allí. —Alir señaló hacia la salida con su mano izquierda mientras ayudaba a Korum a sostenerse con la derecha.

Korum entrecerró los ojos para mirar en esa dirección, y el sol le cegó por un instante. Cuando su visión se hizo más clara, vio a un krinar desconocido a quien tres guardianes estaban poniendo un collar. Los rasgos del hombre eran completamente distintos de los de Saret, sus ojos eran más grandes y su barbilla más prominente.

—Tiene un disfraz muy bueno —dijo Alir, adivinando la pregunta no formulada de Korum. Incluso la capa externa del ADN es diferente, por lo cual no detectamos su presencia antes. Pero las coordenadas del disparo que nos enviaste concordaban perfectamente con la localización de este hombre, y una muestra de su ADN interno demostró que era en efecto Saret.

Un intenso alivio se mezcló con un amargo pesar, dejando a Korum en conflicto interno ante este giro en los acontecimientos. Hubiese querido ser él quien cogiera a Saret, para castigarlo por lo que le había hecho a Mia. Pero en vez de eso, su antiguo amigo estaba ahora en manos de los guardianes de la ley krinar. Daba igual cuántas ganas tuviera Korum de matarle: Saret viviría para enfrentarse a un juicio.

—¡Korum! —le llegó la voz de Mia, sacándolo de sus oscuros pensamientos. Levantó la vista y vio su delgada silueta corriendo por el campo, con sus oscuros cabellos al viento. La felicidad que le colmó al verla fue tan intensa que le hizo olvidarse de todo lo de Saret y su traición, y centrarse solo en la chica que amaba.

Y para entonces ella ya estaba a su lado, y él vio que estaba pálida y temblorosa y que su vestido tenía un lado desgarrado. Su bello rostro estaba empapado por las lágrimas. Levantó un pálido brazo hacia él, y una mano trémula pareció titubear en tocarle.

—Estás vivo —susurró ella, y él pudo percibir la nota de incredulidad en su voz—. Oh, Dios mío, Korum, estás vivo...

Y Korum se dio cuenta de lo que ella estaba viendo. Estaba cubierto de sangre, tanto de la suya como de la de Loris. Podía saborear su regusto metálico en la lengua, olerla a su alrededor, y sabía que la tenía por todas partes, por el pelo, la cara, la boca...

Joder. Debía parecer una visión salida de una pesadilla, especialmente con las partes de su cuerpo donde Loris había arrancado pedazos de carne, y que se estaban curando rápidamente.

Al recordar su reacción a los restos de Saur en la playa, Korum se maldijo mentalmente por dejar que Mia lo viera así. Había esperado poder evitar matar a Loris en parte por esa razón: porque no quería que su pequeña humana se quedara traumatizada al ver a su amante matar brutalmente a alguien. Esta debería de haber sido una pelea fácil, una durante la cual Korum podía haberse contenido, evitando ceder a los instintos primitivos de su especie. De no haber sido por la intromisión de Saret, Korum podría haber sometido fácilmente a su adversario, derrotándolo pero dejándolo vivir como gesto de benevolencia. Y en vez de eso, se había mostrado totalmente salvaje, como un animal acorralado.

Sus piernas ya estaban mejor, así que Korum se liberó de la sujeción de Alir, y estiró el brazo cautelosamente hacia Mia, acercándola para sí. Sabía que era posible que él le resultara repulsivo ahora mismo, pero la necesitaba. Necesitaba sentir su suavidad, aspirar su limpio y dulce aroma.

Para su sorpresa, ella le rodeó con sus brazos, con tanta fuerza que le hizo daño en las costillas a medio curar. Estaba temblando, su esbelto cuerpo se agitaba al estrecharlo.

—Todo va bien, cariño mío —murmuró él, librándose de parte de su tensión al darse cuenta de que ella no tenía miedo de tocarle—. Todo va a salir bien...

—Pensé... —Con la cara enterrada en su hombro, la voz de Mía era apenas audible. Sus manos estaban heladas al contacto con la piel desnuda de su espalda—. Pensé que te había matado... Oh Dios, Korum, pensé que estabas muerto...

—No —la tranquilizó él, deleitándose en su aparente preocupación por él—. No mi amor, no lo estoy. Todo ha terminado...

De su garganta brotó un sollozo:

—Él te ha hecho daño. Lo he visto haciéndote daño, una y otra vez. Korum, te estaba matando...

—No pasa nada, estoy bien —susurró Korum, con el corazón dolorido por el horror de su voz—. Todo irá bien. Lamento que hayas tenido que verlo. No se suponía que iba a ser así, créeme...

Ella cogió aire con un sonido tembloroso y se apartó para mirarle. Sus ojos estaban rojos y sus pestañas oscuras y apelmazadas por las lágrimas.

—¿Qué ha pasado? Te he visto caer y luego parecía que ya no podías luchar. ¿Ha hecho Loris algún tipo de trampa? ¿Te ha hecho algo?

—No ha sido Loris —explicó Korum, intentando mantener la voz libre de furia—. Ha sido Saret. Estaba entre el público, solo a unos pocos asientos de distancia de ti. Me disparó con un aturdidor, un arma parecida a una pistola paralizante, así que estuve un rato sin poder moverme.

Ella contuvo una exclamación.

—¿Ha intentado matarte? ¿Era de eso de lo que iba ese jaleo de allá atrás? No estaba prestándole atención...

—Sí —dijo Korum—. He enviado a los guardianes a por él en cuanto me he dado cuenta de lo que ocurría.

—¿Has enviado a los guardianes? ¿Cómo?

—¿Recuerdas que te dije que tengo un ordenador integrado? —preguntó Korum.

Mia asintió, mirándolo fijamente. Todavía parecía pálida, aunque los temblores de su cuerpo estaban empezando a remitir.

—Pude usarlo para contactar con los guardianes.

Ella parpadeó, y él notó que no estaba absorbiendo lo que le decía, pues su mente seguía colapsada por lo que acababa de pasar.

Alir se plantó frente a él, haciendo a Korum consciente de su presencia.

—La ceremonia de la victoria está a punto de empezar —dijo el guardián con voz queda—. ¿Te sientes con fuerzas para participar?

Korum lo sopesó un momento, abrazando a Mia, y luego respondió a Alir con un breve gesto afirmativo:

—Debería poder. —Todavía sentía dolor, pero era el tipo de dolor de estarse curando. Su cuerpo se estaba reparando desde dentro, y las células se regeneraban por sí mismas. En unos cuantos minutos, casi habría vuelto a la normalidad.

Estaba claro que, con todo lo que había pasado, una

ceremonia normal con una reivindicación pública de su charl estaba fuera de toda discusión. Aunque su cuerpo en recuperación estaba empezando a agitarse por tenerla cerca, Korum era plenamente consciente de su aspecto actual. Estaba sucio, sudoroso y cubierto de sangre, no exactamente atractivo para una chica humana. Ella también acababa de pasar por un shock mayúsculo, y lo último que necesitaba era lidiar con proposiciones sexuales no deseadas de un hombre al que probablemente consideraba ahora mismo un asesino salvaje.

Alir inclinó la cabeza en gesto de respeto y salió del círculo central. Su cuerpo alto y de complexión fuerte se movía con el aire de un guerrero. Korum había practicado defrebs con ese hombre varias veces en los últimos años, y había perdido más de una vez. Los guardianes eran excelentes luchadores, su profesión requería que se mantuvieran en plena forma, y Korum se alegraba de no haber tenido que enfrentarse nunca a uno de ellos en el Arena.

—Lo único que has de hacer es quedarte a mi lado ahora mismo —le dijo Korum a Mia cuando Alir estuvo más lejos—. Dadas las circunstancias, la ceremonia de después de la pelea será breve.

—¿Es porque estás herido? —preguntó ella, y él percibió la angustia en su voz.

—No, me pondré bien. Pero tú no estás preparada para nada parecido a una celebración de la victoria ahora mismo —dijo Korum con dulzura—. Lo que necesitamos es irnos a casa.

CUANDO EMPEZÓ LA CEREMONIA, Mia trató de centrarse en el evento, pero su mente seguía volviendo intermitentemente en forma de flashes a las terribles imágenes de la pelea.

Flash. Korum tumbado en el suelo, sin poder moverse.

Flash. Sangre saliendo despedida en todas direcciones. Esa terrible expresión de regodeo en el rostro de Loris.

Flash. Korum contraatacando con la velocidad de una cobra. El súbito terror en la cara del otro krinar.

Flash. Más sangre.

Flash. La cabeza de Loris arrancada de su cuerpo.

¡No, detente! Mia quería gritar, pero estaban en público, y no podía hacerlo, no podía avergonzar a Korum de esta manera. Él la estaba cogiendo de la mano, y estaban en una gran plataforma flotante en medio del Arena. El mismo krinar que había dirigido el principio de la ceremonia estaba hablando de nuevo, diciendo algo sobre la historia de las luchas en el Arena, pero sus palabras le entraban a Mia por un oído y le salían por otro. El acto entero estaba imbuido de una sensación de irrealidad; Mia se sentía todo el rato como si estuviera dentro de un sueño...o, para ser más precisos, de una pesadilla.

Solo el contacto de Korum parecía ser real. Quería acurrucarse entre sus brazos y no volver a salir jamás. Cuando él la había abrazado antes, había sentido como parte de su terror se disipaba, pero ahora volvía a estar helada, y le castañeteaban los dientes a pesar del brillante sol costarricense.

Él estaba vivo. Mia todavía no podía creerlo. Tenía que ser algún tipo de milagro. ¿Cómo podía alguien sobrevivir a esa clase de heridas? Sabía que los krinar se curaban rápido, pero a Korum casi le habían despedazado, literalmente. Había habido tanta sangre... *Oh Dios, la sangre.*

Mia tragó saliva con fuerza, intentando sofocar sus náuseas. Si nunca volvía a ver nada de color rojo, aún le parecería demasiado pronto después de esto. No era de extrañar que los krinar prefirieran los colores claros en su vida diaria; probablemente necesitaban ese contraste después del violento espectáculo del Arena.

Korum casi había muerto ese día. Su amante alienígena, tan fuerte, tan aparentemente invencible, casi había sido aniquilado por la traición. Durante unos ominosos momentos, Mia había estado segura de que *estaba* muerto, y había deseado morirse también. Había sido como si alguien le desgarrara el corazón, como si cada golpe dirigido al cuerpo de Korum le destrozara algo en lo profundo de su alma. Jamás había experimentado tal agonía, y no quería volver a sentirla nunca más.

Era vagamente consciente de que Voret había dejado de hablar, que se dirigía ahora a Korum, preguntándole por la celebración. Vio como Korum empezaba a negar con la cabeza, y algo se apoderó de ella. Actuando puramente por instinto, se inclinó hacia Korum y le susurró en el oído:

—Te deseo. Por favor, Korum, te deseo.

Él volvió la cabeza para mirarla, con gesto de incredulidad, y ella le apretó la mano, diciéndole sin hablar que estaba bien, que podía celebrarlo a la manera de su pueblo.

Estuviera bien o mal, ella lo necesitaba ahora, y no le importaba nada más.

Mia pudo ver como sus pupilas se agrandaban, y sus iris se volvían de un tono más brillante de oro. Con toda la sangre y la suciedad que le cubría, parecía un salvaje, como uno de aquellos antiguos cazadores que Voret había mostrado al principio de la ceremonia. Ella le deseaba tanto que dolía, y su cuerpo necesitaba hacer una declaración de que estaba vivo de la forma más básica posible.

Él titubeó un segundo, mirándola fijamente, y luego levantó la mano, y le rodeó la mejilla derecha con su ancha mano.

—Mia...

—Por favor, Korum. —Ella le sostuvo la mirada, sabiendo que él podría leer lo sincero de sus intenciones en su cara. Necesitaba sentir su contacto en la piel, necesitaba que él la hiciera olvidar todo el horror de la pasada hora.

Con los ojos resplandecientes, él se acercó más y dijo suavemente:

—No sabes lo que me estás pidiendo, mi vida. No puedo ser... tierno ahora mismo.

Mia tragó saliva, y los músculos de su vientre se agitaron ante esas palabras.

—No quiero que lo seas.

Él la miró durante unos segundos más, y ella notó el pulso que latía en el lateral de los músculos de su cuello. Entonces, como si fuera incapaz de contenerse, bajó la cabeza y la besó, rodeándola con los brazos y atrayéndola hacia su regazo.

De fondo, Mia podía escuchar como rugía la multitud, y a los espectadores jaleando y dando golpes con los pies, pero eso no le importaba. Lo único en lo que podía concentrarse era en el calor de su boca consumiendo la suya, en la presión de su erección contra su trasero, en la sensación de sus fuertes manos acariciándola arriba y abajo. Había un ligero sabor metálico que tendría que haberla repelido, pero que en vez de eso la excitó aún más. El hombre que la estaba besando ahora mismo era un depredador, un asesino... y ella lo deseaba exactamente tal y como era, sin tabúes.

Él levantó la cabeza, y la miró un instante, con la respiración jadeante y la piel enrojecida por debajo de los churretones de suciedad y sangre. A su alrededor, el público estaba enloqueciendo, y vitoreaba sus nombres. Mia pensó de repente que así es como debían sentirse las estrellas del rock, rodeadas de fans que les gritaban.

Como respondiendo a ese pensamiento, empezó a sonar una extraña música, con notas tan graves que

Mia podía notar su vibración en lo más profundo de sus huesos. El ritmo era irregular, casi saltarín. Debería de haber sonado discordante, desagradable, pero en cambio, aumentó el calor palpitante de entre sus piernas, haciendo que su piel se tensara y su corazón latiese más deprisa.

Korum también estaba reaccionando a ello, y su polla se tornó todavía más dura, empujando contra la suavidad de sus nalgas. Todavía sosteniéndola, se incorporó y empezó a aproximarse a una estructura similar a una tienda de campaña que había en el centro del Arena, cargando con ella igual que si fuese un botín de guerra.

Mia se aferró a él, sintiéndose casi embriagada. Le daba vueltas la cabeza y todo parecía surrealista, como si estuviera ocurriendo en un sueño. La estudiante de psicología que había en ella se dio cuenta de que esa era la respuesta de su cerebro al trauma, y que no estaba pensando con claridad, pero le dio igual. Estaba muriéndose de ganas, y Korum era la cura para su mal.

Llegaron a la tienda y él la dejó sobre sus pies, manteniéndola apretada contra su cuerpo. En vez de entrar ellos, la tienda pareció moverse y flotar a su alrededor, ocultándoles casi por completo de la vista del público. Mia era vagamente consciente de lo delgadas que eran las paredes, del hecho de que miles de ojos krinar curiosos estaban observando ahora mismo la estructura, pero no estaba procesando del todo esa información. Tenían algo de privacidad, y eso le bastaba.

En cuanto las paredes de la tienda dejaron de moverse, Korum dio un paso atrás, liberándola de su abrazo.

—Quítate el vestido. —Su voz era inusualmente ronca, y ella percibió la tensión de sus poderosos hombros. Con los ojos de un amarillo brillante, parecía un salvaje, más animal que hombre—. Quítatelo, Mia.

Ella obedeció, retorciéndose para quitárselo, con una excitación mezclada con un atisbo de miedo. Él ni siquiera la había tocado aún, pero ella vio que ya estaba a punto de perder el control.

Antes de que su vestido llegara al suelo, ya lo tenía encima, con una de sus manos hundiéndose entre sus muslos y la otra agarrándole por el pelo. Su boca descendió sobre la suya al tiempo que su dedo entraba de un empujón en su pequeña vagina. Fue rudo, casi frenético, y Mia se dio cuenta de que él no le había mentido antes sobre no ser capaz de ser delicado. Ella estaba mojada, pero sus músculos se tensaron involuntariamente, y su cuerpo se resistió a la violenta penetración.

De repente, él retiró el dedo y usó la mano que le sujetaba el pelo para hacer que ella se arrodillara. La grava y las piedrecitas se incrustaron en la suave piel de sus rodillas. —Chúpamela —le dijo con dureza, arrancándose el frontal de los pantalones—. Deseo tu boca ahora mismo.

Su erección se alzó libre, rozándole a ella la mejilla. Mia abrió la boca, dejándole entrar, y él gimió cuando cerró los labios alrededor del extremo de su polla.

Sabía a salado, y la punta ya estaba cubierta de líquido preseminal. Lamió en círculos alrededor de su verga, imitando lo que vio hacer una vez en el porno. Él dejó escapar un sonido que sonaba como un rugido, y sus manos se cerraron sujetándole del pelo con más fuerza, manteniendo su cabeza quieta mientras empezaba a mover las caderas, follándole la boca.

Mia se centró en tomar respiraciones cortas, intentando no atragantarse cuando él se la metía casi entera en la boca, presionando contra su campanilla. Él se movió una y otra vez, y luego se corrió con un áspero gemido, enviando su semen en todas direcciones con chorros calientes y salados. Cuando terminó, se apartó lentamente de ella, con la polla todavía medio erecta.

Mia tragó, se lamió los labios y lo miró fijamente, extrañamente excitada por lo que acababa de pasar. Darle placer de esa manera le había excitado, casi tanto como si él también la hubiera estado acariciando.

Él le sostuvo la mirada, y ella notó como sus ojos seguían brillando y sus ganas eran más fuertes que nunca. Su sexo volvía a despertar, poniéndose duro frente a sus ojos. Cuando la volvió a poner de pie, ella advirtió que un orgasmo solo le había relajado un poco.

Cuando volvió a tocarla, era más dulce, y su deseo estaba un poco más bajo control. Sus manos y su boca descendieron por su cuerpo, acariciando y adorando cada centímetro de su piel. Mia cerró los ojos, y unos suaves gemidos empezaron a escapar de su garganta cuando la tensión del placer empezó a acumularse en lo más bajo de su vientre. Luego él se arrodilló frente a ella, con la cara a la altura de sus rodillas, y sus manos sosteniendo las suaves curvas de sus nalgas. La acercó con una mano, y usó la otra para penetrarla con un dedo, siendo mucho más cuidadoso esta vez. Al mismo tiempo, su boca se sumergió en los suaves rizos en el centro de sus muslos, y su lengua se deslizó entre sus pliegues para acariciarle el clítoris.

Mia se sacudió por el repentino latigazo de sensaciones, y todo su cuerpo se tensó cuando el dedo frotó el punto sensible dentro de ella. Podía sentir la creciente presión, empezaron a temblarle las rodillas, y sus piernas fueron de pronto demasiado débiles para soportar su peso. Si no hubiera sido por su dedo dentro de ella y la mano en su trasero, se habría derrumbado, cayendo en el suelo al lado de él.

—Córrete para mí —susurró él, con su aliento caliente derramándose sobre su sexo, y ella lo hizo, sus palabras lanzándola hacia arriba, dándole ese algo esquivo que ni siquiera sabía que necesitaba. Todo dentro de ella se tensó y se liberó, con un placer tan intenso que le pareció como si todas sus terminaciones nerviosas hubieran explotado a la vez.

Cuando sus pulsaciones se detuvieron, él sacó el dedo y la hizo bajar otra vez. Esta vez, los dos estaban de rodillas sobre el duro suelo. La miró, levantó la mano y se lamió lentamente el dedo, el que acababa de estar dentro de ella.

—Adoro tu sabor —murmuró, con los ojos llenos de un deseo tal que a ella se le secó la boca—. Me hace querer follarte una y otra vez, solo por tenerlo en la lengua.

Mia empezó a emitir un tembloroso jadeo, y su sexo se tensó de ganas.

Antes de que pudiera decir nada, él se tumbó en el suelo, la levantó y se la puso a horcajadas sobre los muslos. Su polla volvía a estar dura del todo de nuevo, alzándose enhiesta desde su cuerpo.

—Móntame, Mia —le dijo, mirándola con los ojos entrecerrados.

—Sí —susurró ella—, lo haré. —Y cogiendo su gruesa erección con la mano derecha, Mia la guio hasta su abertura, cerrando los ojos cuando la henchida punta empezó a empujar hacia adentro. Ella fue bajando despacio, para provocar a ambos, y fue recompensada por un grave gemido que se le escapó a él de la garganta.

Cuando ya estaba dentro del todo, ella abrió los ojos, encontrándose con su mirada ardiente. Con la cara cubierta de suciedad y sangre, parecía peligroso; cruel, incluso. Ella estaba casi literalmente cabalgando sobre un tigre, un depredador que podía despedazarla en un abrir y cerrar de ojos. En lugar de asustarla, la emoción de todo eso solo incrementaba el deseo que corría por sus venas.

Cuando empezó a moverse, siguió sosteniéndole la mirada, observando cómo pequeñas gotas de sudor aparecían en su frente y un músculo palpitaba en su mandíbula por el aparente esfuerzo de contenerse a sí mismo. Le apretó las caderas con las manos, clavándole los dedos en su suave carne, y entonces empezó a levantarla arriba y abajo sobre su polla, yendo más y más profundo con cada empentón.

La tensión dentro de ella volvió a crecer en espiral, y Mia echó la cabeza hacia atrás con la boca abierta en un grito mudo. Un poderoso orgasmo inundó su cuerpo mientras Korum seguía moviéndose más y más deprisa, buscando correrse también. Cuando lo hizo, los movimientos de su pelvis golpetearon contra ella, intensificando sus réplicas y dejándola completamente seca. Jadeando con fuerza, Mia se derrumbó contra su pecho, con los músculos como espaguetis cocidos y la mente vacía de cualquier pensamiento.

Estaba tan relajada que ni siquiera reaccionó cuando él la movió más arriba, acercándose su cuello a la boca. Fue solo cuando notó un extraño dolor punzante cuando Mia se dio cuenta de lo que estaba ocurriendo... y su mundo se desvaneció dejando paso a un eufórico frenesí de sangre y sexo.

PARTE TRES

Korum se despertó al notar la sensación poco habitual del suelo duro bajo su espalda. Antes incluso de abrir los ojos, recordó todo lo que había pasado, incluyendo la participación voluntaria de Mia en la celebración.

Podía sentir su leve peso en el brazo, escuchar su respiración tranquila, y percibió que estaba profundamente dormida, exhausta por el doble martirio de la lucha y la celebración. Moviéndose con cuidado, Korum liberó su brazo, dejando suavemente su cabeza en el suelo. Luego se levantó y fabricó ropa nueva para los dos. Un par de pantalones cortos para sí mismo y un albornoz para Mia: lo mínimo que les pudiera cubrir un poco en caso de que quedara algún espectador en el Arena.

Estaba sediento y hambriento, pero por lo demás se sentía genial, con el cuerpo prácticamente vibrando de energía como una cuerda de guitarra. Los científicos decían que ya no había ninguna necesidad fisiológica de sangre lonar ni humana después del parche genético, pero muchos en Krina pensaban que seguía existiendo algún tipo de necesidad psicológica. Korum no estaba seguro de si creía eso, pero sí que sabía que rara vez se sentía tan satisfecho como cuando se daba el gusto con Mia.

Sujetando el albornoz, se agachó junto a ella y la estudió durante unos segundos, disfrutando de la visión de su cuerpo desnudo. Pocas veces tenía ocasión de mirarla así; normalmente sus ansias por ella era tan intensas que no podía mirar su carne al descubierto sin tirársela inmediatamente después. Incluso ahora, después de la maratón sexual de la noche anterior, podía sentir la cálida agitación del deseo, aunque no era nada comparado con sus ganas habituales.

Ella estaba tumbada de espaldas, con un esbelto brazo extendido sobre su cabeza y el otro cruzado por encima de las costillas. Fascinado por sus pechos, Korum extendió la mano y acarició un montículo pálido, sonriendo cuando el pezón se endureció a su contacto. Su piel era lo más suave que él hubiera tocado jamás, y esa textura sedosa suponía un reclamo constante para sus dedos.

La envolvió en el esponjoso albornoz y la levantó. Ella ni se movió, sumergida en un sueño tan profundo que rayaba la inconsciencia. Siempre era así después de que él bebiera su sangre: su cuerpo de humana necesitaba recuperarse del exceso de sensaciones.

Lo mismo que el suyo propio, aunque en menor

medida. Korum podía entender cómo otros se habían vuelto tan adictos a sus charls; la sangre de Mia era una poderosa tentación para él, y su efecto más potente que el de cualquier otra droga. Solía pensar que los adictos a la sangre eran débiles, pero ahora Korum se preguntaba si realmente había tanta diferencia entre la adicción física y la emocional. Desde luego, él no podía imaginarse necesitar a Mia más de lo que ya lo hacía.

Korum la sacó de la shatela y caminó hacia la zona cubierta de hierba donde había dejado su cápsula de transporte. No se había molestado en desmantelarla antes, así que ahora les estaba esperando.

Al mirar alrededor, vio que el Arena estaba completamente vacío. También que era temprano, y que el sol estaba empezando a salir. Sonriendo, Korum se dio cuenta de que debían de haber estado en la shatela mucho más tiempo de lo habitual. Era su primera vez celebrando con una humana, y había sido, de lejos, la mejor experiencia que había tenido.

Llegaron a la cápsula de transporte, y Korum envió un comando mental para que los llevara rápido a casa. Un minuto después, estaban entrando en su casa, con Mia aún dormida en sus brazos.

En cuanto estuvieron dentro, Korum se dirigió directamente hacia la sala de limpieza: el baño, en términos humanos. Seguía cubierto de suciedad, sangre seca y sudor, y parte de la mugre había manchado a Mia, dejando su pálida piel mancillada por churretones oscuros.

Dio otra orden mental, y el agua se encendió,

con cálidos chorros que masajeaban suavemente sus cuerpos y enjuagaban todo rastro de las actividades del día anterior. Korum disfrutó de la sensación; era energizante y relajante al mismo tiempo. Unos minutos después, Mia y él estaban limpios y secos, y la llevó a la cama, sabiendo que ella necesitaba dormir más. Estaba tan exhausta que ni siquiera se había despertado durante la ducha.

Korum la puso sobre la cama, dejando que el material inteligente fluyera a su alrededor, y luego la cubrió con una suave sábana, sabiendo que a ella le gustaba el tacto de las mantas. Besó su frente, echó una última mirada a la chica a la que amaba y salió para empezar su día.

—Se niega a hablar con nosotros —Alir le dijo a Korum mientras ambos se encaminaban hacia el otro extremo del edificio de los guardianes—. Dice que solo hablará contigo.

—¿Eso hará? —dijo Korum, sin molestarse en ocultar el sarcasmo en su voz—. ¿Y qué le hace pensar que se encuentra en posición de hacer exigencias?

Alir se encogió de hombros:

—No lo sé. Pero parece estar convencido de que te interesará escuchar lo que tiene que decirte. Dice que tiene que ver con Mia.

Las manos de Korum se cerraron formando puños

ante la mención de su charl. El hecho de que Saret se atreviera a mencionar su nombre...

—El informe para los Ancianos está listo —dijo Alir, cambiando de tema—. ¿Te gustaría revisarlo?

—Sí —dijo Korum—. Mándamelo. Se lo enseñaré al Consejo.

Alir asintió:

—Eso haré.

Habían llegado a su destino, y Alir se detuvo antes de entrar.

—¿Quieres que esté contigo?

—No. —Korum estaba seguro de eso—. Quiero hablar con él a solas primero. Después será todo tuyo. —Alir se dio la vuelta y se alejó, dejando solo a Korum.

Korum esperó hasta que el líder de los guardianes hubo desaparecido, y entonces dio un paso adelante, hacia la pared que ocultaba de su vista a su enemigo. La pared se disolvió, formando una puerta, y él entró.

Saret estaba en un asiento flotante, con un collar de contención rodeándole la garganta. Korum sonrió ante esa imagen. Recordó haber tenido una discusión con Saret acerca de los collares unos cientos de años atrás, en la que su ex amigo intentaba convencerle de que eran denigrantes e innecesarios. Korum había discrepado, opinando que la vergüenza de llevar un collar de contención formaba parte de las medidas de disuasión para delincuentes en potencia.

Estaba bien ver a Saret ahora con uno puesto, en particular teniendo en cuenta sus ideas al respecto.

—Veo que ya no llevas tu disfraz —Observó Korum,

estudiando los rasgos conocidos de su enemigo—. Calculaste un poco mal, ¿verdad?

Saret le lanzó una fría sonrisa.

—Eso parece. Subestimé cuánto te odiaba Loris. Si hubiera sabido que él iba a intentar prolongar el proceso de matarte, te habría disparado dos veces.

—Todos los días se aprende algo —dijo Korum—. ¿No es eso lo que dicen los humanos?

—Así es. —Los ojos de Saret chispearon con un brillo oscuro.

Korum le dirigió una mirada burlona y se sentó en otra plancha flotante, estirando las piernas con gesto grosero.

—Querías hablar conmigo —dijo con frialdad—. Habla, entonces.

—Está bien —dijo Saret—. Lo haré. ¿Cómo está Mia, por cierto? Ayer parecía encontrarse algo alterada.

Korum sintió un ramalazo de ira, pero mantuvo una expresión tranquila, divertida.

—Lo estaba. Pero ahora está satisfecha, como seguro que te imaginas.

—Por supuesto que lo está —dijo Saret—. Y adaptándose tan bien a la vida de aquí, ¿verdad? ¿No dirías que es casi como si no hubiera perdido del todo la memoria? Es como si a algún nivel todavía te conociera, y quizá incluso te amara. Y lo acepta todo tan bien. Nada la desconcierta por mucho tiempo. Sorprendente, ¿no es cierto?

Korum se quedó helado durante un segundo, y un

escalofrío le recorrió la espalda. La única manera en que Saret podía saber eso era...

—Sí —dijo Saret—. Veo que vas por buen camino. Volví a calcular mal otra vez, ya ves. Se suponía que Mia iba a acabar conmigo, no contigo.

—¿Qué le hiciste? —dijo Korum con voz queda, mientras se le erizaban los pelos de la nuca.

Saret se echó a reír:

—Nada demasiado terrible, créeme. Simplemente me aseguré de que ella sería receptiva. Sigue siendo la misma... en su mayor parte.

—¿Qué hiciste? —Sin apenas darse cuenta de lo que estaba haciendo, Korum se encontró fuera de su asiento, con la mano agarrando a Saret por la garganta.

Saret soltó un ruido de asfixia, y levantó la mano para librarse de los dedos de Korum; y Korum se obligó a sí mismo a soltarlo y dio un paso atrás. Temblaba de rabia, y sabía que mataría a Saret si no ponía algo de distancia entre ellos.

—Se llama suavizado —dijo Saret, frotándose la garganta. Tenía la voz ronca a causa de su tráquea magullada por Korum—. Es un nuevo procedimiento que he desarrollado específicamente para los humanos. Una mente suavizada no siente tan agudamente el miedo. También está más abierta a nuevas impresiones e ideas. —Saret hizo una pausa dramática—. A nuevas relaciones. De hecho, una mente en ese estado busca algo, o, mejor dicho, a alguien *con quién relacionarse.*

Korum miró fijamente a Saret, mientras se le helaban las venas.

—Y ese alguien podría ser cualquiera, ¿ves? Tendría que haber sido yo, pero en vez de eso, fuiste tú.

Mientes. Korum quería gritar, negar lo que acababa de oír, pero no podía. Tenía demasiado sentido. La chica a la que conoció en Nueva York no lo habría aceptado todo con tal facilidad, no lo habría invitado a su cama después de conocerle durante solo un día. Habría estado asustada y recelosa, y él tendría que haber vuelto a ganarse su confianza desde el principio. En cambio, ella parecía amarle sin que él tuviera que hacer prácticamente ningún esfuerzo al respecto.

Salvo que no lo amaba. No de verdad. Sus sentimientos por él no eran reales. Nada de eso era real. Su comportamiento, su aparente apego por él, todo era el resultado del procedimiento de Saret.

—¿Sigue teniendo sus recuerdos? —Korum enterró su sufrimiento en lo más hondo de sí mismo, donde no pudiera nublar su juicio— ¿O los borraste igualmente?

Saret sonrió, visiblemente encantado por la pregunta.

—No, los recuerdos se han ido. Solo parecen estar ahí porque ella lo está absorbiendo todo como una esponja, aprendiendo a un ritmo increíble. Muy pronto, estará más aclimatada a nuestro mundo que antes, si no lo está ya.

—¿Puedes deshacerlo? —Korum sabía que era inútil, pero tenía que preguntar.

—¿El qué, el suavizado o la pérdida de memoria?

—Ambos. Cualquiera de las dos cosas.

La sonrisa de Saret se hizo más amplia.

—No puedo. Y aunque pudiera, no lo haría. Puedes tenerla ahora mismo, pero nunca la tendrás de verdad. Nunca sabrás si algo de lo que siente por ti es genuino, o si hubiera sentido lo mismo por cualquiera que hubiera pasado tiempo con ella al despertar.

Korum miró al hombre que antes había considerado su amigo. Los recuerdos de su infancia, feliz y despreocupada, cruzaron por su mente, dejando a su paso el amargo sabor del arrepentimiento.

—¿Por qué? —le preguntó con voz tranquila.

—¿Que por qué te odio? —Saret enarcó las cejas—. ¿O que por qué he hecho todo esto?

Korum simplemente siguió mirándolo.

—La respuesta a ambas preguntas es la misma —dijo Saret, dejando de sonreír—. Estaba cansado de estar siempre a tu sombra. Daba igual cuanto consiguiera, lo alto que llegara, siempre era solo el amiguito de Korum. Korum el inventor, Korum el diseñador, Korum, el que nos trajo aquí a la Tierra. Tu ambición no conocía límites, como tampoco mi odio hacia ti.

—Sin embargo, me apoyaste —dijo Korum, sintiendo el dolor de la traición como algo distante, que aún no le alcanzaba del todo—. Siempre estuviste de mi lado en el Consejo. Me ayudaste a traernos aquí, a la Tierra.

—Lo hice —admitió Saret—. Porque sabía que era absurdo hacer ninguna otra cosa. Incluso los Ancianos bailan estos días al son que tú les tocas, ¿verdad?

Korum no validó eso con una respuesta. En cambio, lanzó a Saret una mirada de desprecio.

—Así que todos esos planes grandiosos que tenías para los humanos, tu supuesto anhelo de paz en el mundo, ¿todo eso lo causaron unos celos mezquinos?

—No —dijo Saret, entornando los párpados—. Vi una manera de darle forma a la historia, y me arriesgué. ¿Qué logro podía superar traer la paz a un planeta entero? ¿Crees que alguno de tus cacharros se puede comparar con eso?

—Un logro que hubiera supuesto las muertes de cincuenta mil krinar.

—Sí —dijo Saret, y por un instante tuvo las agallas de aparentar sentir remordimientos—. Eso habría sido lamentable. Inevitable, pero lamentable.

—¿Lamentable? —Korum apenas podía creerse lo que estaba escuchando—. ¿Qué pasa contigo, Saret? ¿Cómo has llegado a ser así?

Ahora Saret estaba empezando a parecer enfadado.

—¿Que qué pasa *conmigo*? ¿Me preguntas eso ahí tan tranquilo, con la sangre de Loris todavía fresca en tus manos? ¿Crees que me pasa algo malo porque quería mejorar la vida de miles de millones eliminando a unos pocos miles? ¿A cuántos krinar has matado en el Arena, Korum? ¿A veinte, a treinta…? ¿Y qué hay de los humanos? ¿Crees que no sé que disfrutas matando, como todo el resto de nuestra puta raza?

Korum lo miró, intentando entender a este hombre que había conocido toda su vida:

—Te equivocas —dijo con voz queda—. No disfruto

matando. Ayer no quería matar a Loris... y no lo habría hecho si no hubieras interferido. Me gustan las peleas en sí mismas, no su resultado final. Y así es nuestra puta raza, y tú deberías saberlo, ya que aquí eres el experto en la mente. Nos encantan el peligro y la violencia, los anhelamos, pero no tenemos por qué ser asesinos.

—Y sin embargo, lo somos —dijo Saret—. Puedes engañarte todo lo que quieras, pero al final, eso es lo que somos. Vinimos a la Tierra y como resultado, miles de humanos murieron durante el Gran Pánico. Y lo que quieres hacer ahora provocará más muertes. Ella no te perdonará por eso, lo sabes.

—¿No se encargará de eso tu procedimiento? —dijo Korum, y sus labios esbozaron una amarga sonrisa. —¿No va amarme sin importar lo que pueda pasar?

Saret negó con la cabeza:

—No. Con la provocación suficiente, su amor se convertirá en odio. Espera y verás.

CAPÍTULO DIECIOCHO

Mia se despertó con un grito, con el corazón a mil por hora y la piel cubierta de sudor frío.

En su sueño, el cuerpo de Korum se había convertido en un cadáver mutilado y desmembrado, flotando en un río de sangre. Había intentado salvarle, sacarle del río y llevarlo a tierra firme, pero todo había sido inútil. La corriente era demasiado fuerte, se lo arrancó de las manos y lo arrastró lejos, hasta las cataratas, donde el agua era tan oscura como la sangre seca.

Mia se incorporó en la cama e intentó controlar su respiración. Era solo una pesadilla. Korum había ganado el combate. Él estaba sano y salvo.

A salvo, y completamente recuperado, a juzgar por la celebración de ayer.

Al recordar lo muy recuperado que había estado, Mia se sintió inmediatamente mucho mejor. El vigor de su amante era literalmente algo de otro mundo. El placer que le había dado había sido increíble, casi más de lo que ella era capaz de soportar. Jamás había sentido tal éxtasis como cuando le mordió; nunca podría haberse imaginado que tales sensaciones existieran siquiera.

Sonriendo, salió de la cama y se dirigió a la ducha. El combate había terminado, habían capturado a Saret, y ya no había nada más que temer.

Ella y Korum estaban a salvo por fin.

Canturreando para sí misma, Mia dejó que la tecnología de limpieza hiciera lo suyo mientras ella se quedaba allí quieta pensando en su amante, y en lo importante que había vuelto a hacerse para ella.

Cuando estuvo limpia y seca, se fue a la cocina e hizo que la casa le preparara algo para desayunar. De acuerdo con la información de su tablet, se suponía que su compañero de laboratorio, Adam, regresaría hoy de sus vacaciones de una semana, lo que significaba que Mia podría comenzar a re-aprender todo lo que había olvidado de sus prácticas.

El laboratorio no estaría funcionando, dados los recientes acontecimientos, pero esperaba que hubiera alguna vía para poder seguir aprendiendo sobre la mente. El tema le fascinaba ahora mucho más que nunca.

~

KORUM CAMINABA SIN RUMBO POR LA ORILLA DEL MAR,

dejando que el rugido de las olas al romper sofocara la cacofonía de su cabeza. Por primera vez en su vida, se sentía perdido. Perdido, sin esperanza... y enfadado.

Su cólera estaba dirigida principalmente hacia sí mismo, aunque una sana porción de ella estaba reservada para Saret. Korum no se había permitido pensar antes sobre la traición de su amigo, demasiado centrado en Mia y en su pérdida de memoria. Luego la lucha había absorbido toda su atención. Sin embargo, ahora no había nada que le distrajera del hecho de que un hombre a quien él consideraba su amigo había resultado ser su mayor enemigo.

Korum era consciente de que no le caía bien a todo el mundo. Era una situación que nunca antes le había molestado. Era respetado y temido, pero solo había un puñado de individuos a los que había considerado sus amigos. La mayoría de ellos seguían en Krina, ocupados con sus vidas y carreras allí. Saret había sido el único que lo había acompañado a la Tierra.

Incluso de niño, Korum había sido siempre autosuficiente. Había descubierto su interés por el diseño a una edad temprana, y esa pasión había consumido su vida... hasta que llegó Mia. Ahora tenía dos pasiones: su trabajo y la chica humana que era su charl. Él no era un solitario, pero rara vez necesitaba la compañía de otros. A diferencia de la mayoría, Korum era simplemente tan feliz estando solo, o como ahora, pasando tiempo con Mia, como cuando estaba rodeado de gente.

La traición de Saret resultó ser angustiosa a muchos

niveles. Korum había confiado en Saret; se lo habían contado todo durante siglos, compartiendo sus metas y sus sueños. Habían jugado juntos de niños, hablaron sobre sus conquistas sexuales cuando eran adolescentes y con frecuencia trabajaban para lograr un objetivo común como miembros del Consejo. ¿Cuándo había comenzado Saret a odiarlo? ¿O había sido siempre así y Korum había estado demasiado ciego para verlo? ¿Podía confiar en alguno de sus amigos, o eran todos como Saret, a la espera de apuñalarlo en cuanto volviera la espalda?

Estos pensamientos eran a la vez dolorosos y perturbadores. Dudar de sí mismo no formaba parte de la naturaleza de Korum, pero no pudo evitar preguntarse si no se lo había estado buscando. Sabía que podía ser duro y arrogante a veces, incluso despiadado cuando se trataba de lograr sus objetivos. ¿Había hecho él algo que hiciera que Saret le odiara hasta ese extremo? ¿O había sido solo cuestión de celos, como había insinuado el mismo Saret?

Al llegar al estuario donde se había sentado en las rocas con Mia, Korum se quitó la ropa y se lanzó a las olas, dejando que el agua le refrescara. Siempre había encontrado el océano terapéutico. El poder de las olas le resultaba atractivo, y le gustaba especialmente cuando la corriente era más fuerte, como ahora mismo con la marea alta. Lo recogió, arrastrándole hacia aguas más profundas, y Korum se abandonó a ella, dejándose llevar flotando hasta que estuvo a varios kilómetros de la costa. Entonces comenzó a nadar de vuelta, con el empuje de la corriente proporcionándole suficiente resistencia para convertirlo en un reto. El esfuerzo mecánico de nadar le ayudó a despejar la mente, y cuando salió por fin del agua se sentía un poquito mejor.

Sentado sobre las rocas, dejó que el sol le dorara la piel, calentándole otra vez. Lo peor de la traición de Saret no era lo que le había hecho a Korum: eran las consecuencias para Mia. No solo había perdido la memoria, sino también su libertad de pensamiento. Fuera lo que fuese lo que sentía hacia Korum ahora mismo era algo involuntario, un subproducto de este "suavizado" que Saret le había hecho. Su dulce y hermosa chica no era la misma persona que había sido; le habían manipulado la mente de la manera más imperdonable.

Ella había tenido miedo justamente de eso, recordó Korum. Cuando llegó a Lenkarda por primera vez, había vacilado en de ponerse el implante de idiomas, preocupada de que hubiera tecnología alienígena en su cerebro. Korum lo había encontrado divertido por aquel entonces, pero había resultado que ella había tenido razón en recelar. Saret había sido peligroso todo el tiempo.

Y Korum había fracasado en protegerla. La idea le corroía, devorándolo por dentro. Él, que nunca antes había fracasado en nada, había sido incapaz de proteger a la persona que significaba más para él. ¿Podría Mia perdonárselo alguna vez? Y si lo hacía, ¿cómo podría saber él si sus sentimientos eran reales?

Si creía a Saret, ella aceptaría ahora la mayoría de las cosas con ecuanimidad, y sus reacciones serían distintas de lo que habrían sido antes.

Korum se levantó, se puso la ropa y empezó a caminar hacia casa. Iba a ser un largo paseo, pero no tenía prisa. Mia estaba allí, y por primera vez, se sentía menos que ansioso de verla.

Tendría que contarle lo que había averiguado. Ella querría saberlo, querría tomar sus propias decisiones sobre cómo actuar a continuación.

Y si decidía abandonarle, tendría que dejarla marchar.

Aunque eso le matara.

MIA SALIÓ DE CASA Y SE ENCAMINÓ HACIA LA CÁPSULA DE TRANSPORTE QUE LA ESPERABA. Le había mandado a Adam un mensaje desde su dispositivo de pulsera y el K había acordado reunirse con ella, enviándole su pequeña aeronave para recogerla y llevarla hasta el laboratorio.

Mia entró, se acomodó en uno de los asientos flotantes, y lo sintió ajustarse a su cuerpo. Estaba acostumbrándose tanto a la tecnología K que ni tenía que pensar en cómo usar nada: todo estaba empezando a parecerle perfectamente natural.

Tenía curiosidad por conocer a su anterior colega y sumergirse en esa parte de su vida en Lenkarda. Había encontrado algunas grabaciones en las que Adam estaba explicando algo, y le habían impresionado no solo su inteligencia, sino también su capacidad para tomar temas complejos y ponerlos en términos simples y fáciles de entender.

Dos minutos más tarde, aterrizó en un claro delante de un edificio de tamaño mediano que parecía que había pasado por algo extraordinario. Las paredes habían desaparecido en parte, como si algo las hubiera fundido por arriba, pero el interior se adivinaba perfectamente intacto.

Adam estaba ahí, esperándola. Cuando Mia salió de la cápsula, él le dirigió una sonrisa radiante y auténtica que iluminó su hermoso rostro. Tenía lo que Mia había venido a identificar como el color típico de los K: cabello y ojos oscuros, y una piel bellamente bronceada.

—Bueno, ¿qué hay, colega? —dijo él, y sus labios dibujaron atractivas arruguitas—. He oído que nuestro jefe ha resultado ser el Doctor Maligno y que ha usado sus malas artes contra ti.

Mia sonrió, cayéndole bien este krinar al instante:

—Sí, has oído bien. Te vas una semana y mira lo que pasa.

—¿Entonces ahora no me recuerdas? —preguntó él, y su rostro se puso más serio—. ¿Cuánto te borró?

—Cuando desperté aquí hace un par de días, mis últimos recuerdos eran de Marzo —explicó Mia, observando como el K apretaba los dientes.

—Ese maldito cabrón —dijo Adam, con la voz

rebosante de ira—. Lo siento, Mia. Ojala yo hubiera estado aquí...

Mia agitó la mano quitándole importancia:

—No seas tonto. Nadie sospechaba nada; él era demasiado bueno. Incluso logró colarse ayer en la pelea y casi mata a Korum.

—Sí también he oído eso —dijo Adam—. He visto la grabación de la pelea esta mañana.

—Oh, claro. —Mia intentó no sonrojarse. Si Adam había visto la lucha, entonces podría haber también visto la celebración de después.

—¿Quieres ir adentro? —preguntó Adam, indicando el edificio en ruinas—. Creo que podríamos extraer muchos de los archivos y de los datos. He hablado con los otros ayudantes, y les parece bien.

—Claro —dijo Mia rápidamente, agradeciendo el cambio de tema.

Se acercaron al edificio y treparon por una abertura irregular en una de las paredes. El mecanismo habitual que disolvía las paredes parecía estar estropeado, lo cual no tenía nada de sorprendente, teniendo en cuenta las condiciones del edificio.

—¿Qué va a pasar con el laboratorio? —preguntó Mia cuando estuvieron dentro—. ¿Cuál es el protocolo habitual para algo así?

Adam se encogió de hombros.

—No hay ningún protocolo habitual. Este laboratorio pertenece a Saret, por lo que técnicamente ahora estamos allanando su propiedad. Aunque creo que puede que ahora se lo quede el gobierno, dados sus crímenes. No estoy del todo seguro de cómo funcionan esas cosas. Mi mejor conjetura es que la mayor parte de la información será transferida a los laboratorios de los otros Centros — y tal vez algún otro experto de la mente quiera abrir un nuevo laboratorio aquí en Lenkarda.

—¿Y qué hay de ti? ¿Por qué no sigues tú con el laboratorio?

—¿Yo? —Adam enarcó las cejas—. Soy demasiado joven e inexperto en lo que a ellos concierne.

—¿Lo eres? —Mia lo miró sorprendida. Parecía ser un hombre en la flor de la vida, parecido exteriormente a Korum—. ¿Cuántos años tienes?

—Oh, claro, casi se me olvida que no te acuerdas. —Adam sonrió—. Tengo veintiocho años, solo unos pocos más que tú. También soy un recién llegado a los Centros. Crecí en una familia humana, ¿sabes?

—¿En serio? —Mia abrió mucho los ojos—. ¿Cómo?

—Me adoptaron cuando era un bebé —dijo Adam—. Ahora, ¿por qué no empezamos a revisar algunos de los archivos de Saret y vemos si hay algo útil en ellos? Tal vez podamos arrojar algo de luz sobre tu estado.

Mia se moría por hacer más preguntas sobre los orígenes de Adam, pero él no parecía estar de humor para hablar de ello así que, en vez de eso, se centró en la tarea que tenían por delante. Adam le mostró cómo funcionaban algunos de los equipos de laboratorio, y empezaron a escarbar en montañas de información, buscando cualquier cosa relacionada con la memoria.

Seis horas más tarde, Mia se levantó y se frotó el cuello, sintiendo como si el cerebro fuera a explotarle por todo lo que había aprendido ese día. Adam estaba todavía tan concentrado como antes, revisando archivo tras archivo sin señal alguna de cansancio.

Al escuchar que Mia se movía, levantó la vista de la imagen que estaba estudiando y le brindó una cálida sonrisa.

—Deberías irte a casa, Mia. Se está haciendo tarde. Trabajaré aquí un poco más, y luego me iré también.

Mia vaciló:

—¿Estás seguro? —Estaba mentalmente agotada y hambrienta, pero se sentía mal dejando solo a Adam.

—Por supuesto —dijo Adam—. Ahora vete. Es suficiente por hoy.

Korum caminaba de un lado a otro de la habitación, demasiado alterado para quedarse quieto. Cuando llegó a casa una hora antes y encontró la casa vacía, su primer pensamiento había sido que algo le había ocurrido a Mia, que Saret había encontrado al final una manera de llegar hasta ella.

Por supuesto, ese no era el caso. Una verificación rápida le había revelado su ubicación, y luego había sido fácil acceder a las imágenes de satélite y verla hablar con Adam fuera del laboratorio de Saret varias horas atrás. Sin embargo, esos pocos segundos antes de que Korum se asegurara de que ella estaba sana y salva, le habían helado hasta la médula.

Ahora se estaba debatiendo contra el impulso de ir al laboratorio y traer a Mia a casa. Quería abrazarla y sentir el calor de su cuerpo entre sus brazos, tal vez por última vez. En cuanto le contara la verdad de su estado, estaría más que justificado que quisiera dejarle. Por terrible que hubiera sido su pérdida de memoria, el otro procedimiento era mucho más invasivo, alterando su cerebro de una forma que ella probablemente encontraría imperdonable. Ahora ella nunca sabría si lo que sentía con respecto a Korum, o a cualquier otra cosa en general, era real o era el resultado de lo que Saret le había hecho.

A Korum le consumía una oscura tentación. ¿Y si no se lo contaba? ¿Y si ella continuaba viviendo sin saberlo, feliz de cómo era su vida? Aparte de Saret y Korum, nadie más sabía la verdad. Él podría conservarla, ella le amaría... y él sería el único que sabría que su amor no era real.

Un par de meses atrás, Korum no lo habría dudado. La deseaba y simplemente se había apoderado de ella, haciendo caso omiso de lo que ella quería. Si se hubiera enfrentado entonces a este dilema, hubiese sido una decisión fácil: quedarse con ella y al infierno con todo lo demás. Pero ya no podía hacerle eso, no podía tratarla como a una niña o a una mascota, tal como ella le había acusado de hacer. Quería que se quedara, pero tenía que ser por voluntad propia, aunque esa voluntad hubiese sido algo manipulada.

No, tenía que contárselo, y debía hacerlo pronto.

POR FIN, Korum vio una cápsula aterrizando fuera. Mia salió, y la nave despegó, de regreso a allí de donde vino.

A pesar de su mal humor, Korum no pudo evitar sonreír cuando ella entró en la casa. Llevaba puesto un vestido color crema que dejaba la mayor parte de su espalda al desnudo, y sus oscuros cabellos estaban recogidos en lo alto de su cabeza formando un moño espeso y enmarañado. Ese peinado era sorprendente sexy, exponiendo su delicada nuca y atrayendo la atención hacia la elegante columna de su garganta.

—Cariño, estoy en casa —dijo ella, sonriendo de oreja a oreja.

Incapaz de evitarlo, Korum se echó a reír y la levantó para darle un beso profundo.

Cuando la volvió a dejar sobre sus pies, su sonrisa era casi cegadora. Le miraba como si él fuera todo su mundo, y Korum sintió como si el corazón fuera a rompérsele en un millón de pedazos.

—¿Qué tal tu día, cielo? —le preguntó con las manos todavía en su cintura.

—Ha sido genial —dijo ella, todavía sonriente— He vuelto a conocer a Adam. Es muy agradable. Me cae muy bien.

Korum sintió una oleada de celos, pero la apartó enérgicamente, negándose a ceder a esa emoción. A Mia siempre le había gustado su compañero pero, por lo que Korum sabía, sus sentimientos eran totalmente platónicos. Además, el joven K ya tenía una humana con la que estaba obsesionado; Korum había averiguado eso durante una verificación de antecedentes que le había hecho a Adam poco después de que Mia comenzase a trabajar con él.

—Hemos escarbado un montón en los archivos de Saret —continuó Mia, con los ojos brillantes de entusiasmo—. Adam piensa que haciendo eso podríamos encontrar algo útil acerca de mi estado.

En ese momento, le retumbó el estómago y sus mejillas se sonrojaron por ello, haciendo sonreír a Korum.

—Me parece que alguien tiene hambre —bromeó.

—Culpable —dijo ella, riendo.

Sonriente, Korum la soltó y se dirigió hacia la cocina. Unos minutos después, se sentaron a comer unos sándwiches de verduras al grill y una salsa para untar de miso y aguacate.

Mia devoró rápidamente todo lo que tenía en el plato, y él hizo lo mismo, con mucho apetito después de su sesión de natación anterior. Para postre, Korum ordenó a la casa que les hiciera un pastel de mango y kiwi con una costra de nueces de macadamia molidas, y un té para Mia.

Mientras disfrutaban del dulce, Korum estiró el brazo a través de la mesa y le cogió la mano, acariciando el centro de su palma con el pulgar.

—Mia —le dijo con voz queda—, hay algo que tengo que contarte.

Ella se quedó un segundo inmóvil, en respuesta a la nota grave de su voz.

—¿Qué es?

—Hoy he hablado con Saret —dijo Korum, y sus dedos se tensaron apretándole la mano—. Él no solamente eliminó tus recuerdos recientes. También te hizo algo para que tú estuvieras... más conformada con las cosas.

MIA MIRÓ FIJAMENTE A SU AMANTE, incapaz de creer lo que estaba oyendo:

—¿Qué? ¿Qué significa eso?

—Él lo llamó "suavizado" —dijo Korum, y la expresión de su cara era sombría—. Al parecer era una manera de hacerte más receptiva a sus avances. Si no ha mentido sobre eso, ahora no experimentas el miedo con tanta fuerza como lo hacías antes... y también estás más abierta a nuevas impresiones.

Mia frunció el ceño.

—No lo entiendo. ¿Cómo habría ayudado esto a Saret?

—Porque no solo estás más abierta a nuevas impresiones, lo que explica por qué te estás aclimatando tan bien, sino que también eres propensa a desarrollar nuevos vínculos emocionales. —La boca de Korum estaba tensa por la furia.

—¿Nuevos vínculos emocionales? —Y entonces, ella cayó en la cuenta—. ¿Pensó que me enamoraría de él?

¡Eso es una locura! —Rio, animándole a compartir la broma.

Korum no respondió y toda su diversión se desvaneció.

—Espera un segundo —dijo despacio—. ¿Estás diciendo lo que creo que estás diciendo?

—Lo siento, Mia. En serio, me gustaría que no fuese verdad.

Negando automáticamente con la cabeza, Mia apartó la mano y se puso en pie.

—Pero eso es ridículo —dijo ella—. ¿Estás diciéndome que no estoy siendo yo misma? ¿Que todo lo que pienso y siento es el producto del procedimiento de un chiflado? ¿Que lo que siento por *ti* no es real?

Korum se levantó también.

—Todo esto es por mi culpa —dijo, con la voz cargada de pesar—. Tendría que haber estado allí. Tendría que haberte protegido de él...

—No. —Mia se negaba a creérselo—. ¿Cómo sabes que no te estaba mintiendo? ¿No tendría sentido para él mentir?

—Lo tendría —dijo Korum—. Tendría todo el sentido del mundo. Y por eso quiero que te vean en el laboratorio de la mente de Arizona. Iremos allí mañana.

—Pero tú no crees que esté mintiendo.

—No. —Korum le lanzó una mirada apenada—. De verdad que no.

—¿Por qué no? —susurró Mia, con la voz empezando a temblarle.

—Porque no has estado siendo tú misma del todo, mi vida —dijo él con dulzura—. Las diferencias son sutiles, pero están ahí. Tú lo has notado también, ¿verdad?

Mia contuvo el aliento. Así era. Claro que lo había notado. Había estado asombrada de lo bien que se estaba adaptando a su nuevo mundo, a vivir en una colonia alienígena con un amante al que acababa de conocer. Un amante que ahora le era tan necesario como comer y respirar.

—¿No podría haber otra explicación para esto? —Mia sabía que se estaba agarrando a un clavo ardiendo, pero la alternativa era demasiado terrible para poder digerirla—. ¿Y si mis recuerdos no se han perdido del todo? ¿Y si están todavía allí, reprimidos en algún lugar muy dentro de mí? Eso lo explicaría todo: por qué me siento tan cómoda aquí, por qué estoy aprendiendo tan deprisa, por qué me he enamorado de ti...

Korum cerró los ojos por un momento. Cuando los volvió a abrir, su mirada era de desánimo.

—No lo has hecho, Mia. No te has enamorado de mí. Tú apenas me conoces.

—Pero si todavía te recuerdo a cierto nivel...

Él cogió aire.

—No, mi cielo. Ellet te hizo pruebas antes de despertar, y había señales de daños consistentes con una pérdida de memoria. De verdad que me gustaría que fuera de otra forma, créeme...

Mia parpadeó, tragando saliva con fuerza para

contener el nudo creciente de su garganta. Él pensaba que ella estaba dañada. Defectuosa. Incapaz de sentir emociones reales.

—¿Y ahora qué?

—La decisión es tuya —dijo Korum, con una voz extrañamente neutra—. Puedes quedarte conmigo o volver a tu antigua vida.

—¿Volver a mi antigua vida? —apenas pudo pronunciar las palabras—. Tú... ¿T-tú quieres que me vaya?

—¿Qué...? ¡No! —Él pareció sobresaltarse ante esa idea—. Claro que no quiero que te vayas. Tú eres toda mi vida ahora, ¿no entiendes eso?

Mia casi se estremeció de alivio. Él todavía la quería, a pesar de los daños causados por el procedimiento.

—Tú también eres toda mi vida —le dijo—. Sé que piensas que lo que siento es el resultado de lo que hizo Saret, pero yo no lo creo. Te amé antes, a pesar de todo lo que pasó entre nosotros, y volví a enamorarme otra vez en los últimos dos días. Tú puedes pensar que no es real, pero conozco mi propia mente. Sí, me he dado cuenta de que no estoy reaccionando ante las cosas como yo hubiera esperado, ¿y qué? ¿No es algo bueno que esté aprendiendo tan deprisa? ¿Que me esté sintiendo tan cómoda en Lenkarda como lo estaba antes en Nueva York? Aunque sea el resultado del procedimiento de Saret, eso no cambia el hecho de que así es cómo ahora soy yo: esta es la manera en la que pienso y siento. Eso no hace mis emociones menos fuertes.... ni menos reales.

Mientras ella hablaba, los pequeños surcos de tensión que formaban un paréntesis que atrapaba la boca de él empezaron a desaparecer.

—¿Estás segura, Mia? —preguntó, con los ojos llenándosele de ese conocido calor dorado—. ¿Es lo que realmente quieres?

—¿Estar contigo? ¡Sí! —Mia nunca había estado tan segura de nada en su vida. La idea de dejarle, de regresar a casa y no volver a verle jamás era insoportable. Cuando creyó que él había muerto, había deseado morir también. La vida sin Korum no valía la pena de ser vivida.

—Entonces estarás conmigo. —Su voz era ronca, y sus manos se apresuraron a cogerla y atraerla entre sus brazos.

Su boca era voraz, como si quisiera consumirla, y Mia respondió de igual manera, con sus mismas ganas. Ella se moría por su contacto, su abrazo. El éxtasis impactante del sexo tras el Arena la había dejado exprimida, seca, y sin embargo ella ya quería más. Más de Korum, más de la magia.

Él movía frenéticamente las manos sobre su cuerpo, arrancándole el vestido y dejándolo hecho jirones sobre en el suelo. Las ropas de él corrieron la misma suerte. Antes de que pudiera pestañear, se encontró contra la pared, con los muslos abiertos del todo y él levantándola, frotándole el sexo desnudo contra su erección.

—Joder —gruñó él. Su expresión era la de un hombre dolorido, su respiración áspera e irregular—. Tengo que estar dentro de ti, Mia. Ahora.

—Sí —susurró ella, sosteniendo su mirada en llamas—. Sí... por favor...

Como si ella le hubiera dado permiso, él le hincó la polla, insoportablemente gruesa y larga, y su cuerpo cedió, llenándose hasta el borde. Mia gritó: el placer-dolor de su posesión era tan intenso como alucinante. De la forma en que él la sostenía, estaba completamente abierta para él, incapaz de controlar en modo alguno la profundidad de su penetración. Lo tenía tan adentro que podía sentirlo golpeando contra su cérvix, y su vagina se tensó en un fútil esfuerzo para mantenerle fuera.

Él se detuvo un breve instante, dejándola recuperar el aliento, y entonces empezó a empujar adentro y afuera, apretándola con sus empujones contra la pared. Mia gemía, con el cuerpo abrumado por las sensaciones. No hubo ninguna escalada lenta, ninguna transición gradual de la incomodidad al placer; en cambio, el orgasmo la golpeó repentinamente, y sus músculos internos se convulsionaron alrededor de su polla sin previo aviso.

Él gimió, acelerando el ritmo, y ella se corrió otra vez con un grito, incapaz de controlar la respuesta impotente de su cuerpo. Tenía la piel demasiado caliente, y estaba jadeando, intentando respirar, pero él era implacable, y la llevó al tercero pocos minutos después del segundo.

Y justo cuando Mia pensaba que no podía resistirlo más, él se corrió con un rugido salvaje, echando la cabeza hacia atrás, con su polla palpitando en lo más profundo de ella.

~

A LA MAÑANA SIGUIENTE, Korum esperó impaciente mientras Haron, el experto de la mente del Centro de Arizona, examinaba cuidadosamente a Mia.

Ella estaba tumbada en una plancha flotante, con los ojos cerrados y una expresión relajada. La habían sedado un poco para permitir un examen más profundo de su cerebro. Haron estaba apartándole el cabello de la frente, para dejar al descubierto más piel donde colocar su equipo.

Korum le había dado permiso al otro hombre para tocarla por esta vez, pero todavía sentía como si le estuvieran despedazando por ello. Había estado igualmente enfadado al saber que Arus la había agarrado para sujetarla durante el combate, aunque sabía que había sido por la protección de la propia Mia. El instinto territorial era primitivo, y completamente irracional dadas las circunstancias, pero Korum no podía evitarlo. Tratándose de Mia, él no estaba más evolucionado que una ameba.

Cuando terminó el examen, Korum estaba de mal humor.

—Y bien —exigió en cuanto Haron apartó sus equipos.

El experto de la mente encogió sus anchos hombros:

—No lo sé —dijo, lanzándole a Korum una mirada perpleja—. Su cerebro está sano, pero muestra signos de un borrado de memoria reciente. También hay algo más, algo que nunca antes había visto.

—El proceso de suavizado —dijo Korum—. ¿Crees que podría ser eso? —Le había contado a Haron las afirmaciones de Saret, y el experto de la mente se había mostrado muy intrigado.

—Podría ser —dijo Haron—. Honestamente, nunca antes me había topado con algo así. Si Saret afirma que él ha inventado el procedimiento, entonces tendría sentido. —Su tono era de admiración, haciendo que Korum quisiera hacerle algo violento.

—¿Puedes arreglarlo? —Korum ya sabía la respuesta pero tenía que preguntar.

Haron meneó la cabeza:

—No creo, no sin arriesgarme a causarle daño de verdad a su cerebro al hacerlo. Siempre que damos con algo nuevo aquí, realizamos pruebas exhaustivas en un entorno simulado primero, antes de experimentar con sujetos vivos. Podría probar, por supuesto, si tú quieres...

—No. —Korum jamás podría correr ese tipo de riesgo con Mia—. Olvídalo.

KORUM TUVO A MIA EN EL REGAZO MIENTRAS LA NAVE VOLVÍA A LENKARDA. Estaba despierta, pero un poco atontada, y parecía satisfecha de estar sentada allí, con la cabeza apoyada en su hombro. Él le acarició el pelo, disfrutando de la sensación de los rizos suaves bajo sus dedos.

Su conversación del día anterior había ido por derroteros muy distintos de los que él se había temido. Mia había estado sorprendida y se había mostrado incrédula por lo que Saret le había hecho, pero lo que le había disgustado más era la idea de dejarle. Y Korum se había alegrado. Había estado tan jodidamente contento y aliviado de que ella quisiera quedarse... Honestamente, no sabía lo que hubiera hecho si ella hubiera dicho que quería irse a casa. Quería pensar que le habría dejado hacerlo... pero, en el fondo, sabía que no era así. No podía soportar la idea de estar lejos de ella ni un día; ¿cómo podría haber sobrevivido toda una vida sin ella?

No podría. Así de sencillo. Lo habría intentado si eso hubiera sido lo que ella quería, pero la probabilidad de fracasar hubiera sido alta. Korum no se hacía ilusiones acerca de sí mismo. El altruismo no formaba parte de su naturaleza. Habría sufrido durante un tiempo: por sentirse culpable de haberla lastimado, por el deseo de compensar los errores del pasado... pero finalmente habría ido a por ella.

Ella se removió entre sus brazos, interrumpiendo sus cavilaciones. Levantó la cabeza y sonrió, adormilada.

—¿Ahora adónde vamos?

—A casa, mi vida —respondió Korum, y lo que

quedaba de su mal humor se esfumó al contemplar su precioso rostro. Por mucho que quisiera revertir el procedimiento de Saret y deshacer cualquier daño causado a esta exquisita criatura, estaba contento de tenerla, sin importarle las circunstancias. Incluso si ella no le amaba de verdad ahora mismo, esperaba que desarrollara verdaderos sentimientos hacia él con el tiempo.

Y Korum se aseguraría de que su amor no se convirtiera en odio cuando conociera la verdad sobre sus planes.

CAPÍTULO DIECINUEVE

El mes siguiente pasó volando. Korum estuvo más ocupado de lo normal, con sus diseñadores terminando los nuevos escudos para los Centros y el Consejo intentando decidir el destino de Saret.

Después de varias reuniones, se determinó que un juicio como el de los kets no sería apropiado en este caso. Como Saret había sido miembro del Consejo durante mucho tiempo, nadie era completamente imparcial, y las emociones estaban a flor de piel. Korum no era el único que había considerado a Saret un amigo. En general a todos les caía bien el experto de la mente, con su personalidad aparentemente relajada y cercana. La magnitud de su tentativa de delito era casi imposible de creer, e incluso la rehabilitación total parecía un castigo demasiado suave para lo que él había intentado hacer. Al final, el Consejo acudió a los Ancianos para que les orientaran, una iniciativa que fue liderada por Korum, ya que tenía otros asuntos que tratar con los Ancianos además de ese.

Entre eso y su trabajo normal, Korum apenas encontraba ratos para dormir, porque también quería pasar todo el tiempo posible con su charl. El cariño que Mia sentía hacia él parecía estar creciendo cada día, y Korum ya no dudaba de la intensidad de sus sentimientos. Como ella le había dicho, fuera lo que fuese lo que Saret le había hecho, así es cómo ella era ahora, y ambos debían aceptarlo.

Por el lado positivo, Korum seguía sorprendido por lo bien que Mia se estaba adaptando a todo... y por lo independiente que se estaba volviendo.

Antes de su pérdida de memoria, le había costado andar por Lenkarda por su cuenta, aprensiva por su gente e intimidada por parte de su tecnología. Aparte de ir al laboratorio y a algunos sitios pintorescos que él le había enseñado, por lo general Mia se había quedado en casa con él. Su tiempo libre también había sido más limitado, dado el horario rígido que Saret había impuesto a sus aprendices. Ahora, sin embargo, dado que ella y Adam estaban investigando en gran parte por su cuenta, Korum descubrió que su charl parecía tener cierta sed de aventura, y él la complacía siempre que tenía ocasión.

Un día ella se fue a nadar al mar cerca del estuario, cuando la corriente era relativamente débil. Sin embargo, Korum, que había adquirido el hábito de comprobar su ubicación cada hora, sintió su sangre helársele en las venas cuando vio que estaba al menos a cuatrocientos metros de la orilla. Inmediatamente se había ido hasta allí, solo para encontrarla nadando tranquilamente, y era evidente que disfrutándolo. Para cuando ella salió del agua, él había conseguido calmarse lo suficiente como para mantener una charla racional sobre los peligros de ese lugar en particular, y ella había accedido a ser más cuidadosa en el futuro, pero pasaron varios días hasta que Korum dejó de sentirse alterado por ese incidente.

Sus otras excursiones eran menos peligrosas. Había desarrollado una afición por el senderismo y por grabar imágenes de la fauna local con su dispositivo de pulsera. Monos aulladores, iguanas, incluso algunos insectos grandes... ella los grababa todos y enviaba las imágenes en forma de fotografías y vídeos a su familia, para compartir más cosas con ellos acerca de su nuevo hogar.

También estrechó su amistad con Delia, con quien quedaba con frecuencia para dar paseos matinales por la playa. Korum respaldaba esa amistad, contento de que Mia estuviera creando otros vínculos en Lenkarda. María también se pasaba por allí de vez en cuando, y Korum había insistido en invitarlos a ella y a Arman a cenar un par de veces.

La principal desavenencia entre ellos pivotaba en torno al estatus de Mia como charl.

—¿No entiendes cómo me hace sentir saber que pertenezco a ti legalmente solo porque soy humana y porque tú así lo manifiestes? —le dijo una vez—. ¿No ves lo bárbaro que resulta eso?

Korum no lo veía de esa forma en absoluto. Sí, ella era suya... suya para protegerla, suya para amarla y adorarla. Tener una charl era un compromiso serio para toda la vida. Según la ley krinar, Korum era responsable por los actos de Mia. Si ella rompiera alguna vez el mandato, por ejemplo, él tendría que ser quién respondiera por ello ante los Ancianos. Mia nunca más volvería a ser una humana normal, no con los nanocitos de su cuerpo; aunque ella le abandonara, Korum siempre tendría que velar por ella, para asegurarse de que no revelase ninguna información no pública acerca de los krinar. Una charl no era ni una esclava ni una mascota, y la mayoría de los cheren pensaban en ellas como en sus parejas humanas, algo que Mia parecía no ser capaz de aprehender.

—¿Cómo puedo ser tu pareja cuando no tengo ningún tipo de derecho aquí? —repetía ella, y su terquedad hacía que Korum deseara ponerla sobre sus rodillas y zurrarle en su precioso culito—. Para empezar, yo nunca acepté ser tu pareja, ni tu charl, ¿verdad? Y además ni siquiera podemos tener hijos juntos...

Korum no podía discutirle este último punto, y el asunto de ser una charl seguía sin resolver, pendiendo sobre sus cabezas y de vez en cuando apareciendo durante algunas de sus conversaciones más encendidas, aunque estas se estaban volviendo cada vez más infrecuentes según evolucionaba su relación.

Viendo que Mia se estaba aclimatando a la tecnología krinar, Korum le regaló su propio fabricador, una versión más avanzada que la del que había hecho para el cumpleaños de María. Era lo bastante poderoso como para crear cualquier cosa que Mia necesitara durante el día, incluyendo una cápsula de transporte.

Su alegría por este regalo se había salido de la gráfica...

—¡Gracias! ¡Oh Dios mío, Korum! ¡Muchas, muchísimas gracias! ¡Esto es increíble! —Con los ojos brillantes y todo el cuerpo vibrando de emoción, ella casi lo asfixió a besos. Se pasó las horas siguientes jugando con el fabricador sin parar, fabricando y deshaciendo una cosa tras otra, mientras Korum se regocijaba por su alegría.

Poco después, Mia decidió ir a Nueva York... en una aeronave que había creado ella misma. Korum le dio el diseño para eso; era una máquina más compleja que la cápsula de transporte que usaban por el Centro. Ella hizo la nave mientras él la observaba con una sonrisa, orgulloso por lo mucho que había aprendido ya.

Se fueron juntos a Nueva York, puesto que Korum era reacio a que se fuese tan lejos ella sola. Sabía que era un poco ilógico; después de todo, ella había vivido en la ciudad humana durante años antes de que se conocieran sin que le pasara nada en absoluto, y tanto Saret como la Resistencia habían dejado de ser una amenaza. Aun así, no podía librarse de su miedo irracional por su seguridad. Era o ir con ella o prohibirle totalmente que fuese, y Korum sabía que esa opción no iba a sentarle bien.

. . .

EN LA MAÑANA DE SU VIAJE, Mia usó el fabricador para hacer ropa humana para ambos.

—Mmm, veamos — dijo ella con una sonrisa malévola—. ¿Qué te parecería una camiseta rosa?

—Pues bien. —Korum contuvo una risa al verle tan cariacontecida—. Una camiseta rosa me encantaría. —Su gente no asociaba los colores con el género, y a él personalmente le gustaban todos los tonos pastel. Sabía que ella se había esperado que él saltara ante la idea de lo que ella consideraba un atuendo femenino, pero a él no le podía importar menos eso, siempre y cuando no le hiciera ponerse una falda. Llevar falda sería su límite.

—Vale —gruñó ella—, no eres nada divertido. —Pero de todos modos creó una camiseta rosa, que Korum se puso sin vacilar en absoluto. Afortunadamente, los pantalones vaqueros que ella le entregó eran de la variedad normal, de color azul oscuro.

—¿Sabes? —dijo ella pensativa, estudiándole cuando los dos se hubieron vestido— De hecho, estás sexy vestido de rosa.

Korum se echó a reír:

—Bueno, gracias, cielo. Me siento halagado. —Ella misma estaba muy sexy, con un par de vaqueros ajustados, botines de tacón y un top plateado de tirantes que resaltaba sus brazos y hombros recientemente tonificados. Con los nanocitos del interior de su cuerpo, Mia tenía una resistencia significativamente mayor en lo referente a la actividad física, y su reciente afición por el senderismo y la natación había obrado maravillas en su esbelto cuerpo. Korum siempre la había encontrado irresistible, pero ahora apenas podía quitarle los ojos, ni las manos, de encima.

—¿Le has dicho a Jessie que vamos a aterrizar en su azotea? —le preguntó mientras subían a la nave.

—Síí. Sabe que vamos e incluso ha obtenido el permiso del administrador del edificio.

Para ahorrar tiempo, habían decidido ir directamente a casa de Jessie, en lugar de volar a una de las zonas de aterrizaje designadas de los krinar. La idea de esas áreas era evitar molestias a la población humana en las grandes ciudades. Incluso hoy en día, la aparición de una nave krinar con frecuencia provocaba accidentes de tráfico. Al parecer, los conductores humanos asustados tendían a ser conductores distraídos. Como miembro del Consejo, Korum podía librarse de seguir esta directriz en cuanto al aterrizaje, pero aun así intentaba ser precavido en ciudades grandes como Nueva York.

Jessie les recibió en la azotea cuando aterrizaron. Estaba allí con un joven humano que solo podía ser Edgard, su nuevo novio. Korum recordó haberlo visto otra vez antes, en el club nocturno donde Korum encontró a Mia bailando con otro hombre. Ese incidente en particular no era uno de los recuerdos favoritos de Korum.

Sin embargo, sonrió a Jessie y a Edgar, decidido a

portarse bien. Sabía que la antigua compañera de piso de Mia estaba preocupada por ella. Ella había sido testigo del accidentado comienzo de la relación entre Korum y Mia, y él todavía no era su persona favorita, algo que Korum planeaba remediar ese día.

Mia sonrió también, y él vio que estaba realmente feliz de ver a su amiga. Ella también estaba nerviosa, a juzgar por la fuerza con la que sus dedos le apretaban la mano. Por alguna razón, todavía no les había hablado de su pérdida de memoria a sus amigos ni a su familia. Cuando Korum le había sacado el tema, ella le había dado alguna vaga respuesta sobre no querer que nadie se preocupara y él había tenido que contentarse con eso.

—¡Mia! —Jessie se acercó volando hacia ella tan pronto como salió de la nave, y las dos chicas se abrazaron, riendo y soltando agudos grititos.

Korum sonrió ante la euforia de su reencuentro y luego dio un paso adelante, ofreciendo su mano a Edgar en un gesto de saludo humano.

—Hola. No creo que nos hayan presentado formalmente.

—Así es, no —dijo Edgar con sequedad, aceptando su apretón de manos—. La última vez que te vi, tenías la mano apretando la garganta de mi amigo Peter. Supongo que ese no era el mejor momento para hacer presentaciones.

—Es verdad —dijo Korum, entornando un poco los párpados. ¿Se atrevía este humano a recordarle ese día? Peter había tenido suerte de que Korum hubiera podido controlarse tan bien como lo había hecho. Cada vez que Korum pensaba en ese chico besando a Mia, lo veía todo rojo. *Pórtate bien*, se recordó a sí mismo y mudó el gesto en una expresión más amable—. Así que eres actor —dijo, dirigiendo la conversación hacia un tema que era seguro que al humano le gustaría.

—Sí, lo soy. —Edgar mordió el anzuelo—. Estoy en esa serie nueva de la CBS. Se llama *El vórtice*. ¿Has oído hablar de ella, quizás?

—He visto todos los episodios —dijo Korum—. De hecho, soy un gran fan. No me podía creer lo que pasó con Eva la semana pasada... jamás me hubiera esperado que su hermana apareciese de esa manera.

Lo ojos de Edgar se iluminaron.

—¡No me digas! ¿Ves el programa? ¿Es popular entre los K?

Era popular para un K en particular, que había necesitado verlo para prepararse para este viaje.

—Claro —dijo Korum—. Nos gusta el espectáculo tanto como a los humanos.

Mia había acabado de abrazar a Jessie y se acercó también a Edgar:

—Hola, Edgar —dijo—. Es genial volverte a ver.

Korum ocultó una sonrisa. Pequeña mentirosa. No recordaba a ese tipo en absoluto, pero estaba haciendo un buen papel. Edgar no era el único actor presente allí ese día.

—Hola, Korum. —Esa era Jessie. En su bonita cara había una expresión de desconfianza que él ya reconocía, y Korum suspiró interiormente. De entre todos los demás, esta amiga de Mia en particular sería la más difícil de conquistar. Podía verlo en la terca inclinación de su barbilla al mirarlo. Estaba resentida con él por llevarse a Mia lejos de ella, y por sus arrogantes tácticas iniciales.

Era algo bueno que Korum siempre estuviera dispuesto a aceptar un reto.

—Hola, Jessie —dijo, y dirigió a la chica humana una cálida sonrisa.

Entraron dentro, al apartamento que Jessie había compartido con Mia. Korum sabía que muchos estudiantes de la Universidad de Nueva York vivían en este edificio por su proximidad al campus y su alquiler razonable (para los estándares neoyorquinos), pero Korum siempre había pensado que ese no era un lugar adecuado donde vivir. La pintura de los pasillos estaba desconchada y podía notar el olor a podrido de las viejas y mohosas paredes. Cuando conoció a Mia, no podía esperar para sacarla de allí y llevarla a su cómodo ático.

Jessie había preparado un plato vegetariano, cerveza y unas patatas fritas para picar, y los cuatro se sentaron en el comedor. Después, Korum planeaba llevarlos a todos a cenar a un restaurante, pero por ahora, este lugar era tan bueno para pasar el rato como cualquier otro.

Korum se sentó al lado de su anfitriona a propósito. Mia se sentó al otro lado, y Edgar se acomodó en un puf enfrente a Korum. Un par de cervezas después, cualquier rastro de la incomodidad inicial se había evaporado y la conversación fluía sin reservas. Para ser un par de jóvenes humanos, los amigos de Mia eran de hecho bastante interesantes, y Korum se encontró inesperadamente pasándolo bien. Había mucha química entre Jessie y Edgar, que bromeaban y se chinchaban el uno al otro, y él notó cómo la tensión inicial de Mia se desvanecía cuando nadie pareció sospechar nada acerca de su pérdida de memoria.

Cuando todos estuvieron lo bastante relajados, Korum empezó con su campaña de mostrarse encantador con Jessie. Comenzó por preguntarle sobre su verano y entonces escuchó atentamente mientras ella se lo contaba todo acerca de sus prácticas en una gran empresa farmacéutica. Korum ya lo sabía, puesto que había hecho sus investigaciones antes de venir a Nueva York. Sin embargo, también sabía que a la gente le gustaba hablar sobre sí mismos, por lo cual siguió haciéndole preguntas a Jessie. Mientras tanto, Edgar le estaba enseñando a Mia posters de su nuevo espectáculo al otro lado de la habitación.

—¿Es esta empresa tu primera opción para solicitar un trabajo a tiempo completo? —preguntó Korum a Jessie, y ella asintió, con una expresión esperanzada en el rostro.

—Es la primera opción para cualquiera que no vaya directo a la facultad de medicina —explicó ella—. Como yo quiero investigar primero, este sería el lugar perfecto para hacerlo. Es súper competitivo, por supuesto. Contratan a diez veces más internos que la cantidad real de auxiliares de investigación que necesitan para el año siguiente, así que ni hacer unas prácticas con ellos te garantiza una oferta laboral.

Y así de fácil, Korum supo lo que tenía que hacer:

—No deberías preocuparte —dijo con amabilidad—. Voy a hablarles bien de ti a los gerentes.

—¿Tú harías eso? —Jessie lo miró llena de asombro—. ¿Conoces a los jefes de Biogem?

—Así es —dijo Korum. No era más que una mentirijilla, ya que pronto los conocería.

—Oh, guau. No tienes por qué hacerlo, Korum —protestó ella débilmente, pero Korum vio que no lo hacía con el corazón. Ella deseaba muchísimo ese trabajo, y él se lo estaba entregando en bandeja de plata.

—Quiero hacerlo —dijo él con firmeza—. Es obvio que te mereces esta oportunidad, y sé que Mia querría que la tuvieras.

Jessie esbozó una sonrisa titubeante.

—Bueno, en ese caso, gracias. Agradecería cualquier ayuda en ese sentido.

Y la *Operación Jessie* había sido completada.

Cuando ya no bastó con la cerveza y el picoteo, salieron para una cena temprana. Korum les llevó a un nuevo restaurante francés al que los críticos estaban poniendo por las nubes, cuya especialidad era servir platos tradicionales de carne a precios astronómicos. Él continuó manteniendo su dieta vegetariana, pero Mia y sus amigos pidieron algo del reino animal cada uno. A Korum no le importaba que se dejaran llevar de vez en cuando. Los krinar habían estado principalmente preocupados por el impacto medioambiental de los hábitos alimentarios humanos, y comer carne de manera ocasional no era tan desastroso para el planeta como lo que los humanos en los países desarrollados habían estado haciendo anteriormente.

Después de cenar, fueron a tomar unas copas. Sabiendo que las chicas querrían algo de intimidad, Korum discretamente se posicionó con Edgar hacia el extremo de la barra, dejando que Mia y Jessie se sentaran por su cuenta junto a la ventana. Seguía sin quitarles el ojo de encima, solo para asegurarse de que nadie las molestaba, pero aparte de eso, centró la mayor parte de su atención en Edgar.

—¿Practicas algún deporte? —preguntó a Edgar cuando llegaron sus cervezas. Era una de las muchas cosas que los krinar tenían en común con los humanos: juegos que requerían habilidad física y destreza.

El actor asintió:

—Jugué al fútbol en la universidad, y todavía lo hago de vez en cuando por diversión. También he empezado a boxear hace poco, para ponerme en forma para mi siguiente papel.

—¿De verdad? —dijo Korum—. Cuéntame más.

MIA SONRIÓ PARA SÍ MISMA CUANDO VIO A KORUM Y EDGAR AL OTRO LADO DEL BAR. Sabía exactamente lo que él estaba haciendo y por qué: su amante quería que ella y Jessie tuvieran un rato solo de chicas.

—Guau, Mia —dijo Jessie después de que el camarero les trajera sus cócteles—. Tengo que decirte que estoy empezando a darme cuenta de por qué te enamoraste de él. Es mucho más majo de lo que creí al principio.

Mia sonrió.

—Sí, es genial. —No tenía ni idea de cómo había sido Korum cuando se conocieron, pero tenía algunas sospechas basadas en lo que él le había contado.... y en lo que ella había observado de su interacción con otras personas durante el mes pasado. Definitivamente, el amor de su vida no era alguien al que jamás quisiera tener como enemigo.

—Tú también pareces distinta —dijo Jessie—. Más fuerte, más segura de ti misma... y hasta más guapa. Sea lo que sea lo que te está haciendo, parece estar funcionando.

—Me hace feliz —le dijo Mia—. Oh, Jessie, me hace tan increíblemente feliz. Nunca pensé que pudiera enamorarme así. Es como un cuento de hadas hecho realidad.

—¿Hasta con un príncipe azul extraterrestre?

Mia se echó a reír:

—Claro. —Korum no era exactamente un príncipe azul, pero ella no pensaba contarle eso a Jessie. Le gustaba la nueva dinámica positiva entre su amante y sus amigos, y no tenía ninguna intención de estropearla.

No, sabía que Korum estaba lejos de la perfección. Ella lo amaba, pero no estaba ciega a sus defectos. Era posesivo hasta el extremo, paranoico con respecto a su seguridad, y manipulador cuando necesitaba serlo. A ella no se le había pasado por alto la forma en que deliberadamente había pasado tiempo con Jessie, camelándola. Y había funcionado; su antigua compañera de piso parecía tener mucha mejor opinión de él.

—¿No te preocupa que sea muchísimo mayor que tú? —preguntó Jessie, con sus oscuros ojos brillando de curiosidad—. Edgar tiene veintiséis, y bromea con que yo soy una cría. No puedo ni imaginarme salir con alguien de la edad de Korum...

—No es tan viejo para ser un krinar, lo creas o no —dijo Mia, sonriente—. Hay algunos que son mucho, mucho mayores. Pero sí, a veces la diferencia de edad es un desafío. Definitivamente hay veces en las que siento que yo le hago gracia. Nunca me hace sentirme estúpida ni nada por el estilo, pero sé que piensa que soy muy joven.

—¿No te trata como a una niña?

—No. —Mia negó con la cabeza—. No lo hace. Es ridículamente sobreprotector, pero eso es todo.

Jessie la miró pensativa:

—¿Crees que esto es algo a largo plazo para ti? —preguntó, con un ligero ceño desvirtuando su frente perfectamente lisa—. Quiero decir, ¿casarte y toda la pesca? ¿Cómo podría funcionar eso siquiera con un K si no envejecen como nosotros?

Mia bebió un gran trago de su cóctel y tosió cuando se le fue por el otro lado.

—Ejem, no estoy segura de que estemos aún en ese punto —dijo cuando volvió a recobrar el aliento. Korum le había inculcado que se suponía que nadie fuera de Lenkarda debía saber lo de su longevidad. Tenía algo que ver con un mandato establecido por los Ancianos. Mia odiaba esa restricción, pero era lo bastante lista como para no saltarse las reglas. Como Korum le había explicado, a los humanos que sabían demasiado se les borraba la memoria... y Mia jamás querría que ninguno de sus familiares o amigos pasasen por eso.

—¿Y a la larga? —insistió Jessie—. ¿Lo has pensado? Si vosotros dos seguís juntos, ¿qué pasará cuando te hagas vieja? ¿Y qué hay de los niños?

Mia se encogió de hombros.

—Cruzaremos ese puente cuando lleguemos a él. —Ahora mismo no quería pensar en tener hijos. Era lo único garantizado para arruinarle su buen humor. Las diferencias de ADN entre los humanos y los Krinar eran demasiado grandes para que pudieran tener descendencia biológica, algo que tenía sentido pero era una idea angustiosa.

—En fin —dijo Mia, queriendo cambiar de tema— ¿y qué hay de ti y Edgar? ¿En qué punto estáis?

La sonrisa de Jessie brilló como el sol.

—Conocí a sus padres la semana pasada —le confió—. Y la que viene, lo llevaré a que conozca a los míos.

—Guau... Jessie, ¡eso es muy grande! —Por lo que Mia sabía, era la primera vez que su amiga iba a llevar a un tío a conocer a su familia. Aunque los padres de Jessie llevaban viviendo mucho tiempo en América, todavía conservaban algunas de las actitudes y costumbres tradicionales chinas. Llevar un novio a casa era un asunto serio, y el novio en cuestión tenía que estar dispuesto a responder a algunas preguntas peliagudas sobre su carrera y sus planes de futuro.

—Sí —dijo Jessie con tono jocoso—. He advertido a Edgar que lo van a fusilar a preguntas, pero está dispuesto a ello.

De repente, Mia notó que alguien le tocaba ligeramente su brazo desnudo.

—¿Puedo invitar a estas damas a una copa? —preguntó una voz masculina desconocida, y Mia se giró y vio a un atractivo hombre de cabello oscuro que parecía estar a punto de entrar en la treintena.

—Hemos venido con nuestros novios —dijo Jessie rápidamente, con un tinte de ansiedad en la voz.

—Vale, no hay problema —dijo el tipo, y desapareció entre la gente.

Mia miró a Jessie, arqueando las cejas. Su amiga acababa de ser atípicamente grosera, y ella no podía entender por qué. Y entonces vio lo que Jessie estaba mirando.

Korum tenía la vista apuntada directamente a ellas, la mandíbula firmemente apretada y los ojos de color amarillo brillante. Mia sonrió y lo saludó con la mano, intentando aliviar la tensión. Sabía que a él no le gustaba que ningún hombre la tocara, pero ese tipo había sido inofensivo.

—No irá a volverse loco otra vez, ¿verdad? —Jessie sonaba asustada.

—¿Qué? No, claro que no —dijo Mia automáticamente, y entonces recordó que Korum le había contado algo sobre un incidente en un club nocturno al principio de su relación. Según él, ella y Jessie habían salido solas, y un tipo la había besado. Basándose en la reacción de Jessie, Mia adivinó que Korum le había restado importancia a su propia respuesta ante eso.

—Ajá —dijo Jessie incrédula.

—No lo hará —dijo Mia con firmeza, con la vista clavada en Korum. Sabía perfectamente bien que él podía escucharla.

Él le devolvió la mirada. Sus ojos todavía tenían esas manchas oro peligrosas, pero una de las comisuras de su boca se elevó, y un remedo de sonrisa empezó a formarse en su cara. Mia siguió mirándolo, con los párpados entornados, y la sonrisita se convirtió en una gran sonrisa de verdad, transformando sus rasgos de simplemente hermosos a ser tan sexys que no parecían de este mundo. Entonces él se volvió y continuó hablando con Edgar, como si no hubiera pasado nada.

—Mierda puta —soltó Jessie, con los ojos muy abiertos—. ¡Lo has hecho! Mia, joder, lo has hecho...

—¿He hecho el qué?

—Has domado a un K.

CAPÍTULO VEINTE

Habían pasado dos semanas desde el viaje a Nueva York. Mia se encontraba encantada por su nueva vida... y considerando no volver para terminar su último año de universidad.

Lenkarda se parecía tanto al paraíso como uno era capaz de imaginarse. El verano era la estación de las lluvias en esa región de Costa Rica, lo cual se traducía en mañanas soleadas y aguaceros tropicales por la tarde. Como resultado de toda esa lluvia, todo se había tornado exuberante y verde, con las cascadas y ríos llenos hasta casi reventar. Mia pasaba a menudo las mañanas explorando la selva cercana y sacando fotos a la fauna salvaje, y la segunda mitad del día trabajando en el laboratorio con Adam.

Haron, el experto de la mente de Arizona, había aceptado hacerse cargo del laboratorio de Saret como una solución temporal para mantener el sitio abierto. Había demasiadas investigaciones importantes en marcha en él para sencillamente cerrarlo. Mia había conocido al K durante su breve viaje a Arizona y no estaba segura de que le cayera demasiado bien. Le daba la sensación de que ella era para él algo así como una curiosidad médica, debido a su afección. Sin embargo, a él no le importaba que continuara trabajando en el laboratorio, y dejaba a Adam y a ella en paz, lo cual estaba bien para Mia.

Con cada día que pasaba, Mia se sentía más y más afianzada en cuanto a la vida en Lenkarda. Su amistad con Delia siguió creciendo, y las dos chicas iban a nadar y a bucear jutas a menudo, lo cual era tranquilizador para sus dos cheren.

—Al menos Delia puede pedir ayuda si pasa algo y viceversa —le dijo Korum una noche cuando estaban en la cama—. Y ella sabe qué zonas evitar.

La sobreprotección de Korum volvía loca a Mia. Cuando se quejó de eso a Delia, la chica más mayor se rio:

—Oh, ya puedes irte acostumbrando. Arus es exactamente igual, créeme. Pensarías que después de siglos de estar juntos se habría dado cuenta de que soy capaz de cuidarme sola, pero no. Si las cosas fueran como él quiere, jamás saldría de casa sin él.

—¿Cómo consigues lidiar con eso? —le preguntó Mia, mirándose las manos. Ella sabía lo de los dispositivos de rastreo que tenía allí, y *de verdad* los odiaba. Cuando había descubierto que él la había iluminado, después de interrogar a Korum sobre cómo él siempre parecía conocer su ubicación exacta, se había puesto furiosa y había insistido en que Korum le quitase los dispositivos. Él se negó, explicándole que necesitaba saber que ella estaba sana y salva. Terminaron teniendo una larga discusión que culminó con Korum llevándola a la cama. Los dispositivos seguían ahí por ahora, pero Mia tenía toda la intención de quitárselos a la menor ocasión.

Delia encogió sus delgados hombros.

—No lo sé —dijo—. Sé que Arus me ama y que tiene miedo de perderme. Soy tan necesaria para su existencia como él lo es para la mía... y trato de tenerlo en cuenta. Con el tiempo, ambos hemos aprendido el valor del compromiso, y tú y Korum también lo haréis.

Tener a Delia como amiga era como tener una mentora y una amiga juntas, envueltos para regalo en un bonito paquete. A veces, era tan sabia y misteriosa como una esfinge, pero otras, era como cualquier otra joven de la edad de Mia, comportándose de una forma tan despreocupada como una adolescente. Esta extraña mezcla de personalidades era relativamente común entre los krinar, descubrió Mia. Vivían muchos años, pero nunca se sentían *viejos*. Sus cuerpos estaban tan sanos cuando tenían diez mil años como lo eran a los veinte, y todo el mundo a su alrededor disfrutaba de la misma longevidad, así que raramente experimentaban la clase de pérdidas que acostumbraba a padecer un humano de edad avanzada.

—¿Sabes?: no encajas en el estereotipo de un inmortal taciturno en absoluto —Mia le dijo a Korum una vez, después de una sesión de juegos particularmente divertida en su cámara de gravedad cero—. ¿No tendrías que estar todo deprimido y odiando la vida en vez de disfrutarla tanto?

Korum le respondió con una sonrisa toda dientes blancos y deslumbrantes:

—¿Cómo podría odiar la vida si te tengo a ti? —dijo, levantándola y haciéndola girar por la habitación.

Cuando se detuvo por fin, Mia casi no podía hablar de tanto reírse.

—La vida es para disfrutarla, mi amor —dijo él, todavía sujetándola, y con una cara inesperadamente seria—. Es por eso que te amo tanto. Yo *disfruto* de ti, Mia: enriqueces cada momento de mi existencia. Tu sonrisa, tu risa, incluso tu obstinación, me hacen más feliz de lo que he sido jamás. Incluso cuando no estamos juntos, pensar en ti me hace estar contento, porque sé que estás aquí, que cuando llego casa, puedo abrazarte, sentirte... —el brillo de sus ojos se intensificó—... follarte.

Mia lo miró fijamente, y sus pezones se endurecieron al tiempo que la piel le hormigueaba por la excitación.

—Sí —dijo él, con voz grave y ronca—, no nos olvidemos de esa última parte. Disfruto mucho follándote. Me encanta la forma en que gimes cuando estoy profundamente dentro de ti, el rubor de tus mejillas cuando estás excitada... Me encanta tu olor, tu sabor. Quiero comerte como a un postre... —Metió la mano entre sus piernas, separó sus pliegues, y la acarició, esparciendo la humedad en torno a su vagina—. Tu coñito es más dulce que cualquier fruta —susurró, arrodillándose y levantando la parte inferior de su vestido—, más delicioso que el chocolate...

Y Mia casi llegó al clímax allí mismo con el primer roce de su lengua. Gimiendo, enterró sus dedos en su pelo, sujetándose a él mientras su hábil boca la llevaba al límite, dándole placer hasta que ella estalló en un millón de pedazos.

—Dilo otra vez —exigió Korum, mirando a Ellet fijamente.

—Creo que he encontrado a alguien que puede revertir el procedimiento de Saret y curar la pérdida de memoria de Mia —repitió Ellet, cruzando sus largas piernas. Estaban sentados en el laboratorio de Ellet, donde Korum había traído a Mia después de rescatarla de las garras de Saret.

—¿Quién?

—Una aprendiza prometedora del laboratorio de Baranil. Al parecer acaba de desarrollar una manera de deshacer casi cualquier procedimiento de la mente. Es todo muy secreto, por eso que no hemos sabido nada de esto antes. Puedes imaginar las implicaciones de algo así. Todo el que haya pasado por cualquier tipo de rehabilitación lo querría.

—El laboratorio de Baranil —dijo Korum, mirando a Ellet—. En Krina.

—Sí.

—Comprendo. Korum se levantó y empezó a dar vueltas por la habitación.

—¿Acaso aún lo necesitas? —preguntó Ellet, mirándolo directamente con sus grandes ojos oscuros—. Mia parece bastante feliz estando como está... y tú también. —Su voz tenía un tinte ligeramente nostálgico.

Korum la miró con frialdad. Aunque habían sido amantes, él nunca había tenido sentimientos profundos por Ellet... y él había estado seguro de que ella no los tenía por él tampoco.

Como para responder a su muda pregunta, Ellet sonrió:

—Me alegro por ti —dijo suavemente—. De verdad que sí. Lo que tú y yo tuvimos se terminó hace mucho tiempo. Es que nunca pensé que sería una chica humana quien te hiciera sentir de esta manera.

Korum suspiró, pasándose la mano por el pelo.

—Yo tampoco, Ellet. Créeme, para mí también es un gran shock.

—Oh, te creo —dijo Ellet, todavía sonriente. Ella era hermosa: Korum podía reconocerlo de manera objetiva. Pero su físico ahora le dejaba frío. Cada mujer que veía esos días, para él no podía compararse con Mia, otro efecto secundario de su obsesión por su charl.

—¿Puedes por favor ponerme en contacto con esa aprendiza? —preguntó Korum, volviendo al tema que les ocupaba—. Me gustaría hablar con ella.

. . .

Después de dejar a Ellet, Korum se dirigió a su propio laboratorio, donde trabajaban sus diseñadores. Aunque todos podían hacerlo de forma remota, reuniéndose solo en entornos virtuales, había algo relacionado con la proximidad física que tendía a fomentar el proceso creativo, lo que daba como resultado una mayor cohesión del equipo y soluciones más innovadoras de los proyectos.

Al entrar en el gran edificio de color crema, Korum saludó a Rezav, uno de sus diseñadores y se fue a su oficina, un espacio privado donde generalmente realizaba sus mejores trabajos. La semana pasada había sido tranquila, con sus empleados tomándoselo con calma después de las prisas del mes anterior por finalizar los diseños de los nuevos escudos. Normalmente, este habría sido el momento perfecto para que Korum trabajase en sus propios proyectos, pero el último par de semanas había distado mucho de ser normal.

Asegurándose de que nadie podía entrar en su oficina, Korum se colocó un dispositivo circular de realidad virtual en la sien y cerró los ojos. Cuando los abrió, estaba de pie junto a un gran río, rodeado por los conocidos tonos verdes, rojos y dorados de la vegetación de Krina.

El sol estaba brillando, e irradiaba más calor que en la zona ecuatorial de la Tierra. Korum pudo notar sus rayos sobre la piel desnuda de sus brazos, y disfrutó de la agradable sensación. Respirando hondo, dejó que sus pulmones se llenaran del aire puro y limpio, y del aroma embriagador de las plantas en flor.

—Bastante diferente de la Tierra, ¿verdad? —dijo una voz profunda a su derecha, y Korum giró la cabeza para ver a Lahur allí de pie, a menos de metro y medio. No había oído acercarse al Anciano, pero nadie era tampoco capaz de moverse como Lahur. El vetusto krinar era un depredador sin parangón, y su velocidad y fuerza tan legendarias como él mismo.

—Sí —dijo Korum con sencillez—. Muy diferente. —Si había algo que hubiera aprendido durante sus interacciones recientes con los ancianos, era la importancia de decir lo menos posible. A Lahur, el mayor de todos ellos, le agradaba el silencio y parecía sentir desprecio por los que hablaban innecesariamente.

El mero hecho de que Lahur estuviera hablándole a Korum era increíble. Korum no era un desconocido para los Ancianos, ya que se había dirigido a ellos en numerosas ocasiones por diversos asuntos del Consejo. Sin embargo, todas sus comunicaciones anteriores se habían llevado a cabo a través de los canales oficiales, y los Ancianos casi nunca se reunían con los consejeros en persona, ni virtualmente ni en el mundo real. Así que cuando Korum se dirigió a los Ancianos en nombre de Mia varias semanas atrás, nunca se había esperado que su solicitud fuese tomada en serio, ni mucho menos que le concedieran una reunión virtual.

Una reunión virtual que de alguna manera se había

convertido en toda una serie de entrevistas en las semanas posteriores.

Lahur le miró fijamente, con una mirada oscura e insondable. Como Korum, él había sido concebido naturalmente, no en un laboratorio, y sus características asimétricas estaban más cercanas a las de sus ancestros que a las del krinar moderno.

—Hemos considerado tu petición —dijo el Anciano, con la mirada fija y sin pestañear clavada en Korum.

Korum no dijo nada, sólo inclinó la cabeza ligeramente. La clave aquí era la paciencia. La paciencia y el respeto.

—Deseas que la familia de tu charl sea introducida en nuestra sociedad. Que compartan su longevidad.

Korum guardó silencio, sosteniéndole la mirada a Lahur.

—Tu petición no será concedida.

A Korum le costó ocultar su decepción:

—¿Por qué? —preguntó con calma—. Son solo unos cuantos humanos. ¿Qué daño haría llevarlos a Lenkarda y hacerles compartir plenamente la vida de mi charl?

Los ojos de Lahur se oscurecieron, volviéndose negros como el carbón.

—¿Argumentas a su favor?

—No —dijo Korum con tono neutral, ignorando cómo se le había disparado el pulso—. Argumento por ella, por Mia.

Lahur se lo quedó mirando.

—¿Por qué? ¿Por qué una de estas criaturas es tan importante para ti?

—Porque lo es —dijo Korum—. Porque ella lo es todo para mí. —Era consciente de que acababa de hacer lo equivalente de ofrecerle la garganta a Lahur, pero no importaba. No era ningún secreto que Mia era su debilidad, y tratar de ocultárselo a un Anciano de diez millones de años era tan inútil como golpearse la cabeza contra una pared.

Para sorpresa de Korum, una leve sonrisa apareció en los labios de Lahur, suavizando las duras líneas de su rostro.

—Muy bien —dijo el Anciano—. Me has convencido... y te daré una oportunidad de convencer a los demás. Tráeme aquí a los humanos y deja que hablen por ellos mismos. —Se detuvo un instante, dejando que el impacto total de sus palabras alcanzase a Korum—. Me gustaría conocer a esta Mia tuya.

CAPÍTULO VEINTIUNO

—¿Qué te pasa? —preguntó Mia después de que Korum se quedara en silencio por segunda vez, absorto en sus pensamientos.

Estaban tomando una cena tardía en la playa, una excursión romántica que Korum había sugerido el día anterior. Mia había esperado encontrarse con algo extravagante... y así era. A su alrededor, cientos de diminutas lucecitas flotaban en el aire, como un cruce entre estrellas y luciérnagas. El sol ya se había puesto, y estas luces, junto con la luna en cuarto creciente que acababa de salir, eran las únicas fuentes de iluminación.

Korum había preparado docenas de platitos, de los que se comían con la mano. Había de todo, desde pequeños sándwiches de deliciosa pasta de alcachofas, hasta algunas frutas exóticas que Mia no había probado antes. Era un despliegue adecuado para un rey. Mia había estado disfrutándolo enormemente... hasta que notó el comportamiento extrañamente distraído de Korum.

—¿Qué te hace pensar que me pasa algo? —preguntó, y sus labios dibujaron una sensual sonrisa, pero eso no engañó a Mia. Definitivamente, algo le rondaba la cabeza.

—¿No crees que a estas alturas puedo saber cuándo estás preocupado por algo? —Mia ladeó la cabeza, mirando a su amante. A veces todavía podía ser un misterio para ella, pero lo iba conociendo mejor a cada día que pasaba.

Él la miró, con gesto casi... calculador.

—Tienes razón, mi vida —dijo al fin—. Hay algo de lo que necesito hablarte.

Mia tragó saliva. La última vez que Korum necesitó hablar de algo con ella fue cuando supo que su mente había sido manipulada. ¿Qué podía ser esta vez?

—No es nada malo —dijo Korum, entendiendo al parecer su preocupación—. De hecho, son todo buenas noticias.

—¿De qué se trata? —Mia no podía desprenderse de una sensación de inquietud.

—Hemos encontrado a alguien en Krina que puede revertir el procedimiento de Saret —dijo Korum, observándola con atención—. Ella puede deshacer todo lo que él te hizo, incluyendo el borrado de memoria.

—Oh, Dios mío... —Mia no sabía ni qué decir—. ¡Pero, Korum, eso es fantástico!

Él sonrió.

—Lo es. Y hay algo más.

—¿Qué?

—¿Recuerdas mi petición a los Ancianos acerca de tu familia?

Mia casi dejó de respirar.

—¿Lo de hacerles inmortales igual que a mí?

—Sí.

—Claro que me acuerdo —dijo Mia, con el corazón empezando a golpetear en su pecho, con una mezcla salvaje de esperanza y temor.

—Tenemos una oportunidad de que se lo concedan.

Esta vez, Mia no pudo contener un grito emocionado. Poniéndose de pie y riendo, se lanzó hacia Korum, que se levantó justo a tiempo.

—¡Gracias! ¡Oh Dios mío, Korum, gracias!

—Espera, cariño —dijo él, apartándola con dulzura—. No es tan sencillo. Requiere hacer algo que puede que no quieras hacer.

Mia lo miró fijamente, perdiendo parte de su entusiasmo:

—¿Qué?

—Tendríamos que ir a Krina y llevarnos a tu familia con nosotros.

Esa noche, Mia no pudo dormir. Seguía despertándose a todas horas y su mente vibraba con un millón de preguntas y preocupaciones diferentes. Como le había explicado Korum, el viaje a Krina serviría para dos propósitos: anular el procedimiento de Saret y presentar el caso de Mia delante de los Ancianos.

—Quieren conocerte —le había dicho él, haciendo que Mia enmudeciera de sorpresa.

Un gran cuerpo caliente empujó contra su espalda, sacándola de sus meditaciones con un respingo.

—Estás despierta otra vez —murmuró Korum, atrayéndola hacia sus brazos—. ¿Por qué no duermes, mi vida?

—¿Por qué quieren eso los Ancianos? —Mia no podía parar de pensar en ello—. ¿Por qué quieren vernos? Yo creía que eran como tus dioses o algo así. ¿Qué pueden querer de mí y de mi familia?

Korum suspiró, y ella notó el movimiento de su pecho.

—No son dioses. Son Krinar, como yo... sólo que mucho, mucho más viejos. En cuanto a por qué quieren verte, no lo sé. Se han tomado un interés inusitado en mi petición, se han reunido conmigo varias veces y me han hecho un montón de preguntas sobre ti y sobre tus padres.

—Y no han dicho que iban a concederte la petición, ¿verdad? —Mia se dio la vuelta, para poder mirarlo de frente.

—No —dijo Korum, con el débil resplandor de la luna que atravesaba el techo transparente reflejándose en sus ojos—, no lo han hecho. Sin embargo, Lahur dijo que nos daría una oportunidad más... y dio a entender que estaría de nuestro lado.

—¿Lahur es el más viejo?

—Sí. Es el que ha vivido más de diez millones de años.

Mia se estremeció y se le erizó el vello de los brazos.

—¿Frío? —Korum se la atrajo más cerca, y tiró de la manta para que los tapara.

—No, en realidad no. —Su cuerpo desnudo era como un horno, generando tanto calor que ella nunca tenía frío cuando dormía junto a él. Además, la temperatura en casa de Korum siempre era agradable: más fresca por la noche, más cálida durante el día. Estaba especialmente programada para ajustarse a sus necesidades. Cuando Mia vivía en Florida, siempre había odiado el aire acondicionado; el aire frío le suponía demasiado contraste después del calor del exterior, y generalmente siempre estaba demasiado alto para su gusto. En Lenkarda, las estructuras inteligentes mantenían el interior de los edificios a una temperatura perfecta, creando áreas de microclima alrededor de cada persona.

—No tenemos que ir, lo sabes. —Korum le acarició suavemente la espalda—. Nos podemos quedar aquí. Te has adaptado tan bien a todo… Si la pérdida de memoria no te molesta, entonces nada tiene por qué cambiar.

—No —dijo Mia, acurrucándose contra su pecho—. Si fuera solo por eso, entonces podríamos considerar no ir. Pero mis padres, mi hermana… Si existe alguna mínima posibilidad de que puedan vivir una vida más larga, tenemos que intentarlo. Si no, no podría vivir conmigo misma.

—Lo sé, cariño —dijo Korum suavemente—. Ya lo sé.

—¿No podríamos vernos con los Ancianos virtualmente? —Mia echó la cabeza a atrás para mirarle a la cara—. Así es como tú te encuentras con ellos, ¿verdad?

—Sí —dijo Korum—. Pero ellos no consideran que ese sea un encuentro real. Cuando Lahur dijo que quería conocerte, quería decir en persona, en la vida real.

—Está chapado a la antigua, ¿verdad? —dijo Mia con sarcasmo.

Korum se echó a reír:

—Ese es el eufemismo del siglo.

Mia se calló, pensando otra vez en el viaje que se avecinaba.

—¿Crees que volveremos pronto? —preguntó tras unos segundos.

—No lo sé —dijo Korum—. Depende de lo que quieran los Ancianos.

AL DÍA SIGUIENTE, Korum observaba cómo Mia tocaba el timbre de casa de sus padres. Él sabía que estaba preocupada por esta parte: contarles a su familia las capacidades de los krinar para aumentar la longevidad, y convencerles para ir a Krina.

Ella vestía ropa humana: un par de shorts y una camiseta. Por mucho que a Korum le gustara verla llevando vestido, tenía que admitir que los shorts le quedaban bien, haciendo lucir sus piernas torneadas. Tal vez tendría que pedirle que se vistiera así más a menudo.

La madre de Mia abrió la puerta con una enorme sonrisa en su rostro suavemente redondeado.

—¡Mia! ¡Korum! Oh, ¡estoy tan contenta de que vosotros dos hayáis venido! —Primero, abrazó a Mia y luego Korum se encontró envuelto en un abrazo perfumado.

Sonriendo, depositó un suave beso en la mejilla de Ella Stalis y entró en la casa, detrás de las dos mujeres. Moka, la perrita que Mia le había dicho que era una chihuahua, salió corriendo de una de las habitaciones, brincando alegremente y tratando de saltar sobre Korum. Él se agachó y acarició al animalito, que rodó sobre su espalda y presentó su vientre... al parecer para que la rascara allí también.

—Jo, Korum, ella te adora —dijo Mia con asombro—. No puedo creer que ella actúe de esa manera contigo. Normalmente es tan tímida con los extraños... —Para probar lo que decía, Mia extendió su mano hacia la perra, que inmediatamente dio media vuelta y huyó.

Korum sonrió. Parecía que les caía bien a las criaturas pequeñas y monas.

Los padres de Mia tenían un hogar encantador, el epítome de lo que él pensaba que era una residencia humana estadounidense. Tenía un ambiente cómodo, vivido, con mullidos sillones acusando algunas señales de desgaste y fotografías familiares por todas partes. A Korum le encantaba ver las de Mia de pequeña en particular. Había sido una pequeñina muy bonita, con sus grandes rizos y sus enormes ojos azules. Por un segundo, esas fotos le hicieron querer abrazar a una hija propia con los rasgos de Mia, un impulso extraño e imposible que nunca antes había sentido.

El padre de Mia entró en la sala de estar cuando se acababan de sentar en el sofá. Mia se levantó de un salto:

—¡Papá!

—Oh, Mia, cariño, ¡me alegro tanto de verte! —Dan Stalis abrazó a su hija y la besó en la mejilla.

Korum se puso de pie también y extendió la mano en un saludo humano:

—Hola, Dan.

—Korum, también me alegro de verte —dijo el padre de Mia, estrechándole la mano. Se mostró más reservado de lo que había estado con Mia, y Korum sabía que su padre todavía estaba un poco entre dos aguas con respecto a su relación. Korum no podía culparlo; si él hubiera estado en sus zapatos humanos, no habría sido ni de lejos tan tolerante con que alguien se llevara a su hija.

—¿Dónde está Marisa? — preguntó Mia cuándo todos se sentaron de nuevo—. ¿Va a venir?

—Sí, debería de estar aquí en unos minutos —respondió su madre, todavía radiante de felicidad por tener a su hija en casa. Mia estaba radiante también. Contemplándolas, Korum estaba aún más convencido que nunca de que había hecho lo correcto formulando su petición a los Ancianos. Su charl se habría quedado destrozada si hubiera tenido que a ver sus padres envejeciendo y yéndose al fin, sabiendo todo el tiempo que Korum tenía en su mano impedir que eso sucediera.

—¿Puedo ofrecerte un poco de té? ¿Quizás alguna fruta? —preguntó Ella, dirigiéndose a Korum —. ¿Tenéis hambre vosotros dos? Ayer hice una deliciosa ensalada de remolacha...

—Estoy bien, gracias —dijo Korum, suavizando su respuesta con una sonrisa—. Hemos comido justo antes de venir aquí.

—Yo me tomaré un té —dijo Mia—. Pero no te preocupes, mamá: me lo preparo yo misma. —Se levantó y se fue hacia la cocina, dejando a Korum solo con los dos humanos.

Ella y Dan Stalis le miraban de forma extraña, casi expectante, y Korum tuvo un repentino destello de intuición. Pensaban que él y Mia estaban comprometidos, y probablemente esperaban a que les pidiera permiso, a la antigua manera humana.

Korum sintió una inesperada punzada de arrepentimiento por decepcionarlos en eso. No era el motivo de que él y Mia hubieran ido hasta allí, ni nunca antes se le había ocurrido esa idea. Por lo que él sabía, ningún krinar se había casado jamás con un humano; simplemente, no se hacía así. Al reclamar a

Mia como su charl, Korum ya se había comprometido con ella, incluso si ella necesariamente no lo veía de la misma manera.

Para su alivio, el timbre volvió a sonar, acabando con el incómodo momento. Ambos humanos se levantaron y corrieron hacia la puerta, haciendo entrar a su hija mayor y a su marido. Mia también salió de la cocina, con una amplia sonrisa en la cara.

Korum se levantó para saludarlos cuando entraron por la puerta. Besó a Marisa en la mejilla y estrechó la mano de Connor, realmente feliz de ver a la joven pareja. A la hermana de Mia se le estaba empezando a notar el embarazo, su figura esbelta se iba redondeando a causa del bebé, y parecía radiante y feliz.

Con el ligero roce de sus labios contra su mejilla, Marisa se sonrojó; su blanca piel era tan sensible como la de Mia. Korum contuvo una sonrisa. Sabía que las mujeres humanas lo encontraban atractivo y prefería tener ese efecto sobre ellas. Era mejor que tenerlas encogidas de miedo, como hacían a veces a causa de lo que era él.

A Connor no pareció importarle la reacción de su mujer, sonriendo tan tranquilo como antes. Korum no podía entender su serenidad. Si Mia se hubiera sonrojado por el contacto de otro hombre, la esperanza de vida de ese hombre se habría medido en minutos. Los seres humanos eran definitivamente más relajados con respecto a tales asuntos; algunos varones sí eran tan posesivos como los krinar cuando se trataba de sus mujeres, pero la mayoría de ellos no.

Mia los saludó a continuación, y todos se acercaron a la zona del sofá.

—Muy bien, hermanita —dijo Marisa, tomando asiento en el sofá. Su esposo acercó una silla a su lado—. Cuéntanos lo que pasa.

Mia respiró hondo y Korum apretó su mano para alentarla.

—Soy inmortal —dijo sin rodeos—. Ahora puedo vivir tanto como Korum... y si venís con nosotros a Krina, tal vez vosotros también podáis.

Durante un momento, la habitación se quedó en silencio total. Entonces todos empezaron a hablar a la vez. En medio de la cacofonía de voces, era imposible distinguir ninguna pregunta en concreto. El único que se quedó callado fue Dan Stalis, apoyado contra una mesa y observando la escena con un gesto de ligera curiosidad.

—Tú no estás sorprendido —dijo Korum, mirando al padre de Mia.

—No —dijo Dan—. No lo estoy.

—¿Por qué no? —preguntó Korum.

—Porque tiene todo el sentido del mundo —replicó Dan Stalis—. ¿Cómo si no podríais estar juntos Mia y tú? Ella nunca ha hablado sobre un futuro contigo, pero en ningún momento ha parecido disgustada cuando le sacamos el tema. ¿Cómo podría ser eso cuando ella te ama y quiere estar contigo? Y además, tú me curaste la migraña con solo una pequeña cápsula. No es un salto tan grande pensar que tu gente pueda curar otras cosas, como el cáncer o las enfermedades del corazón. —Hizo un segundo de pausa—. Tal vez hasta el envejecimiento.

Korum sonrió, involuntariamente impresionado por el humano.

—Dan, nunca me has dicho nada de eso. —El tono de Ella era de perplejidad—. ¡Con todas las veces que hemos hablado sobre Mia, y ni una sola vez me has expresado esas sospechas! —Su voz se hizo más aguda al final de la frase, y sus ojos se entornaron al mirar a su marido.

—Nunca fue nada más que una conjetura —dijo Dan con tono tranquilizador—. Ella, corazón, no quería que te hicieras ilusiones por si acaso me equivocaba.

—¿Entonces ahora eres una K? —Marisa contemplaba a su hermana con una expresión de asombro en la cara—. ¿También bebes sangre?

—Espera —dijo Connor—, ¿podemos volver a la parte en la que nos podemos hacer todos inmortales si vamos a Krina?

Mia abrió la boca para responder, y Korum volvió a apretarle la mano.

—Déjame intentar explicarlo, mi vida —dijo él—, y entonces responderemos a cualquier otra pregunta que pueda tener tu familia.

Todos se callaron, mirándole fijamente, y él prosiguió:

—Tenemos los medios para curar el cáncer... y el envejecimiento, y cualquier otra enfermedad que pueda aquejar a los humanos. Lo hacemos insertando nanocitos: nanomáquinas que imitan las funciones de las células del cuerpo humano. Estas lo reparan todo, cualquier daño celular, y hacen que las heridas se curen con rapidez. Eso es lo único que hacen; no hay transformación de una especie a otra.

—Mia tiene esos nanocitos dentro de su cuerpo. Se los puse hace un par de meses. Y tienes razón, Dan. Esa es la única manera en la que podríamos estar juntos a largo plazo—.

Korum se detuvo y miró a su alrededor.

—La razón por la que Mia no os lo ha contado antes, y por la cual no habéis oído jamás nada sobre esto, es algo llamado el "mandato de no interferencia". Lo han establecido nuestros Ancianos. No se nos permite hacer nada que altere significativamente el curso del progreso humano natural. Por eso no compartimos nuestra tecnología o ciencia con vosotros: porque está prohibido hacerlo. Las únicas excepciones a esta regla son los seres humanos a quienes llamamos charl: aquellos como Mia, con quienes establecemos relaciones serias.

—¿Pero por qué? —preguntó Connor, frunciendo el ceño—. ¿Por qué imponer ese mandato en primer lugar?

—No lo sé —admitió Korum—. Hay muchas

teorías; la más extendida es que los Ancianos todavía siguen llevando a cabo su experimento en torno a vuestra evolución. Estaban allí para ver los primeros pasos de vuestra especie, y quieren saber cómo resultáis con una mínima interferencia por nuestra parte...

—¿Qué quieres decir, con los primeros pasos? ¿Pero cuántos años tienen esos Ancianos vuestros? —interrumpió Dan, mirando a Korum.

—Son viejos —respondió Mia por él—.Viejísimos. Como diez millones de años.

El padre de Mia palideció visiblemente.

—¿Diez *millones* de años?

—Sí —dijo Mia—. Cuando Korum dijo que estuvieron allí para ser testigos de los albores de la raza humana, no estaba bromeando. Dos de esos Ancianos estaban en realidad a cargo de supervisar nuestra evolución en aquellos tiempos. ¿Verdad? —dijo dirigiéndose a Korum.

—Sí, exacto —confirmó él.

—Entonces, si ese mandato está en vigor, ¿por qué nos estáis contando todo esto ahora? —preguntó la madre de Mia, con expresión confusa—. ¿Y qué es eso que dijisteis antes, lo de ir a Krina?

—Hice una petición a los Ancianos en vuestro nombre —explicó Korum—. Para que pudierais someteros al mismo procedimiento que Mia. No es que hayan accedido exactamente a ello, pero han hecho un requerimiento muy inusual: quieren ver a Mia y a su familia en persona.

—Los Ancianos quieren vernos a *nosotros* —Ella Stalis parecía estar a punto de desmayarse.

—Sí —dijo Korum—. Quieren veros a vosotros y a Mia en persona.

—¿Por qué? —ese era Dan otra vez.

—No lo sé —dijo Korum, con honestidad—. Ojalá pudiera decíroslo.

—A ver si lo entiendo bien... ¿Quieren que vayamos a Krina, pero no nos garantizan que nos darán esos nanocitos? —preguntó Connor, frunciendo el ceño todavía más—. ¿Quieren que dejemos atrás nuestras vidas por la remota posibilidad de que eso pueda pasar?

—Sí. —Korum no se molestó en endulzar la situación.

—¿Qué pasaría si desobedecieras a esos Ancianos? —preguntó Mia, retorciendo sus finas manos—. ¿Si rompieras el mandato de no interferencia?

—Depende —dijo Korum—. Si es sólo una infracción menor, resulta en una pérdida de estatus, que es algo así como nuestra reputación... y con frecuencia hay sanciones financieras y otros castigos. Si es algo más serio, entonces se trata como un delito penal equivalente al asesinato.

—Oh —dijo Marisa débilmente.

—Entonces, déjame ver si me aclaro —dijo Dan Stalis—. Nos estás dando la posibilidad de tener una esperanza de vida infinita, pero solo si vamos contigo a otro planeta.

—Sí.

—¿Y qué pasa si nos negamos? —preguntó Connor,

con gesto obstinado—. ¿Y si no queremos dejar nuestras vidas de golpe y viajar al espacio?

Korum se encogió de hombros. A decir verdad, no estaba seguro de lo que pasaría si alguno de los familiares de Mia decidiera no aceptar la invitación de los Ancianos. En el curso normal de los acontecimientos, si los seres humanos se enteraban de algo que no debían, se les borraba una parte de la memoria. Pero esto era diferente, y él no sabía qué pautas se aplicaban en este caso.

—No, Connor, no puedes negarte —dijo Mia, fulminando a su cuñado con la mirada—. ¿No lo entiendes? Si los Ancianos nos conceden nuestra petición, tú, Marisa y tu bebé podríais vivir durante miles de años. ¿Cómo puedes rechazar algo así? Y, mamá, papá: vosotros volveríais a ser jóvenes de nuevo. ¿No sería eso maravilloso? —Ella lanzó una mirada de súplica a todos—. Por favor, no me hagáis veros morir a todos porque tenéis miedo. Korum os está ofreciendo una oportunidad de alcanzar la inmortalidad. ¿Cómo podéis negaros a eso?

CAPÍTULO VEINTIDÓS

Las siguientes dos semanas transcurrieron envueltas en un frenesí de preparativos para la marcha. Los padres de Mia, Marisa y Connor solicitaron una excedencia de sus respectivos trabajos y pusieron sus finanzas en orden. De todos ellos, Connor parecía ser el que más dudas tenía, pero Marisa le convenció de que tenían que ir, aunque solo fuera por su bebé. Después de muchas discusiones, se decidió que si los Ancianos no les concedían la inmortalidad, volverían a sus vidas normales, después de firmar un acuerdo para no revelar ninguna información confidencial sobre los K. Por otra parte, si la petición tenía éxito, Lenkarda sería su nuevo hogar, tal como lo era para Mia.

Para paliar cualquier preocupación acerca del hecho de que su hermana viajase durante el embarazo, Mia habló con Ellet y le hizo examinar a Marisa una última vez.

—Está perfectamente sana —les aseguró Ellet—, y un viaje espacial rutinario no debería plantear ningún problema. Ahora, si ella se fuera a explorar nuevas galaxias, yo estaría preocupada, pero un simple viaje entre Krina y la Tierra... eso es lo más seguro que hay en estos días.

Mia llamó a Jessie y habló con ella, explicándole que ella estaría ausente durante un tiempo y que no iba a volver para el siguiente curso escolar. Jessie no se sorprendió ni un poquito, aunque lloró cuando Mia le dijo que no sabía cuánto tardaría en volver. Como Mia no podía contarle a Jessie las verdaderas razones del viaje, tenía que dejarle creer que los negocios de Korum eran los que les obligaban a marchar.

—¿Puede venir Jessie también? —preguntó Mia después de esa desgarradora conversación—. Sé que dijiste que solo la familia, pero para mí ella es como si fuera parte de mi familia...

—No, mi vida —dijo Korum con pesar—. Los Ancianos incluso eran reacios a que viniera Connor. Tuve esforzarme mucho para convencerles de que un cuñado equivale a un verdadero hermano. Si los padres de Connor hubieran estado vivos, no creo que hubiera funcionado... ya habrían sido demasiados humanos para conseguir que se hiciera una excepción.

Mia tragó saliva. No se había dado cuenta de lo cerca que había estado de perder a su hermana, quien seguramente habría elegido quedarse atrás con su marido. Era la primera vez que la falta de parientes de Connor suponía alguna ventaja. A Mia siempre le había dado pena su cuñado porque su madre, que era madre soltera, había fallecido de cáncer de mama siete años atrás... pero ese hecho pudiera haber permitido ahora que la familia de Mia siguiera estando unida.

Adam preparó un montón de notas y grabaciones para que ella se las llevara al laboratorio de la mente de Krina.

—No te olvides de dárselo a esa aprendiza —ordenó a Mia—. Es todo lo que he podido encontrar en los archivos de Saret sobre la pérdida de memoria y el suavizado. No es gran cosa: él debe de haber destruido la mayor parte de los datos antes; pero puede que le ayude a entender tu estado.

—Gracias, Adam —Mia sonrió al K—. Ha sido alucinante tenerte como compañero.

Adam sonrió, con unos dientes blancos y resplandecientes.

—Lo mismo digo, compañera. Dame un toque cuando aterricéis y os instaléis; me encantaría saber cómo va vuestro encuentro con los Ancianos.

—Claro —dijo Mia. Sabía que Adam tenía una muy buena razón para querer saber lo que pasaba con la petición de Korum: toda su familia adoptiva era humana, igual que la misteriosa novia de la que nunca hablaba.

—Saret va a estar con nosotros en la nave —le dijo Korum a Mia mientras paseaban por la playa la noche antes de su partida—. El Consejo lo quiere de vuelta en Krina para que los Ancianos puedan juzgarlo ellos mismos.

A Mia le dio un vuelco el estómago cuando recordó el miedo pasado. Todavía tenía pesadillas ocasionales del combate en el Arena: horripilantes sueños en los que Korum no acababa saliendo victorioso. Saret había estado demasiado cerca de matar a su amante, y ella jamás podría olvidar la angustia de aquellos momentos, cuando pensó que había perdido a Korum.

Como si le leyera la mente, Korum dijo:

—No hay nada de qué preocuparse, mi vida. Estará encerrado durante todo el viaje.

—Que solo durará un par de semanas ¿verdad? —preguntó Mia.

—Sí —confirmó Korum—. Alejarnos lo suficiente de la Tierra es lo que nos va a llevar más tiempo. Este es un sistema solar bastante atestado y tenemos que asegurarnos de que nada interfiera con las capacidades warp de nuestra nave.

Mia se echó a reír, olvidándose del todo de Saret por el momento:

—¿Capacidades warp? ¿Cómo la velocidad warp de nuestra ciencia ficción, esa que te permite ir por encima de la velocidad de la luz?

—Sí —dijo Korum—. Algo muy parecido. Dobla el continuo espacio-tiempo, lo cual nos permite viajar de un punto del universo al otro de forma casi instantánea.

—¿Cómo lo hace? —preguntó Mia fascinada. La

física nunca había sido su asignatura más fuerte, pero incluso ella sabía que ocurrían cosas raras al acercarse a la velocidad de la luz, y que viajar más rápido que la luz había sido considerado algo imposible hasta que llegaron los K.

Korum sonrió, aparentemente complacido por su interés:

—No te lo puedo explicar del todo sin meternos en matemáticas complejas, pero puedo darte una idea aproximada —dijo—. Básicamente, nuestras naves generan una enorme burbuja de energía que causa una contracción del espacio-tiempo delante de ella y una expansión del espacio-tiempo detrás. Eso es lo que nos propulsa de un lugar a otro, el tira y afloja del mismo espacio-tiempo. No necesitamos alcanzar en ningún momento la velocidad de la luz; la sobrepasamos del todo.

—¿No requeriría algo así un montón de energía? ¿Qué usáis como combustible?

—Bueno, la burbuja de energía que rodea la nave utiliza una combinación de energías positivas y negativas —dijo Korum—. La energía negativa es algo que tus científicos solo acaban de empezar a explorar. Y sí, tienes toda la razón: la deformación del espacio-tiempo requiere una tremenda cantidad de energía. Afortunadamente, disponemos de ella en abundancia. También utilizamos antimateria como fuente de combustible; eso es lo que hace funcionar nuestra nave cuando no estamos en modo warp.

Mia abrió mucho los ojos.

—¿Antimateria?

—Es la fuente de energía más poderosa que existe —explicó Korum.

Mia se quedó callada, pensando en la magnitud de lo que estaba a punto de hacer. Al día siguiente, dejaría la Tierra por un periodo de tiempo todavía por determinar, con un amante que ni siquiera era humano. Ella estaba confiando el destino de toda su familia en sus manos.

Tendría que haber sido un pensamiento escalofriante, pero de alguna manera no lo era. En vez de eso ella estaba casi embriagada por la emoción. ¿Cuantas personas tenían tamaña oportunidad? ¿La de ver un planeta diferente, la de ir a Krina, el origen de toda vida? Y conocer a los Ancianos krinar... Todavía no podía hacerse a la idea de esto último. Ella, una chica humana normal, vería a los auténticos creadores de la humanidad.

Eso bastaba para hacer que a cualquiera le diese vueltas la cabeza.

A LA MAÑANA SIGUIENTE SE FUERON VOLANDO HASTA FLORIDA PARA RECOGER A LA FAMILIA DE MIA, con una nave más grande de transporte que Korum había creado específicamente para ese propósito. Todos estaban ya reunidos en la casa de los padres de Mia, con las maletas preparadas y listas. A pesar de que Korum les había explicado que no necesitarían la mayoría de sus cosas, los humanos insistieron en traerse su propia ropa y otros artículos que consideraban indispensables.

Esta vez, Korum aterrizó con la cápsula en la calle, frente a la casa de los Stalis. Mia le había explicado que sus padres ya les habían hablado a todos sus vecinos sobre el inminente viaje (aunque no sobre el motivo del mismo), y nadie se quedaría demasiado sorprendido de ver una aeronave alienígena aterrizando en su tranquilo vecindario.

Mia y Korum salieron de la cápsula, se dirigieron a la puerta y tocaron el timbre. A su alrededor, la gente estaba saliendo lentamente de sus casas, impulsados por la curiosidad acerca del pariente extraterrestre de sus vecinos. Korum podía escuchar sus susurros, risitas y exclamaciones de emoción y miedo. Una pareja mayor, a unas cuantas casas de distancia, estaba al teléfono con sus hijos, quejándose de que "los malignos K" habían llegado hasta Ormond Beach. Probablemente creían que él no podía oírles, sin darse cuenta de lo finos que eran los sentidos de los krinar.

A Korum no le molestaba nada de todo eso. En el pasado, había intentado ser considerado, para asegurarse de que su presencia en la pequeña ciudad no atraía demasiada atención sobre la familia de su charl. Ahora, sin embargo, eso no importaba. Si los Ancianos accedían a su petición, los parientes de Mia nunca podrían volver a sus vidas normales.

Marisa abrió la puerta para dejarles entrar.

—Hola, chicos —exclamó animadamente—. ¡Venga, adentro! Estamos casi listos.

—¡Fantástico! —Mia entró en la casa luciendo una enorme sonrisa en el rostro—. ¿Estás nerviosa? Solo sé que yo sí...

—Oh, Dios mío, ¿que si estoy nerviosa? ¿Me tomas el pelo? Llevo dos noches sin dormir...

Korum sonrió y siguió a las dos hermanas mientras continuaban charlando todo el camino hasta la cocina. Los padres de Mia y Connor ya estaban allí, tomándose el desayuno.

—¡Korum! —exclamó Ella, mientras se le iluminaban los ojos—. ¿Os unís a nosotros? He hecho unas tortitas de patata con mermelada de bayas frescas.

—Claro —dijo Korum, sentándose a la mesa—. Me encantaría tomarme unas tortitas. —Mia y él no hacía una hora que habían acabado de comer, pero tenía curiosidad por probar el plato que Mia afirmaba que era la especialidad de su madre.

En ese momento, Mia se acercó a su silla y le besó en la mejilla, y su melena le hizo cosquillas en la nuca.

—¿Ya tienes hambre? —se burló, masajeando suavemente sus hombros con las manos. Esa natural muestra de afecto le hizo desear abrazarla. No había sido consciente de lo mucho que necesitaba eso por parte de ella hasta que empezó a tocarle como en las últimas semanas. Antes, casi siempre había sido él quien iniciaba el contacto físico, tanto de la variedad sexual como de la más inocente.

Por supuesto, cada vez que ella se acercaba tanto a

él, a él se le ponía dura, pero esa molestia era un pequeño precio a pagar. Korum se removió en su asiento, levantando ligeramente la rodilla por si alguno de sus compañeros humanos echaba un vistazo bajo la mesa por casualidad.

—Mia, cariño, ¿y tú qué? —preguntó su madre—. ¿Quieres también unas tortitas?

—Me encantarían, mamá, gracias. —Mia soltó los hombros de Korum y se sentó en la silla al lado de él. Korum le cogió la mano, anhelando más de su contacto.

—Ohhh... vaya tortolitos —dijo Connor, masticando una tortita—. Mira a esos dos, Marisa.

—Cierra el pico, Connor —dijo su mujer, acercándose a poner agua a hervir—. No es como si fueran un par de viejos casados como nosotros. —Pero había una gran sonrisa en su cara al decirlo y Korum sabía que estaba bromeando. Por lo que había visto, Marisa y su marido eran muy cariñosos el uno con el otro.

A Korum no le importaban las bromas de Connor; amaba a Mia y no tenía intención alguna de ocultarle sus sentimientos a su familia. Que vieran lo mucho que ella le importaba. Después de todo, ellos confiaban lo bastante en él para dejar su vida entera atrás.

Él esperaba que los Ancianos no les negaran los nanocitos. Odiaba la idea de decepcionar a la familia de Mia... y a la propia Mia. De algún modo, casi imperceptiblemente, a Korum le había empezado a importar esa gente. En las últimas dos semanas, había tenido un montón de interacciones con cada uno de los parientes de Mia, respondiendo a sus preguntas sobre Krina y qué esperar durante el viaje, y se había dado cuenta de que le gustaban de verdad. Veía rasgos de Mia en sus padres y su hermana, y con frecuencia encontraba divertida la compañía de Connor. Si alguien le hubiera dicho a Korum unos meses antes que un puñado de humanos iban a despertarle esas emociones, se habría reído en su cara. Pero desde que conoció a Mia, su predecible vida se había ido por el desagüe.

Ella Stalis sacó las tortitas y les sirvió a todos. Korum probó las suyas e inmediatamente la felicitó por su cocina, encantado por la combinación de la dulce mermelada y la sabrosa patata. Ella resplandeció, evidentemente complacida. En aquel momento, Korum pudo vislumbrar la belleza que ella debía de haber sido en su juventud, y que probablemente volvería a ser después del procedimiento.

Finalmente, se lo acabaron todo y guardaron los platos. Korum ayudó a recoger, poniéndolo todo en el lavavajillas. Los aparatos humanos siempre le habían interesado por algún motivo; eran tan primitivos y poco atractivos... y aun así conseguían hacer su trabajo por lo general.

En ese momento, la pequeña perrita salió corriendo de una de las habitaciones, ladrando y saltándole a Korum otra vez. Antes de que él tuviera ocasión de hacer nada, Marisa la cogió:

—¡Moka! —reprendió al animal. Se volvió hacia

Korum y le sonrió compungida—. Lo siento. La hemos encerrado en el dormitorio para que no anduviera por el medio de todo mientras recogíamos, pero ha conseguido salir de todos modos...

—No pasa nada; no me importa —le aseguró Korum. Entonces le sobrevino una idea repentina—. ¿Qué vais a hacer con el perro cuando os vayáis?

Marisa se lo quedó mirando fijamente:

—Ella viene con nosotros, por supuesto.

Korum parpadeó despacio.

—Comprendo.

—Eso no será problema, ¿verdad? —preguntó Marisa ansiosamente—. Sé que mis padres se morirían sin ella...

—No, no es ningún problema —dijo Korum. Sí era inesperado, pero no un problema. Tendría que haber sabido que querrían traerse a la criatura peluda; los humanos tenían a menudo un vínculo poco natural con sus mascotas. Tendría que hacer algunos ajustes de última hora a la configuración de la nave para dar cabida a la presencia del perro, pero no sería nada importante.

Veinte minutos más tarde, todos estaban listos para marcharse. Korum sacó fuera cinco maletas grandes y las cargó en la nave haciendo caso omiso de las miradas curiosas de los vecinos.

—Cuidado, que pesan —le apercibió Dan Stalis, y Korum contuvo una sonrisa. Claramente el padre de Mia no entendía la magnitud de las diferencias entre los cuerpos humano y krinar. Las maletas no eran más pesadas para él que para Ella lo era su bolsito. Aun así, su preocupación resultaba conmovedora.

Cuando todos estuvieron dentro de la nave, Mia se aseguró de que se sentaran cómodamente en las planchas flotantes. Su madre sostenía la perra en su regazo, agarrándola con una desesperación que traicionaba su nerviosismo.

—Adiós, Ormond Beach. Adiós, Tierra —susurró la hermana de Mia cuando despegó la aeronave, llevándoles hacia arriba, más allá de la atmósfera terrestre, donde una nave más grande les esperaba para su viaje interplanetario.

CAPÍTULO VEINTITRÉS

Mientras su nave iba ascendiendo, Mia observó cómo empequeñecían los edificios y paisajes de ahí abajo. Las paredes y el suelo transparentes de la cápsula permitían una alucinante visión de 360 grados. En cuestión de segundos, su nave estaba por encima de las nubes y la inundó una luz cegadora, haciendo que Mia entrecerrase los ojos hasta que Korum hizo algo para minimizar el deslumbramiento.

—Guau —soltó Marisa, haciéndose eco de lo que Mia estaba sintiendo—. Esto es tan diferente de viajar en avión...

—Nos estamos moviendo mucho más deprisa que vuestros aviones —explicó Korum—. En unos minutos llegaremos a nuestro destino, justo fuera de la atmósfera terrestre.

Mia le cogió y le apretó la mano. El corazón le daba golpes en el pecho por la emoción y la inquietud, y sólo podía intentar imaginarse cómo debían de estar sintiéndose los demás. Su padre estaba un poco pálido, y su madre sostenía a Moka tan fuerte que la perrita estaba lloriqueando. Hasta Connor estaba atípicamente callado, con una expresión de asombro en el rostro.

—Todo irá bien, mi vida —dijo Korum, inclinándose para besarla en la frente—. Todo va a salir bien.

—Lo sé —dijo Mia con voz queda—. Solo es que es increíble, eso es todo.

Él sonrió, mostrando ese hoyuelo sexy de su mejilla izquierda. Le hacía parecer guapísimo, incluso más de lo normal, y Mia deseó desesperadamente haber estado a solas con él en ese momento, en vez de rodeada de su familia.

Como si le leyera la mente, Korum le susurró:

—Después —Mia sintió cómo se le encendían las mejillas. Él mostró una sonrisa ligeramente diferente, algo más sugerente, y ella le pellizcó el brazo como respuesta.

Él levantó las cejas inquisitivamente, y Mia le hizo un gesto de enfado:

—No delante de mis padres —articuló con los labios, sin voz, y la sonrisa de él se amplió de oreja a oreja.

Dispuesta a no dejar que él la ruborizara, Mia miró hacia el suelo, contemplando con apenas contenida emoción cómo se iban alejando más y más de la Tierra. De pequeña, había soñado con ser astronauta, ir a las estrellas y explorar galaxias lejanas. Como la mayoría de los niños, había abandonado ese sueño, eligiendo al final una profesión adecuada. Sin embargo, ahora mismo le estaban dando una oportunidad de vivir ese sueño tan lejano de infancia, y era algo más que increíble.

Pronto estuvieron tan lejos que podían ver la Tierra en su totalidad: un hermoso planeta azul que parecía demasiado pequeño para ser el hogar de miles de millones de personas. Al mirarlo, Mia no podía evitar darse cuenta de lo vulnerable que era la raza humana, atada como estaba a este único lugar que parecía tan indefenso en la inmensidad del espacio.

—¿En qué piensas? —le preguntó Korum, acercándose para acariciarle la rodilla.

—Estoy pensando en que ahora entiendo por qué los Krinar queréis diversificaros —dijo Mia—, por qué no queréis apostar vuestra supervivencia a un único planeta. Desde aquí parece tan frágil...

—Sí, ¿verdad? —la mano de Korum le apretó la rodilla. Cuando ella le miró, él la estaba observando a ella con una extraña expresión en la cara. Antes de poder preguntarle por eso, oyó a su madre exclamar:

—¡Oh, vaya, Korum! —dijo Ella Stalis—. ¿Es esa tu nave?

Mia miró hacia arriba. Se estaban acercando a algo que parecía un proyectil gigante. Era de color oscuro y tenía un aspecto sorprendentemente sencillo, a diferencia de prácticamente cualquier nave que ella hubiera visto en las películas de ciencia ficción.

—¿Es esa? —preguntó, intentando no mostrar su

decepción en su voz. Las cápsulas de transporte Krinar parecían más avanzadas y futuristas que esta nave que al parecer podía viajar por encima de la velocidad de la luz.

—Esa es. —Korum sonrió—. No es como os la habíais imaginado, ¿verdad, chicos?

—No, qué va —dijo Connor, hablando por primera vez desde que despegó la cápsula de transporte—. ¿Cómo han cabido allí todos esos miles de krinar? Parece bastante pequeña...

—Oh, esa no es la nave que nos trajo hasta aquí —explicó Korum—. Tienes razón, esa es mucho más grande. Esta es algo que he diseñado específicamente para nuestro viaje. Solo iremos hasta Krina unos setenta en este viaje; no era necesario usar la nave grande para tan poca gente.

—¿Podéis hacer eso? —preguntó el padre de Mia, mirando incrédulo a Korum—. ¿Podéis crear, así sin más, una nave capaz de viajar a otra galaxia?

—Korum puede hacerlo —dijo Mia, comprendiendo la confusión de su padre—. No todos los krinar pueden. Es él quien inventó este diseño. ¿Verdad? —Ella miró a Korum.

—Sí —confirmó su amante—. Este diseño en particular es mío. Ya teníamos antes naves con capacidad de viajar por encima de la velocidad de la luz, por supuesto, pero estas son de última generación. Son más seguras y fáciles de operar.

—Ya veo —dijo Dan, mirando a Korum con una mezcla de conmoción y respeto. El rostro de Ella reflejaba idénticas emociones. Al parecer los padres de Mia no habían entendido el alcance de las habilidades tecnológicas de Korum hasta ese momento.

Cuando la cápsula se fue acercando a la nave, Mia vio cómo una de las paredes de la nave se disolvía para dejarles entrar. Puesto que todas las casas Krinar tenían una tecnología de entrada similar, ella ni pestañeó al ver eso. Su familia, sin embargo, lo encontró tremendamente impresionante.

—¿Cómo funcionan exactamente todas estas cosas inteligentes? —preguntó Marisa—. ¿Las paredes realmente piensan por sí solas?

—No —dijo Korum—. No se trata de inteligencia artificial en el auténtico sentido del término. No es consciente de sí misma en modo alguno. Cuando digo "tecnología inteligente", a lo que me refiero es a que se trata objetos que son capaces de llevar a cabo su función específica de una manera que imita las capacidades de un ser inteligente. Así, por ejemplo, mi casa puede preparar comidas, mantener la temperatura más adecuada para nuestros cuerpos, no dejar pasar a visitantes no deseados y limpiarse sola. Ejecuta esas tareas tan bien como lo haría un humano o un krinar, pero en realidad no se puede mantener una conversación con ella.

—¡Eso es tan genial! —exclamó Connor—. ¿También tenéis robots con los que *podéis* hablar?

Korum sonrió con indulgencia:

—Sí, esos fueron populares hace unos miles de años y luego se pasaron de moda. Ahora se utilizan principalmente para entretener a los niños pequeños, aunque a algunos adultos también les gustan.

Antes de que Connor pudiera hacer más preguntas, su cápsula tocó el suelo de la nave, aterrizando suavemente. Marisa aplaudió:

—¡Bravo! Debe de haber sido el viaje menos accidentado que haya existido.

Korum se echó a reír, levantándose de su asiento.

—Aquí estamos —dijo—. Hasta que lleguemos a nuestro destino, este será vuestro nuevo hogar.

Después de desembarcar, Korum les hizo un recorrido por la nave. A pesar de su capa exterior poco llamativa, el interior de la nave estaba decorado de manera tan bonita como cualquier casa krinar. Colores suaves, mobiliario flotante, plantas exóticas... la nave tenía todo a lo que Mia se había acostumbrado en Lenkarda, e inmediatamente se sintió allí como en su casa.

Los padres de Mia estaban más que impresionados.

—Korum, es todo tan precioso —repetía su madre—. ¡Y las vistas! ¡Dios mío, qué vistas!

Las vistas eran realmente impresionantes. Las paredes exteriores de la nave eran transparentes desde el interior, como en la mayoría de los edificios krinar, y había un montón de zonas para poder observar el espacio en todo su esplendor. Sin la interferencia de la atmósfera, todo era más nítido, más claro, las estrellas más brillantes que cualquier otra cosa que Mia hubiera visto antes desde la superficie.

Korum había preparado alojamientos especiales para la familia de Mia, replicando exactamente el interior de la casa de sus padres.

—Espero que esto sea adecuado para vosotros —les dijo—. Si no, puedo cambiarlo a cualquier otra cosa que prefiráis.

—Oh, no esto es perfecto —dijo el padre de Mia, yendo a sentarse en un gran sofá súper-mullido—. Todos esos trastos flotantes son un poco intimidantes, a decir verdad.

—Bien, me alegro de que te guste. —Korum sonrió, y Mia deseó darle un beso por su previsión—. También haré un área especialmente preparada para Moka, para asegurar que pueda correr y usar el baño allí.

Los pocos K que se encontraron durante el recorrido se mostraron agradables con la familia de Mia, después de haber sido informados por Korum de su presencia. Todos se les quedaban mirando, claro, pero Mia ya estaba acostumbrada a eso. Dos miembros de la tripulación femenina parecían estar particularmente intrigadas por la perrita que la madre de Mia insistía en llevar todo el tiempo consigo.

—¡Es una monada! —Exclamó una de ellas, extendiendo la mano para acariciar a Moka—. Oh, ¡nunca había visto uno de estos de cerca!

La perrita toleró sus atenciones, pero Mia notó que no estaba contenta. Parecía que Korum era el único K que le gustaba de verdad a Moka.

Después del recorrido, la familia de Mia decidió

descansar. Su hermana estaba particularmente cansada, agotada por todas esas emociones.

—Es hora de echar una siesta —dijo Connor, sonriendo a su mujer, y ella le devolvió la sonrisa, sofocando un bostezo.

Mia y Korum se quedaron solos por fin.

—Parece que estamos solos —dijo Mia, sonriendo a Korum. Acababan de llegar a sus propias estancias privadas, donde no faltaba una gran cama circular similar a la de casa de Korum.

—Así es. —Los ojos empezaban a brillarle con la habitual luz dorada.

Sosteniéndole la mirada, Mia enganchó lenta y deliberadamente ambos pulgares bajo los tirantes que sujetaban su vestido de verano y los deslizó hacia abajo por sus hombros—. Uy —susurró—. Parece que no puedo quitarme esto. Puede que necesite tu ayuda...

Las fosas nasales de Korum aletearon, y ella pudo notar cómo la tensión invadía sus músculos.

—Ven aquí —gruñó él.

Mia negó con la cabeza.

—No. Ven tú aquí. —Sabía exactamente lo que quería, y eso no implicaba que Korum se tomara su tiempo.

Él entornó los ojos. Tenía un aspecto peligroso ahora mismo, como un depredador salvaje que no podía ser controlado, y a ella empezó a latirle el corazón más deprisa por lo excitante de lo que estaba intentando hacer.

—Ven —repitió, haciéndole con el dedo el gesto de que se acercara.

Él fue. O, más bien, prácticamente atravesó la habitación de un salto. En un instante, estaba allí, con su cuerpo grande, musculoso y avasallador apretándola contra la pared

—Necesitas ayuda con este vestido, ¿verdad? —Sus dedos tiraron de los endebles tirantes, y el fino material casi se deshizo entre sus dedos.

—Sí —jadeó Mia, mirándole—. Así es. Ten cuidado, sin embargo. Y después de quitármelo, quiero que tú te desnudes para *mí*.

Los ojos se le volvieron casi amarillos.

—¿Así va la cosa?

—Así va —dijo Mia—. Y luego quiero que te tumbes en la cama. —Le latía tan fuerte el corazón que sentía como si le fuera a explotar, y como si su cuerpo se estuviera derritiendo por las ganas. Lo deseaba tanto... pero en sus propios términos.

Durante un segundo, pensó que él no iba a hacerle caso, pero entonces dio un paso atrás.

—Muy bien —dijo, con una voz inusualmente ronca—. Date la vuelta.

Mia reprimió una sonrisa triunfal e hizo como él le pedía. El vestido que llevaba puesto era de estilo humano, con una cremallera en la espalda, y notó sus dedos calientes sobre su piel desnuda cuando se la bajó hasta abajo. En cuanto lo hizo, Mia dio un paso a un lado y dejó que el vestido cayera hasta el suelo. Debajo, llevaba un diminuto tanga azul, algo que se había puesto esa mañana específicamente pensando en Korum.

A él se le cortó la respiración.

—Mia... Tú, pequeña provocadora...

Ella arqueó las cejas.

—¿No te gusta? —dio una pequeña vuelta sobre sí misma, fingiendo no ver el calor explosivo de sus ojos al mirarla.

Un músculo palpitaba en su mandíbula.

—¿Me estás torturando?

—No sé —ronroneó Mia—. ¿Eso hago —Dándole la espalda, se dobló hacia adelante y se bajó lentamente el tanga, tal como había visto hacerlo en las películas. Entonces dio un paso y este se quedó en el suelo. Cuando se volvió a mirarlo otra vez, él parecía casi una fiera salvaje, con los ojos brillantes y las manos apretadas en puños.

—Te toca —dijo Mia, mirándolo fascinada. ¿Iba a perder el control y poseerla ahora? Le encantaba cuando lograba ponerle en ese estado, totalmente fuera de sí de deseo por ella. Su pasión salvaje no la asustaba; en cambio, le hacía desearle más.

Él respiró hondo una vez, luego otra, y ella vio cómo sus manos se relajaban lentamente. Entonces, todavía mirándola con los ojos llameantes, se quitó la camiseta por encima de la cabeza, y se bajó la cremallera de los pantalones, haciéndolos resbalar por sus caderas. No llevaba ropa interior, y estaba totalmente excitado, con una erección agresivamente enhiesta.

La boca de Mia se secó al ver eso. Su amante era la personificación de la perfección masculina. Cada músculo de su cuerpo estaba claramente definido, y la suavidad de su piel dorada era solamente perturbada en unos cuantos lugares por un toque de vello oscuro. Quería saltar sobre él y lamerle por todas partes.

—Túmbate en la cama —consiguió decir, con la voz ronca de deseo.

Él hizo lo que ella le pedía, pero era consciente de que su autocontrol no iba a durarle mucho más. De repente, se le ocurrió una idea. —Mi fabricador, por favor —dijo en voz alta, sabiendo que la nave inteligente entendería lo que quería. Efectivamente, unos segundos más tarde, uno de los muros de disolvió y el regalo de Korum salió flotando directamente hasta las manos de Mia.

—¿Qué estás haciendo? —preguntó Korum, mirándola con recelo desde la cama, y ella le devolvió una sonrisa malévola.

—Ya lo verás.

Sosteniendo el fabricador en la mano, le dijo al aparato:

—Esposas con llave, por favor. —Y entonces esperó mientras las nanomáquinas hacían su trabajo.

Korum se sentó, mirándola con una expresión inescrutable en el rostro.

—¿Y qué te parece que vas a hacer con eso?

Mia dejó el fabricador y cogió las esposas.

—Ponértelas, por su puesto.

—Oh, ¿de verdad?

—Sí, de verdad —dijo Mia firmemente, subiéndose a la cama, al lado de Korum. Ahora déjame las muñecas.

Él dudó por un segundo, y luego extendió las manos, con la lujuria en su rostro atemperada ahora por un gesto divertido.

—¿Crees que esto me va a contener?

—Probablemente no —admitió Mia, poniéndole las esposas. Cada una de sus muñecas era tan gruesa como las dos suyas juntas, y sus antebrazos estaban inflados de músculos—. Pero esa no es la idea, ¿verdad?

—¿Cuál *es* la idea, cariño mío? —le preguntó él suavemente, observándola con los párpados entornados—. ¿Estás tratando de demostrar algo?

En lugar de responder, Mia le dio un ligero empujón, haciéndolo quedarse tumbado sobre su espalda con los brazos esposados levantados por encima de la cabeza. Entonces se subió sobre él, a horcajadas sobre su estómago hasta que su erección quedó a solo unos centímetros de su vagina. Ella se inclinó, se agarró a su pecho y le susurró al oído:

—La idea es que tú eres mío, y yo puedo hacer contigo lo que quiera.

Él soltó un rápido jadeo, y sus caderas se arquearon, intentando acercar más la polla a su entrada.

—¿Y eso incluye dejarme entrar en tu pequeño y apretado coñito? —Su voz sonaba ronca, tensa por el deseo.

—Oh sí. —Mia se movió hacia abajo hasta tener su erección entre sus labios externos, con el clítoris frotando uno de sus lados. La piel que le cubría la polla era suave, casi delicada, y ella cerró los ojos, deleitándose con la sensación que le causaba contra su sexo.

—Mia... —gimió él, corcoveando debajo de ella—. Métela dentro. Ahora.

Decidiéndose por no torturarle, ni a sí misma, durante más tiempo, Mia envolvió su sexo erecto con la mano y lo guio hasta dentro de ella. Mordiéndose el labio por la sensación de estiramiento, se dejó caer lentamente hacia abajo hasta que tuvo su polla dentro casi por completo. Se detuvo, acostumbrándose a su grosor, y entonces le hizo entrar más profundo, sin parar hasta que la tuvo dentro del todo.

Él volvió a gemir, los músculos de sus brazos se tensaron con el esfuerzo de evitar agarrarla en ese mismo momento y lugar, y su polla dio un salto dentro de ella. Mia sabía que él se moría por tomar el control, por hacerles correrse a los dos, y estaba algo asombrada por su inusual mesura.

No tuvo que asombrarse mucho más. Antes de que pudiera moverse de nuevo, se encontró boca arriba sobre la espalda, y a su cuerpo grande presionándola contra el colchón. Tenía los ojos salvajes y la mirada desenfocada. Había logrado destrozar las piezas metálicas que unían las esposas, y tenía las manos sobre sus muslos, sosteniéndolos totalmente abiertos para acceder a ella con sus embestidas.

Mia gritó, y le rodeó el cuello con los brazos, apenas capaz de aguantar su martilleo dentro de ella, movido tan solo por el primitivo impulso de copular. Su cuerpo iba y venía sobre el colchón con cada movimiento de esas caderas poderosas de él, y la cama inteligente se suavizaba a su alrededor, volviéndose más parecida en textura a un cojín, protegiéndola de cualquier lesión.

El primer orgasmo la golpeó como un tren de mercancías, y Mia chilló, revolviéndose en sus brazos, pero él se mostró implacable, sin una pizca de piedad. El segundo, apenas unos instantes después, la hizo ver las estrellas, literalmente, pero él siguió follándola con un ansia feroz.

Era demasiado. Mia sintió que se iba a romper, que iba a estallar en pedazos por la intensidad de sus sensaciones. Su cuerpo ya no le pertenecía, su mente ya no le pertenecía. Solo existían el calor, el sudor y ese cuerpo, sobre ella, dentro de ella, alrededor de ella. Estaban fusionados, fundidos por el éxtasis incandescente de su unión.

Para cuando él se estremeció sobre ella, Mia estaba incoherente, con la voz ronca de tanto gritar y el cuerpo tembloroso por las interminables oleadas de placer. Y justo cuando pensaba que todo había acabado, sintió cómo sus dientes se le clavaban en la vena del cuello... y la enviaban dibujando una espiral aún más hacia arriba.

CAPÍTULO VEINTICUATRO

Si alguien le hubiese dicho a Mia que un viaje intergaláctico sería algo tan fácil como ir en un crucero, se habría reído en voz alta. Sin embargo, así era. Estuvieron casi una semana alejándose de la Tierra por debajo de la velocidad de la luz, para no causar interferencias con la deformación del espacio tiempo; después activaron la unidad warp, y tras unos días de vuelo aterrizaron en Krina. Todo esto ocurrió tan suavemente que Mia no notó nada. No fue hasta que Korum le dijo que estaban en una galaxia diferente cuando fue consciente de que la nave había dado el salto.

—¿Vamos a ir directamente a ver a los Ancianos? —preguntó Mia, mientras estaban en la cama la noche anterior a su llegada. Como ambos estaban menos ocupados con otros asuntos, ella y Korum habían pasado mucho tiempo juntos durante el viaje. Mia se estaba tomando un respiro en su aprendizaje sobre la mente, y Korum no tenía problemas del Consejo urgentes de que preocuparse. Mia dormía hasta tarde, pasaba el rato con su familia por las mañanas, y el resto del día con Korum, una actividad que invariablemente culminaba en varias horas de disfrute sexual.

—No —dijo Korum—. Primero iremos a ver a la experta de la mente, para restaurar tu memoria. —Y para deshacer el suavizado, pero de eso no hablaban. Mia sabía que ambos estaban anticipando y temiendo un poco la inversión del procedimiento, preguntándose acerca de cuántas cosas, o de cuáles, podrían llegar a cambiar entre ellos.

Mia miró la pared transparente de su dormitorio y pudo ver estrellas y constelaciones desconocidas en el cielo. Ya estaban en el sistema solar krinar, un lugar extraño y hermoso con diez planetas orbitando en torno a una estrella con un tamaño 1,2 veces mayor que el sol de la Tierra. Krina era el cuarto planeta en cuanto distancia de su sol, y era sorprendentemente similar a la Tierra en tamaño, masa y composición geoquímica.

—Por eso es la Tierra tan importante para nosotros —explicó Korum—. Es lo más parecido a Krina que nos hemos encontrado en todos los años que llevamos explorando el universo.

La principal diferencia entre los dos planetas radicaba en sus lunas. La Tierra solo tenía una, mientras que Krina tenía un total de tres: una aproximadamente del tamaño de la de la Tierra y otras dos más pequeñas.

—Tenemos unas mareas espectaculares —le contó Korum—. Son más bien como pequeños tsunamis. La Tierra es mejor en ese sentido; se puede vivir cerca del mar en la mayor parte de los sitios sin preocuparse por nada más que algún huracán ocasional. En Krina, el océano es más peligroso, y no tenemos ningún asentamiento a menos de treinta kilómetros de la costa.

Para sorpresa de Mia, se enteró de que cuando Korum se refería al océano en Krina, quería decir el Océano, o sea, un único cuerpo de agua enorme. A diferencia de la Tierra, donde el supercontinente original Pangea se había escindido en placas continentales separadas, Krina solo tenía una enorme masa de tierra que era el hogar de todos los Krinar. Korum la había llamado Tinara.

Ese hecho también explicaba algo que había desconcertado antes a Mia: la relativa falta de variedad en el aspecto físico de los krinar. El pueblo de su amante tendía a tener el cabello oscuro y la piel bronceada, y, aunque hubiera algunas variaciones de color, había significativamente menos diferencias entre los K que entre humanos de razas distintas. Los krinar eran más homogéneos, lo que tenía sentido si habían evolucionado todos juntos en ese supercontinente.

—Entonces, ¿por qué tiene tu prima Leeta el pelo rojo? —preguntó Mia. Se había encontrado con la bella mujer krinar un par de veces desde su pérdida de memoria—. ¿Existe ese gen en la población K?

Korum negó con la cabeza.

—No, realmente no. Algunos de nosotros tenemos un ligero tono cobrizo, pero nada parecido a lo que Leeta lleva. Ella alteró la estructura de las moléculas de su pelo cuando llegó a la Tierra, probablemente porque le gusta ese look.

—¿Y no hay krinar rubios de ojos azules?

—No —dijo Korum—. Ni tampoco hay ningún krinar con el pelo tan rizado como el tuyo. Con tus rizos y tus ojos azules, vas a llamar muchísimo la atención en Krina.

—Oh, genial—murmuró Mia—. Se me quedarán mirando todavía más.

Korum sonrió.

—Sí, lo harán. Pero eso no es algo malo.

Mia se encogió de hombros. Sabía que los krinar no consideraban grosero mirar fijamente, pero seguía encontrando incómoda esa diferencia cultural concreta.

—Entonces, ¿cuándo vamos a reunirnos con tu familia? —preguntó, cambiando de tema—. ¿Estarán allí para recibirnos cuando lleguemos?

—No. Les dije que los visitaremos en cuanto tú recuperes tu memoria. Ya conociste una vez a mis padres, y probablemente te sentirás mejor si recuerdas ese primer encuentro.

Mia bostezó y se dio la vuelta, apretando la espalda contra el pecho de Korum y en posición de cuchara con él. Él la abrazó y la atrajo más cerca para sí.

—Duérmete, mi vida —murmuró en su oído, y Mia

se quedó dormida, sintiéndose calentita y segura entre sus brazos.

—Oн, Dios mío, ¿es eso? ¿Eso es Krina? —Marisa se levantó de su asiento, señalando el planeta que se iba haciendo más grande ante sus ojos. Mia también lo miraba, con el corazón latiéndole como un tambor por la expectación y el entusiasmo.

—Sí —confirmó Korum, sonriéndoles—. En efecto, eso es Krina.

Todos estaban sentados alrededor de una mesa flotante, desayunando. Era su última comida en la nave antes de su llegada. Connor estaba de nuevo excepcionalmente callado, y Mia notó que sus padres solo estaban picoteando sus platos, aparentemente demasiado nerviosos para comer con normalidad.

Se encontraban en una de las estancias que tenían una pared que daba al exterior de la nave, un muro fabricado con el mismo material transparente que las casas krinar. Korum la había elegido adrede, para que pudieran ver cómo se acercaban a Krina por primera vez.

Su nave se estaba moviendo a una velocidad increíble, y el planeta fue pronto visible con más detalle.

—Venimos desde donde está Tinara, por el lado del supercontinente —explicó Korum—. Por eso no veis un montón de agua, como pasaría con la Tierra.

Y era verdad. La vista frente a ellos era totalmente diferente de las habituales de la Tierra desde el espacio en las imágenes de la NASA. Mia solo podía distinguir un fino anillo azul; todo lo demás estaba dominado por una gigantesca masa central de tierra marrón: el supercontinente. Al acercarse, percibió que lo que le había parecido erróneamente de una tonalidad marrón estaba de hecho formado por una combinación de colores verdes, rojos y amarillos.

En seguida entraron en la atmósfera y Mia notó un ligero resplandor rojizo rodeando a la nave.

—Esos son nuestros escudos de fuerza protegiéndonos del calor y la fricción —explicó Korum—. Todavía nos movemos deprisa, y si no fuera por nuestros escudos, nos quedaríamos achicharrados.

Poco a poco, el resplandor se desvaneció, y la nave redujo su velocidad. Al cruzar la capa de nubes, Mia vio cómo ante ellos se extendía una enorme selva, tremendamente colorida... y atípicamente intacta. Donde se podría esperar ver ciudades y rascacielos, sólo había árboles y más árboles.

—Vamos a una zona especial de aterrizaje para naves intergalácticas —dijo Korum, adelantándose al parecer a sus preguntas—. Está a bastante distancia de cualquiera de nuestros Centros.

—¿Por qué no cogemos una cápsula de transporte, igual que hicimos para subir a la nave? —preguntó el padre de Mia—. ¿Por qué hacer aterrizar toda la nave?

—Buena pregunta, Dan —dijo Korum—. Cuando estábamos en la Tierra, cogimos la cápsula de transporte porque no hay buenas zonas de aterrizaje para naves como esta. Eso podría cambiar en el futuro pero, por ahora, es más fácil mantener este tipo de naves en órbita alrededor de la Tierra. Aquí en Krina, estamos equipados para eso, así que no hay ninguna razón para que no aterricemos.

Ahora Mia distinguía un gran claro delante de ellos, con algunas estructuras que parecían setas gigantes. Tenía que ser el campo de aterrizaje. Efectivamente, su nave se dirigió directamente hacia allí y unos minutos más tarde, tocaron el suelo.

Estaban oficialmente en Krina.

CUANDO SALIERON DE LA NAVE, Mia sintió un golpe de calor que le hizo pensar en el clima de Florida en sus momentos más calurosos. También era difícil respirar, y se sintió mareada al tratar de aspirar más aire. Agarrándose de la mano de Korum, esperó a que se le pasara un ligero vahído.

—¿Estás bien? —le preguntó él, pasándole el brazo por la espalda para sostenerla.

—Sí —dijo Mia—. Solo es que el aire está más enrarecido aquí, creo. —También estaba aromatizado con algo distinto y agradable, un olor como de flores y frutas dulces.

—Lo está —le confirmó Korum—. Nuestra atmósfera en general contiene un poco menos de oxígeno de lo que tú estás acostumbrada, y esta región en particular resulta estar a mayor altitud.

Pronto te adaptarás, sin embargo, gracias a tus nanocitos.

Mia ya estaba empezando a sentirse mejor, pero ahora tenía una nueva preocupación:

—¿Y mis padres? ¿Y Marisa y Connor? ¿Cómo se adaptarán? —Su familia estaba saliendo de la nave en ese momento, a unos diez metros por detrás de ellos.

—La mayoría de los seres humanos toleran bien nuestra atmósfera después de un período de aclimatación inicial —dijo Korum—. Pero no te preocupes; Sé que tus padres no disfrutan de la mejor salud del mundo, así que me he asegurado de que nuestros expertos médicos estén a mano. —Señaló hacia una pequeña cápsula que acababa de aterrizar al lado de la nave—. Ayudarán a tu familia con cualquier tipo de problema.

En ese momento, dos mujeres krinar salieron de la cápsula. Altas, elegantes, y de cabello oscuro, se acercaron a Korum y sonrieron.

—Yo soy Rialit, y esta es mi colega Mita —dijo la de la derecha, la más baja de las dos—. Bienvenidos a Krina.

Korum inclinó la cabeza.

—Gracias, Rialit. Y Mita. Me gustaría que ayudarais a mis compañeros humanos. Mi charl está bien, pero puede que sus familiares requieran vuestra asistencia.

—Por supuesto —dijo Rialit, volviéndose hacia Ella y Dan. Marisa y ellos estaban un poco pálidos, y Connor parecía estar intentando coger tanto aire como podía.

Las expertas en medicina se apresuraron hacia ellos, sosteniendo unos pequeños dispositivos y, un minuto después, todos parecieron volver a la normalidad. Korum dio las gracias a las dos mujeres, ellas se alejaron y su cápsula despegó unos minutos después.

—Guau —dijo la madre de Mia, mirando a la nave que se alejaba—, no me puedo creer que nos hayan pasado esas cositas por encima, y podamos volver a respirar. ¿Qué nos han hecho?

—Creo que han creado un pequeño campo de oxígeno a vuestro alrededor —dijo Korum—. De esa manera, os podréis ajustar más gradualmente. El campo se desvanecerá en un par de días, pero lo hará lentamente, para que vuestros cuerpos se acostumbren a respirar nuestro aire.

—Asombroso —dijo Dan—. Sencillamente asombroso.

Mia sonrió.

—Lo es, ¿verdad?

Mientras hablaban, Korum había comenzado con el proceso de crear una cápsula de transporte para llevarlos a su destino final: su casa. La hermana de Mia ahogó una exclamación cuando la nave empezó a tomar forma, y Connor y sus padres simplemente se quedaron mirando estupefactos. Mia sonrió ante sus reacciones; no había pasado tanto tiempo desde que todo lo que Korum le enseñaba le parecía como un milagro. Ahora ella misma podía fabricar un montón de cosas, aunque no comprendiera la tecnología que eso conllevaba. Por otra parte, la mayoría de la gente no sabía cómo funcionaban los teléfonos y los televisores, pero sí podían usarlos, igual que Mia utilizaba su fabricador.

Una vez la cápsula estuvo terminada, todos entraron dentro y se pusieron cómodos en los asientos flotantes.

—Me encantan estos trastos —dijo Marisa, con una expresión de gozo en la cara cuando el asiento se adaptó a su forma. Mia supuso que su hermana ya estaba empezando a sentir algunas molestias y dolores relacionados con el embarazo, y decidió que les hablaría de eso a los expertos en medicina. Marisa probablemente fuera demasiado tímida para decir nada por sí misma.

Cuando su cápsula despegó, Mia miró hacia abajo por el suelo transparente, y se le cortó el aliento en la garganta al darse cuenta de que estaba allí de verdad. En Krina.

En el planeta que era el origen de toda la vida en la Tierra.

CAPÍTULO VEINTICINCO

El vuelo hasta a casa de Korum les llevó solo dos minutos: la nave iba demasiado rápida para que Mia pudiera distinguir más que un borrón de vegetación exótica bajo sus pies. En cuanto aterrizaron, se puso en pie de un salto, deseosa de ver Krina más de cerca.

—Espera, cielo —dijo su padre, agarrándola por el brazo cuando estaba a punto de salir corriendo de la nave —. Eso de ahí fuera es un planeta alienígena. No sabes qué puede haber en la selva.

—Tiene razón, mi vida —dijo Korum—. Primero necesito enseñaros un par de cosas a todos, para evitar problemas potenciales. Quedaos cerca de mí por ahora, y no toquéis nada.

Salieron de la cápsula y él los guio hacia una estructura de color marfil que era visible a través de los árboles.

Mientras caminaban, Mia se maravilló de la

hermosa vegetación que los rodeaba. Aunque predominaba el verde, había muchas más plantas rojas y amarillas de las que uno podría encontrarse en la Tierra. En algunos sitios, hasta podía ver hojas de color púrpura brillante sobresaliendo de los anchos tallos de vegetación parecida a la hierba que alfombraba el suelo del bosque. Aquí y allá, flores con todos los tonos del arcoíris añadían un toque festivo al conjunto. Esas flores parecían ser las responsables del agradable aroma que Mia había notado al llegar.

Los troncos de los árboles también eran de diferentes colores. El marrón era habitual, pero también el blanco y el negro. Un árbol que le gustó particularmente a Mia tenía las ramas blancas y hojas de un rojo brillante con el centro amarillo.

—¡Esto es bellísimo! —exclamó, y Korum rio, sacudiendo la cabeza.

—Esa preciosidad en particular es venenosa —dijo él—. Hagáis lo que hagáis, no dejéis que la savia de ese árbol os toque la piel: actúa como un ácido.

—¿En serio? —Mia miró a su alrededor con una recién adquirida cautela. Sus padres parecían asustados, y Connor pasó un brazo protector alrededor de Marisa, acercándola más hacia él.

—No hace falta asustarse —dijo Korum—. Solo necesitáis saber que no podéis tocar el árbol *alfabra*. Lo mismo va por esa planta de allá... —Señaló hacia un arbusto verde de bonito aspecto, cubierto de capullos blancos y rosas—. Le gusta comer cualquier cosa que caiga en él, y se sabe que ha llegado a comer animales de gran tamaño.

Algo revoloteó junto a la oreja de Mia, y ella le dio un manotazo por acto reflejo, ahogando una exclamación al sentir un ligero pellizco repentino. Bajó la mano y se quedó mirando incrédula:

—Oh Dios mío, Korum, ¿qué es eso?

Una criatura azul y verde estaba sentada en el centro de su palma, con unos enormes ojos casi la mitad de grandes que su cuerpo de entre siete y ocho centímetros. Tenía solo cuatro patas, pero parecía haber cientos de diminutos deditos en cada una de ellas, todos ellos clavándose en la piel de Mia. También tenía unas alas pequeñitas, que no parecían lo bastante grandes como para levantarlo en el aire.

—Eso es una *virta* —dijo Korum, quitando suavemente la criatura de la mano de Mia y soltándola por ahí—. Es inofensiva... pero la asustaste y se agarró a ti. Comen hojas y algún *mirat* ocasional.

—¿Mirat? —preguntó Connor.

—Sí, mirat —dijo Korum, señalando hacia uno de los troncos de los árboles de color marrón.

Cuando Mia lo miró más de cerca, pudo ver que lo que ella había tomado por madera sólida era de hecho algún tipo de sustancia gelatinosa, y que se agitaba y se movía, expandiéndose y contrayéndose de una forma espeluznante.

—Los mirats son similares a vuestras abejas, aunque no pican —explicó Korum—. Son insectos sociales, y construyen estas complejas estructuras alrededor de los árboles. A nuestros científicos les encanta estudiarlos. Hay un encarnizado debate sobre si la mente colectiva de una colmena de mirats muestra señales de inteligencia superior. Nunca les molestamos, y generalmente saben cómo evitarnos a nosotros y a nuestras viviendas. Si tocas su colmena, te marearás por los gases que emiten, así que es mejor mantenerse alejado de ellos.

—Esto es una locura —dijo Marisa, con aspecto preocupado—. ¿Hay alguna otra cosa que debiéramos saber? —Tenía la mano sobre el vientre en un gesto protector.

—Sí —dijo Korum—. Eso de ahí... —señaló a una pequeña cosa roja con pinta de insecto en el suelo— es algo con lo que tenéis que tener cuidado. Muerde y le gusta meterse bajo la piel. No son venenosos ni nada, pero sacarlos resulta muy desagradable. También hay algunos depredadores de gran tamaño, pero es poco probable que os los encontréis por esta zona. Temen a los krinar y generalmente evitan nuestros territorios.

Connor estaba frunciendo el ceño.

—Korum, no te lo tomes a mal, pero hay un montón de mierdas por las que tenemos que preocuparnos por aquí. No creo hayamos sido conscientes hasta ahora de que íbamos a estar viviendo en medio de una jungla alienígena.

Korum no pareció ofenderse en lo más mínimo.

—Nuestra selva es muchísimo menos peligrosa que vuestras ciudades, siempre que no andéis por ahí tropezándoos con cosas sin mirar —dijo con calma—.

Y mi casa es completamente segura y está libre de bichos. En unos días, sabréis exactamente lo que debéis vigilar, y podréis salir fuera sin mí. Hasta entonces, os acompañaré a todas partes y así no os meteréis en ningún problema.

Connor abrió la boca para decir algo, pero la madre de Mia le interrumpió, exclamando:

—Oh, guau, Korum, ¿esa es tu casa?

Mientras conversaban, habían llegado hasta la vivienda, oblonga y de color marfil. A ojos de Mia, se parecía mucho a la casa de Korum en Lenkarda: un lugar que ahora consideraba su hogar. A los otros, sin embargo, tenía que parecerles algo extraño y exótico.

—Sí —dijo Korum, sonriéndoles—. En efecto.

—¿No tiene puertas ni ventanas? —preguntó su padre, examinando la construcción con evidente curiosidad.

—No, papá —dijo Mia—. Tiene muros inteligentes, igual que la nave que nos ha traído hasta aquí. Probablemente serán transparentes desde el interior. ¿Verdad, Korum?

—Verdad —confirmó su amante, y Mia sonrió, sintiéndose a punto de estallar de la emoción. ¡Estaba de verdad en Krina!

KORUM LES HIZO UN RÁPIDO RECORRIDO POR LA CASA, enseñándole a su familia cómo funcionaba todo. Los padres de Mia parecían un poco abrumados, por lo que creó una suite independiente de habitaciones 'humanizadas' para ellos, igual que había hecho en la nave. Su hermana y su cuñado, sin embargo, decidieron quedarse en la parte principal de la casa, prefiriendo la comodidad de la tecnología K a los muebles de estilo humano más conocidos.

—Me encanta este trasto. —Marisa estaba tirada cuan larga era en la cama inteligente de su dormitorio, con una expresión de gozo en la cara en respuesta al masaje que estaba recibiendo—. Jamás volveré a levantarme de aquí.

—Lo sé, lo sé —Mia se sentó junto a su hermana—. Todas sus cosas son así de increíblemente alucinantes. La primera vez que me quedé dormida en una cama como esta pensé que me había muerto y había llegado al cielo.

—No me digas. —Marisa cerró los ojos, gimiendo de gusto—. Es tan puñeteramente bueno...

—Te dejo en ello —dijo Mia, sonriente—. Descansa un poco, ¿vale?

Marisa no respondió, y Mia se dio cuenta de que su hermana ya se estaba quedando dormida: su cuerpo de embarazada requería más descanso de lo habitual.

Connor se estaba dando una ducha, y sus padres también estaban descansando un poco, así que Mia se fue a buscar a Korum.

—Estoy lista —le dijo—. Ahora es tan buen momento como cualquier otro.

Él se levantó del asiento flotante del comedor donde había estado su cuerpo alto y musculoso, tan elegante como el de una pantera.

—¿Estás segura? —preguntó, y ella percibió la preocupación escrita en su hermoso rostro.

—Sí —dijo Mia, levantando la mano para acariciar su espeso cabello oscuro—. Estoy segura.

Él le cogió una mano y se la acercó a los labios, para besarle tiernamente cada nudillo.

—Entonces, hagámoslo —dijo él con suavidad—. Traigamos de vuelta tu memoria y a tu antiguo yo.

UNA DELGADA MUJER KRINAR DE PELO CASTAÑO DABA VUELTAS ALREDEDOR DE MIA, colocándole pequeños puntos blancos en la frente, las sienes y la nuca. Mia estaba convencida de que iban a dormirla para revertir el procedimiento de Saret, pero la aprendiza de la mente, Laira, dijo que Mia tenía que estar consciente.

—Ya estás lista —dijo Laira con satisfacción—. Todo preparado. Ahora, por favor, siéntate. Puedes sentarte sobre las piernas de Korum si quieres. —Le guiñó un ojo a Mia, y ella se rio: le caía bien esta K. Según Korum, Laira era joven, tenía menos de doscientos años, pero ya estaba considerada un valor en alza en el campo de los estudios de la mente.

Korum sonrió y atrajo a Mia hasta su regazo.

—Claro, encantado de sostenerla.

—Apuesto a que sí. —Laira sonrió—. Qué charl más mona tienes.

—Perdona —dijo Mia, poniéndole a Korum un

brazo posesivo alrededor del cuello—. Qué cheren más magnífico tengo *yo*.

—Cierto, cierto —dijo Laira, riendo. Entonces su expresión volvió más seria—. Bueno, Mia, esto es lo que puedes esperar ahora: te parecerá como si se te quedara la mente en blanco. Entonces sentirás una oleada de imágenes e impresiones que te llegarán todas al mismo tiempo cuando te vuelva la memoria y se revierta el procedimiento. Cuando aparezcan los recuerdos, quiero que te centres en ellos uno a uno, para poderlos absorber lentamente. Por eso tienes que estar despierta para esto, aunque sé que va a ser incómodo para ti.

—¿Le va a doler? —preguntó Korum, tensando los brazos que rodeaban a Mia.

—No, sólo será molesto, como ya he dicho —replicó Laira—. ¿Estás lista, Mia?

—Sí. —Mia se preparó.

—Entonces, vamos allá.

Al principio, Mia experimentó una agradable sensación de letargo invadiéndola y cerró los ojos. Le parecía tener la mente a la deriva, como si estuviera a punto de quedarse dormida. Hubo una extraña sensación de vacío, de tener la mente en blanco.

De repente, como si una bomba le hubiera explotado en el cerebro, hubo una explosión de colores, sentimientos y formas, todas apareciendo al mismo tiempo. Mia ahogó una exclamación y le clavó los dedos a Korum en el brazo, mientras intentaba hacer frente a ese ataque. Era demasiado, como una película IMAX en 3D con demasiados efectos especiales, solo que retransmitida directamente a su cerebro.

Desde muy lejos, podría oír la voz de Korum. Estaba furioso y exigía:

—¡Detenlo! ¡Páralo ahora mismo! ¿No ves que le duele?

—Lo superará... —Esa era la voz de Laira, calmada y tranquilizadora. Mia se agarró a ella, necesitando algo que fuera firme en medio de la vorágine que estaba devorando su mente.

Al principio le resultó insoportable, y lanzó gritos mudos, demasiado abrumada para emitir cualquier sonido real. Laira no le había mentido. No había ningún dolor: sólo sufrimiento. A Mia le pareció como si tuviera el cerebro lleno hasta los topes, y su cráneo se estirara y luchara por contener todo eso.

Y justo cuando creyó que le iba a explotar literalmente la cabeza, el sufrimiento empezó a remitir, los colores y las formas se recompusieron en imágenes, y esas imágenes y emociones se volvieron acontecimientos específicos. Los recuerdos empezaron a fusionarse, tomando forma uno por uno hasta que pudo captarlos, integrarlos en lo que ya sabía y recordaba.

Ahí estaba la fiesta a finales de marzo, justo antes de conocer a Korum. Jessie la había arrastrado a ella, y Mia terminó pasando un buen rato después de tomarse unos tragos. Había bailado con algunos chicos, incluso intercambiaron números de teléfono con uno de ellos, pero nada salió de todo eso. Si ella hubiera sabido entonces el extraño giro que iba a dar su vida...

El recuerdo de su primer encuentro con Korum pasó por su mente, y Mia revivió el agudo sentimiento de miedo, mezclado con los primeros atisbos de deseo. El hombre que tan amorosamente la sostenía ahora la había aterrorizado al principio, y su arrogancia y ocasional desprecio por sus deseos la habían llevado a asumir lo peor acerca de su especie.

Más recuerdos... Su primera vez en la cama de Korum, John explicándole lo de las charl, el incidente en el club donde Korum casi había matado a Peter... Korum abrazándola mientras lloraba, Mia llevándole a conocer a sus padres por primera vez... Lo bueno, lo feo, y lo malo: ella lo recordaba todo, y era como si un vacío en su interior desapareciera, haciendo colisionar el antes con el después, haciéndola sentir completa por primera vez desde el ataque de Saret.

¡Saret! Mia lo recordó también a él. Le había caído bien, le consideraba su jefe y mentor. Él había sido quien le puso el implante de idiomas, quien le permitió hacer prácticas en su laboratorio a petición de Korum. Mia revivió la emoción que había sentido cuando Korum le había hablado de esa oportunidad, la emoción de aprender lo que miles de científicos humanos solo podían soñar.

Y entonces su último recuerdo del tiempo anterior: Saret arrinconándola en el laboratorio. Mia recordaba su terror, su conmoción al enterarse de sus intenciones para la raza humana... Su asco cuando él admitió que la deseaba, las ganas de vomitar en su estómago cuando le habló de sus planes para los krinar... Y esa terrible oscuridad apoderándose de todo cuando él acabó con una parte importante de su vida y alteró su cerebro.

Ahora el presente y el pasado volvían a ser parte de un todo. Mia fue consciente de que Korum le estaba acariciando el pelo, y de recibir una lluvia de dulces besos en la cara. Manteniendo aún los ojos cerrados, Mia revivió los acontecimientos más recientes, desde su despertar en la cama de Korum al viaje a Krina. Trató de comparar sus emociones de entonces con la forma en que se sentía ahora, y con la forma en que siempre había sido ella.

Saret no había mentido. Cuando Mia había despertado sin sus recuerdos, no había sido totalmente ella misma. Su actitud había sido más tolerante, más abierta a nuevas experiencias. Ahora se daba cuenta de ello. Sin embargo, eso había sido algo bueno. Al intentar suavizar a Mia a su favor, Saret había creado inadvertidamente las condiciones perfectas para que ella superara el dolor y la confusión de su pérdida de memoria. En lugar de angustiarse, Mia se había estado aclimatando. En vez de preocuparse, había estado aprendiendo.

Y en lugar de volver a tenerle miedo a Korum, se había estado enamorando de él. Enamorándose total y absolutamente del guapo y tierno krinar que la había recibido al despertar. El Korum de los meses recientes no era la misma persona que ella había conocido en el parque aquel día de abril; su arrogancia había sido debilitada por el cariño, su indiferencia a lo que ella quería se había vuelto un deseo de hacerla feliz. Él la amaba, ahora Mia ya no albergaba duda alguna al respecto. La amaba con la misma intensidad, la misma desesperación con la que ella lo amaba a él.

Cuando el presente y el pasado quedaron unidos, también lo hicieron las emociones y sentimientos de Mia. Todo lo que había sentido antes se magnificaba ahora, reforzado por las pruebas y tribulaciones de los últimos dos meses.

Mia abrió los ojos y sonrió a su amante K.

CAPÍTULO VEINTISÉIS

Al verla sonreír, Korum se estremeció de alivio.

—Mia, amor mío, ¿estás bien? —Ella había estado rígida como un palo durante los últimos diez minutos, macilenta y e incluso con los labios descoloridos. No había reaccionado a nada, como si estuviera en coma.

—Está bien. ¿Verdad, Mia? —Laira se acercó y se inclinó para mirar a Mia a la cara más de cerca; Korum luchó contra el impulso de estrangular a la aprendiza. Era obvio que su charl había estado sufriendo, y él sabía que nunca perdonaría a Laira por eso.

—Ahora estoy bien —le dijo Mia suavemente, como si entendiera lo que él sentía. Levantó la mano y le acarició la mejilla, apagando un poco su ira con ese tierno gesto.

—¿Te acuerdas de algo? —les interrumpió la voz de Laira.

—Sí —dijo Mia, dirigiendo los ojos hacia ella—. Me acuerdo de todo. Gracias por eso.

Se acordaba. Se acordaba de todo. Korum se sintió capaz de respirar de nuevo, y de liberarse un poco de la terrible culpabilidad que le atenazaba desde la primera vez que se enteró de la traición de Saret.

—¿Y qué pasa con el procedimiento de suavizado? —le preguntó a Laira, abrazando inconscientemente más fuerte a la chica de su regazo.

—Eso tendría que haberse revertido también —dijo Laira—. Mia, ¿te sientes diferente en ese sentido?

—No lo sé —dijo ella, frunciendo un poco el ceño—. Puedo ver que mis reacciones eran un poco apagadas antes, cuando desperté en Lenkarda, pero ahora no me siento diferente en modo alguno.

—¿No? —preguntó Korum, y Mia sonrió.

—No —dijo ella, con una mirada cálida y dulce—. De verdad que no.

A Korum se le quitó otro peso de encima, haciéndole sentir más ligero que el aire. Hasta ese momento, no había sido consciente de cuánto temía la respuesta a esa pregunta. Mia lo había amado antes de perder la memoria, eso lo sabía, pero una parte de él aún temía que sus sentimientos después del procedimiento de Saret no hubieran sido tan reales, y que deshacer el procedimiento destruyera cualquier tipo de amor que ella creyese sentir por él.

Mia hizo un movimiento para levantarse, y él se obligó a dejarla ir, a pesar de que quería seguir abrazándola para siempre.

Él también puso en pie, y se volvió hacia Laira, inclinando la cabeza en un frio gesto de agradecimiento. Aunque el procedimiento había funcionado, Korum todavía no podía olvidar la expresión atormentada de Mia durante esos terribles diez minutos. Se había sentido indefenso, incapaz de hacer nada para aliviar su sufrimiento, y no iba a olvidarlo a corto plazo.

Sin siquiera una brizna de incomodidad por su obvio descontento, Laira le sonrió.

—Parece que has recuperado a tu charl, completamente sana y salva.

—Sí —Korum dijo, poniendo un brazo de sujeción alrededor de Mia, quien todavía tenía la tez muy pálida—. En efecto, eso parece.

El vuelo de regreso a casa de Korum les costó unos veinte minutos, ya que el laboratorio de Laira estaba situado a unos miles de kilómetros de Rolert, su región de origen. Korum notó que Mia estaba fascinada por el paisaje de fuera de su cápsula de transporte, y le ordenó a la aeronave que volara a una altitud más baja y a una velocidad menor, para darle la oportunidad de observar más.

Trató de ver Krina como lo estaría viendo ella, y tuvo que admitir que su planeta natal era hermoso. La gigantesca masa continental de Tinara era el hogar de una tremenda variedad de flora y fauna, y, desde el aire, la vegetación parecía una colorida alfombra verde, con algunos tonos rojos y dorados mezclados. Había grandes lagos y ríos, algunos tan azules y claros como el Caribe, y otros de un turquesa intenso.

Los asentamientos krinar estaban dispersos, principalmente agrupados en torno a esas masas de agua. No había ciudades como tales, solo Centros que servían de puntos de referencia para el comercio y los negocios. La mayoría de los krinar vivía a las afueras de estos Centros, desplazándose diariamente para trabajar y hacer otras actividades.

La casa de Korum estaba al lado de Banir, un Centro de tamaño mediano en la región de Rolert, hacia el centro del supercontinente y cerca del Ecuador. Cuando Korum trajo a Mia y su familia allí esa mañana temprano, todos comentaron el calor que hacía, incluso más que en Florida en verano. El calor no molestaba a Korum, pero sabía que los seres humanos eran más sensibles a él, así que se aseguró de que entraran rápidamente en casa. Esa tarde, cuando la temperatura bajara, planeaba llevarlos al lago cercano para nadar y observar a algunos de los animales salvajes locales.

—Eso es Viarad —explicó Korum a Mia mientras sobrevolaban un Centro particularmente grande—. Es lo más cercano que tenemos a una capital del planeta. Allí se llevan a cabo gran cantidad de proyectos de investigación y desarrollo, y también es donde celebramos las luchas del Arena y otras ocasiones sociales importantes.

Mia levantó la vista hacia él, con los ojos brillantes e inquisitivos.

—Vuestras ciudades no se parecen en nada a las nuestras —observó—. No veo un montón de edificios, ni mucho menos rascacielos y esas cosas.

—Están ahí —le aseguró Korum—. No rascacielos, pero sí gran cantidad de edificios grandes para diversos usos comerciales. No los puedes ver desde el aire a causa de todos esos árboles. La selva que rodea a Viarad tiene algunos de los árboles más altos de Krina, muchos de ellos superarían a un edificio de veinte pisos de altura.

Ella abrió mucho los ojos.

—¿Veinte pisos?

—Al menos —dijo Korum—. Quizá más. Esos árboles son muy antiguos; algunos de ellos han estado por aquí más de cien millones de años.

—Eso es increíble. —Su voz estaba cargada de asombro—. Korum, tu planeta es asombroso...

Él sonrió, disfrutando con su entusiasmo.

—Lo es, ¿verdad?

Incluso volando a menor velocidad, llegaron a su casa unos minutos más tarde. Korum condujo a Mia al interior, donde su familia estaba descansando del viaje.

—Voy a hacer de cenar —le dijo—. Puedes relajarte un poco si quieres. Hoy has pasado por mucho.

—Estoy bien —dijo Mia, y él pudo convencerse de que ella no mentía. El color había vuelto a sus mejillas, y ella parecía estar totalmente recuperada de su dura experiencia anterior—. Iré a pasar un rato con mis padres si no te importa.

—No, por supuesto que no, ve —dijo Korum—. Te veo en un rato.

LA CENA QUE PREPARÓ KORUM ERA TAN EXÓTICA COMO DELICIOSA, y consistió en una variedad de semillas, frutas y vegetales locales preparados de maneras creativas. Tanto Mia como cada uno de los miembros de su familia descubrieron algo nuevo que les encantó.

Uno de los platos consistía en una hortaliza de piel púrpura con forma de lágrima que sabía como un cruce entre el tomate y el calabacín. Estaba rellena de un cereal con sabor a frutos secos y con una textura parecida a la de una mousse. Al padre de Mia le encantó ese plato, y en cuanto se lo terminó, repitió hasta dos veces más. Al mismo tiempo, Mia y Marisa se volvían locas por el estofado de kalfani, con su sabor sabroso y sustancioso, mientras que su madre y Connor se servían una y otra vez de la fruta exótica que constituía el postre.

—Todos estos alimentos son seguros para el consumo humano —les dijo Korum—. No todo lo que hay en Krina lo es, pero me aseguré de que estos vegetales en particular fueran bien para vuestro sistema digestivo.

Después de la cena, los Korum los llevó al lago que estaba cerca de su casa. El sol se estaba poniendo, y

Mia pudo distinguir las tres lunas que empezaban a aparecer en el cielo, a pesar del hecho de que todavía había mucha luz.

Mientras caminaban, les mostró varias plantas e insectos, hablándoles un poco sobre ellos.

—Eso es un nooki —dijo, señalando una cosa grande como una araña amarilla con lo que parecían ser cientos de patas—. Extraen nutrientes del suelo, casi como lo hacen las plantas. A nuestros niños les gusta jugar con ellos porque hacen cosas divertidas cuando les asustas. —Dio una palmada cerca de la criatura y esta se hinchó, triplicando el grosor de sus patas, y volviendo el color de torso de un rojo brillante—. Es completamente inofensivo, por lo que no debéis tenerle miedo.

Mia sonrió y extendió la mano hacia la criatura, curiosa de saber si dejaría que la tocase. Escapó a toda prisa, como una torpe bola de vivos colores.

Korum le dirigió una sonrisa, y Mia rio, sintiéndose increíblemente feliz. Poniéndose de puntillas, le colocó las manos en las mejillas y acercó su cara hacia ella, dándole un rápido beso en los labios.

—Te amo —dijo, sosteniéndole la mirada, y se le encogió el corazón ante la pura mirada de amor que vio allí.

—¡Eh, tortolitos, echadle un vistazo a esto! —gritó Connor, y a Mia le dieron ganas de darle un puñetazo por haber interrumpido el momento.

Korum le sonrió compungido, y se acercó a ver de qué estaba hablando Connor. Mia lo siguió, todavía molesta con su cuñado. En cuanto llegó allí, sin embargo, olvidó de golpe su malhumor.

—Oh, guau —soltó—, ¿eso qué es?

En una rama de árbol, a pocos metros del suelo de la selva, parcialmente oculta por las hojas, había una pequeña criatura peluda que parecía un cruce entre un lémur y un gatito. Era de color marrón, tenía enormes ojos azules y una cola corta y esponjosa.

—Eso es un bebé *fregu* —dijo Korum suavemente—. Son muy lindos, pero a veces muerden, así que no tratéis de acariciarlo.

—¿Fregu? —la palabra le sonaba familiar por alguna razón. Entonces Mia cayó en la cuenta—. ¡Oye, dijiste que te recordaba a uno de estos! —Le dijo a Korum con un gesto acusador, y luego se echó a reír porque ella misma podía ver el parecido.

El fregu fue solo el primero de sus encuentros con la vida salvaje de Krinar. Había aves con cuatro alas, insectos que eran del tamaño de un pájaro pequeño y plantas que actuaban más bien como animales. En algún momento, Connor casi pisó una criatura parecida a una serpiente que le chilló y se alejó rodando, con su cuerpo largo y delgado moviéndose como un rodillo.

Al final llegaron al lago. Era una masa de agua considerable, probablemente de unos tres kilómetros de ancho y varios kilómetros de largo. La orilla del lago estaba cubierta de fina arena gris y pequeñas piedras negras. Eso hacía que el agua pareciera oscura y misteriosa.

—¿Es seguro nadar aquí? —preguntó Marisa, quitándose la sandalia y metiendo un dedo del pie en el agua para probar la temperatura.

—Sí —Korum le dijo —. Hay algunos depredadores peligrosos por allí, pero nada que se acerque tanto a la costa. Este lago es muy profundo y hay todo tipo de seres que viven en él, aunque generalmente no se acercan a aguas poco profundas. Por si acaso, ponte esto. —Le entregó una fina pulsera transparente que acababa de hacer un segundo antes—. Repele a los animales acuáticos emitiendo un sonido que les resulta muy desagradable.

Mia y los demás recibieron el mismo tipo de brazalete, y luego todos fueron a nadar, disfrutando de la refrescante evasión del calor que hacía ahí afuera.

CAPÍTULO VEINTISIETE

Mia se despertó a la mañana siguiente con una molesta sensación de desasosiego en el pecho. Por alguna razón, seguía soñando con Saret y con aquel día en el laboratorio. En su sueño, Saret la estaba tocando, haciendo que su piel se erizara de asco, y Mia no podía hacer nada excepto gritar en silencio en su cabeza porque estaba paralizada y era incapaz de moverse.

Demasiado tensa para dormir más, Mia se levantó y fue a darse una ducha. Korum se había ido a algún sitio, y Mia no sabía si su familia seguía durmiendo o no. Por la posición del sol ahí afuera, debía de ser muy temprano.

De pie bajo el chorro de agua, ella bostezó, sintiendo un cansancio poco habitual. Tal vez no tendría que haberse levantado aún. Ese sueño estúpido seguía rondándole la cabeza, y se frotó la piel con energía, intentando arrancarlo de su piel. En realidad,

Saret apenas la había tocado, así que no sabía por qué su subconsciente se había movido en esa dirección esa noche.

Para disipar cualquier impresión persistente del sueño, repasó mentalmente los acontecimientos reales de aquel día, empezando por cuando ella se topó con Saret al marcharse. Él se había mostrado tan feliz de hablarle de sus planes, de contarle todo lo que tenía intención de hacer con los humanos y con sus compañeros krinar... Mia supuso que no habría sido fácil para él, no confiar nunca en nadie, interpretando siempre un papel para tratar de ocultar su verdadera naturaleza. Con ella, como creía que jamás iba a recordar esa conversación, se había sentido seguro y había dejado caer la máscara que llevaba normalmente.

En retrospectiva, había sido algo casi cómico, con todas sus locas divagaciones sobre traer paz a la Tierra y actuar como un salvador para su gente. Incluso había tratado de convencerla de que Korum tenía algunos planes malvados para apoderarse de su planeta. Era algo tan ridículo que Mia se rio entre dientes. ¿Realmente había pensado que ella simpatizaría con su causa? ¿Era porque como ella había estado dispuesta a creer lo peor de Korum en el pasado, podría cometer el mismo error otra vez?

Mia salió de la ducha y dejó que la tecnología de secado hiciera lo suyo. Luego, sintiéndose ligeramente mejor, regresó a la habitación para coger su fabricador y vestirse.

Para su sorpresa, Korum estaba allí, sentado en la

cama. Llevaba puesto un típico atuendo krinar de color claro: unos shorts y una camisa sin mangas. Por alguna razón, tenía el pelo mojado.

—Ya estás despierta —dijo, mirando su cuerpo desnudo con el consabido brillo sensual en sus ojos—. Fui a nadar al lago porque pensé que seguirías durmiendo bastante rato todavía. ¿Por qué estás levantada tan temprano?

—Pesadillas. —Mia se sentó a su lado. Las manos de él se fueron directas hacia sus pechos y los apretaron suavemente, como si no pudiera resistirse a tocarla.

—¿Por qué, mi vida? ¿Qué has soñado? —Su hermoso rostro tenía un gesto de preocupación, aun mientras sus manos continuaban jugueteando con sus pechos, rozándole los pezones con los pulgares de una forma que envió una punzada de calor hasta lo más profundo de su vientre.

Mia apenas podía pensar con él haciéndole esto.

—Eh… solo eso de Saret… —Dejó caer la cabeza hacia atrás, y arqueó el cuello cuando él se inclinó para mordisquear el punto sensible cerca de su clavícula.

—¿El qué? —murmuró él, deslizándole una mano entre las piernas, y acariciando su ansioso sexo.

—Solo esa… conversación… —Mia ahogó un gemido cuando su dedo se deslizó dentro de ella, con el pulgar presionando sobre su clítoris mientras la otra mano seguía jugando con su pezón.

—¿Qué pasa con eso? —susurró él, con su aliento caliente empapándole el cuello, y haciéndole tener carne de gallina por todo el cuerpo.

—No... No lo sé —consiguió articular Mia, con sus músculos internos apretándole el dedo mientras una oleada de calor recorría todo su cuerpo. Estaba tan cerca... tan cerca...

Korum retiró su dedo y la empujó hacia atrás, hasta que quedó tumbada de espaldas con las piernas colgando a un lado de la cama. Él se arrodilló en el suelo, se puso las piernas de ella sobre los hombros y se acercó su sexo a la boca.

Con el primer contacto de su cálida y húmeda lengua contra su clítoris, Mia estalló en un millón de pedazos. La liberación fue tan poderosa que ella se arqueó alzándose sobre la cama, apretando los ojos con fuerza mientras las olas de placer irradiaban por cada una de las partes de su cuerpo.

Antes de que sus sacudidas tuvieran ocasión de desaparecer, él ya estaba dentro de ella, con los shorts desgarrados por la entrepierna, y su gruesa erección hincada profundamente en su pequeña vagina. Mia se quedó sin aliento ante esa abrupta intrusión y le agarró los hombros, sujetándose con fuerza mientras él empezaba a frotar moviéndose hacia dentro y hacia afuera, estimulando las terminaciones nerviosas que seguían sensibles por su orgasmo. Jadeante, ella abrió los ojos y se encontró con su mirada dorada.

Él la estaba mirando con una intensa expresión de deseo en el rostro. Inclinando la cabeza, le comió la boca con un beso salvaje, asaltándola con su lengua mientras su polla seguía hundiéndose dentro de ella a la vez. Una de sus manos le agarró por el pelo, manteniendo su cabeza inmóvil y la otra se deslizó por su costado hasta más abajo de las caderas, tocando sus pliegues en el punto en que estaban unidos. Le pasó el dedo por la zona cercana a su entrada, recogiendo la humedad que allí había, y entonces escarbó con ese mismo dedo entre sus nalgas, metiéndolo en su otro orificio.

Abrumada por las sensaciones, Mia gimió impotente. Sujeta de esa manera, no podía hacer nada más que sentir. Él estaba encima de ella, dentro de ella, rodeándola, por todas partes, y ella no podía recuperar el aliento, los latidos de su corazón y la tensión dentro de ella escalaban en una espiral cada vez más creciente. El dedo en su trasero parecía imposiblemente grande, invasivo, y sin embargo le proporcionaba también un oscuro placer allí, una sensación desconocida de plenitud que se añadía a la sensualidad del momento.

Sin previo aviso, todo se tensó dentro de Mia, y luego convulsionó, y Mia se corrió, con su cuerpo retorciéndose y estremeciéndose entre sus brazos. Él gimió, dando empentones contra ella, tratando de llegar aún más adentro, y ella pudo sentir su polla palpitar dentro cuando él también alcanzó a su propia liberación.

Un par de minutos después, él se apartó lentamente de ella.

—¿Todo bien? —preguntó suavemente, y Mia asintió, demasiado laxa y relajada para ser capaz de moverse.

Él sonrió y la cogió en brazos, llevándola a la

ducha para otro enjuague rápido, y entonces se vistieron para estar listos para desayunar con su familia.

DURANTE EL DESAYUNO, Mia se encontró con que su atención vagaba y su mente volvía a su sueño y esa conversación con Saret. Después de unos minutos de darle vueltas, se dio cuenta de lo que le estaba molestando.

¿Por qué intentó Saret afirmar que Korum era el malo? ¿Estaba alucinando, o pensaba que Mia sería tan ingenua como para creerse sus mentiras? ¿Y por qué molestarse en mentirle siquiera, si planeaba borrarle la memoria inmediatamente después? Intentó acordarse de sus palabras exactas, algo sobre que Korum quería quedarse con su planeta. ¿Qué diablos significaba eso? Los krinar ya estaban allí, en la Tierra, compartiéndola con los seres humanos, que es lo que Korum había dicho que era su intención.

Aun así, Mia no podía librarse de una sensación de desasosiego. Sabía que su amante tenía una vena despiadada, y sabía que era leal a su gente. ¿Podría esa lealtad alcanzar a querer deshacerse de toda una especie rival para obtener un recurso precioso? El mismo Korum le había dicho que la Tierra era única, que de todos los planetas que había por ahí, era el que más de cerca se parecía a Krina. Y ahora que Mia estaba aquí, podía ver que efectivamente, ese era el caso; si algo le pasara a la Tierra, los humanos estarían más que felices de vivir en Krina, y probablemente pasaría al revés con los krinar.

Mia soltó su cubierto con aspecto de pinzas y estudió a su amante conversando y bromeando con su familia. Parecía imposible que pudiera haber algo siniestro ocultándose bajo su hermosa y cálida sonrisa exterior. ¿Podría él amarla y al mismo tiempo querer destruir a su especie? ¿Hasta dónde llegaba su ambición?

Mia tomó un bocado de su plato e intentó pensar racionalmente en ello. Seguro que si se hubiera enamorado de un monstruo, se habría dado cuenta. Nadie podía ocultar tal oscuridad por tanto tiempo. Korum no era ningún angelito, y su opinión acerca de su especie no era necesariamente la más alta, pero jamás llegaría tan lejos como para quitarles el planeta.

¿O sí?

La comida que acababa de tragarse le cayó a Mia como una piedra en el estómago. Se excusó, se levantó y se fue al lavabo a refrescarse. Remojándose el rostro con agua, se miró al espejo, viendo la mal disimulada mirada de pánico que asomaba a sus ojos.

Necesitaba hablar con Korum y necesitaba hacerlo ahora, antes de que las viejas dudas y sospechas tuvieran la oportunidad de envenenar su relación otra vez. Si había algo que Mia había aprendido del fiasco de la Resistencia, era la locura que suponía llegar a conclusiones y asumir lo peor. Ya no era la niña que estaba demasiado asustada para hablar con su amante K por temor a traicionar a su gente. Ahora Korum le pertenecía tanto como ella le pertenecía a él, y de una forma u otra, ella iba a enterarse de la verdad.

EL DESAYUNO LE PARECIÓ ETERNO. Mia sonreía y charlaba con su familia, mientras se retorcía de impaciencia por dentro. Notó como Korum le lanzaba ocasionales miradas inquisitivas, y supo que él podía percibir que le pasaba algo, que sus sonrisas tenían un filo de incertidumbre.

Finalmente, terminaron. Marisa volvió a su habitación a echar una siesta después de la comida, algo que había comenzado a hacer recientemente para combatir la fatiga relacionada con el embarazo, y Connor se unió a ella, no queriendo separarse de su esposa. Los padres de Mia se retiraron a su habitación, para leer y ver algunos programas de Krina que Korum les había preparado.

—¿Quieres dar un paseo? —le preguntó Mia a Korum en cuanto sus padres estuvieron fuera del alcance de poder oírla.

Él enarcó las cejas.

—¿No hace demasiado calor para ti ahora mismo?

—No pasa nada. —Mia no tenía ni idea de si pasaba algo o no, pero quería salir fuera de la casa, y lejos del alcance auditivo de su familia.

—Vale, perfecto. —Korum se puso de pie con tanta elegancia como solamente un Krinar era capaz hacerlo—. Vamos.

El calor golpeó a Mia en cuanto salieron de la casa.

Eran sobre las once de la mañana, y el sol estaba increíblemente brillante en el cielo sin nubes. A su alrededor, Mia escuchaba el gorjeo y el canto de los insectos, pájaros y otras criaturas, algunas con aspecto conocido, otras extrañas y exóticas.

Caminaron unos minutos hacia el lago, siguiendo la misma senda del día anterior. A la luz del día, su entorno era incluso más hermoso y sorprendente de lo que había sido en el crepúsculo, pero Mia no podía centrarse ahora en eso. Tenía el estómago hecho un nudo, y sentía náuseas, como si hubiera comido algo que no le hubiera sentado bien.

—Está bien, Mia. —Cuando llegaron al lago Korum se detuvo en una zona a la sombra y la hizo sentarse a su lado en un trozo con plantas parecidas al césped—. ¿Qué pasa, mi vida? ¿Qué te ocurre esta mañana?

Mia miró al hombre a quien amaba más que a la vida misma.

—Quiero saber si hay algo de verdad en lo que me dijo Saret.

Él mantuvo la mirada firme y sin pestañear.

—¿En qué parte?

—En la parte... —su voz se rompió a mitad de la frase—. En la parte en la que tú quieres arrebatarnos la Tierra.

Durante un instante, solo hubo silencio, y ellos mantuvieron la mirada fija el uno en el otro. Entonces él dijo suavemente:

—Queremos compartir vuestro planeta con vosotros. Ya te lo he dicho.

—Entonces, ¿por qué dijo Saret que nos lo queréis quitar? —Algo no sonaba del todo a verdad—. ¿Estaba completamente enajenado o hay alguna otra cosa que yo debería saber? ¿Cuáles son tus verdaderas intenciones, Korum? ¿Cómo piensas exactamente compartir nuestro planeta cuando vuestro sol muera por fin?

Él se quedó en silencio de nuevo durante unos segundos, con expresión dura e impenetrable.

—Todavía no confías en mí, ¿verdad? —dijo finalmente—. Después de todo, todavía crees que yo soy el malo.

Mia cogió aire, temblorosa, y la sensación desagradable de su estómago empeoró.

—No, Korum. No es eso lo que creo. No quiero creer tal cosa. Solo quiero saber la verdad. Toda la verdad. —Él todavía parecía implacable, así que añadió—: Por favor, Korum... Si de verdad te importo, por favor, cuéntamelo todo.

CAPÍTULO VEINTIOCHO

—Está bien. —Su voz era de lo más glacial que ella le había oído en mucho tiempo—. Sin embargo, ten en cuenta, mi vida, que nadie aparte del Consejo y los Ancianos sabe lo que estoy a punto de contarte. No puedes contarle esto a nadie más, ¿lo comprendes?

Mia asintió, conteniendo la respiración.

—No vamos a quitaros la Tierra —dijo él—. Nos vamos a quedar con Marte. Y entonces les daremos a los humanos la opción de reubicarse allí, una vez hayamos creado las condiciones adecuadas para la vida.

Mia lo miró fijamente, aturdida.

—¿Qué? ¿Marte? Pero... pero eso es inhabitable.

—Es inhabitable ahora mismo —dijo Korum—. Una vez hayamos acabado con él, va a ser como el paraíso. El planeta ya tiene agua en forma de hielo. Lo calentaremos, crearemos una atmósfera, y le daremos a Marte un campo magnético que mitigue la radiación solar y que evite que la atmósfera se escape hacia el espacio. Hasta el diferencial gravitatorio puede arreglarse; nuestros científicos han descubierto recientemente una manera de mejorar la gravedad en la superficie del planeta y hacerla similar a las de la Tierra y Krina.

—Pero... —Mia se encontró sin palabras—. Espera, ¿entonces queréis Marte, no la Tierra?

Korum suspiró.

—No, Mia. Queremos un lugar para que nuestra especie continúe floreciendo una vez nuestro sol empiece a apagarse. Es lamentable, pero no podemos evitar que nuestra estrella muera. Tal vez un día descubramos una manera de arreglar eso también, pero por ahora, tenemos que planificar pensando en lo peor. La Tierra sería nuestra segunda elección, después de Krina, y Marte sería la tercera.

—Engonces, ¿queréis la Tierra? —Mia sintió que había algo que no estaba pillando.

—Sí. —Su mirada ambarina era fría y directa—. Por supuesto que sí. Por lo menos sus regiones más cálidas. Pero no vamos a aniquilar a los humanos para conseguirlo o lo que sea que Saret te diese a entender. Nosotros le daremos a tu gente la opción de permanecer en la Tierra o trasladarse a la recién transformada Marte a cambio de riquezas significativas y otras ventajas.

—¿Vais a sobornar a los humanos para que dejen la Tierra? —Mia lo miró incrédula.

—Sí. —Sus labios esbozaron una leve sonrisa—.

Podría decirse así. Hay un montón de regiones de la Tierra que son pobres, donde cada día hay que luchar por sobrevivir. Ofreceremos a esas personas la opción de trasladarse a un lugar que se parecerá mucho al paraíso, donde tendrán cubiertas todas sus necesidades básicas y podrán vivir como reyes. ¿No piensas que eso puede resultarle a atractivo a alguien en la India rural o en Zimbabue?

Mia parpadeó. Podía seguir su razonamiento lógico... pero también podía ver un gran problema en lo que estaba diciendo.

—Si Marte al final resultará tan genial —dijo con voz queda—, ¿por qué no querrían los Krinar vivir allí ellos mismos y dejar nuestro planeta en paz?

—Probablemente algunos de nosotros querremos vivir en Marte —dijo Korum—. No he descartado que tú y yo nos mudemos allí en algún momento. Pero siempre habrá quienes se encuentren incómodos con lo que ellos consideran naturaleza artificial, quienes prefieran con mucho vivir en un planeta que ha pasado por miles de millones de evolución natural aunque dicho planeta haya sido algo contaminado y dañado por los humanos.

—Entonces, ¿ellos vendrían a vivir con nosotros... con los humanos, quiero decir, a la Tierra?

—Sí —dijo Korum—, exactamente. Construiremos más Centros en la Tierra, para que algunos Krinar puedan vivir allí. Y a cambio de que los humanos nos cedan ese espacio, les daremos un entorno mucho más lujoso en Marte. Será una situación en la que ambas especies saldremos ganando.

—¿Y si los humanos no quisieran ceder ese espacio?

Él entornó los ojos.

—¿Por qué no iban a querer hacerlo? ¿De verdad crees que un granjero de subsistencia de Ruanda se opondría a no tener que trabajar duramente nunca más? ¿A poder alimentar a su familia cada día con alimentos sabrosos y nutritivos? Los que vayan a Marte tendrán acceso a cuidados sanitarios, educación, alojamiento... todo gratuito. Todo lo que necesiten. No vamos a hacerle a tu gente lo que los europeos les hicieron a los nativos americanos. No es nuestro estilo.

—En realidad no has contestado a mi pregunta —dijo Mia lentamente—. Si la gente no quiere ir, ¿les transportaréis a Marte a la fuerza? ¿Vais a arrebatarles sus tierras pase lo que pase?

—Vamos a hacer lo que haga falta para asegurar la supervivencia y la prosperidad continua de nuestra especie, Mia —dijo, con ojos fríos y brillantes bajo las oscuras diagonales de sus cejas—. Lo mismo que haríais vosotros.

Un escalofrío recorrió la espalda de Mia.

—Comprendo.

—¿Qué es lo que esperabas oír, mi vida? —Su tono era ligeramente burlón—. ¿Quieres que te mienta, que te diga que jamás cogeríamos lo que necesitamos si no pudiéramos conseguirlo de algún otro modo?

—No —dijo Mia—. No quería que me mintieras. Nunca he querido que me mientas. Se puso en pie y se acercó hasta la orilla, mirando el agua azul oscuro con expresión ensimismada. No sabía qué pensar, cómo empezar siquiera a abordar esta situación.

Lo que acaba de describirle Korum sonaba relativamente inofensivo, incluso generoso en comparación con lo que habían hecho los conquistadores humanos a lo largo de la historia. Sin embargo, Mia sabía que no iba a ser tan fácil. La llegada de los krinar varios años atrás causó un pánico mayúsculo que engendró el movimiento de la Resistencia y resultó en miles de muertes. Era una locura pensar que no ocurriría lo mismo cuando la gente conociera las intenciones de los K acerca de Marte. Incluso si los Krinar trasladaban sólo a aquellos que quisieran ir voluntariamente, la población en general desconfiaría profundamente, y probablemente con razón. Una vez que los krinar tuvieran un lugar donde reubicar a los humanos y a la mantener la conciencia tranquila, ¿qué les impediría reubicarlos a todos?

Korum apareció tras ella y la rodeó con sus brazos, acercándola contra él hasta que tuvo la cabeza en el hueco bajo su barbilla.

—Lo siento, Mia —dijo con voz queda—. No pretendía ser duro contigo. Por supuesto, tienes derecho a saber... y no debería culparte por no confiar en mí después de cómo nos conocimos. No quiero hacerles daño a los tuyos. De verdad que no, especialmente ahora que me he enamorado de ti y he conocido a tu familia. Haremos todo lo posible para garantizar que todo salga bien, que todos vuestros gobiernos estén plenamente de acuerdo e informados sobre lo que está sucediendo. Nadie tiene que salir herido. Nos aseguraremos que todo el mundo salga adelante.

Mia quiso fundirse en su abrazo para que él estuviera seguro que todo iría bien, pero no podía ser un avestruz escondiendo la cabeza en la arena.

—¿Cuándo vais a hacer eso? —Su voz sonaba apagada, sin brillo—. ¿Cuándo vais a transformar Marte?

—Pronto —dijo Korum, apretando más los brazos que la rodeaban—. Acabo de recibir el visto bueno final de los Ancianos para proceder.

—Pero, ¿por qué Marte? —Mia no podía entender esa parte—. ¿Por qué los krinar no cogen algún planeta en otro sistema solar? Si podéis hacer eso, ese tipo de cosas...

—Terraformación —dijo Korum—. Se llama terraformación.

—Vale —dijo Mia—. Si podéis terraformar Marte, ¿por qué no hacérselo a otro planeta dónde sea? ¿Por qué tiene que ser tan cerca de la Tierra?

—Porque la proximidad a la Tierra facilitará el proyecto —explicó él con tranquilidad—. Nunca hemos hecho algo de esta magnitud antes, y necesitaremos una base desde la cual nuestros científicos y otros expertos puedan operar. La Tierra puede servir de base por ahora. Esta no será una tarea fácil. Costará años, posiblemente décadas, hacer a

Marte habitable, y estará bien tener nuestros Centros en la Tierra cerca en caso de cualquier emergencia. Una vez hayamos solucionado todos los inconvenientes del proceso, podremos terraformar otros planetas situados en zonas habitables a lo largo de diferentes galaxias.

—¿Otros planetas aparte de la Tierra y Marte? —Mia se dio la vuelta y le miró a los ojos. Por primera vez, se dio cuenta de la magnitud de su ambición, y la sacudió hasta la médula—. Estás construyendo un imperio, ¿no? —susurró—. Un imperio intergaláctico de verdad... La Tierra, Marte, esos otros futuros planetas... los krinar los gobernarán todos, ¿verdad?

—Sí. —Los ojos le lanzaban chispas—. Lo haremos.

KORUM PUDO PERCIBIR LA CONMOCIÓN EN SU ROSTRO, y suavizó su tono:

—¿Sería eso algo tan malo, mi vida? Tu gente también se beneficiará de esto. Si algo le pasara a la Tierra, los humanos sobrevivirían y prosperarían a nuestro lado.

Podía sentir la tensión en su cuerpo delicado, y maldijo a Saret por haber sembrado dudas en su mente aquel día. Korum había planeado contárselo todo a Mia a su debido tiempo, para explicar sus intenciones de la manera más tranquilizadora posible. Sabía que existía la posibilidad de que ella le cuestionara después de recuperar la memoria, pero no había previsto su propia reacción a sus preguntas. Su desconfianza, su propensión a pensar lo peor de él, le recordaban demasiado al principio, cuando ella lo había espiado y lo había traicionado para la Resistencia. Las heridas de esa época aún eran demasiado recientes para que pudiera permanecer tan tranquilo y calmado como esperaba.

—A vuestro lado... y bajo vuestro control, ¿verdad? —ella hizo un gesto para soltarse, y Korum dejó caer los brazos, y dio un paso atrás para darle algo de espacio. No se molestó en responder a su pregunta; la respuesta a eso era obvia.

Un imperio intergaláctico... No habría pensado en ello en tales términos, pero no era una mala descripción para lo que había esperado lograr en su vida. Desde que era capaz de recordar, puesto que hasta él había sido un niño pequeño, Korum soñaba con explorar y colonizar otros planetas. Lo veía como su destino. Por hermoso que fuera Krina, se trataba solo de un diminuto planeta entre trillones, un pedazo de roca dependiente de su estrella y vulnerable a varias catástrofes cósmicas.

La Tierra siempre lo había fascinado, con sus características parecidas a las de Krina y una especie que era sorprendentemente similar a los mismos krinar. Cuando era joven, Korum, como muchos otros, había mirado a los seres humanos como a inferiores, con sus cuerpos débiles, frágiles y su primitivo modo de vida. No había sido hasta siglos recientes cuando había empezado a comprender que esos seres eran tan inteligentes e ingeniosos como los mismos krinar. En el pasado, los temores de Mia hubiesen sido justificados: el Korum de mil años atrás no habría dudado en simplemente arrebatarles la Tierra a su especie. Ahora, sin embargo, no quería privar a los seres humanos de su planeta; sólo quería asegurarse de que los krinar también tuvieran su lugar en él.

Nunca había pensado que su ambición fuese particularmente excesiva. Sabía que otras personas, sin embargo, así lo creían. Incluso su propio padre parecía a veces intimidado por su determinación, sin entender que lo que su hijo deseaba era tan solo lo que era mejor para su especie. Un grupo de planetas colonizados y controlados por los krinar era el siguiente paso lógico en su evolución, y Korum no veía nada de malo en trabajar hacia esa meta.

Ahora solo tenía que hacer que su charl viera las cosas desde su punto de vista.

— Mia, escúchame —dijo Korum, mirándola intensamente—. Sé que estás asustada, pero no te miento. No te había contado nada de esto antes porque es el equivalente a información clasificada, no porque intentara ocultarte ningún plan malvado. Acabo de recibir la aprobación definitiva de los Ancianos con respecto a Marte, y lo siguiente que haremos será dirigirnos a vuestros gobiernos, para comunicarles nuestras intenciones. De ese modo, pueden preparar adecuadamente a la población y cortar de raíz cualquier rumor potencialmente peligroso. Nadie tiene que resultar herido, y haremos todo lo que esté en nuestras manos para asegurar que eso no suceda.

Su lengüecita sexy asomó a sus labios para humedecerlos, y él sintió los ojos pegados a su boca, imaginándose esa lengua lamiendo otra cosa totalmente distinta. *Maldita sea, céntrate.* Con esfuerzo, Korum levantó los ojos para encontrarse con los de ella, ignorando la agitación de su polla. Ahora no era momento de pensar en sexo; tenía que convencerla de que no iba a exterminar a su gente ni robarles su planeta.

—¿Lo juras? —Su voz era ronca, temblorosa, y pudo ver cómo la esperanza pugnaba con la duda en su rostro. Quería confiar en él, pero necesitaba más garantías—. ¿Juras que no pretendes hacer ningún daño a mi gente? ¿Que cuando construyas tu imperio, no será a costa del bienestar de mi especie?

—Sí, querida mía —dijo Korum—. Lo juro. A menos que los seres humanos nos ataquen a nosotros, no haremos nada que les cause daño. Aquellos que deseen dejar la Tierra serán bien compensados por su elección, y nosotros viviremos al lado de los tuyos en la Tierra, Marte y cualquier otro planeta con que nos encontremos. No estará tan mal, mi vida. Te lo prometo.

Y acercándose a ella, la atrajo para sí hasta abrazarla de nuevo, soltando un suspiro de alivio cuando sintió que sus brazos también se deslizaban para rodearle la cintura.

CAPÍTULO VEINTINUEVE

Mia se puso el collar de piedra resplandeciente que Korum le había regalado y se examinó de forma crítica en el espejo tridimensional que había en el dormitorio. Vestía el atuendo formal krinar, un vestido blanco y centelleante, similar al que se había puesto para la lucha. Llevaba el pelo recogido y cubierto con una redecilla plateada que hacía juego con sus sandalias. Tenía un aspecto festivo... y listo para presentarse ante los Ancianos.

Estaba en todo su derecho a estar nerviosa. Después de todo, estaba a punto de conocer a los krinar más antiguos que existían, cuyos nombres eran leyenda entre los K y cuyos mandatos determinaban el destino de la humanidad. Los krinar que estaban a punto de decidir la esperanza de vida de su familia. Sin embargo se sentía extrañamente tranquila, como si nada pudiera afectarle ahora mismo.

Su mente seguía evocando su conversación con Korum de esa mañana, reviviéndola una y otra vez. Marte, la Tierra, todo un imperio intergaláctico... Realmente la ambición de su amante no conocía límites. Mia no tenía duda alguna de que Korum finalmente lograría su objetivo, y de que estaría al mando de este imperio que estaba a punto de construir.

Y ella estaría a su lado. Esa idea hacía que le diera vueltas la cabeza. Ella, que nunca había deseado nada más que una vida tranquila y normal, iba a estar allí para ver tomar forma al imperio krinar, al lado, y en la cama, del hombre que iba a hacer que eso ocurriera.

¿La convertía eso en una traidora a su especie? ¿O era como le había dicho Delia, que por el hecho de que Korum se hubiese enamorado de ella ya había hecho más por la humanidad que mediante ningún esfuerzo por la Resistencia?

Ella le creyó cuando él prometió que los krinar no les harían daño a los humanos a propósito. Él siempre había mantenido las promesas que le hacía. Simplemente no estaba segura de cómo se iba a desarrollar todo cuando la gente se enterara de las intenciones de los K acerca de Marte. ¿Habría nuevos movimientos anti-K? ¿Entraría en pánico la población humana e intentaría atacar a los invasores, llevando a los krinar a tomar represalias contra ellos? Mia estaría desolada si eso ocurriera.

Pero la idea de dejar a Korum era insoportable. Ella no podía vivir sin él; tan sencillo como eso. Lo amaba con cada fibra de su ser y sabía que él la amaba a ella con exactamente la misma fiereza. Puede que eso la convirtiera en una traidora... o tal vez en la mujer más feliz que existía. Solo el tiempo podría decirlo.

Por ahora, había Ancianos a los que conocer.

—Es mejor que sea yo quien lleve el peso de la conversación —dijo Korum cuando se acercaron a un claro en medio de la selva—. No les gusta la charla innecesaria.

—Claro —dijo Mia —. No diremos una palabra.

—No, seguramente tendréis que hacerlo —le dijo él—. Probablemente quieran hablar contigo y con tu familia directamente, en cuyo caso os sugiero encarecidamente que respondáis de la forma más honesta y concisa que podáis.

Mia asintió con la cabeza. Por el rabillo del ojo, pudo ver a sus padres cogidos de la mano mientras caminaban. Su madre estaba pálida, y su padre tenía un gesto sombrío, como si fuera a una ejecución. Marisa y Connor iban detrás de ellos, con pinta de estar nerviosos y emocionados al mismo tiempo.

A diferencia de Mia, los demás llevaban su ropa humana. Era su elección.

—¿Cómo? ¿Quieres que me embuta en algo así a mi edad? —había dicho su madre, señalando el vestido ajustado y sin espalda de Mia. Korum no se había opuesto; como ninguno de ellos era charl, no se les consideraba parte de la sociedad krinar y, por lo tanto, podían ponerse lo que quisieran. Su padre se había puesto traje y corbata, lo mismo que el marido de Marisa. Marisa y su madre lucían vestidos semiformales y zapatos de tacón. Mia esperaba que no estuvieran demasiado incómodas, caminando por la jungla de aquella guisa en medio de ese calor.

El hecho de que los Ancianos quisieran verlos al aire libre, en lugar de en algún edificio, no sorprendió a Mia en lo más mínimo. Los K estaban notablemente en armonía con la naturaleza, y Korum le había contado que algunos de los Ancianos rechazaban incluso las viviendas artificiales, eligiendo vivir como sus primitivos antepasados: en los troncos huecos de árboles gigantes, o en las formaciones rocosas con sistemas de cuevas de las montañas. También protegían celosamente sus territorios, y no permitían a nadie acercarse a menos de veinte kilómetros de sus áreas preferidas. Este lugar de los bosques se consideraba terreno neutral, un lugar en el cual los Ancianos se reunían a menudo para discutir varios asuntos y socializar entre ellos.

—Muy pocos krinar han tenido jamás el privilegio de ver a los Ancianos en persona, como estáis a punto de hacer vosotros —dijo Korum cuando se detuvieron frente al claro—. Es el honor más grande que puede haber.

Mia respiró hondo, intentando detener el ligero temblor de sus dedos. Ahora que estaban allí de verdad, su calma anterior la había abandonado, y el corazón le daba brincos frenéticos en el pecho. ¿Y si accidentalmente hacía o decía algo que enfurecía a los

Ancianos? En tal caso, podrían denegar la petición de Korum o algo peor. Ella no tenía ni idea de lo que eran capaces de hacer esos antiguos krinar.

—¿Lista, mi vida? —preguntó Korum, y ella asintió, cogiéndole de la mano. Luego caminaron juntos hacia el claro, con la familia de Mia pegados a ellos.

HABÍA NUEVE K ALLÍ DE PIE, tres mujeres y seis hombres. Todos miraban a Mia y a su familia, con rostros absolutamente carentes de expresión. Físicamente, parecían estar en su mejor momento, sin dar la impresión de ser mayores que Korum o que ningún otro krinar que Mia hubiese conocido. Todos los varones eran altos y de constitución fuerte, e incluso las mujeres parecían más robustas de lo habitual. La más baja de las Ancianas medía probablemente algo más de un metro ochenta, y su estructura ósea estaba recubierta de músculos fibrosos y bien definidos. Para sorpresa de Mia, todos llevaban atuendos krinar modernos, y sus vestimentas de colores claros contrastaban contra el tono bronceado de su piel.

Mientras que las mujeres poseían una belleza del estilo de princesas guerreras, los hombres tenían una apariencia más variada. Había un K en particular que se parecía a los de las grabaciones de los antiguos más que a los otros krinar. Aunque sus rasgos duros y curtidos gozaban de cierto atractivo, era demasiado tosco para ser considerado guapo. Mia se preguntaba si alguno de los ancianos tendría pareja, o si habían sobrevivido durante millones de años sin crear ningún vínculo profundo.

Korum soltó la mano de Mia e inclinó su cabeza respetuosamente, sin decir nada. Mia siguió su ejemplo, manteniendo la vista fija en los Ancianos todo el tiempo. En la cultura krinar, se consideraba una grosería mirar hacia abajo o en otra dirección al encontrarse con una figura de autoridad; mirarles fijamente era lo que había que hacer.

Una de las mujeres se adelantó con movimientos elegantes y fluidos. Se acercó hasta Mia y le rozó la mejilla con los nudillos en el saludo tradicional entre las mujeres. Mia sonrió y le devolvió el saludo, esperando no estar haciendo nada inapropiado. A juzgar por el brillo de aprobación en los ojos de Korum, había hecho exactamente lo correcto.

Después de saludar a Mia, la mujer dio una vuelta alrededor de los otros humanos, estudiándolos con evidente curiosidad. No les dijo una palabra ni hizo ningún gesto hacia ellos, pero Mia pudo apreciar las gotitas de sudor en la frente de su padre. Tenía que sentirse muy ansioso, porque normalmente no transpiraba tanto por el calor.

Todavía en silencio, la mujer regresó hasta los Ancianos y volvió a su sitio original cerca de sus dos compañeras. Luego, nueve pares de ojos oscuros se quedaron simplemente mirándoles, observándolos con una inteligencia fría y profunda que parecía claramente inhumana.

Mia les devolvió la mirada, intentando imaginarse cuáles serían los dos que estaban implicados en dirigir la evolución humana. En cierto modo, estaba conociendo a dioses de carne y hueso, los creadores de la raza humana. La idea era tan abrumadora que no se detuvo a pensar demasiado en ello. Era menos probable que se derrumbara hecha un manojo de nervios si pensaba que estos Ancianos no eran más que versiones algo más antiguas de Korum. Y a decir verdad, para una chica de veintiuno, no había una enorme diferencia entre que alguien tuviera dos mil años de edad o dos millones. En ambos casos, sería increíblemente viejo, o eso se decía a sí misma.

Por fin, después de lo que pareció una hora, el hombre de rasgos toscos se adelantó, y se acercó hasta Mia y Korum.

—Así que esta es tu charl —dijo, con una voz grave y extremadamente profunda. Mia pensó que sus andares se parecían a los de un león, todo músculo y con la intensidad de un depredador.

Korum inclinó la cabeza.

—Sí.

—Excepcional —dijo el Anciano, ladeando la cabeza mientras estudiaba a Mia—. Muy excepcional.

Mia luchó contra el impulso de acobardarse bajo esa mirada penetrante. Sentía como si el vetusto K la estuviera desnudando por completo, viendo cada uno de sus miedos y vulnerabilidades.

—¿Por qué crees que deberíamos hacer una

excepción con tu familia, Mia? —dijo de repente el Anciano, dirigiéndose directamente a ella.

Mia tragó saliva para deshacerse del nudo que tenía en la garganta. Se había estado preparando mentalmente para alguna clase de entrevista, pero aun así sintió como si la hubieran pillado desprevenida. Sin embargo, cuando habló, su voz fue sorprendentemente serena, sin desvelar ni un ápice de su confusión interna. La adrenalina corría por sus venas, agudizando su enfoque, y las palabras que salían de su boca eran inusualmente nítidas y claras.

—No pienso que debáis hacer una excepción con mi familia —dijo, levantando la vista hacia el Anciano—. Creo que deberíais compartir vuestra tecnología con toda la raza humana. Si no queréis hacerlo por el motivo que sea, entonces pensad en esto: al estar con Korum, ahora comparto su esperanza de vida. Ya que eso es algo que tú y vuestros compañeros permitís, debes de ver alguna lógica en eso. Sin los nanocitos de mi cuerpo, yo envejecería y moriría en solo unas décadas, mientras que Korum seguiría estando igual... y eso sería insoportable para ambos porque nosotros nos amamos. —Se detuvo, y cogió aire—. Y para mí sería igualmente insoportablemente ver a aquellos a quienes amo... —señaló a su familia— enfermar y morir.

El viejo K seguía mirándola, y ella pudo reconocer un atisbo de diversión en su gesto. Eso suavizó un poco sus rasgos, haciéndole parecer solo un poquitín menos intimidante. Mia quería decir más, pero, recordó la advertencia de Korum sobre ser concisa al responder a las preguntas y decidió callarse. Ya había dicho todo lo que había que decir; a menos que repitiera sus razones o apelara a su sentido de la ética y la moral, no había nada más que añadir.

El Anciano la miró unos segundos más y luego se dio la vuelta. Mia pudo percibir que algún tipo de comunicación sin palabras tenía lugar entre él y los demás, y entonces él se volvió otra vez hacia Mia y Korum.

—Pronto tomaremos nuestra decisión —dijo, dirigiéndose esta vez a Korum.

Luego se reunió con el resto de los Ancianos y todos que se desvanecieron en el bosque, dejando a Mia, a Korum y a su familia solos en el claro.

—ESE ERA LAHUR —dijo Korum a su charl durante el viaje de vuelta a casa—. Ese es del que te hablé: el krinar más viejo vivo. La mujer que se acercó a ti y a tus padres es Sheura; es una bióloga evolutiva, y estuvo involucrada en el proyecto humano desde el principio.

—¡Oh, no es sorprendente que pareciera tener tanta curiosidad por nosotros! ¿Crees que lo harán? ¿Crees que lo permitirán? —Mia estaba encaramada en un asiento flotante junto a él, con los ojos brillantes por la emoción. Korum sabía que probablemente todavía sentía la adrenalina del encuentro, y le sonrió, orgulloso de la forma en que se había comportado frente a los Ancianos. Él se había dado cuenta de que estaba nerviosa, claro, pero ella había mantenido la compostura en todo momento... lo había hecho mejor que muchos krinar si hubieran estado en su lugar.

—No lo sé, mi vida —dijo con sinceridad—. Nadie puede predecir lo que los ancianos van a hacer. Espero que hayan visto lo que fuera que quisieran ver hoy. Ahora lo único que podemos hacer es esperar.

—¿Tenemos que quedarnos en Krina mientras ellos se deciden? —preguntó la madre de Mia, y Korum vio que parecía mucho más tranquila ahora, aliviada de haber pasado ese trago por fin.

—Sí —le dijo Korum—, probablemente sería lo mejor. Han dicho que pronto, así que no deberían tardar demasiado. Además, no habéis conocido todavía a mis padres. Sé lo ansiosos que están de veros a todos. —Korum tenía otra razón más para querer que la familia de Mia estuviera en Krina, pero ese no era el mejor momento para hablar de ello.

—¡Oh, a nosotros también nos encantaría conocerles! —exclamó Ella—. ¿No sería fantástico, Dan?

—Por supuesto —dijo el padre de Mia—. Nos encantaría enormemente conocerles.

—Bien —dijo Korum—. Entonces lo organizaré.

CAPÍTULO TREINTA

Tarareando para sí misma, Mia se vistió y se arregló para ir a casa de los padres de Korum. Recordaba que Riani y Chiaren le habían caído bien en su encuentro virtual y estaba deseando volverles a ver otra vez. Tenía la sospecha de que a sus padres también les gustarían, aunque seguramente se quedarían anonadados por su juventud y su belleza.

Si los Ancianos daban su permiso, los padres de Mia también recuperarían su juventud. Lo deseaba tanto que casi podía saborearlo. Había visto fotos de su madre y su padre cuando eran de la edad de Mia, y habían sido una linda pareja, su padre alto y guapo y su madre bonita y despreocupada. Quería verlos así en la vida real, sanos y vigorosos, sin los variados dolores y achaques que venían con la mediana edad.

Justo cuando se estaba poniendo el vestido, Korum entró en el dormitorio. Estaba todavía más guapo de lo normal, y su cara resplandecía con alguna emoción desconocida. Se acercó a Mia y se inclinó para darle un ligero beso en los labios.—Estás guapísima, mi vida —dijo con suavidad, recogiéndole uno de sus rizos detrás de la oreja.

—Gracias. —Mia le devolvió una gran sonrisa—. Y tú también.

—Tengo algo que me gustaría que te pusieras —dijo él, mirándola con una misteriosa sonrisa—. Otra pieza de joyería.

—Oh, claro. —Mia ya se había puesto el collar de piedra resplandeciente para el encuentro con sus padres, pero no le importaba llevar otra cosa en su lugar, o además de eso. Coordinar los accesorios nunca había sido su fuerte, aunque tenía toda la intención de aprender a hacerlo. Ya había mejorado en lo de vestir a la moda; la joyería era el siguiente paso.

Para su total y absoluto asombro, Korum dio un paso atrás y echó una rodilla a tierra. En su mano había una pequeña cajita negra. Mientras ella la miraba, la cajita se abrió, dejando ver el anillo más hermoso que ella había visto en su vida. Era pequeño y delicado y parecía estar hecho del mismo material iridiscente que su collar, con una piedra resplandeciente más grande montada en el centro.

—Mia —dijo Korum con voz queda, mirándola con esos increíbles ojos ambarinos—, sé que las cosas no siempre han sido fáciles entre nosotros, y no puedo prometerte que no habrá dificultades más adelante. Pero sí sé una cosa. Te quiero, ahora y siempre, más de lo que jamás he querido a nadie en todos mis años de existencia. Te quiero en mi vida, en mi cama y a mi lado para toda la vida. Quiero adorarte y protegerte; quiero poner el mundo a tus pies. Quiero que tu rostro sea el primero que veo cuando me despierto y el último antes de irme a dormir. Quiero hacerte tan feliz como tú me haces a mí. Mia, mi vida, estoy desesperadamente enamorado de ti. ¿Me harás el honor de convertirte en mi esposa?

Mia abrió la boca pero de su boca no salió ni una palabra. En vez de eso, pudo sentir una extraña sensación de ardor en los ojos.

—¿Tú... tú quieres que me case contigo? —consiguió susurrar por fin, temiendo no haberle escuchado bien—. Pero... —tragó saliva— ¡tú eres un krinar! ¡No puedes casarte con una humana! —La incredulidad hizo que el final de la frase le saliera con una voz aguda.

—Puedo hacer lo que quiera —dijo Korum, y ella no pudo evitar sonreír por dentro por la nota arrogante de su voz. Incluso estando de rodillas, sonaba como el rey del mundo—. Solo porque nadie lo haya hecho antes no significa que yo no pueda. Quiero que seas mía en todos los sentidos de la palabra: por la ley krinar *y* por la humana. ¿Mia, cariño, quieres casarte conmigo?

El ardor de sus ojos aumentó y una lágrima se le escapó y rodó por su cara.

—Sí —dijo casi inaudiblemente, con la visión borrosa por la humedad. Sentía una opresión en el pecho, y le parecía no ser capaz de recuperar el aliento—. Sí, mi amor, me casaré contigo.

Su sonrisa de respuesta fue tan cegadora como el sol krinar. Poniéndose en pie, le cogió la mano izquierda y deslizó el anillo por su dedo anular. Le iba perfectamente, y relucía con todos los colores del espectro visible.

—Oh, Korum... Es... —Mia ahora lloraba abiertamente, con lágrimas de felicidad que rodaban por sus mejillas—. Es muy hermoso...

—No tan hermoso como tú —dijo él con suavidad, atrayéndola hacia sus brazos—. Nada podría ser jamás tan hermoso como tú. —Y cogiéndole el rostro entre sus grandes manos, besó las lágrimas de sus mejillas, depositando besos tiernos y reverentes sobre su piel.

ACORDARON COMPARTIR LA NOTICIA CON LOS PADRES DE MIA CUANDO AMBAS FAMILIAS ESTUVIESEN REUNIDAS, y ahora Korum estaba contemplando divertido cómo Mia hacía lo que podía por esconder su mano izquierda entre los pliegues de su vestido durante el viaje a casa de sus padres. Él le había dicho que podía quitarse el anillo por ahora, pero ella se había negado con vehemencia.

—¿Y si lo pierdo? —dijo con tono horrorizado, y Korum no discutió con ella. Le gustaba ver la joya en su dedo, le gustaba saber que en ella había un símbolo visible de su compromiso mutuo.

No estaba seguro de cuándo se había quedado tan cautivado por la idea de casarse con ella al estilo humano. La idea había germinado en su mente durante aquella visita a casa de sus padres, y había estado gestándose allí durante el último mes. Era consciente de que Mia todavía se sentía incómoda siendo su charl; desde su punto de vista, él ostentaba todo el poder dentro de su relación. Era una fuente inagotable de conflicto entre ellos, y Korum sabía que ella nunca sería completamente feliz mientras sintiera que no tenía derechos entre su gente.

Cuantas más vueltas le daba Korum al problema, más le parecía que el matrimonio podría ser la solución. Al casarse públicamente con Mia en Krina, elevaría su posición en su sociedad. Ella ya no sería simplemente una charl, una humana que le pertenecía; ella sería el equivalente a su compañera, mucho antes de la Celebración de los Cuarenta y Siete.

También le pertenecería oficialmente a los ojos de la gente de ella. A Korum le gustaba bastante eso. Si cualquier hombre humano se atrevía a mirarla, vería el anillo en su dedo y sabría que esta mujer ya no estaba disponible. Korum se había dado cuenta recientemente de que esos anillos eran una costumbre inteligente. Permitían a un hombre marcar su territorio de una manera muy civilizada. Mia era ahora su prometida, lo mismo que pronto sería su mujer, y nadie tendría duda alguna sobre ese hecho.

Por supuesto, su matrimonio también tranquilizaría a los padres de Mia. Aunque la familia Stalis había aceptado su relación, Korum sabía que serían mucho más felices si pudieran llamarlo de otra manera que no fuera el novio de su hija. Ahora él sería su yerno, un lazo mucho más fuerte a sus ojos, y se sentirían más seguros sobre su compromiso con Mia.

Su cápsula de transporte aterrizó frente a la casa de sus padres, y condujo adentro a Mia, junto con sus padres, su hermana y su cuñado cerrando la comitiva. Su familia humana, pensó con ironía. Era tan improbable que él mismo apenas podía creerlo todavía, pero estas personas eran importantes para Mia, y se estaban volviendo también cada vez más importantes para él.

Riani y Chiaren los estaban esperando. Cuando Korum entró en la casa, vio primero a su madre, allí de pie con una enorme sonrisa en el rostro, y justo detrás de ella la más austera presencia de su padre. Se habían quedado estupefactos la primera vez que les había hablado de Mia, pero también encantados. Korum a veces se preguntaba si sus padres pensaban que se pasaría la vida sin encontrar a alguien a quien amar.

Se adelantó, le dio un abrazo a Riani, y saludó a su padre con el toque más formal en el hombro. Entonces, volviéndose hacia la familia de Mia, se los presentó a sus padres.

Para su sorpresa, ambas parejas de padres encajaron casi de inmediato. En cuestión de minutos, estaban charlando animadamente e intercambiando anécdotas sobre las hazañas infantiles de sus hijos.

—Oh, Dios mío, esto es embarazoso —susurró Mia a su oído, sonrojándose cuando Ella, riendo, reveló el hábito de su hija de liberarse de los pañales y gatear alrededor de su patio trasero persiguiendo ardillas.

—¿Qué es una ardilla? —preguntó Riani con curiosidad, y el padre de Mia se lo explicó todo sobre el pequeño mamífero de cola peluda.

Marisa y Connor, que lo habían estado presenciando todo desconcertados, se acercaron para sentarse con Korum y Mia al otro lado de la habitación.

—Guau, se están cayendo realmente bien, ¿verdad? —le dijo Marisa a su hermana, y Mia se echó a reír, con los ojos chispeantes de alegría.

Parecía el momento perfecto para hacer el anuncio.

Korum se puso en pie e hizo levantarse a Mia. Todos los ojos se volvieron inmediatamente hacia ellos. —Tenemos algo que nos gustaría compartir con vosotros —dijo Korum, mirando a su alrededor. Sus padres parecían perplejos, mientras que los seres humanos lo miraban con apenas disimulado regocijo—. Le he pedido a Mia que se casara conmigo y ella ha aceptado.

Mia sonrió y levantó su mano izquierda, mostrando el anillo de piedra resplandeciente en su dedo.

La habitación se vino abajo. El aire se llenó de risas, chillidos y felicitaciones. Todos parecían estar abrazándose con todos los demás, y sus padres se unieron con buen ánimo a toda esa excitación, aunque Chiaren no dejó de lanzar miradas inquisitivas en su dirección. Como Mia había dicho, ningún krinar se había casado jamás con un ser humano, y el concepto mismo de matrimonio era ajeno a su pueblo. Una unión de pareja que se quedaba marcada mediante la Celebración de los Cuarenta y Siete era el equivalente krinar más cercano. Korum tenía la intención de explicar sus motivaciones a sus padres más tarde; por ahora, era suficiente que supieran cuánto amaba a su charl.

Después de que el barullo inicial se hubo calmado, Korum les dijo a los padres de Mia:

—No estaba seguro de si tendría que haber pedido vuestro permiso antes o no. Por lo que tengo entendido de esa costumbre, rara vez se hace así en estos tiempos. Espero que no os importe...

—¿Importarnos? —exclamó Ella—. ¡Claro que no nos importa! —Sus ojos estaban empañados por las lágrimas, y Korum se preguntó qué era lo que pasaba con el matrimonio humano que volvía a las mujeres humanas tan emocionales.

El resto del tiempo lo pasaron discutiendo fechas potenciales para la boda (Korum insistió en que no podía celebrarse más tarde de la semana siguiente), la ubicación (a Mia le gustaba el lago cerca de su casa) y la logística de organizar una ceremonia nupcial humana en un planeta tan alejado de la Tierra.

—¿No necesitaremos a alguien que os case? —preguntó Connor—. ¿Un sacerdote, un rabino, un juez, alguien? Y si ha de ser reconocido legalmente en la Tierra, ¿no necesitaréis registrarlo en algún lugar de nuestro planeta?

Korum ya había pensado en estos obstáculos.

—Una de las charl que viven en Krina era antes una

auténtica jueza en Missouri —les dijo a todos—. Ya he contactado con ella para pedirle su ayuda. En cuanto a la inscripción, enviaremos nuestras firmas electrónicamente al secretario del Juzgado de Daytona Beach. Estoy seguro de que harán una excepción en nuestro caso, dadas las circunstancias.

PARA MIA, los siguientes cinco días parecieron pasar en un abrir y cerrar de ojos. En cuanto se difundió la noticia de su compromiso, se produjo un interminable desfile de visitantes a la casa de Korum, queriendo conocerlos a ella y a su familia: los amigos de Korum, sus conocidos, empleados, contactos de negocios, y hasta los miembros del Consejo... Mia conoció a tantos K durante su breve compromiso que fue incapaz de llevar la cuenta de todos los nombres y caras. Para su sorpresa, pudo percibir los ecos del mismo respeto que mostraban por Korum en su actitud hacia ella. Era algo sutil, pero allí estaba. Le pedían su opinión más a menudo, y le hablaban directamente a ella, omitiendo del todo a Korum con frecuencia. Después de pensarlo durante un par de días, Mia se dio cuenta de que ahora la estaban tratando más como a la pareja de Korum y menos como a su charl. A sus ojos, ella ya no era simplemente una humana que pertenecía a uno de ellos; iba a ser un auténtico miembro de su sociedad.

A Mia le cayeron particularmente bien Jalet y Huar, amigos de Korum desde hacía mucho tiempo. Como los padres de Korum, Jalet era un diletante, una suerte de metafórico hombre orquesta. Inteligente y divertido, parecía saber de todo lo que existía bajo el sol, y a Mia le encantó escuchar sus historias sobre la vida en Krina. Huar, por el contrario, era tranquilo y serio. Estaba considerado un experto en estudios oceanográficos. Tanto Huar como Jalet también habían sido amigos de Saret, y estaban horrorizados desde que se enteraron de su verdadera naturaleza.

—Nosotros cuatro éramos como vuestros mosqueteros —le dijo Jalet, refiriéndose a la clásica novela de Dumas—. Corrimos un montón de aventuras cuando éramos jóvenes. Pensé en acompañar a Saret y Korum a la Tierra, pero estaba metido en un proyecto y el momento no era el más propicio.

—Probablemente fue lo mejor. —Korum sonrió a su amigo—. Por lo que sabemos, él podría haber intentado matarte a ti también.

—Sabes —dijo Huar pensativo—, ahora que pienso en ello, no es tan sorprendente que Saret fuera a por ti, Korum. Era bastante ambicioso, pero muy reservado al respecto. Tú siempre supiste lo que querías y fuiste tras ello abiertamente, pero a Saret le gustaba maquinar y operar entre bastidores, para que nadie supiera que era él quien lo hacía. Sospechaba que podría estar celoso de ti, pero nunca me di cuenta de lo profundos que eran esos celos.

—Ninguno de nosotros sabía cómo era él realmente —dijo Korum—. Saret logró engañarnos a todos, especialmente a mí. —Mia pudo notar la nota de amargura en su voz, y le dio una punzada el corazón. Él nunca hablaba demasiado de ello, pero ella sabía que todavía se culpaba a sí mismo por ponerla en peligro.

—Mi amor, sabes que probablemente era un psicópata, ¿verdad? —poniendo una mano en la rodilla de Korum para tranquilizarlo. Le lanzó una mirada seria—. Fue lo bastante listo para ocultarlo, pero al final eso es lo que realmente era. Todo encanto en la superficie, y una total falta de remordimientos en el interior. También era inteligente, tan inteligente como para llevar una máscara durante siglos. —Mia recordó lo que había leído sobre los psicópatas en una de sus clases universitarias, y eran una raza verdaderamente fascinante. No sabía si Saret encajaba en una definición de libro, ni si los K podían ser verdaderos psicópatas en sentido clínico, pero era cierto que él mostró algunos de sus rasgos, incluyendo un exagerado sentido de la autoestima.

Korum le respondió con una sonrisa, abrazándola, pero ella notó que pasaría mucho tiempo antes de que las heridas infligidas por la traición de Saret se curaran.

Además de atender a todos los visitantes, había un montón de cosas que hacer para preparar el enlace en sí mismo. Con la ayuda virtual de la prima de Korum, Leeta, Mia diseñó ella sola un hermoso vestido blanco que incorporaba algunos elementos de ambas culturas. También hizo favorecedores trajes para su familia que eran en gran parte de estilo krinar, pero que tenían en cuenta sus preferencias personales.

Mientras tanto, Korum estaba construyendo un

enorme salón de ceremonias que flotaba sobre el lago junto a su casa. Del tamaño de un estadio olímpico, estaba diseñado para poder albergar a más de cien mil invitados: una cifra que hacía que a Mia le diera vueltas la cabeza cada vez que pensaba en ella.

—¿Cómo de grande va a ser esta boda? —exclamó cuando vio la gigantesca estructura.

—Todo lo grande que debe ser —replicó Korum, mirándola fijamente, y Mia se dio cuenta de que él estaba haciendo una declaración pública. Casándose delante de todo Krina, estaba proclamando que los humanos habían llegado oficialmente, que no eran ya una especie inferior que sólo podía existir en la periferia de la sociedad krinar.

Korum estaba encargándose de su preocupación sobre su lugar en su mundo.

CAPÍTULO TREINTA Y UNO

La víspera del día en que iba a celebrarse la boda, los Ancianos finalmente tomaron una decisión acerca de Saret. En cuanto Korum se enteró de la noticia, fue a visitar a su ex amigo, sintiendo la extraña necesidad de verle una última vez.

Saret estaba confinado en Viarad, en un edificio fuertemente custodiado donde los delincuentes peligrosos esperaban su juicio. Los últimos dos meses no le habían tratado bien. Si Korum no hubiera sabido que eso era imposible, habría creído que Saret había envejecido de algún modo. Tenía la mirada vacía y perdida, y su piel parecía extrañamente cenicienta. Era como si hubiese renunciado a toda esperanza, y por un breve instante, Korum compadeció a su enemigo, pensando en su infancia compartida.

Pero entonces recordó lo que Saret le había hecho a Mia, y lo que pretendía hacerles a todos ellos, y el sentimiento de lástima se esfumó. Korum nunca había conocido al Saret de verdad; cualquier buen rato que hubieran pasado juntos había sido tan falso como la amistad de Saret.

—Has venido a regodearte, ¿verdad? —dijo la voz de Saret, rompiendo el silencio—. Supongo que habrás oído lo de mi sentencia. —Sus labios se retorcieron con amargura, y sus dedos tiraron instintivamente del collar que rodeaba su garganta.

—No —dijo Korum con honestidad—, no he venido a regodearme.

—¿Entonces por qué estás aquí?

—No lo sé —admitió Korum—. Creo que necesitaba un final, una conclusión.

—¿Una conclusión? —Saret rio, con un sonido áspero que rechinó en los oídos de Korum—. ¿Qué tipo de conclusión?

Korum se encogió de hombros, sin tener claro cómo responder a eso.

—Jalet y Huar vinieron a verme ayer —dijo Saret, sin apartar los ojos del rostro de Korum—. Me lo contaron todo sobre tu pequeña novia humana y sobre cómo vuestra boda va a ser el mayor acontecimiento del milenio. Felicidades. Supongo que le has lavado el cerebro mejor de lo que yo podría hacerlo jamás. Incluso después de que esa zorra de Laira revirtiera mi procedimiento, Mia todavía te quiere. ¿Le has contado lo que planeas hacerle a su gente?

—Sí —dijo Korum—. Se lo he explicado todo. Ella lo ha entendido. Nunca tuve la intención de hacerle daño a su especie, solo de hacer sitio para nosotros en su planeta.

—Sí, claro. —Saret le lanzó una mirada sarcástica—. ¿Crees que no recuerdo qué opinabas antes de los humanos? ¿Cómo decías que la Tierra debía ser nuestra por derecho?

Korum miró fijamente a su amigo con incredulidad.

—¿De verdad pensabas que todavía conservaba esas opiniones? ¡Saret, eso fue hace más de mil años! Todo ha cambiado desde entonces. *Yo* he cambiado desde entonces...

—Oh, ¿de verdad? ¿Y qué es lo que te ha hecho cambiar? ¿Un coñito prieto y un par de grandes ojos azules?

Korum sintió un fuerte impulso de hacerle algo violento a Saret, pero se contuvo a sí mismo en el último momento.

—No —dijo, manteniendo un tono neutro—. Vi lo rápido que estaban progresando y pareciéndose cada vez más a nosotros. Hace siglos que me di cuenta de que había estado equivocado con respecto a ellos... que tantos de nosotros habíamos estados equivocados. Estoy seguro de que sabías eso.

—No, no lo sabía —dijo Saret—. O quizás lo sabía y no me lo creía. Ahora ya no importa, ¿verdad? A partir de hoy, yo ya no existiré. Por eso has venido a verme ahora, ¿verdad? ¿Para verme morir?

—No vas a morir —dijo Korum con calma—. Te han sentenciado a una versión nueva de la rehabilitación total, una que Laira acaba de descubrir hace poco. A diferencia de la antigua, no se puede revertir.

Saret rio con amargura:

—Correcto. Como he dicho, después de este procedimiento, yo ya no existiré nunca más.

—Adiós, Saret. —Korum le echó un último vistazo a su antiguo amigo y se marchó, poniendo punto y final a ese capítulo de su vida.

Mia le estaba esperando cuando llegó a casa, con una expresión de ansiedad en el rostro.

—¿Qué tal ha ido? —preguntó, levantándose del asiento flotante donde había estado leyendo su tablet—. ¿Has tenido ocasión de hablar con él?

—Sí. —Korum la atrajo hacia él para darle un abrazo. La familiar sensación de tenerla entre sus brazos fue tranquilizadora, y le liberó del estrés y la tensión. Por mucho que Korum odiara admitirlo, ver a Saret ese día había sido doloroso. A pesar de su traición, a pesar de todo, Korum lo había considerado como un amigo toda la vida, y no podía evitar llorar la pérdida de esa ilusión.

Ella le rodeó la cintura con los brazos y le abrazó, frotándole la espalda arriba y abajo con sus pequeñas manos. De alguna manera, sabía que en esos momentos necesitaba consuelo; esos días ella siempre sabía lo que él necesitaba.

Después de un par de minutos, ella se apartó un poco y levantó la vista hacia él, con sus ojos azules inundados de compasión.

—¿Cuándo van a hacerlo? —preguntó con voz queda—. ¿Cuándo tendrá lugar el procedimiento?

—Esta tarde —dijo Korum, levantando la mano para apartarle un rizo de la cara—. En solo un par de horas.

—¿Y luego qué? ¿Qué pasa con los que son rehabilitados de esa manera?

—Le llevarán a un centro de reeducación especial, donde se les enseña a los rehabilitados a convertirse otra vez en miembros productivos de la sociedad. Conocerá su antigua identidad, por supuesto, pero le darán la oportunidad de volver a empezar, de construir una nueva vida.

—¿Y lo cambiarán del todo? ¿No querrá volver a hacer esas cosas otra vez?

—Lo más probable es que no —dijo Korum—. Y además, va a estar sujeto a una estricta vigilancia durante siglos. A la menor señal de que sus tendencias criminales reaparecen, le volverán a hacer pasar por el procedimiento.

Ella se humedeció los labios, y Korum se encontró mirándole la boca, sus pensamientos de repente tomando un giro sexual.

—¿Crees que nos toparemos con él en algún momento? —preguntó ella—. Si va a volver a entrar en la sociedad tras su rehabilitación, ¿crees que volveremos a verle?

Korum intentó quitarse de la cabeza la imagen de sus labios rodeándole la polla.

—Probablemente —acertó a decir—. Pero no te preocupes: será un hombre muy diferente. A pesar de lo serio de la conversación, podía notar como se le ponía dura, reaccionando a su cercanía como hacía habitualmente.

Sin duda notando el bulto contra su vientre, Mia le lanzó una sonrisa de complicidad y se apretó contra él, frotándole los pechos contra el torso. Korum cogió aire con fuerza al sentir sus pezones erectos a través de las dos capas de ropa que les separaban. Los ojos de ella se oscurecieron al dilatarse sus pupilas, y una pizca de color asomó traspasando la palidez de sus mejillas. Ella se estaba excitando; él podía verlo... y sentirlo, y olerlo. Su aroma cálido y sensual era como un afrodisíaco para él que hacía a su sangre galopar por sus venas y a su polla palpitar de deseo.

Todavía mirándolo con esa sonrisa seductora, ella se lamió los labios de nuevo, lentamente esta vez. El sonido que a él se le escapó de la garganta estaba muy próximo a ser un gruñido. Ahora sabía exactamente qué hacer, cómo volverlo loco en el menor tiempo posible.

Desesperado por probar su sabor, Korum inclinó la cabeza y la besó, deleitándose en la forma en que la lengua de ella se enroscaba alrededor de la suya, acariciando el interior de su boca. Ahora ella era una experta besando, a años luz de la tímida virgen que él había arrastrado a su cama a la fuerza allá en Nueva York. Sus dedos encontraron su camino hacia su pelo, sus uñas arañándole delicadamente el cuero cabelludo y él casi gimió, balanceando las caderas hacia adelante y hacia atrás, presionándole con la erección contra el vientre.

Notaba la piel caliente, y de pronto su ropa le resultó demasiado restrictiva, demasiado impedimento. Korum le bajó la parte de arriba del vestido, atrapando sus brazos en la tela y dejando sus bonitos pechos a la vista. Eran blancos, firmes, perfectamente redondos, y sus pezones eran de un bonito color rosado. Incapaz de resistir la tentación, cayó de rodillas y se acercó esos pequeños pezones duros a la boca, chupando primero uno y luego el otro. Ella gimió, arqueándose hacia él, sujetando con las manos la parte posterior de su cabeza, y Korum deslizó una mano por debajo de la falda de su vestido, sintiendo la suavidad de los rizos de entre sus muslos.

—Korum, por favor —susurró ella, y él supo que ella se estaba muriendo por más, igual que él. Todavía lamiéndole los pezones, empujó un dedo dentro de ella, y sus pelotas se apretaron al notar la sensación cálida y resbaladiza de su vagina. Quería que ella se corriera, pero al mismo tiempo, quería seguir torturándola, para hacerla gritar de placer entre sus brazos. Su pulgar se metió entre sus pliegues, encontró su pequeño clítoris y lo presionó ligeramente, manteniendo sus caricias lo bastante suaves para que ella no llegara a la cima. Ella se revolvió contra él y Korum lo hizo otra vez, encantado por los pequeños ruiditos de impotencia que le arrancaba de la garganta. Su polla parecía a punto de explotar, pero siguió metiendo y sacando su dedo dentro de ella, notando un aluvión de humedad surgir con cada empujón.

Adorable, ella le resultaba tan jodidamente adorable. Despedazando su vestido, dejó al desnudo su estómago y el oscuro triángulo de entre sus muslos, y su boca abandonó sus pechos para besar cada centímetro de piel que había dejado expuesto. Había tantas cosas que quería hacerle, tantas maneras en que quería poseerla, y lo haría todo a su tiempo, pero por ahora necesitaba tomárselo con calma, para introducirla gradualmente en todos los placeres de la carne. Ella estaba temblando entre sus brazos, sus delicadas paredes internas estremeciéndose alrededor de su dedo, y él le metió un segundo dedo, estirándola, mientras su pulgar continuaba jugueteando con su clítoris.

—Korum... —Su gemido atormentado era música para sus oídos, y sonrió triunfalmente, raspando suavemente con los dientes la delicada piel de su estómago. No le atravesó la piel, pero aun así ella contuvo una exclamación al notar el ardor, y él notó cómo su coño se apretaba alrededor de sus dedos, cubriéndolos todavía más con esa deliciosa humedad.

—Sí —murmuró él—, sí puedes correrte para mí ahora... —Y ella lo hizo, echando la cabeza hacia atrás con un grito, y con el palpitar de sus músculos internos añadiendo más leña al fuego abrasador dentro de él.

Korum retiró los dedos y los lamió, paladeando su sabor, y entonces la tiró al suelo junto a él. El material inteligente se volvió suave a su alrededor, masajeando sus rodillas y sus pantorrillas con diminutos apéndices digitiformes, pero Korum apenas percibió la agradable sensación, centrado tan solo en la mujer entre sus brazos.

Mia seguía temblando, su respiración después de su orgasmo era rápida e irregular, y Korum colocó su cuerpo sin fuerzas para que ella se quedara a cuatro patas, mirando en dirección contraria a él. La curva de su culo perfectamente formado era una tentación imposible de evitar. Podía ver los pliegues húmedos y tumefactos de su sexo y la diminuta rosa de su otra abertura, y quería estar dentro de ambos sitios a la vez, para follarla de todas las formas posibles.

Metió el pulgar dentro de su mojada vagina y recogió la humedad de allí para usarla de lubricante, empujando el mismo dedo contra su ano. Ella gritó y sus músculos se resistieron a la intrusión, y él se detuvo, dejándola acostumbrarse a la sensación antes de continuar abriéndose paso lentamente por el estrecho conducto. Cuando lo tuvo dentro del todo, le cogió las caderas con la otra mano y le hundió la polla en el coño hasta el fondo.

Ella se arqueó, gimiendo y a Korum se le cortó el aliento al notar con el pulgar el movimiento de su verga dentro de ella a través de la fina pared que separaba sus dos orificios. *Tan jodidamente adorable.* El placer era increíble, casi intolerable. Incapaz de aguantarlo más, Korum empezó a follársela sin contención, notando cómo los músculos de ella se aferraban a su polla, apretándola tan fuerte que sintió que estaba a punto de explotar.

Y entonces lo hizo, echando la cabeza hacia atrás con un profundo rugido. Ella gritó también, dando sacudidas contra él, y Korum sintió cómo sus músculos internos le ordeñaban, exprimiendo hasta la última gota de semen de su cuerpo.

Jadeante, se dejó caer al suelo, todavía enterrado profundamente dentro de ella. Después de unos instantes, retiró el pulgar y tiró de su cuerpo desnudo y tembloroso contra él. Ella respiraba con tanta dificultad como él, y le besó la concha delicada de su oreja, sabiendo que ella necesitaría ternura después de haberla poseído como un salvaje.

—Te quiero —le susurró, y ella se volvió hacia él con una sonrisa... la sonrisa de una mujer que acababa de quedar completamente satisfecha.

—Y yo te quiero a ti —dijo con dulzura, acariciándole la cara con los dedos.

Se quedaron así tumbados un rato más, sólo abrazándose y disfrutando de la sensación de estar piel contra piel. Entonces Korum oyó cómo a Mia le rugía el estómago.

Ella se ruborizó ligeramente y él sonrió.

—¿Ducha y almuerzo?

—Sí por favor —dijo ella, y luego se echó a reír cuando él la cogió del suelo y la llevó dentro del baño.

~

LOS GUARDIANES FUERON A POR SARET A LAS DOS DE LA TARDE. Alir se encontraban entre ellos, y sus ojos negros se mostraban fríos e inexpresivos.

Cuando le cogieron, Saret se soltó de sus manos y salió andando de la celda por su propio pie, siguiéndoles hasta la cámara de ejecución.

Laira ya estaba allí, con rostro sombrío como demandaban las circunstancias. Saret la había visto una vez antes e inmediatamente le había caído mal. Ella le recordaba a Korum. La misma aguda inteligencia, la misma ambición despiadada. Ella había solicitado trabajar en su laboratorio unas décadas atrás, antes de ser reconocida como un valor en alza en su campo. Tras una breve entrevista, Saret rechazó su solicitud, disfrutando de la expresión abatida de su rostro cuando le dijo que no estaba suficientemente cualificada.

Había cierta ironía retorcida en que ella fuese su verdugo hoy.

Lo ataron a una plancha flotante, asegurándose de que estaba totalmente sujeto para lo que estaba por venir. Saret no se resistió. ¿Para qué? Los guardianes estaban armados hasta los dientes, e incluso si no lo hubieran estado, eran muy buenos luchadores. No habría tenido ni una oportunidad. En ese momento, lo único que a Saret le importaba era morir con dignidad.

Y la muerte es lo que sería esto. Aunque su cuerpo seguiría existiendo, su mente, aquello que lo convertía en Saret, se habría ido, borrada por completo. Nunca más sería él mismo; sus recuerdos, su personalidad, su esencia, todo sería eliminado.

Laira se acercó a él, sosteniendo un pequeño dispositivo blanco entre sus manos. Saret lo reconoció. Había utilizado una versión de él con Mia un par de meses atrás.

—Lo siento —dijo Laira, presionando el dispositivo contra su frente—. De verdad que lo siento.

Su cara fue lo último que Saret vio antes de que su mundo se tornara oscuridad.

CAPÍTULO TREINTA Y DOS

La mañana de su boda amaneció fresca y clara.

—Mia, cariño, estás... —Su madre se enjugó las lágrimas—. Estás tan preciosa...

—Gracias, mamá —dijo Mia suavemente—. Tú y Marisa estáis muy guapas también. —No mentía. Su hermana estaba impresionante con un vestido de color crema de suaves drapeados que ocultaban hábilmente su leve tripita, mientras que su madre parecía notablemente juvenil con un vestido de tubo color melocotón que favorecía sus curvas. Su padre y Connor llevaban también ropa krinar, y tenían un aspecto sorprendentemente elegante con sus pantalones blancos, sus botas y sus camisas estructuradas sin mangas.

—No me puedo creer que mi hermanita se vaya a casar —sollozó Marisa, con los ojos inundados de lágrimas. Eso no era extraño, sin embargo; esos días la hermana de Mia lloraba al ver caerse un botón.

—Y con un K, nada menos —intervino Connor, con una enorme sonrisa—. Dan, ¿habías llegado a imaginarte que algo así iba a pasarle a tu pequeña?

—No —dijo su padre secamente—. Lo cierto es que no.

La familia de Mia estaba sentada en una sala privada del gigantesco edificio del salón nupcial, viendo cómo Mia le daba los toques finales a su peinado. Como regalo de bodas, Leeta le había enviado el diseño de un bellísimo accesorio para el cabello, y Mia se lo estaba colocando ahora en la cabeza. Hecho de varios metales brillantes y de relucientes piedras de color blanco, rodeaba uno a uno cada rizo de su cabello, haciendo que Mia pareciera una princesa de cuento de hadas.

Su vestido contribuía a aumentar esa impresión. Era largo hasta los pies, con una amplia falda y un escote de corazón sin tirantes que le levantaba los pechos y favorecía su delgado torso. Hubiera sido un vestido de novia clásico, de no ser por el hecho de que toda la espalda de Mia estaba al descubierto, al estilo de sus modelos krinar habituales. Como el vestido era largo, Mia había decidido ponerse tacones altos, concediéndose centímetros extra, lo que la hacía casi tan alta como las mujeres krinar más bajitas.

—Korum no te ha visto aún, ¿verdad? —preguntó su madre ansiosa, y Mia meneó la cabeza, sonriendo por la superstición.

—No, mamá, relájate.

Mia sabía que ella misma debería sentirse nerviosa.

Después de todo, ¿no se alteraban todas las novias, al menos un pelín? Y Mia tenía más motivos para alterarse que la mayoría, dada la envergadura de su boda y el hecho de que toda la raza de los krinar al completo estaría viendo el acontecimiento sin precedentes, o bien virtualmente, o en persona.

Sin embargo, no sentía ni pizca de nerviosismo nupcial. Todo lo que podía sentir era una cálida radiación de felicidad. Korum se había encargado de toda la logística, organizando los preparativos de boda con la misma tranquila seguridad con que hacía todo lo demás, así que no había nada de qué preocuparse en ese frente. En cuanto a su futuro juntos, sabía que no siempre iría a toda vela, pero su amor era lo bastante fuerte, lo bastante auténtico, para sobrevivir a cualquier obstáculo que se les pusiera por delante.

Una parte de ella aún no podía creerse que esto estaba sucediendo, que estaba a punto de casarse con un K a quien una vez había temido y considerado como un enemigo. Aunque solo habían transcurrido unos meses, ¡tantas cosas habían cambiado en su vida, y en la de Korum! Habían aprendido los dos el valor del compromiso, de ver el punto de vista del otro. Mia se había vuelto más fuerte, con más confianza en sí misma, mientras que Korum había empezado a moderar su naturaleza arrogante y su tendencia a ser controlador. Todavía era ridículamente sobreprotector, por supuesto, pero Mia esperaba que se suavizaría con el tiempo, cuando los recuerdos de la agresión de Saret se desvanecieran gradualmente. La posesividad de

Korum era otra cosa; tenía fundadas sospechas de que esa parte de su personalidad jamás iba a cambiar.

—Sabes, vas a ser una celebridad allá en casa —dijo Marisa reflexivamente, mirando a Mia—. Mi hermanita: ¡la primera humana en casarse con un K! Si los medios le echan la zarpa a esto, vas a salir en todos los titulares...

—Lo sé. —Mia se estremeció mentalmente ante esa idea. Ella y Korum habían discutido esa inquietante posibilidad—. Cuando volvamos a la Tierra, probablemente vivamos en Lenkarda, así que tampoco será tan malo para nosotros. Para vosotros, chicos, pues... Quizás querríais considerar mudaros también a Lenkarda, independientemente de lo que ocurra con la petición. —No era necesario decir que la familia de Mia tendría que vivir en los Centros si se les concedía la inmortalidad, igual que los charl.

Echándole una última mirada al espejo, Mia se dio la vuelta y sonrió a todos:

—Estoy lista.

Ataviado con un esmoquin blanco de estilo humano, Korum estaba esperando en el altar. Cuando las primeras notas de la tradicional marcha nupcial humana empezaron a sonar, se le aceleró el pulso por la expectación. En cuestión de minutos, Mia estaría caminando por ese pasillo, y él por fin vería a su novia humana.

Dos horas antes, sus padres se la habían llevado y le habían advertido muy seriamente que no podía volver a poner sus ojos en ella hasta que diera comienzo la ceremonia. Para evitar la mala suerte, o algo así de ridículo. A Korum no le había agradado eso, porque quería ayudar a Mia a vestirse, y tal vez echarle un rapidito antes de la larga ceremonia, pero Ella Stalis se había mostrado inflexible y Korum había cedido a regañadientes. Discutir con la que pronto sería su suegra no estaba hoy en lo más alto de su lista de prioridades.

Mientras continuaba la música, echó un rápido vistazo por el enorme salón de celebraciones. Decorada con tonos blancos y plateados, estaba lleno hasta la bandera. Además de la familia, amigos y conocidos varios de Korum, muchos miembros de la élite de los krinar estaban asistiendo en persona. El resto de Krina, y los krinar residentes en la Tierra, lo estaban viviendo virtualmente. Todos le observaban con irrefrenable curiosidad, y Korum sabía que se estaban preguntado por qué lo hacía, por qué se estaba casando con su charl. Incluso Arus se había quedado perplejo.

—¿No es eso redundante? —le había preguntado a Korum después de una reunión del Consejo a la que Korum había asistido por vía remota—. Ya es como si tú y Mia estuvierais casados. Ella es tu charl.

Korum simplemente había sonreído, sin molestarse en explicarle sus motivos. En efecto, Mia era su charl, y ahora también iba a ser su esposa.

En la distancia, pudo escuchar sus pasos. Su padre

la acompañaba, siguiendo la antigua tradición de entregar a la novia. Korum sonrió para sí mismo. Con mucho gusto se la quitaría de las manos.

Cuando ella apareció al final del pasillo, del brazo de su padre, a él se le cortó la respiración. Mia estaba radiante, más hermosa que ninguna mujer que Korum pudiera recordar haber visto jamás. Estaba resplandeciente, con sus ojos azules brillantes de felicidad y sus labios dibujando una cegadora sonrisa. El vestido resaltaba su cintura diminuta y levantaba sus pechos deliciosamente redondeados, atrayendo la atención hacia su escote. El solo hecho de verla así le hizo querer agarrarla, llevársela hasta su cama... y mantenerla allí unas cuantas horas.

"Pronto", se prometió Korum a sí mismo, e hizo lo posible para aparcar todos los pensamientos referidos al sexo que había en su mente. Sin embargo, era imposible, porque sencillamente no podía apartar los ojos. Mientras ella se deslizaba por el pasillo, se encontró a sí mismo observando ansioso cada uno de sus pasos, empapándose con la delicadeza de sus rasgos, con las líneas elegantes de su cuello y hombros. Su piel tenía tal aspecto de ser suave y agradable al tacto que a Korum le picaban literalmente los dedos por las ganas de acariciarla, de sentirla por todas partes.

Entonces ella ya estaba allí, a su lado, y la música alcanzó un crescendo y luego se detuvo. Korum cogió la mano de Mia y se volvió hacia la humana rubia que iba a celebrar la ceremonia. La que una vez fue jueza en

Missouri, Lana Walters, era ahora una charl que vivía en Krina, y se sentía honrada por ser parte de una ocasión tan histórica.

—Queridos amigos, familiares y todos los que estáis presentes o mirándonos hoy —dijo Lana con voz grave y sensual—: hoy nos hemos reunido aquí para ser testigos de la unión entre Nathrandokorum y Mia Stalis, la primera vez que un matrimonio así tiene lugar. —Se detuvo para causar un efecto dramático—. Korum ¿aceptas a Mia como tu legítima esposa, para amarla y respetarla, en la salud y en la enfermedad, todos los días de tu vida, hasta que la muerte os separe?

—Sí quiero —dijo Korum mirando a Mia. Ante esas palabras, la sonrisa de ella se hizo cegadoramente brillante, deslumbrándole con su belleza.

—¿Y tú, Mia? ¿Aceptas a Korum para ser tu legítimo esposo, para amarlo y respetarlo, en la salud y en la enfermedad, todos los días de tu vida, hasta que la muerte os separe?

—Sí quiero. —Su voz era fuerte y clara, sin una pizca de vacilación.

—Entonces os declaro marido y mujer. Puedes besar a la novia.

Korum no necesitaba que nadie le animara. Atrajo a Mia hacia él, inclinó la cabeza y la besó, y su delicioso sabor le envió una oleada de sangre directamente hasta la ingle. Tuvo que utilizar toda su fuerza de voluntad para detenerse después de un minuto. Cuando se apartó, ella le estaba mirando con la boca ligeramente hinchada, y los azules ojos suavizados por el deseo.

Todos a una, la multitud se puso en pie, y empezó a golpear el suelo con los pies, la versión krinar de aplaudir. El suelo tembló cuando cien mil invitados patalearon y les vitorearon al unísono. Korum cogió la mano de Mia y levantó en el aire sus dos palmas unidas, espoleando a la multitud que se lanzó a un frenesí todavía mayor.

Era hora de celebrarlo.

Mia no podía dejar de reírse mientras su marido la hacía girar por la pista de baile tan fácilmente como si ella fuera una muñeca. A su alrededor también estaban bailando otras parejas krinar, con movimientos tan complicados y gráciles que Mia nunca sería capaz de replicarlos ella misma. Su familia estaba mirando desde la barrera, con aspecto de estar tan asombrados como se sentía Mia ante la gracia inhumana y atlética de los bailarines.

A pesar de la ceremonia de boda tradicionalmente humana, la fiesta de después fue decididamente alienígena. A Mia le recordó a la celebración de la unión de Leeta en Lenkarda. Todo, desde la música exótica hasta la ubicación de las pistas de baile en las esquinas, era puramente krinar. Los asientos flotantes, las paredes reflectantes, y las decoraciones brillantes abundaban por doquier.

Mia pudo ver que sus padres estaban abrumados por tanto brillo y por la magnífica multitud que les rodeaba. Marisa y Connor, por otra parte, parecían encantados. El cuñado de Mia hasta probó una de las bebidas alcohólicas locales.

—Una mierda muy fuerte —dijo con aprobación en cuanto dejaron de llorarle los ojos. Mia y los demás se limitaron al coctel refrescante de zumo rosado, sin querer probar nada lo bastante fuerte como para darle un subidón a un K. Después de un rato, los padres de Korum se reunieron con la familia de Mia, y todos conversaron mientras Korum se llevaba a Mia a la pista de baile.

Después de más o menos una hora de baile vigoroso, Mia tuvo que pedir clemencia:

—Te das cuenta de que soy humana, ¿verdad? —le dijo a Korum entre risas, deteniéndose para recuperar el aliento.

En ese momento les abordó un krinar alto.

—Felicidades —dijo, sonriéndoles—. Soy Kellon, primo de Ellet.

Korum le devolvió la sonrisa y ambos intercambiaron el saludo krinar tradicional, tocándose sus respectivos hombros con la palma de la mano.

—Tengo un regalo de bodas para vosotros —dijo Kellon—, de parte de Ellet.

—¿Oh? —Korum enarcó las cejas, y Mia miró al K. ¿Qué querría regalarles la experta en biología humana?

—Durante los últimos años, Ellet ha estado trabajando en un proyecto muy ambicioso —dijo Kellon—, y por fin ayer por la noche consiguió un gran avance. Es algo que será de particular interés para ambos... por eso ella me pidió que os lo contara hoy, en vuestra boda.

—¿De qué se trata? —preguntó Mia, sin poder resistir la curiosidad.

—Ella ha estado intentando averiguar cómo los humanos y los krinar podrían tener descendencia biológica juntos... y cree que por fin tiene una solución.

—¿Una solución? —susurró Mia, apenas atreviéndose a creer lo que estaba oyendo—. ¿Estás hablando de bebés medio humanos medio krinar? —Su marido parecía haberse quedado helado en el sitio, mirando al otro K en estado de shock.

—Sí —confirmó Kellon—. El proceso todavía dista mucho de ser perfecto, y Ellet tiene muchos detalles que mejorar, pero ha sido capaz de averiguar cómo combinar ADN de ambas especies de una forma que produzca descendencia viable. En unos cuantos años, quizá vosotros dos podáis tener un hijo... si así lo deseáis, por supuesto.

—¿Está segura? —la voz de Korum era tranquila, pero sus ojos estaban casi amarillos por la intensa emoción—. ¿Está Ellet absolutamente segura de esto? Si se trata solo de una simulación que ha hecho...

—No —dijo Kellon—, está segura. Ha hecho al menos un centenar de simulaciones, y cada una de ellas ha dado los mismos resultados. Por primera vez en la historia, va a ser posible que una charl y un cheren tengan hijos juntos.

—Gracias, Kellon —dijo Mia con voz ronca—, y por favor, dale las gracias a Ellet de nuestra parte. Este...

este es el mejor regalo de bodas que podríamos haber recibido. Sentía que iba a estallar en llanto en cualquier momento, y apartó la mirada, pestañeando furiosamente para contener la humedad que inundaba sus ojos. ¡Un hijo con Korum! Eso sobrepasaba sus sueños más salvajes.

—Sí —dijo Korum con suavidad—, por favor transmítele a Ellet nuestro más sincero agradecimiento. Ella tiene nuestra gratitud.

Kellon inclinó respetuosamente la cabeza y se alejó, desapareciendo entre la multitud.

En cuanto se hubo marchado, Mia se volvió a su marido:

—¡Un bebé! ¡Oh, Dios mío, un bebé! —Le cogió la mano, estrujándola entre las suyas por la emoción.

—Un bebé —repitió él, con una extraña expresión en la cara—. Nuestro bebé.

Una parte de la emoción de Mia se desvaneció.

—Tú... ¿Tú quieres un hijo, verdad? —preguntó vacilante—. Quiero decir, sé que sería en parte humano y todo eso...

—¿Que si quiero uno? —Él la miró como si de repente a ella le hubieran salido dos cabezas. Cuando volvió a hablar, su voz era grave y estaba cargada de intensidad—. Mia mi vida, te amo. ¿Un niño que sería parte tú y parte yo? ¿Cómo podría no querer eso? —Cogiéndole con su otra mano rodeando las suyas, la atrajo hacia él, con los ojos brillantes—. Lo deseo mucho, muchísimo.

Mia le sonrió, sintiendo que su corazón iba a desbordarse de felicidad.

—Si tuviéramos una hija, le llamaríamos Ivy. Siempre me ha encantado ese nombre. ¿Qué te parece?

—Me parece que me gusta mucho —murmuró él, inclinando la cabeza para darle un beso profundo y apasionado.

Decidieron que compartirían la noticia con sus familiares después de la boda. Sencillamente había demasiada gente alrededor en ese momento para un anuncio tan importante, y tan privado. Aun así, Mia no podía quitarse de la cabeza el regalo de Ellet.

—¿Crees que el procedimiento estará perfeccionado para cuando yo tenga 30 años? —preguntó a Korum mientras él la conducía de vuelta hasta la pista de baile—. Siempre he querido tener un bebé antes de los treinta...

—¿Treinta? —rio su marido—. Mia, cielo, tu edad ahora es irrelevante. Nuestro hijo podría nacer cuando tengas treinta... o cuando tengas quinientos treinta. Realmente no importa...

—Importa para mis padres —dijo Mia con voz queda—. Me gustaría que vieran a sus nietos, que los conocieran en vida—. Era lo único que le preocupaba: el hecho de que todavía no habían recibido una respuesta por parte de los Ancianos.

Korum estaba empezando a decir algo cuando la música se detuvo de repente. Todo el ruido se desvaneció, y un silencio sepulcral apareció de la nada.

Todos parecían haberse quedado helados en el sitio, y miraban hacia la entrada.

—¿Qué sucede? —susurró Mia, dando un paso para acercarse más a Korum.

—Silencio, mi vida —dijo él en voz baja, pasándole un brazo protector por los hombros—. Parece que Lahur está aquí.

Mia apenas contuvo una exclamación. Por lo que le había contado Korum, los Ancianos nunca iban a socializar con los otros Krinar ni asistían a eventos públicos. Eran esencialmente solitarios que se mantenían apartados de la población en general. ¿Y ahora Lahur, el más viejo de todos, estaba aquí en su fiesta?

La muchedumbre se apartó lentamente, y Mia pudo ver cómo un hombre alto y poderoso se abría paso hacia ellos. Según se iba aproximando, reconoció los rasgos marcados del Anciano con el que había hablado en el bosque. Vestía ropa formal krinar, como el resto de invitados, pero el lujoso atuendo poco servía para disimular su naturaleza depredadora. Incluso entre los demás krinar, parecía de alguna manera más salvaje, como una pantera que se aventurara entre gatos domésticos.

—Bienvenido, Lahur —dijo Korum con tranquilidad, inclinando la cabeza hacia el recién llegado—. Estamos encantados de que hayas podido unirte a nosotros.

—Gracias. —La voz profunda de Lahur contenía una pizca de regocijo—. No voy a quedarme mucho tiempo. He venido a darte un regalo de bodas. Esa es una costumbre vuestra, ¿verdad, Mia?

Mia se quedó mirando al anciano, aturdida.

—Sí —consiguió decir—. Es una costumbre nupcial humana. —Estaba sorprendida de ser capaz de hablar siquiera, con el corazón latiéndole así de fuerte.

—Bien, entonces —dijo Lahur, con sus ojos oscuros fijados en ella—, querría deciros que os hemos concedido vuestra petición. A tu familia se le darán todos los derechos y privilegios de esos a los que llamamos charl.

Un murmullo de sorpresa recorrió la multitud ante esas palabras, y Mia cogió aire con fuerza, con los ojos inundándose de lágrimas de alegría.

—Gracias —susurró, mirando el oscuro rostro del alienígena de diez millones de años frente a ella—. Muchísimas gracias...

—Sí —dijo Korum, y el brazo que tenía en torno a la espalda de Mia la apretó con más fuerza—. Gracias por ese maravilloso regalo de boda. Mi esposa y yo estamos verdaderamente agradecidos.

Lahur inclinó su cabeza para aceptar su agradecimiento. Luego se dio la vuelta y se alejó, la multitud se apartó de nuevo para dejarlo pasar.

La música volvió a sonar, y la fiesta se reanudó. Marisa corrió hacia Mia y les dio un abrazo a ella y a Korum, sollozando de alegría, y sus padres se abrazaron el uno al otro con las lágrimas corriendo por sus rostros. Connor estrechó la mano de Korum, y Mia notó que su cuñado también tenía los ojos brillantes.

Por primera vez en la historia, toda una familia humana recibiría la inmortalidad: un regalo más precioso que cualquier otra cosa que podrían haber imaginado.

Mia miró a su marido, a su guapo amante K, y sonrió a través de las lágrimas.

—Te quiero —le dijo suavemente—. Te quiero tanto.

—Y yo te quiero a ti —dijo él, con una mirada ambarina.

Su felicidad era absoluta.

*L*ahur estaba de pie en el claro de la selva, sintiendo la cálida brisa en la cara. Los otros estaban reunidos a su alrededor, y sus rostros le eran tan familiares como el suyo propio. Estas personas, los que eran conocidos como los Ancianos, eran unos de los pocos cuya compañía era capaz de tolerar Lahur durante más de diez minutos seguidos.

—¿Y ahora qué? —preguntó Sheura, lanzándole una mirada tranquila y oscura.

Lahur le devolvió la mirada:

—¿Qué crees tú?

—Yo creo que ha llegado el momento —dijo ella tranquilamente—. Creo que tenemos que hacerlo.

—Estoy de acuerdo. —Ese era Pioren, el compañero de Sheura en el experimento—. Ya no podemos quedarnos a un lado y observar. El proyecto ha tenido un gran éxito. Ellos son como nosotros. Los mejores y más brillantes de los nuestros se están emparejando con ellos.

—Sí —dijo Lahur—, así es. —Ver a la chica humana de cabellos rizados al lado de Korum había sido una revelación. No era el primer ser humano que había conocido, pero algo en ella le había conmovido, atravesando la capa de hielo que lo rodeaba esos días. Por un instante, Lahur había sido capaz de sentir el poderoso vínculo que existía entre ella y su cheren, de sumergirse en el amor que sentían el uno por el otro.

De entre todos los jóvenes, Lahur opinaba que Korum era uno de los más interesantes, probablemente porque le recordaba a él mismo cuando era joven. La misma ambición, la misma disposición para hacer lo que fuese necesario para lograr sus objetivos. Lahur no tenía duda alguna de que Korum tendría éxito en construir un imperio krinar, conduciéndolos a todos a un viaje sin precedentes.

Un viaje que Korum planeaba emprender con una chica humana a su lado.

No podría haber ninguna señal más clara de que necesitaban concluir el experimento.

—Hagámoslo —dijo Lahur—. Tienes razón. Es la hora. Necesitamos compartir nuestra tecnología con ellos, darles a todos lo que dimos solo a unos pocos escogidos. Su evolución es completa.

Cuando miró a su alrededor, y vio el asentimiento en las otras caras que había en el claro, Lahur solo tuvo un pensamiento:

Ya nada volverá a ser igual.

ACKNOWLEDGMENTS

¡Gracias por leer *Contactos recordados*, el último libro de las *Crónicas de Krinar*! Agradecería enormemente que dejaras una opinión, porque vuestras opiniones me animan a escribir y ayudan a otros lectores a descubrir mis libros.

Si te han gustado *Las Crónicas de Krinar*, puede que también disfrutes de estas obras de romance oscuro contemporáneo escritas por Anna Zaires:

- *Secuestrada* – La historia de Julian & Nora, un romance oscuro

Si quieres que te avisemos cuando salga el próximo libro, regístrate para mi lista de correo electrónico de nuevas publicaciones en www.annazaires.com/book-series/espanol/.

Si te ha gustado este libro, tal vez te interese mi trilogía de romance oscuro contemporáneo, *Secuestrada*. Por favor, vuelve la página para leer un breve extracto.

EXTRACTO DE SECUESTRADA

Nota del autor: *Secuestrada* es una oscura trilogía erótica sobre Nora y Julian Esguerra. Los tres libros se encuentran ya disponibles.

Tengo diecisiete años cuando lo conozco.

Diecisiete años y estoy loca por Jake.

—Nora, vamos, me aburro —dice Leah, sentada conmigo en las gradas viendo el partido. Fútbol americano. No sé nada de fútbol, pero finjo que me encanta porque es donde puedo verlo. Allí, en ese campo, mientras entrena cada día.

No soy la única chica que mira a Jake, claro. Es el quarterback y el más buenorro del mundo... o por lo menos de Oak Lawn, un barrio residencial de Chicago, Illinois.

—No es aburrido —le digo—. El fútbol es divertidísimo.

Leah pone los ojos en blanco.

—Ya, ya. Anda y ve a hablar con él. No eres tímida. ¿Por qué no haces que se fije en ti?

Me encojo de hombros. Jake y yo no nos movemos en los mismos círculos. Las animadoras se le pegan como lapas y llevo observándolo bastante tiempo para saber que le van las rubias altas y no las morenas bajitas.

Además, por ahora es divertido disfrutar de esta atracción. Sé qué nombre tiene este sentimiento: lujuria. Hormonas, así de simple. No sé si me gustará Jake como persona, pero me encanta como está sin camiseta. Cuando pasa por mi lado, noto que se me acelera el corazón de la alegría. Siento calor en mi interior y me entran ganas de removerme en el asiento.

También sueño con él. Son sueños sensuales y eróticos donde me coge la mano, me acaricia la cara y me besa. Nuestros cuerpos se tocan, se frotan el uno contra el otro. Nos desvestimos.

Trato de imaginar cómo sería el sexo con Jake.

El año pasado, cuando salía con Rob, casi llegamos hasta el final, pero entonces descubrí que se había acostado, borracho, con otra chica en una fiesta. Acabó arrastrándose cuando me enfrenté a él, pero ya no podía fiarme y rompimos. Ahora me ando con mucho más ojo con los chicos con los que salgo, aunque sé que no todos son como Rob.

Pero puede que Jake sí lo sea. Es demasiado popular

para no ser un mujeriego. Aun así, si hay alguien con quien me gustaría hacerlo por primera vez, ese es Jake, sin duda alguna.

—Salgamos esta noche —dice Leah—. Noche de chicas. Podemos ir a Chicago a celebrar tu cumpleaños.

—Mi cumpleaños no es hasta la semana que viene —le recuerdo, aunque sé que tiene la fecha marcada en el calendario.

—¿Y qué? Podemos adelantar la celebración.

Sonrío. Siempre está a punto para la fiesta.

—No sé. ¿Y si vuelven a echarnos? Esos carnets no son muy buenos…

—Iremos a otro sitio. No tiene por qué ser el Aristotle.

El Aristotle es el club más molón de la ciudad. Pero Leah tenía razón… había otros.

—De acuerdo —digo—. Hagámoslo. Adelantemos la fiesta.

Leah me recoge a las nueve.

Va vestida para salir de fiesta: unos vaqueros ceñidos oscuros, un top brillante sin tirantes de color negro y botas de tacón hasta las rodillas. Lleva la melena rubia completamente lisa y suave, que le cae por la espalda como una cascada radiante.

Sin embargo, yo aún llevo puestas las zapatillas de deporte. Tengo los zapatos de tacón dentro de la mochila que dejaré en el coche de Leah. Un jersey grueso esconde el top sexi que llevo. No me he maquillado y llevo la melena castaña recogida en una coleta.

Salgo de casa así para no levantar sospechas. Digo a mis padres que me voy con Leah a casa de una amiga. Mi madre sonríe y me dice que me lo pase bien.

Ahora que casi tengo dieciocho años, no tengo toque de queda. Bueno, quizá sí, pero no es oficial. Siempre y cuando llegue a casa antes de que mis padres empiecen a preocuparse, o por lo menos les diga dónde voy a estar, no pasa nada.

Cuando subo al coche de Leah empiezo a transformarme.

Me quito el jersey, que revela el ajustado top que llevo debajo. Me he puesto un sujetador con relleno para aprovechar al máximo mis encantos, algo pequeños. Los tirantes del sujetador están diseñados inteligentemente para ser bonitos, así que no me da vergüenza que se me vean. No tengo unas botas tan llamativas como las de Leah, pero he conseguido sacar a hurtadillas mi mejor par de zapatos negros de tacón. Me añaden unos diez centímetros de altura. Y como necesito hasta el último centímetro, me los pongo.

Después, saco mi neceser de maquillaje y bajo el visor para mirarme al espejo.

Unos rasgos familiares me devuelven la mirada. Mis ojos grandes y marrones y las cejas negras y muy definidas dominan mi pequeño rostro. Rob me dijo una vez que parecía exótica, y sí, algo así es. Aunque solo tengo una cuarta parte de latina, siempre estoy algo bronceada y mis pestañas son más largas de lo normal. Leah dice que son postizas, pero son auténticas.

No tengo ningún problema con mi aspecto, aunque a veces me gustaría ser más alta. Es por los genes mexicanos. Mi abuela era bajita y yo también lo soy, aunque mis padres tienen una altura normal. Y no me preocupa, lo que pasa es que a Jake le gustan las altas. Creo que ni siquiera me ve en el pasillo porque estoy por debajo del nivel de su vista.

Suspiro, me pongo brillo de labios y sombra de ojos. No me paso con el maquillaje porque a mí me funciona más lo sencillo.

Leah sube el volumen de la radio y las nuevas canciones pop llenan el coche. Sonrío y empiezo a cantar con Rihanna. Leah se une y ahora las dos estamos cantando a voz en grito la de S&M.

Sin casi darme cuenta, ya hemos llegado al grupo.

Nos acercamos como si fuéramos las reinas del mambo. Leah sonríe al portero y le enseñamos nuestros carnets. Nos dejan pasar, sin problemas.

Nunca habíamos estado antes en este club. Está en una parte del centro de Chicago más vieja y deteriorada.

—¿Cómo descubriste este sitio? —grito a Leah para que me oiga por encima de la música.

—Me lo dijo Ralph —grita ella y yo pongo los ojos en blanco.

Ralph es el exnovio de mi amiga. Rompieron cuando él empezó a comportarse de forma extraña, pero, por algún motivo, siguen en contacto. Creo que ahora él está metido en las drogas o algo así. No lo sé seguro y Leah no me lo quiere contar por lealtad a él. Es un tío muy turbio, y que estemos aquí porque nos lo haya recomendado él no me tranquiliza en absoluto.

Pero, bueno, da igual. La zona de fuera no es lo mejor, pero la música es buena y me gusta la gente variada que hay.

Estamos aquí para pasárnoslo bien y eso es exactamente lo que hacemos durante la hora siguiente. Leah consigue que un par de tíos nos inviten a unos chupitos. No nos tomamos más de una copa. Leah porque tiene que llevar el coche y yo porque no metabolizo bien el alcohol. Puede que seamos jóvenes, pero no somos tontas.

Después de los chupitos, bailamos. Los dos chicos que nos han invitado bailan con nosotras, pero poco a poco nos vamos alejando de ellos. Tampoco son tan monos. Leah encuentra a unos buenorros de edad universitaria y nos ponemos a su lado. Entabla conversación con uno y yo sonrío al verla en acción. Se le da muy bien esto del flirteo.

En esas que la vejiga me dice que tengo que ir al baño. Así que los dejo y allá que voy.

Ya de vuelta, pido al camarero un vaso de agua. Después de bailar me ha entrado sed.

El chico me lo da y me lo bebo de un trago. Cuando termino, dejo el vaso en la barra y levanto la vista.

Me topo con un par de ojos azules y penetrantes.

Está sentado al otro lado de la barra, a unos tres metros de mí. Y me está mirando.

Le devuelvo la mirada, no puedo evitarlo. Es el hombre más guapo que haya visto en mi vida.

Tiene el pelo oscuro y un poco rizado. Su rostro es de facciones duras y masculinas, con rasgos simétricos. Tiene las cejas rectas y oscuras por encima de los ojos, que son increíblemente claros. Y una boca que podría pertenecer a un ángel caído.

De repente me acaloro al imaginar esa boca rozando mi piel y mis labios. Si fuera propensa a ponerme roja, ahora mismo me habría puesto como un tomate.

Él se levanta y camina hacia mí sin dejar de mirarme. Anda sin prisa, tranquilo. Se lo ve muy seguro de sí mismo. ¿Y por qué no iba a estarlo? Es muy guapo y lo sabe.

Al acercarse, me doy cuenta de que es grande. Es alto y fornido. No sé qué edad tiene, pero supongo que se acerca más a los treinta que a los veinte. Es un hombre, no un chiquillo.

Se coloca a mi lado y tengo que acordarme de respirar.

—¿Cómo te llamas? —pregunta en una voz baja, pero audible por encima de la música. Oigo su tono profundo a pesar de este entorno tan ruidoso.

—Nora —respondo con voz queda, mirándolo. Me he quedado fascinada y estoy segura de que él lo sabe.

Sonríe. Al separar esos labios tan sensuales deja entrever unos dientes blancos y rectos.

—Nora. Me gusta.

Como él no se presenta, me armo de valor y le pregunto:

—¿Cómo te llamas?

—Puedes llamarme Julian —dice, y miro cómo mueve los labios. Nunca me había fascinado tanto la boca de un hombre.

—¿Cuántos años tienes, Nora? —me pregunta a continuación.

Parpadeo.

—Veintiuno.

Se le ensombrece la expresión.

—No me mientas.

—Casi dieciocho —admito a regañadientes. Espero que no se lo diga al camarero y me echen de aquí.

Asiente, como si hubiera confirmado sus sospechas. Entonces levanta la mano y me toca el rostro. Suavemente, con cuidado. Me roza el labio inferior con el pulgar como si sintiera curiosidad por su textura.

Estoy tan sorprendida que me quedo allí plantada. Nadie me lo había hecho antes, nadie me había tocado así, como si nada, de aquella forma tan posesiva. Siento frío y calor a la vez, y un escalofrío de miedo me recorre la espalda. No vacila en sus gestos. No pide permiso ni se detiene a ver si lo dejo tocarme.

Me toca sin más. Como si tuviera derecho a hacerlo. Como si yo le perteneciera.

Con la respiración agitada y entrecortada, doy un paso atrás.

—Tengo que irme —susurro, y él vuelve a asentir,

mirándome con una expresión inescrutable en su hermoso rostro.

Sé que me deja ir y me siento agradecida porque algo en mi interior me dice que podría haber ido más allá, que no sigue las normas establecidas.

Que seguramente sea la persona más peligrosa que he conocido jamás.

Me doy la vuelta y me abro paso entre la muchedumbre. Me tiemblan las manos y el pulso me late con fuerza en la garganta.

Tengo que salir de allí, así que cojo a Leah y le pido que me lleve a casa en coche.

Al salir de la discoteca, miro hacia atrás y vuelvo a verlo. Sigue mirándome.

A su mirada se asoma una oscura promesa; algo que me hace estremecer.

Secuestrada ya está disponible. Para saber más y registrarte para mi lista de nuevas publicaciones, visita www.annazaires.com/book-series/espanol/.

Anna Zaires es una autora de novelas eróticas contemporáneas y de romance fantástico, cuyos libros han sido éxitos de ventas en el New York Times y el USA Today, y han llegado al primer puesto en las listas internacionales. Se enamoró de los libros a los cinco años, cuando su abuela la enseñó a leer. Poco después escribiría su primera historia. Desde entonces, vive parcialmente en un mundo de fantasía donde los únicos límites son los de su imaginación. Actualmente vive en Florida y está felizmente casada con Dima Zales —escritor de novelas fantásticas y de ciencia ficción—, con quien trabaja estrechamente en todas sus novelas.

Si quieres saber más, pásate por www.annazaires.com/book-series/espanol/.

9 781631 424236